KNAUR

KNAUR

Über die Autorin:
Kaja Evert, geboren 1981 in Schleswig-Holstein, malt Bilder und erfindet Geschichten, seit sie sich erinnern kann. Ihre Begeisterung für antike Sagen brachte sie zum Studium der Literaturwissenschaft und Alten Sprachen. Kaja Evert arbeitet an einer norddeutschen Universität, »Flügel aus Asche« ist ihr erster Roman.

KAJA EVERT

FLÜGEL AUS ASCHE

ROMAN

KNAUR TASCHENBUCH VERLAG

Besuchen Sie uns im Internet:
www.knaur.de

FSC
www.fsc.org
MIX
Papier aus verantwortungsvollen Quellen
FSC® C014496

Originalausgabe Mai 2013
Knaur Taschenbuch

Ein Unternehmen der Droemerschen Verlagsanstalt
Th. Knaur Nachf. GmbH & Co. KG, München

Redaktion: Antonia Zauner
Umschlaggestaltung: ZERO Werbeagentur, München
Umschlagabbildung: FinePic®, München
Satz: Adobe InDesign im Verlag
Druck und Bindung: GGP Media GmbH, Pößneck
Printed in Germany
ISBN 978-3-426-51196-1

2 4 5 3 1

1

KRÄHE

Der Wind ließ die Glasfenster klirren und drang kalt durch die Mauerritzen. Nur die beiden Kohlebecken rechts und links vom Tisch des Aufsehers spendeten Wärme. Dort saß Kiven, einen Arm auf den Tisch gestützt und das Kinn in die Hand gebettet. Während der letzten halben Stunde hatten sich seine knochigen Finger immer langsamer durch den Aktenstapel geblättert, und nun fielen ihm die Lider zu. Sein grauer Schnurrbart bebte, wenn er langsam und tief ausatmete.

Adeen nutzte die Gelegenheit, um das Schreibrohr für einen Moment aus der Hand zu legen und sich die Augen zu reiben. Er arbeitete nun schon seit der Morgendämmerung an den Zaubern, und allmählich zitterten ihm vor Erschöpfung die Finger. Doch die Regeln der Akademie sahen nur eine kurze Ruhepause gegen Mittag vor, und die war lange vorbei. Bevor es Abend wurde, musste er noch viele Schriftrollen anfertigen, wenn er sein Pensum für den Tag ableisten und bezahlt werden wollte.

Rings um ihn waren nur das Knacken der Kohlen in den Feuerbecken und das Kratzen der Federn auf dem Papier zu hören. Die schwarzen und braunen Köpfe der anderen Schreiber waren tief über die Papiere gebeugt. Sie hatten nicht einmal bemerkt, dass der Aufseher döste, so verbissen waren sie in ihre Arbeit vertieft.

Adeen streckte den Rücken und leistete sich den Luxus,

kurz Atem zu holen und seine Gedanken treiben zu lassen. Er dachte an seinen Ziehvater Rasmi und die Rakashwurzeln, die er versprochen hatte ihm mitzubringen. Die meisten kochten Suppe aus den grauen Wurzeln, doch Rasmi nutzte sie, um Farbe daraus zu gewinnen, auch wenn die Gesetze das verboten. Bei der Erinnerung an das runde, stoppelbärtige Gesicht seines Ziehvaters breitete sich Wärme in Adeen aus. Seit Tagen hatte er den alten Mann nicht mehr gesehen, und er sehnte sich nach seinen freundlichen Worten, ja sogar nach dem muffigen Geruch des Kräutertees, den Rasmi kochte.

Und nach den Bildern. Oh ja, die Bilder anzusehen, würde ihm guttun.

Adeen seufzte und griff wieder nach dem Schreibrohr. Er durfte nicht noch mehr Zeit verlieren, denn Rakashwurzeln waren teuer, und er wollte Rasmi nicht enttäuschen.

Ein heftiger Schreck durchfuhr ihn, als er spürte, wie Feuchtigkeit den Ärmel seiner Robe durchtränkte. Ohne nachzudenken, riss er den Arm fort. Auf keinen Fall durfte das kostbare Papier ruiniert werden! Doch es war schon zu spät: Ohne dass er es bemerkt hatte, war er mit dem Zipfel seines Ärmels in das Tintenfass geraten und hatte die schwarze Farbe quer über den Bogen gewischt, an dem er gerade arbeitete. Seine hastige Bewegung hatte alles nur noch schlimmer gemacht. Vor Ärger und Enttäuschung biss er sich auf die Lippen. Jetzt nur nicht fluchen und den Aufseher wecken!

Eilig streute er eine Handvoll Sand über die feuchte Tinte, damit sie trocknete und sich der Schaden nicht noch weiter ausbreiten konnte, aber es gab keinen Zweifel: Die filigranen Schriftzeichen, die er während der letzten Stunde mit aller Sorgfalt auf das Blatt gemalt hatte, waren zum großen Teil unter Tintenspritzern verschwunden. Adeen konnte die Zeichen zwar ohnehin nicht lesen – keiner der Schreiber konnte das –, aber die Zauber entfalteten ihre Wirkung nur, wenn die Schrift unbeschädigt war. Und dann hatte er auch noch einige der unbeschriebenen Blätter ruiniert! Die würde ihm Kiven vom Lohn abziehen. Er konnte von Glück sagen, dass er nicht auch noch den Folianten bekleckst hatte, der als Vorlage diente.

Ungeschickte Krähe! Das pflegte der Aufseher in solchen Fällen zu ihm zu sagen. *Nicht einmal fähig, ein Schreibrohr richtig herum zu halten!* Nun beschimpfte sich Adeen im Stillen selbst. Dabei wusste er, dass er sich auf die Geschicklichkeit seiner Hände gewöhnlich verlassen konnte. Wenn er nur nicht so müde gewesen wäre! In letzter Zeit hatte er zu wenig geschlafen und zu viel geträumt.

Als Adeen vorsichtig den Sand von dem Bogen herunterpustete, flossen die Tintenkleckse auf dem Papier ineinander und formten sich zu dem Bild eines schwarzen Flügels. In allen Einzelheiten sah er die Schwinge eines Vogels vor sich, bis hin zu den zerzausten, faserigen Rändern der Schwungfedern, ein Kunstwerk aus schwarzer Tinte.

Er blinzelte, und der Flügel war fort.

Die Tintenkleckse waren geblieben, das oberste Blatt verdorben. Er musste sofort damit beginnen, den Zauber erneut zu kopieren. Aber als er nach dem Schreibrohr griff, überkam ihn Schwindel und ein Gefühl, als würde er träumen. Er tauchte das Rohr ein und zog auf dem fleckigen Blatt mit raschen Strichen die Umrisse dessen nach, was er gesehen hatte. Auf einmal war seine Müdigkeit verschwunden. Das Rohr schien sich in seine Hand zu schmiegen, jeder Strich fand seinen Platz von selbst. *Als hätte ich so etwas schon einmal gezeichnet – in einem Traum vielleicht?*

Ein schläfriges Grunzen vom Pult des Aufsehers ließ ihn zusammenfahren. Kiven hatte den Kopf gehoben und blickte sich aus trüben Augen um. Sofort rollte Adeen das Papier zusammen und schob es hastig in den Korb, der für die fertigen Schriftrollen vorgesehen war. Sein Herz hämmerte. Was hatte er sich nur dabei gedacht! Er wusste doch, dass es nicht erlaubt war, auf dem Papier der Akademie herumzukritzeln – nicht nur, weil Papier und Tinte mit spezieller Magie getränkt waren, sondern auch, weil das Zeichnen nicht genehmigter Bilder per Gesetz verboten war. Sein Blick fiel auf die anderen tintenfleckigen Blätter. Kurzentschlossen griff er danach und versenkte sie tief zwischen den übrigen Schriftrollen im Korb. Vielleicht bekam er Gelegenheit, die Spuren seines Missgeschicks unauffällig verschwinden zu lassen, ehe Kiven darauf aufmerksam wurde.

In diesem Augenblick klopfte es an die Tür, und eine junge Frau in der Tracht einer Magierschülerin trat ein. Respektvoll verbeugte sich Kiven vor ihr, und die beiden wechselten einige Worte. Adeen hoffte, hinter seinem Schreibpult möglichst unsichtbar zu werden, während er von neuem begann, den Zauber aus dem Folianten zu kopieren.

»He, Krähe!«, knarrte Kivens tiefe Stimme.

Krähe – da war es wieder. Adeen holte tief Luft und zählte im Kopf bis drei. Dann blickte er den Aufseher offen an.

»Nimm deine Zauber und bring sie zu Meister Charral im Innenhof. Los, beweg dich!«

Charral, auch das noch! »Bin schon unterwegs«, murmelte Adeen und bückte sich nach dem Korb. Ein flaues Gefühl breitete sich in ihm aus. Vermutlich gehörte die junge Magierin zu den Schülern, die Charral gerade im Gebrauch von Schriftmagie unterrichtete. Adeen brachte ihm nicht zum ersten Mal Zauber in den Hof. Von allen Lehrmeistern der Akademie verabscheute er Charral am meisten. Er war noch jung, und wie kein anderer schien er Freude daran zu haben, Untergebene herumzustoßen: seine Schüler, aber auch die Schreiber der Akademie, allen voran Adeen, die Krähe. Charral galt als herausragender Luft-Elementarmagier und bekleidete nicht nur einen der begehrten Posten als Lehrmeister, sondern auch einen hohen militärischen Rang. Leute wie er konnten sich in dieser Stadt leisten, was sie wollten.

»Einen Augenblick!«, sagte der Aufseher, als sich die Magierin schon wieder abgewandt hatte. »Die Bögen müssen durchgezählt werden. Ihr kennt das Protokoll, Kiara.«

Die Augen der jungen Frau wurden schmal. »Meister Charral braucht die Zauber *sofort.*«

Kiven zögerte einen Moment. »Also gut.« Er öffnete Charrals Schülerin die Tür nach draußen. Ein schneidender Windstoß fuhr in den Raum. Den Korb in der Hand, folgte Adeen dem Mädchen, das ihm nur einen kurzen, verächtlichen Blick zuwarf. Seine Knie fühlten sich erschreckend nachgiebig an. Wenn nur die Schülerin nicht bei ihm gewesen wäre, dann hätte er das ruinierte Papier aus dem Korb angeln, zu Schnipseln zerrupfen und dem Wind überlassen können. Bevor es den Boden erreicht hätte, wäre es in alle Himmelsrichtungen zerstreut worden. Doch so zog er sich nur die Kapuze seiner Robe tiefer ins Gesicht und starrte fröstelnd in den eisigen, tiefblauen Herbstnachmittag.

Die Magierin warf ihm einen warnenden Blick über die Schulter zu. »Vorwärts, Krähe«, sagte sie, »nicht herumtrödeln!«

Der Innenhof der Akademie lag im Schatten. Hier wurden junge Kampfmagier ausgebildet, die vermutlich schon bald auf den Boden geschickt werden würden, um dort ihre Macht und ihr Leben in den Dienst des Herrschers zu stellen. Die Landung der Stadt stand unmittelbar bevor. Das war seit Monaten das wichtigste Gesprächsthema in der Stadt, ein großes Ereignis. Nur die Älteren wie Rasmi erinnerten sich noch daran, wie Rashija das letzte Mal den Erdboden berührt hatte. Adeen betrachtete die jungen Männer und Frauen – einige mussten in seinem Alter sein, andere waren vermutlich nicht älter als zwölf oder dreizehn –, wie sie unter Charrals scharfen Befehlen Blitz- und Feuerfunken auf gepanzerte Attrappen schleuderten. Er wusste nicht, ob er sie bemitleiden sollte, weil der Krieg sie erwartete, oder beneiden, weil sie die Wunder des Bodens sehen durften, die für ihn immer unerreichbar sein würden. Jedenfalls mussten *sie* nicht für immer Gefangene der fliegenden Stadt bleiben, so wie er.

Eine fliegende Krähe – ha!

»Meister Charral, ich bringe Euch die Zauber.«

Es war besser, Charral nicht in die Augen zu sehen, wenn man mit ihm sprach. Adeen senkte den Blick und durchwühlte den Korb, um Charral eine der sauberen Schriftrollen zu überreichen. Der Magier näherte sich mit leichten Schritten, der rotsilberne Stoff seiner Robe leuchtete im Halbdunkel des Hofs. Er war so schlank, hochgewachsen und hellhaarig, wie es sich der Herrscher von einem seiner Offiziere nur wünschen konnte. Ein Duft nach süßem Blütenöl stieg Adeen in die Nase, vermischt mit dem typischen Geruch von Asche und verbrauchter Luft, den Adeen nur von Kampfmagiern kannte.

»Das wird auch Zeit.« Ohne auf die Schriftrolle in Adeens Hand zu achten, entriss Charral ihm den Korb. Sofort versammelten sich die Schüler um ihren Lehrmeister. Adeen versuchte, unauffällig in die Menge einzutauchen und sich zurückzuziehen, aber Charrals Ruf hielt ihn fest.

»Hiergeblieben, Krähe! Was soll das sein?«

Charral hielt drei Blätter hoch, auf denen sich außer Tintenflecken nichts befand.

»Das ... muss ein Versehen sein«, brachte Adeen hervor. Seine Hände wurden feucht.

Charral knüllte die Blätter zusammen und warf sie fort. »Und das hier?« Zielsicher hatte er die Schriftrolle gefunden, über die der größte Teil der Tinte geflossen war. Ein Wispern ging durch die Versammelten, denn deutlich sichtbar hob sich von dem weißen Papier ein schwarzer Flügel ab, mit sicheren Strichen gezeichnet.

»Nur ein Tintenfleck.«

»Überlege dir genau, wen du hier belügst. Du hast wieder gekritzelt, und diesmal mitten auf einem Feuerzauber.

Was, glaubst du, wäre passiert, wenn Kiven diesen Bogen in eine Siltkapsel gesteckt und an die Truppen weitergeleitet hätte? Wie sollen sich unsere Soldaten mit solchem Müll verteidigen? Schadhafte Zauber sind unberechenbar. Der Herrscher wird dafür sorgen, dass man dir deine Hände abhackt, wenn du sie nicht stillhalten kannst!«

Jetzt steckte er in Schwierigkeiten. Selten hatte sich Adeen für Charrals Geschmack unterwürfig genug verhalten, und oft genug war er deshalb mit Stockschlägen vom Hof gejagt worden. Schon allein der Anblick seiner schwarzen Haut schien meist zu genügen, um den Magier zu verärgern. Aber dieses Mal hatte er tatsächlich einen Fehler begangen.

»Sieh mich gefälligst an, wenn ich mit dir rede!«

»Soll ich Euch vielleicht einen anderen Zauber bringen?«

»Hiergeblieben! Kinder, seht euch die Krähe genau an! Das kommt dabei heraus, wenn eine edle Draquerin keine Beherrschung kennt und sich mit einem Erdgeborenen einlässt. Und dieses erbärmliche Wesen kennt genauso wenig Beherrschung. Du weißt: Keine Bilder in Rashija, es sei denn, der Herrscher hat sie selbst in Auftrag gegeben. Ich denke, die Akademieleitung wird deinen Zeichenkünsten einiges Interesse entgegenbringen.«

Adeen biss die Zähne zusammen und schwieg.

»Stell dich dort an die Wand, Krähe. Wir werden mit den Übungen fortfahren und unsere Attrappe durch ein lebendes Ziel ersetzen, um den Schwierigkeitsgrad zu erhöhen.«

Oh nein, das würde er nicht tun! »Kiven erwartet mich zurück«, protestierte er verzweifelt.

»Der Aufseher wird dich schon zurückbekommen –

wenn er Glück hat, sogar in einem Stück. Versuch doch, dich zu verteidigen! Ah, du kannst es nicht? Deine Mutter war eine Draquerin, aber du trägst nichts von ihrer Magie in dir, wie?«

Er stieß Adeen rückwärts auf die Wand zu. Adeen sträubte sich, so gut er konnte, und stemmte die Füße in den Boden, aber Charral war stärker als er, und so wurde er Schritt um Schritt zurückgedrängt. Als er mit dem Hinterkopf gegen Stein prallte, wusste er, dass sein Widerstand nichts nützte.

Auf den Gesichtern der Magierschüler erkannte Adeen keinerlei Zeichen von Widerwillen, im Gegenteil: Sie drängten sich näher heran, ihre Augen glänzten, und die Aussicht auf eine neue Herausforderung schien sie zu reizen. Offenbar unterschied er sich für sie wirklich nicht sonderlich von der verkohlten Holzattrappe in der halb geschmolzenen Rüstung, die im Innenhof ihre Angriffe erwartete. Ein Witzbold hatte sogar ein Gesicht auf das Brett gemalt, das den Kopf ersetzte. Es waren nur ein paar Striche, aber Adeen sah darin die verzerrte Miene eines Verzweifelten.

Ein kleiner Junge zupfte Charral am Ärmel und flüsterte ihm etwas zu.

Charral schnippte mit den Fingern. »Das ist ein ausgezeichneter Einfall, Nejad! Die Krähe soll den Zauber zu spüren bekommen, den sie ruiniert hat. Damit fangen wir an. Schaut zu und geht auf Abstand.«

Charral hielt die Schriftrolle mit dem Flügel lose in beiden Händen, leicht und elegant wie ein Musiker sein Instrument. Mit lauter Stimme rezitierte er die ersten Worte des Zaubers, eine fremde, unverständliche Sprache voller

Zischlaute und Nasale. Ein Funke glomm auf dem Papier auf, fraß sich in die feinen Schriftzüge, die nicht von Tinte besudelt waren, und zeichnete sie in rötlichem Feuer nach – dann griff er auf das Bild des Flügels über, und plötzlich löste sich die gesamte Schriftrolle in einer tiefroten Flamme auf, die aus Charrals Fingern emporschoss und ihn in einen Feuermantel hüllte. Obwohl er mehrere Schritte entfernt stand, spürte Adeen die Hitze, die davon ausging, und presste sich gegen die Wand, halb erstarrt vor Schreck. Auch die Schüler wichen entsetzt zurück.

Charrals Schrei wurde zu einem qualvollen Gurgeln. Er warf sich zu Boden und rollte sich über das feuchte Gras, um die Flammen zu ersticken. Nur die Magierin, die Adeen hergebracht hatte, war geistesgegenwärtig genug, um einen Eimer Wasser zu holen und über Charral auszuschütten. Zischend erlosch das Feuer. Die Schüler drängten sich um ihren Lehrmeister, um ihm aufzuhelfen. Charrals elegante Robe war voller Brandlöcher, sein Haar aschegeschwärzt und seine Haut gerötet, aber davon abgesehen schien er nicht schwer verletzt zu sein. Mit einer fast hilflosen Geste begann er sich den Ruß abzuklopfen. Auf den meisten Gesichtern zeichnete sich der Schreck deutlich ab, nur vereinzelt war unterdrücktes Gelächter zu hören.

Adeen war nicht nach Lachen zumute. Der Blick aus Charrals eisfarbenen Augen richtete sich auf ihn und versprach, dass er für diese Demütigung büßen würde.

»Gut«, sagte Charral laut, »wir alle hatten unseren Spaß.« Die Kälte in seiner Stimme ließ das Gelächter auf der Stelle verstummen. »Da seht ihr, was ein fehlerhafter Zauber bewirkt. Diese Krähe …«

»Meister Charral?«

Im Hoftor stand ein Mann in der Kleidung eines Bediensteten der Akademie. Er räusperte sich und blickte dezent zu Boden, als er Charrals Zustand bemerkte. »Talanna ist soeben eingetroffen und lässt um ein Gespräch mit Euch bitten.«

»Ich komme sofort. Der Unterricht ist vorerst beendet.« Charral bedachte Adeen mit einem letzten drohenden Blick und verließ dann mit raschen Schritten den Hof. Als er fort war, kam von neuem Gelächter auf. Die Schüler bildeten Gruppen und tuschelten miteinander. Plötzlich achtete niemand mehr auf Adeen.

Er konnte sein Glück kaum fassen.

Das Leben als Krähe hatte ihn gelehrt, sich unauffällig zu bewegen. Seine Robe hatte dieselbe dunkelgraue Farbe wie die Mauersteine, und hier war ihm seine Hautfarbe ausnahmsweise nützlich. Adeen huschte an der Wand entlang zum Tor, das aus dem Hof hinausführte. Noch war die Sache nicht überstanden. Früher oder später würde er wieder auf Charral treffen, und dann würde er für jeden Aschefleck, für jede Brandwunde bezahlen. Aber vorerst …

Wahrscheinlich hatte er sogar Glück gehabt, dass Charral das Bild des Flügels vernichtet hatte. Jetzt, da der Beweis für sein Vergehen fehlte, würde ihn wohl zumindest dafür niemand mehr zur Rechenschaft ziehen.

Sein Blick fiel auf die dornige Hecke, die den Innenhof einschloss. So spät im Jahr war sie bereits kahl und hing voller rosafarbener Beeren. Jetzt schimmerte etwas Weißes daran. Zwei der Papierbögen, die Charral fortgeworfen hatte, waren bis hierher geweht worden und hatten sich in den Dornen verfangen.

Ohne recht zu wissen, was er tat, pflückte Adeen sie aus der Hecke und schob sie in seinen Ärmel. *Papier.* Eine Heimat für die Bilder, die in seinem Kopf waren und hinausdrängten. So wie der Flügel, den er vorhin gezeichnet hatte. Was für eine Vorstellung, etwas so Kostbares zu besitzen! Und wer würde diese fleckigen Bögen schon vermissen? Dies war eindeutig sein Glückstag.

Mit einem letzten erleichterten Blick auf die Attrappe hastete Adeen vom Hof.

Über der Stadt wölbte sich ein blauroter Abendhimmel, kalt und klar und ohne Wolken. Vereinzelt kreisten Vögel um die Türme, schwarze Silhouetten, die gleich darauf ihre Flugrichtung änderten, über die Dächer davonjagten oder in den Himmel aufstiegen. Am Fuß der Treppe, die zur Akademie hinaufführte, blieb Adeen für einen Moment stehen, um ihnen mit zurückgelegtem Kopf nachzusehen. Wie mochte die Stadt wohl von dort oben aussehen?

Erst als er vor Kälte zu frösteln begann, merkte er, dass er schon zu lange dastand. Die anderen Schreiber hatten sich längst auf den Heimweg gemacht. Manchmal vergaß er alles um sich her, wenn er in den Himmel starrte. Diese weite, leere Fläche war unwiderstehlich.

In seiner Tasche fischte Adeen nach den Münzen, die ihm der Aufseher gegeben hatte. Fast gewichtlos lagen sie in seiner Hand. Es war nicht viel, doch wenigstens für ein Abendessen und für Rasmis Rakashwurzeln würde es reichen. Er konnte froh sein, dass er überhaupt etwas bekommen hatte, schließlich hatte er sein Tagespensum nicht eingehalten. Und er hatte Glück gehabt, dass Kiven keine Gelegenheit geblieben war, die Papierbögen nachzuzählen.

Eine Windbö fauchte die Straße entlang. Adeen zog sich die Kapuze tief ins Gesicht und vergrub die Hände in den Ärmeln. So machte er sich auf den Weg zum Markt. Das gestohlene Papier schmiegte sich warm gegen seine Haut, und er achtete sorgfältig darauf, dass es sich nicht verschieben oder herausfallen konnte.

Zwar boten einige verwegene Händler Lebensmittel und Wasser auf dem Schwarzmarkt an, doch es war klüger, Rakash, Mehl und alles andere auf den staatlichen Märkten zu besorgen und die höheren Preise zu bezahlen. Angeblich wurde an bestimmten Orten unter der Hand sogar das süße Mehl verkauft, das die Oberschicht in geheimen Gärten anbauen ließ – kein bitteres Felsbrotmehl, wie es die gewöhnliche Bevölkerung aß. Aber Adeen legte keinen Wert darauf, seine Gesundheit für eine Handvoll Wurzeln oder Mehl aufs Spiel zu setzen. Einmal hatte er beobachtet, wie die Wachtruppen mit einem Mädchen umgesprungen waren, das heimlich Wasser aus einem der Sammelbecken geschöpft hatte, ohne die Gebühr dafür zu entrichten. Als sie mit ihr fertig waren, lag sie reglos da, und ihr Blut glänzte auf den Pflastersteinen. Einen Augenblick lang war Adeen damals versucht gewesen, zu ihr zu laufen, sie aufzurichten und ihr das Blut abzuwischen – doch dann hatte er weggesehen und seine Schritte beschleunigt, um so rasch wie möglich fortzukommen, wie alle anderen auch.

Was war aus dem Mädchen geworden? Hatte sie überlebt? Er würde die Antwort auf diese Fragen wohl nie erfahren, doch jedes Mal, wenn er den Markt betrat, schoben sich die Bilder wieder vor sein inneres Auge, und er schämte sich für seine Feigheit. Er hatte sich fest vorgenommen, beim nächsten Mal nicht noch einmal wegzusehen – aber ob er diesen Mut tatsächlich aufbringen würde?

So geht es nicht weiter. Etwas muss sich ändern. Für einen Moment waren diese Gedanken klar und stark in Adeen, dann schwemmte das Gefühl der Hilflosigkeit sie wieder fort.

Langsam ging er die Akademiestraße entlang in Richtung Markt. Überall standen Wachen, schon seit Tagen deutlich mehr als sonst. Adeen vermutete, dass es mit der bevorstehenden Landung der Stadt zusammenhing. In ihren schimmernden Stoffrüstungen mit den aufgestickten Schutzzaubern waren die Magierkrieger des Herrschers furchteinflößend anzusehen. Ihre geschnitzten Holzhelme hatten die Form von Drachenköpfen. Sie verbargen die Gesichter ihrer Träger und ließen sie aussehen wie die wilden, halb menschlichen Kreaturen aus dem Zeitalter der Sagen. Die eingebrannten magischen Schriftzeichen machten das bemalte Holz härter als Metall. Die meisten Wachen waren bis auf ihre Dolche unbewaffnet, denn ihre Zauber hinterließen schlimmere Wunden als jedes Schwert. Deshalb trugen sie lediglich einen Köcher mit magischen Schriftrollen am Gürtel. Adeen machte einen großen Bogen um sie. Ihre Anwesenheit verriet, dass der Herrscher um die Sicherheit in der Stadt fürchtete, und das war nie ein gutes Zeichen. Es konnte bedeuten, dass man schneller in Ärger verwickelt wurde, als man überhaupt etwas Verdächtiges tun konnte. Und manchmal mochte es schon verdächtig sein, mehr schrumpelige Rakashwurzeln mit sich herumzutragen, als man auf einmal essen konnte. Dann machten sich die Wachen im harmlosesten Fall einen Spaß daraus, nachzusehen, wer sich unter der weiten Schreiberrobe verbarg. Sie durchsuchten ihn, zwangen ihn auch bei Regen, sich bis auf die Unterhose auszuziehen, verpassten ihm ein paar Schläge als Erinnerung und ließen ihn gehen.

Dieses Mal hatte Adeen Glück. Die Wachen suchten in Winkeln und Hauseingängen Schutz vor dem Wind, fröstelnd trotz ihrer Umhänge, und beachteten ihn nicht. Nur die Passkontrolle am Marktplatz riss ihm stumm die Kapuze vom Kopf und leuchtete ihm mit der Fackel ins Gesicht, um zu überprüfen, ob er wirklich eine Krähe war, wie seine Papiere besagten.

Ja, es gab andere dunkelhäutige Menschen in Rashija, wenn auch nur wenige, meist Nachkommen von Erdgeborenen wie er selbst auch. Doch niemand sah aus wie er, mit Haut, so schwarz wie der Dreck am Straßenrand, und mit ebenso schwarzem Haar, das im Tageslicht sogar noch bläulich schimmerte. Nur seine Augen hatten die Farbe des Himmels – weil sie ständig am Himmel klebten. Das hatte Adeen die anderen Schreiber jedenfalls hinter seinem Rücken flüstern hören. Was hätte er darum gegeben, so hellhäutig zu sein wie Charral! Wie mochte es sein, nicht jeden Tag für ein Verbrechen, das seine Eltern begangen hatten und das jetzt ihm auf den Körper geschrieben war, gedemütigt zu werden?

Als er die Rakashwurzeln eingekauft hatte und den Markt wieder verließ, war die Sonne bereits hinter den Türmen der Akademie versunken. Die Dächer leuchteten flammend rot, und zugleich zeigten sich die ersten Sterne. Unruhe zwang Adeen, seine Schritte zu beschleunigen. Er wollte Rasmi die Wurzeln so schnell wie möglich bringen, denn er konnte es kaum erwarten, das gestohlene Papier im Kerzenlicht auseinanderzurollen und den Pinsel anzusetzen. Geflügelte Schatten riefen nach ihm, Nebelkreaturen, die auf einen festen Körper warteten. Wenn er erst einmal die scharfen Formen der magischen Schriftzeichen aus seinem Geist geschoben hatte, die sich während der langen Tage in der Akademie in seinem Kopf festbrannten, wurde es ganz einfach. Alles konnte ein Geheimnis sein, eine Tür, die seinen Gedanken einen Ausweg bot – ein Schmutzfleck, Schimmel oder Nässe an einer Wand oder eine Wolke am Himmel. Vor Adeens Augen wurden sie zu Landschaften, Gesichtern, zu geflügelten Wesen.

Immer die geflügelten Wesen. Auch in seinen Träumen verfolgten sie ihn, und jetzt dieser schwarze Flügel, der vorhin aus dem Nichts vor seinen Augen erschienen war … Manchmal glaubte er, dass er nicht mehr ganz richtig im Kopf sein konnte.

Auf den Straßen von Rashija hasteten die meisten dahin, ohne viel auf die anderen zu achten. Mit gesenktem Kopf ließ sich Adeen von der Menge mitspülen. Seine Füße kannten den Weg zu Rasmis Quartier. Dass er von Zeit zu Zeit einen Stoß in die Rippen bekam oder ihm jemand auf die Zehen trat, bemerkte er gar nicht. Der Lärm der Straße verblasste. Im Geist tauchte er seinen Pinsel schon in die Farbe, die er aus Rost, Erde, Wasser und ein wenig Mehl zusammenrühren würde, und warf die Umrisse eines schwarzroten Vogels auf sein Papier: ein prachtvolles Tier mit aufgerissenem Schnabel und Schwingen, fast zu groß für das Blatt, ein freies Geschöpf, das kämpfen oder fliehen konnte, wie es ihm beliebte.

»He, du schläfst wohl mit offenen Augen!«

»Tut mir leid«, murmelte Adeen und rieb sich die Schulter, mit der er gegen den Rücken des Mannes geprallt war. Erst im nächsten Augenblick erkannte er die Stimme und den Blumenduft und riss erschrocken den Kopf hoch.

Charral.

Was für ein verfluchtes Pech! Adeens Herz begann zu hämmern. Charral hatte sich gewaschen, umgekleidet und offensichtlich auch neu parfümiert, doch noch immer entstellten geschwärzte und vom Feuer gekräuselte Strähnen sein silberblondes Haar. Mit hasserfülltem Gesicht starrte er Adeen an. »So schnell sieht man sich wieder.«

Voller Schreck wich Adeen einen Schritt zurück, um im Gedränge der Menschen zu verschwinden, doch da hatte ihn Charrals Hand schon hart bei der Schulter gepackt. »Ich bin noch nicht fertig mit dir.«

Undeutlich bemerkte Adeen, wie die Menschen auf dem Markt in größerem Abstand um ihn und Charral vorbeihasteten.

»Was hast du in deinem Beutel, Krähe?«

»Nur Rakash für eine Suppe.« Adeen musste sich nicht einmal um einen unterwürfigen Ton bemühen. Und er hatte geglaubt, heute würde ihm das Glück ein wenig zulächeln!

Charral riss ihm den Beutel von der Schulter und spähte hinein. »Das ist eine Menge Rakash für einen Hungerleider wie dich.«

»Es ist nicht für mich. Ein Freund hat mich gebeten, ihm etwas mitzubringen …«

Charrals Augen wurden schmal. »Dein Freund muss ausgesprochen hungrig sein. Oder geht es hier eher um die blaue Farbe? Kritzelst du damit herum, wenn du nicht gerade die Zauber der Akademie ruinierst?«

Mit einem Ruck stülpte er den Beutel um und ließ die schwarzgrauen Wurzeln aufs Pflaster prasseln, um sie gleich darauf mit dem Absatz zu zertreten. Dunkle Flüssigkeit quoll hervor, rann über die Steine und vermischte sich mit dem Wasser der Pfützen zu einem intensiven Blau. Das war das Blau, von dem Charral gesprochen hatte, das wahre Wesen der Rakashwurzeln, die Farbe des Himmels.

»He, was ist das?«

Charral bückte sich und hob etwas Weißes von der Straße auf. Vor Adeens Augen entrollte er das tintenfleckige Papier. Es musste ihm aus dem Ärmel gefallen sein, als er Charral angerempelt hatte.

»Papier der Akademie? Was glaubst du, wer du bist, Krähe?«

Adeen biss sich auf die Lippen. Nach den Gesetzen des Herrschers gab es keine Rechtfertigung für seinen Diebstahl. Er sah zu, wie Charral die Bögen in kleine Fetzen zerriss, die langsam vor ihm zu Boden flatterten. Die geflügelten Wesen in seinem Kopf schrien, betrogen um ihre Hoffnung, Gestalt anzunehmen.

»Nein!«

Adeen hörte den Widerhall seiner Stimme in den Ohren, und dann war es, als würde er sich selbst zusehen, wie er sich auf Charral stürzte, um mit den Fäusten auf sein glattes, schönes Gesicht einzuschlagen.

Es war undenkbar, dass eine Krähe wie er einen Magier auch nur berührte. Er wusste, dass er einen Fehler beging, dass er nur verlieren konnte, aber all das hatte plötzlich keine Bedeutung mehr. Er warf sich gegen Charrals Körper, doch ebenso gut hätte er gegen eine Mauer anrennen können. In der Dämmerung glühte Charrals magischer Schutzschild blauweiß auf, zischte, und Funken zuckten über seine Kleidung und die nackte Haut seiner Hände. Adeen stolperte benommen zurück, doch schon mit dem nächsten Atemzug warf er sich erneut auf den Gegner. Er zielte auf sein Gesicht, doch seine Fäuste gingen ins Leere.

Charrals Finger zuckten, beschrieben verschlungene Zeichen. Dann sprang ein blendendes Licht zwischen seinen Händen hervor, und Adeen traf ein Schlag, der ihn weit nach hinten schleuderte. Er prallte so hart mit dem Rücken gegen eine Hauswand, dass ihm die Luft wegblieb und weißglühende Punkte vor seinen Augen wirbelten. Im nächsten Moment stand Charral über ihm. Adeen konnte ihn nur anstarren – der Zauber hatte seinen Körper gelähmt, und er vermochte sich nicht zu rühren. Charrals Stiefel trat ihm gegen die Rippen, dann ins Gesicht. Er konnte spüren, wie seine Lippen aufplatzten, aber es tat nicht einmal weh. Vielleicht gehörte auch das zur Wirkung des Zaubers.

Auf einmal blitzte Metall in Charrals Hand auf. Mit Entsetzen erkannte Adeen eine »Drachenzunge«, einen Dolch mit doppelter Spitze, wie ihn die adligen Magier als Zeichen ihres Standes mit sich führten.

»Das wird dich lehren, Hand an mich zu legen, Krähe!«

Adeens Arme und Beine begannen zu prickeln, offenbar verlor der Lähmungszauber allmählich seine Wirkung. Doch noch immer wollte es ihm kaum gelingen, auch nur eine Hand zu heben. Es war, als laste ein Gewicht auf ihm und drücke ihn zu Boden. So würde er es nie schaffen, einem Dolch –

»Hör auf damit!«

Eine Stimme schnitt durch das Halbdunkel. Undeutlich sah Adeen, wie Charral den Kopf wandte. Sein Gesichtsausdruck veränderte sich abrupt, das boshafte Grinsen erstarrte ihm auf den Lippen, und er zog sich ein Stück von Adeen zurück. Beinahe wirkte er schuldbewusst.

»Talanna?«, stieß er hervor. »Was machst du hier?«

»Das frage ich dich!«

Das Kribbeln in Adeens Gliedern wurde stärker. Er nutzte den Moment, in dem Charral abgelenkt war, um sich halb hochzustemmen und von ihm wegzukriechen. In seinen Ohren rauschte es, nur gedämpft drangen die Stimmen zu ihm durch. Er versuchte sich aufzurichten, doch sein Körper gehorchte ihm nicht. Die Straße kreiste um ihn, er konnte nicht einmal ausmachen, wo oben und wo unten war.

»Ist dir deine Zeit nicht zu schade für solchen Unsinn?« Es war eine Frauenstimme, das erkannte Adeen nun, rauh und voller Zorn.

»Es ist die Krähe, Talanna. Ich habe dir von dem Kerl erzählt. Er sorgt ständig für Ärger bei den Schreibern, und dieses Mal hat er es sogar gewagt, Papier zu stehlen – ich habe ihm nur gezeigt, wo sein Platz ist.«

Adeen hätte es nicht für möglich gehalten, Charral einmal so kleinlaut zu erleben. Die Frau schnaubte nur. »Er war offensichtlich eine große Bedrohung für dich, und du konntest ihn dir nur mit Gewalt vom Leib halten!« Eine Hand griff nach Adeens Schulter. Durch den dünnen Stoff der Robe hindurch fühlte er die Wärme der Berührung, stärker, als es ihm in diesem Moment natürlich erschien.

»Kannst du mich hören?«, fragte die Frau.

Die wirbelnden hellen und dunklen Flecken vor ihm flossen ineinander und formten sich zu einem schmalen, kantigen Gesicht. Selbst im blauen Licht der einbrechenden Nacht schien ein farbiger Schimmer auf ihrer Haut zu liegen, violett, oder vielleicht rötlich. Ihre Augen starrten ihn forschend an, wilde, helle Augen. Etwas Aristokratisches lag in diesen Zügen, wie bei den edlen Jagdhunden, die sich die Oberschicht hielt, und die nur aus Sehnen und grazilen Knochen zu bestehen schienen. Unter ihrer Kapuze stahlen sich einzelne Haarsträhnen hervor, die wie Feuer leuchteten. Und plötzlich erkannte Adeen, dass er einen Draquer vor sich hatte, einen der seltenen Glücklichen unter den Magiern, in denen sich die Magie ihrer Vorfahren auch äußerlich manifestierte.

Erst als sie ihren durchdringenden Blick nicht von ihm wandte, wurde Adeen bewusst, dass sie ihn etwas gefragt hatte. »Was?«, murmelte er.

»Ist es schlimm?« Sie zog ihm die Kapuze vom Kopf und wies auf sein blutendes Gesicht.

»Es geht mir gut«, brachte Adeen heraus. Mit steifen Fingern versuchte er, sich die Kapuze wieder aufzusetzen. Er schämte sich vor dieser Frau für sein Aussehen. »Ich muss gehen.«

Sie runzelte die Brauen. »Wisch dir wenigstens das Blut ab.« Von irgendwo zog sie ein Tuch hervor und drückte es Adeen in die Hand. Immer noch konnte er nichts anderes tun, als sie anzustarren. Ihre Augen, ihre Haare und ihre Haut schimmerten in der einbrechenden Dunkelheit in so unwirklichen Farben, wie er sie noch nie gesehen hatte.

Wie hatte Charral die Frau genannt? Talanna? Er erinnerte sich, dass der Akademiediener diesen Namen verwendet hatte.

Benommen ertappte er sich dabei, dass er noch immer dasaß wie ein Dummkopf, und begann, mit dem Tuch der Frau die Stellen in seinem Gesicht abzutupfen, die sich taub anfühlten. Erst als er das Blut auf dem dünnen Stoff sah, fühlte er allmählich das Brennen der Verletzungen. Nicht nur sein Gesicht, sondern auch sein Rücken schmerzte von dem Stoß gegen die Wand. Immerhin gelang es ihm, sich ein Stück weit hochzustemmen. Wo ihn Charrals Stiefel getroffen hatte, stach seine Seite so heftig, dass ihm für einen Moment die Luft wegblieb, doch es gelang ihm, nicht das Gesicht zu verziehen.

»Ich muss mich für das Verhalten meines Verlobten entschuldigen. Er hat vergessen, was sich für einen Mann seines Standes gehört.« Sie warf dem Magier einen Seitenblick zu, der Wasser hätte gefrieren lassen können – leider war Charral halb ins Dunkel getaucht, und Adeen konnte seinen Gesichtsausdruck nicht erkennen. Aber er hörte ihn murmeln: »Das wird dir schon bald leidtun.«

Gleich darauf waren sie fort, und Adeen kniete noch immer auf dem Straßenpflaster.

Charrals Verlobte –

2

BILDER

Die Arbeiterquartiere von Rashija boten so viel Raum zum Leben wie Bienenwaben, jeder Fußbreit wurde genutzt. Adeen musste sich durch winzige Gassen zwischen den Häuserblocks hindurchschieben. Jetzt, nach Einbruch der Dunkelheit, waren die Stände verlassen, die Stadt wirkte wie ausgestorben. Nur schwaches Kerzenlicht, das aus dem einen oder anderen Fenster flackerte, und gedämpftes Stimmengemurmel ließen ahnen, dass hier Menschen lebten. Es war besser, sich am Abend nicht mehr auf die Straße zu wagen, wenn die Wachen ihre Runden drehten und jemanden suchten, an dem sie ausprobieren konnten, wie gut ihre Hunde auf Kommandos hörten. Adeen kam nur langsam voran, seine Seite schmerzte, und sein Kopf dröhnte. Er würde froh sein, wenn er sich endlich hinlegen konnte, aber vorher hieß es, Rasmi zu erklären, dass er mit leeren Händen kam.

Rasmis Wohnblock lag nah am Rand der Stadt, nicht weit von Adeens eigenem Unterschlupf entfernt. Vom Dach aus überblickte man die Felder, die rings um Rashija auf der Hauptinsel lagen, eine eintönige Fläche, von der bisweilen Staubfahnen aufstiegen. An klaren Tagen konnte man bis zu den kleineren Nachbarinseln hinübersehen. Manchmal, wenn man ihn auf einen Botengang in einen der Akademietürme schickte, reichte sein Blick weit über den Rand der Inseln hinaus, bis zum Boden. In der Tiefe hatte Adeen Wald gesehen, der die Landschaft wie ein grüner Pelz bedeckte, und ein- oder zweimal eine Ortschaft, so klein, dass er sie auf der Hand hätte tragen können. Bunt und kostbar sahen sie aus, diese Häuschen, die glänzenden blauen Flecken der Seen und die Büschel der Wälder. Bald würde die Stadt landen, doch Adeen wusste bereits jetzt, dass er keine Gelegenheit haben würde, sich auf dem Boden umzusehen. Denn nur ausgewählten Personen war es gestattet, Rashija zu verlassen. Eine fast schmerzhafte Sehnsucht stieg in ihm auf, doch er schob sie beiseite. Bei den Schreibern erzählte man sich viele Geschichten darüber, was mit denen passiert war, die versucht hatten, die Stadt unerlaubt zu verlassen.

Im dritten Stock des Wohnblocks befand sich Rasmis Unterkunft. Mit der Übung vieler Jahre hatte Adeen gelernt, die Stellen auf der Treppe zu meiden, die am lautesten knarrten. Noch immer kam er häufig hierher, meist, um Rasmi etwas zu essen oder ein paar Münzen zu bringen, denn Rasmis kümmerliches Einkommen als Hausmeister des Blocks genügte kaum zum Überleben. Vor langer Zeit hatte Rasmi als Diener für die Oberschicht gearbeitet. So war er damals ins Haus von Adeens Mutter gekommen. Es fiel Adeen schwer, sich den struppigen Rasmi in der Livree eines Bediensteten vorzustellen.

Die Tür war abgesperrt. Adeen klopfte viermal, das war ihr vereinbartes Zeichen. Kurz darauf hörte er es hinter der Tür rumpeln, dann schlurfende Schritte, der Riegel wurde zurückgeschoben, der Schlüssel im Schloss gedreht, und mit einem leisen Knarren öffnete sich die Tür. Im Spalt wurde Rasmis weißer Haarschopf sichtbar. Zuerst lugte er mit misstrauisch zusammengekniffenen Augen hinaus, um sich zu überzeugen, dass es auch wirklich Adeen war, aber gleich darauf zeichnete sich Erleichterung auf seinem Gesicht ab.

»Ich hatte mir schon Sorgen gemacht!« Rasmi stellte sich auf die Zehenspitzen, schloss ihn in die Arme und presste ihn an sich – er war ein knochiger alter Mann, aber Kraft hatte er immer noch. Adeens angeschlagene Rippen protestierten gegen die rauhe Behandlung, und er biss die Zähne zusammen.

»Hallo, Rasmi.«

Kaum dass Adeen eingetreten war, verriegelte Rasmi die Tür hinter ihm wieder. »Wie war dein ...« Ehe er den Satz beendet hatte, weiteten sich seine Augen vor Schreck. »Meine Güte, was ist passiert?«

Adeen hatte sich zwar die Kapuze ins Gesicht gezogen, damit seine Verletzungen nicht gleich auffielen, aber gegen Rasmis scharfen Blick nützte das offenbar nicht viel. »Frag nicht.«

»War das wieder Charral? Wenn ich den in die Finger ...«

Die Anteilnahme tat Adeen gut. Rasmi bugsierte ihn mit einem freundschaftlichen Stoß auf den Schemel vor seinem Arbeitstisch, wo mehrere Kerzen ihr warmes Licht verbreiteten. »Halt still.« Er streifte Adeen die Kapuze vom Kopf und säuberte sein Gesicht mit einem Lappen, einem Schälchen Wasser und ein wenig Essig. Von einem Moment auf den anderen fiel die Anspannung von Adeen ab. Erst jetzt spürte er, wie erschöpft er wirklich war.

»Hat er dich noch irgendwo anders verletzt?«

Rasmi half ihm, die Robe hochzuschieben, und untersuchte seine geprellte Seite. »Du hast Glück gehabt«, befand er schließlich, »der Mistkerl hätte dir auch die Rippen brechen können. Aber tu mir den Gefallen und geh ihm nächstes Mal aus dem Weg!«

»Was, glaubst du, versuche ich die ganze Zeit?«

Rasmis Miene verriet Zorn und Hilflosigkeit zugleich. »Ich wollte, ich könnte etwas für dich tun.«

Fröstelnd streifte sich Adeen die Robe wieder über. Sie war sein wärmstes Kleidungsstück, und auch wenn Rasmi die Fensteröffnungen seines Quartiers mit Lumpen zugestopft hatte, stand ihm sein Atem als weißer Hauch vor dem Gesicht. »Ist nicht nötig.« Aus irgendeinem Grund wollte Adeen nicht über die Frau sprechen, die ihn vor Charrals Dolch gerettet hatte. Er zwang sich, seine Gedanken auf praktischere Dinge zu lenken. »Sag mal ... kann ich vielleicht bei dir übernachten?« Er scheute den Weg zu seinem Quartier durch den schneidenden Wind und die Dunkelheit.

»Nein, Adeen«, erwiderte Rasmi schnell. Überrascht schaute Adeen auf – es war überhaupt nicht Rasmis Art, ihm so einfache Wünsche abzuschlagen. »Nein, es tut mir leid«, wiederholte sein Ziehvater sanfter, »diese Nacht geht es nicht.«

»Stimmt etwas nicht?«

»Es ist alles in Ordnung. Ich muss nur noch ... etwas erledigen. Aber einen Tee kann ich dir vorher noch kochen, wenn du magst.«

»Du musst etwas erledigen? Jetzt, in der Nacht?«

Rasmi winkte ab. »Ich erzähle dir ein andermal davon. Ruh dich ein bisschen aus, bevor du aufbrichst.«

Adeen kannte Rasmis Dickkopf – wenn er ihm nichts

erzählen wollte, würde er auch nichts erfahren. Während Rasmi an seiner winzigen Feuerstelle hantierte, ließ Adeen seinen Blick wandern. Zwar kannte er diesen Raum genauso gut wie seine Unterkunft, aber bei jedem seiner Besuche hatte Rasmi aus selbstgebastelten Leinwänden, Farbtöpfen und Vorratsbehältern ein neues Labyrinth auf dem Boden gebaut. Überall aus den Ecken und von den Wänden beobachteten ihn die Wesen auf Rasmis Bildern, im Dämmerlicht nur schattenhafte Gestalten. Sie waren Adeens Verbündete, seit er denken konnte. Sie hießen ihn willkommen. Er liebte Rasmis Gemälde.

»Hast du das Bild fertigbekommen, von dem du letztes Mal gesprochen hast?«, fragte er.

»Den Steindrachen?« Obwohl sich Rasmi ruhig gab, entging Adeen der Funke nicht, der in seinen Augen zu leuchten begann. Er rieb sich das Kinn, plötzlich nervös. »Willst du ihn wirklich sehen?«

»Ja, natürlich.«

»Aber sei nicht zu hart zu ihm. Ich bin nicht mehr so jung, wie ich einmal war, Adeen, meine Augen werden schwächer, und meine Hände …«

Adeen lächelte. Rasmis Aufregung rührte ihn – er war der Einzige, der die Bilder betrachtete, und er wusste, wie viel es seinem Ziehvater bedeutete. »Ich bin sicher, er wird mir gefallen.«

»Also gut. Dort hat er sein Nest gebaut.« Rasmi schüttete die letzten Reste getrockneter Kräuter aus seiner Teedose und wies nur mit einer Kopfbewegung zu einer Leinwand, die nahe der Tür an der Wand lehnte. Um die Farbe während des Trocknens zu schützen, hing ein fleckiges Tuch darüber. Adeen trat darauf zu und hob den

Stoff vorsichtig hoch, während er Rasmis Blicke im Rücken spürte.

Überrascht hielt er den Atem an: Das Bild zeigte nicht das, was man sich in Rashija unter einem Drachen vorstellte, keine buntgeschuppte, prachtvolle Echse, die sich in den Himmel emporschwang. Dieser Drache bestand aus halb zersplitterten, kantigen Formen, die an Bruchstücke von Felsen erinnerten, so dass er aussah, als sei er über und über mit Wunden bedeckt, obwohl es offenbar nur Stein war. Er hatte keine Augen und Stümpfe, wo er Flügel hätte tragen sollen. Und obwohl Rasmis grobe Pinselstriche seinen Kopf nur angedeutet hatten, zeichnete sich auf dem verwitterten Gesicht ein Ausdruck von Kummer ab. Es war ein melancholischer Kummer, der etwas Sanftes und beinahe Freundliches an sich hatte.

»Was ist mit ihm passiert?«, fragte Adeen. »Warum musste er so leiden?«

Rasmi sah Adeen nur prüfend an und trug den dampfenden Becher zu ihm. »Ich wollte eigentlich noch ein paar Stücke Himmel hinzufügen«, sagte er, statt seine Frage zu beantworten, »so wie man sie sieht, wenn sich Wolken in einer Pfütze spiegeln … Aber ich hatte nicht mehr genug Farbe, nicht mehr genug Rakashwurzeln. Es gibt kein besseres Blau. Aber ich sehe, du hast sie nicht bei dir?«

Adeen holte tief Luft. »Wegen der Rakashwurzeln … es tut mir leid, ich hatte welche gekauft, aber Charral …«

»Ist schon gut. Du hättest sie nicht mit deinem Leben verteidigen müssen.«

Adeen fiel es schwer, sich von dem Anblick des Drachen loszureißen. Dennoch kehrte er zu dem Schemel zurück, setzte sich und nippte an dem heißen Tee. Er schmeckte nach fast nichts und roch faulig, aber immerhin wärmte er. Adeens Gedanken begannen zu wandern … Felsen … Drachen … Flügel … Federn.

»Heute ist es schon wieder passiert«, sagte er. »Wie vor ein paar Tagen, ich habe dir davon erzählt … Ich war in der Akademie, saß an meinem Arbeitsplatz, und auf einmal sah ich diesen Flügel.« Er suchte nach Worten. »Wie aus dem Nichts erschien er auf einem Papierbogen.« Dass er die Umrisse nachgezogen hatte, erwischt worden war und fast zur Zielscheibe für die Magierschüler geworden wäre, verschwieg er seinem Ziehvater besser.

Rasmi musterte ihn. »Einen Flügel?«

»Ja … wie aus schwarzer Tinte. Vielleicht bin ich wirklich nicht ganz richtig im Kopf, wenn ich so was plötzlich sehe.«

»Das ist die Magie der Inspiration, Junge. Da ist etwas in dir, das rauswill. Und solange sie uns nicht gestatten, unsere Bilder zu malen, ist es kein Wunder, wenn man dadurch manchmal ein bisschen neben sich steht. Hab keine Angst – es ist ein Geschenk.« Er berührte Adeens Schulter. »Wenn du willst, nimm dir eine Leinwand, streich eins meiner alten Bilder über und mal, was auch immer zu dir kommt.« Dann schien er sich zu besinnen. »Leider nicht heute. Ich muss … wie gesagt, noch etwas erledigen.«

Wie einen körperlichen Schmerz spürte Adeen die Sehnsucht in sich, dem, was er gesehen hatte, eine feste Gestalt zu geben. Aber er schüttelte den Kopf. »Nicht deine Bilder. Sie sind viel zu schön – mein Gekritzel muss warten.«

»Das Wort ›Gekritzel‹ will ich nicht mehr hören, Adeen. Du malst schon jetzt sehr ausdrucksvoll. Aber du brauchst Übung, um dich zu verbessern. Außerdem wird auch meine Bilder vielleicht nie jemand außer dir sehen. Wen kümmert es dann, wenn sie verlorengehen? Wenn unser Herrscher sie zu Gesicht bekäme, wäre das nicht nur das Ende der Bilder …« Rasmi fuhr sich mit dem Finger über die Kehle, um zu zeigen, was er meinte.

»Es ist nicht gerecht.« Adeen ballte die Hand zur Faust, öffnete sie wieder und starrte auf seine Finger. »Wenn ich nur irgendetwas ändern könnte …« Aber seine schmalen Hände taugten gerade einmal dazu, ein Schreibrohr zu halten oder einen Pinsel. *Wenn ich einen Dolch hätte, könnte ich damit trotzdem nicht zustechen wie Charral – oder?* Laut sagte er: »Ich frage mich, ob auf dem Boden Bilder auch verboten sind. Was meinst du?«

»Dort, wo der Schatten der Stadt hinfällt, sicher.« Rasmi rieb sich nachdenklich die Nase. »Aber wenn da unten irgendwo freie Menschen leben, bin ich sicher, sie dürfen malen, was ihnen in den Sinn kommt. Und sie ernten vielleicht sogar noch Anerkennung für ihre Kunst – so wie es früher auch hier einmal gewesen sein soll. Es fällt schwer, sich das vorzustellen, nicht?«

Ehe Adeen antworten konnte, hämmerte es plötzlich an die Tür, eine rasche Folge von Klopfzeichen. Vor Schreck hätte sich Adeen beinahe an seinem Tee verschluckt. Rasmi stand starr, im Kerzenlicht wirkte sein Gesicht plötzlich bleich.

»Wer ist das?« Unwillkürlich flüsterte Adeen.

»Keine Sorge. Es ist … ein Freund. Aber ich denke, es ist besser, wenn du jetzt gehst.«

»Stimmt etwas nicht? Du steckst doch nicht in Schwierigkeiten, oder?« Adeen kannte seinen Ziehvater genau: Immer, wenn Rasmi sehr beunruhigt war, wurde sein Gesicht ausdruckslos, so wie jetzt.

»Nein, nein …« Rasmi hatte es eilig, ihn in Richtung Tür zu schieben. »Ich weiß, es ist unhöflich, dich so einfach rauszuwerfen, aber in ein paar Tagen können wir zusammen plaudern, ja? Du solltest ohnehin etwas schlafen, mit deinen Verletzungen …«

Er entriegelte die Tür und öffnete sie. »Komm herein«, begrüßte er den Fremden mit sonderbarer, flacher Stimme, »mein Freund hier wollte gerade gehen.«

Rasmis Gast trat hastig über die Schwelle. Es war ein hochgewachsener, hagerer Mann, der sich fast vollständig in einen Umhang gehüllt hatte. Die Kapuze ließ nur sein stoppliges Kinn frei. Er stützte sich auf einen knotigen Holzstock mit metallenem Griff.

»Sie haben Ain«, sagte er mit kratziger, atemloser Stimme, während Rasmi die Tür hinter ihm schloss. Adeen war sicher, dass er ihn trotz Rasmis Hinweis nicht einmal wahrgenommen hatte.

Rasmi wurde noch fahler. »Wie konnte das passieren?«

»Wahrscheinlich hat sie sich vor der Lagerhalle etwas zu gründlich umgesehen und zu viele Fragen gestellt. Ich hatte sie gewarnt.«

»Können wir ihr helfen?«

»Nein. Wir müssen trotzdem weitermachen. Ain war glücklicherweise nicht in alles eingeweiht, aber der Herrscher kennt nun Zeit und Ort unseres Vorhabens. Daher müssen wir –«

Jetzt hatte der Mann Adeen bemerkt und verstummte

mitten im Satz. »Ist das dein Schüler, Rasmi?«, fragte er und deutete mit dem Griff seines Stockes auf Adeen.

»Er hat nichts mit uns zu schaffen«, erwiderte Rasmi rasch. »Wie gesagt, er wollte gerade …«

»Ich kann für mich selbst sprechen«, unterbrach Adeen ihn, einen Moment lang verärgert, dass Rasmi noch immer mit ihm umsprang, als wäre er ein kleiner Junge. »Worum geht es hier? Wer seid Ihr?«

Einen Moment lang herrschte Schweigen. Der Mann schob die Kapuze etwas zurück und musterte Adeen gründlich. Er mochte Mitte vierzig sein, deutlich jünger, als der Stock erwarten ließ, hatte das zerfurchte Gesicht eines Mannes, der sich viel im Freien aufhielt, und aufmerksame Augen. Sein graues Haar trug er lang und im Nacken zusammengebunden. Trotz der abgewetzten Kleidung – der Saum seines Umhangs war ausgefranst und löchrig – strahlte er Autorität aus.

»Rasmi«, sagte der Fremde, »kannst du deinem Schüler trauen?«

»Ich will nicht, dass du Adeen da mit hineinziehst!«, protestierte Rasmi. Der angstvolle Unterton in seiner Stimme war nicht zu überhören.

Es machte Adeen stutzig: Gewöhnlich gab sich Rasmi als sein Beschützer, den nichts aus der Ruhe brachte – auch wenn er ihn schon lange nicht mehr beschützen konnte –, aber nun sprach er mit diesem Mann im Umhang wie mit einem Höhergestellten, dessen Willkür er ausgeliefert war. Was um alles in der Welt ging hier vor?

»Kannst du ihm trauen, habe ich gefragt.«

»Ja«, erwiderte Rasmi leise. »Er ist mein Ziehsohn.«

»Ist er gesund? Er sieht etwas angeschlagen aus.«

Die Worte schwirrten über Adeens Kopf hinweg. »Redet nicht über mich, als wäre ich nicht hier! Ich möchte wissen, was das alles zu bedeuten hat.«

Der Fremde sah sich aufmerksam in Rasmis Zimmer um, betrachtete die verhüllten Bilder, dann Adeen. Als er sich ihm zuwandte, war sein Blick durchdringend.

»Wir haben nur wenig Zeit. In zwei Tagen will der Herrscher einen Teil unserer Vergangenheit öffentlich in Flammen aufgehen lassen. Kunstwerke. Meine Freunde und ich wollen sie retten, ehe es zu spät ist.«

Adeens Herz setzte einen Schlag aus und begann dann zu hämmern. Rebellen! In den Gassen der Arbeiterquartiere flüsterten sich die Leute gegenseitig Gerüchte über diese verwegenen Kämpfer gegen die Willkür des Herrschers zu. Nun begriff er, warum Rasmi darauf bestanden hatte, dass er möglichst schnell verschwand.

Adeen versuchte, seine Gedanken zu sortieren. »Kunstwerke? Was meint Ihr damit?«

»Rashija hat keine Zukunft, wenn wir zulassen, dass man unsere Vergangenheit zerstört. Diese Rettungsaktion war Rasmis Idee. Nun müssen wir sie vorziehen. Heute Nacht, ehe sie Maßnahmen ergreifen können.«

»Ohne Ain schaffen wir es nicht«, sagte Rasmi. »Wir sind zu wenige.«

»Ja, uns fehlt jemand, der ihren Platz einnimmt.« Der Blick des Mannes richtete sich auf Adeen.

»Nein!«, rief Rasmi, ehe Adeen auch nur ein Wort herausbrachte. »Das kommt gar nicht in Frage!«

»Rasmi, was geht hier vor? In was für einen Ärger bist du verwickelt?« Er spürte Wut in sich aufsteigen, Wut auf

Rasmi, der ihm nicht die Wahrheit gesagt hatte, Wut auf den Fremden, der über ihn verfügen wollte.

Rasmi reckte mit einer Mischung aus Stolz und Trotz das Kinn. »Du hast es doch gehört: Wir retten die Kunstwerke von Rashija.« Fast sofort kehrte die Besorgnis in seine Miene zurück. »Aber das geht dich nichts an. Du musst alles vergessen, was du gehört hast, versprich es mir!«

»Dafür setzt du also dein Leben aufs Spiel, ja? Und sagst mir, dass es mich nichts angeht?«

»Ich bin ein alter Mann, den niemand vermissen würde«, sagte Rasmi hitzig, »wen kümmert meine Sicherheit? Du bist jung, Adeen. Du kannst einmal ein großer Künstler werden. Das Talent dazu hast du.« Er wandte sich an den Fremden. »Ich werde nicht zulassen, dass du ihn benutzt!«

Einige Atemzüge lang hörte Adeen nur das leise Knistern der Flammen in der Feuerstelle und sein eignes Herzklopfen. Der Mann im Umhang trat vor das Feuer – er hinkte leicht, deswegen brauchte er wohl auch den Stock –, zog sich die Handschuhe aus und stopfte sie in die Hosentaschen, dann streckte er die Hände nach den Flammen aus, um sich zu wärmen. Der Feuerschein warf tiefe Schatten auf sein Gesicht. Auch er wirkte aufgewühlt. »Wenn wir keinen Ersatz für Ain finden«, fuhr er schließlich mit ruhiger Stimme fort, »geben wir diesen Teil unserer Vergangenheit auf.« Voller Zynismus fügte er hinzu: »Wir lassen seit fünfzig Jahren zu, dass man uns alles raubt, was wir sind, Stück für Stück – ja, du hast recht, was für einen Unterschied bedeutet da ein Verlust mehr oder weniger?«

»Hör auf damit!«, sagte Rasmi. »Das ist nicht gerecht. Ich habe mich damals freiwillig bereit erklärt, euch zu helfen. Aber Adeen …«

»Er scheint mir alt genug, um selbst zu entscheiden, was er tun will.«

Adeens verletztes Gesicht und seine Rippen pochten. Dieser Mann wirkte so furchtlos, und unfassbar: Rasmi hatte ihn unterstützt. Adeen erinnerte sich nur allzu deutlich an seine Angst, als Charral vorhin mit dem Dolch vor ihm gestanden hatte, und fragte sich, woher irgendjemand diesen Mut nahm.

»Ihr verlangt zu viel von mir«, sagte er zu dem Fremden, »ich kann das nicht.« Er wusste nicht, ob er es aus Angst sagte oder Rasmi zuliebe.

»Du bist eine Krähe.« Vor dem eindringlichen Blick des Mannes wich Adeen einen Schritt zurück.

»Das ist wohl kaum zu übersehen.«

»Von allen Menschen in Rashija hast du am wenigsten zu verlieren. Mischlinge wie du, ihr seid ein lebender Beweis dafür, dass jemand die Gesetze des Herrschers übertreten hat.«

»Aber ich …«

Der Mann ließ ihn nicht ausreden. »Was für ein Leben hast du vor dir? Die Magiekundigen werden dich schlagen, wenn sie Lust dazu haben. Sie werden ihre Zauber an dir erproben, ihre Hunde auf dich hetzen und deinen zerrissenen Körper für die Vögel liegen lassen. Auch wenn du ihrer Willkür bisher entkommen bist, das wird nicht so bleiben. Früher oder später …«

»Hört auf!«, unterbrach ihn Adeen. Sein geschwollenes Gesicht bestätigte jedes einzelne Wort des Mannes, und so, wie er mit ihm sprach, schien es, als müsse Adeen sich für all die Demütigungen, die er hatte hinnehmen müssen, auch noch schämen. »Ich kann nichts gegen diese Zustände tun.«

»Du kannst für das kämpfen, was richtig ist. Auch wenn sie dir immer wieder einbleuen, dass du wertlos bist, als Krähe bist du nicht weniger wert als ein Draquer oder einer von uns. Und wir brauchen deine Hilfe.«

Adeen war nicht überzeugt, dass er dem Fremden trauen konnte. Der Mann war offenbar in einer Notlage und suchte jede Hilfe, die er bekommen konnte. Trotzdem schienen seine Worte ihren Weg direkt in Adeens Herz zu finden. Er warf einen vorsichtigen Blick auf Rasmi, doch sein Ziehvater lehnte nur mit zusammengepressten Lippen an seinem Arbeitstisch und hörte zu.

»Ihr habt gesagt, Ihr wollt Kunstwerke vor der Verbrennung retten«, sagte Adeen. »Ich möchte wissen, was genau es damit auf sich hat und was Ihr plant.«

»Du wirst nicht kämpfen müssen«, sagte der Mann, »das werden andere vorher erledigen. Wir brauchen deine Kraft, um die Bilder zu transportieren. Schnelle Beine werden auch nicht schaden.«

»Aber diese Bilder – ich wusste nicht einmal, dass es noch andere in der Stadt gibt.«

Diesmal war es Rasmi, der antwortete. Seine Stimme klang fremd und flach, und sein Blick schien durch Adeen hindurchzugehen. »Ich habe es dir vorhin gesagt, Rashija war nicht immer der Ort, der er jetzt ist. Früher, als die Stadt noch nicht fliegen konnte, suchte man den Kontakt zu vielen Ländern. Damals zog Rashija Händler, Künstler und Gelehrte von überall her an, und man hieß sie willkommen. Kunstwerke entstanden, wie sie heute nicht mehr geschaffen werden, denn die Ideen vieler flossen ineinander. Die Menschen wussten, dass auch ein Gemälde eine Tür für den menschlichen Geist sein kann, ein Freiraum für die eigenen Gedanken ... ich weiß nicht, ob du mich verstehst, Adeen.«

Adeen nickte zögernd. Rasmi sprach etwas aus, was er schon lange gefühlt und gewusst, wofür er aber noch keine Worte gefunden hatte.

»Unsere Zeit ist anders. Der Herrscher trennte Rashija vom Rest der Welt und machte sie zu einer Insel im Himmel, um alles fernzuhalten, was nicht mit seinen Vorstellungen übereinstimmt. Seit er an der Macht ist, gibt es nur noch seine Bilder, seine Gedanken, seine ... Geschöpfe.«

So ist das also, dachte Adeen voller Bitterkeit. Der Herrscher hatte alle Kunstwerke zerstören lassen, damit sich niemand mehr daran erinnern konnte, wie es einmal gewesen war. Jeder sollte sehen, dass nur noch sein Rashija existierte, dass nichts mehr übrig war von der Stadt, die fremden Menschen und Gedanken einmal Platz geboten hatte.

Der Fremde fuhr fort: »Seitdem haben einige mutige Männer und Frauen versucht, Kunstwerke und Schriften zu retten. Der Bestand, von dem ich spreche, befand sich in Privatbesitz und konnte lange als Sammlung magischer Artefakte ausgegeben werden. Doch jetzt ist der Besitzer verstorben, die Tarnung ist aufgeflogen, und alle Objekte wurden in eine Lagerhalle gebracht. Wenn wir es nicht verhindern, werden auch sie bald in Flammen aufgehen.«

Adeen empfand eine seltsame Sehnsucht danach, diese Bilder zu betrachten, fremde, freie Gedanken, Tore aus der Vergangenheit, die in eine bessere Welt führten. Oder war er nur ein törichter Träumer, der an diese bessere Welt glauben wollte? »Rasmi, hast du sie schon einmal gesehen?«

»Ja«, erwiderte Rasmi. »Manche bestehen nur aus Farben, Formen und Bewegungen und sind keine Abbilder der Wirklichkeit – oder dessen, was für unseren Herrscher Wirklichkeit sein soll.«

»Bald werden wir sie hoffentlich aus der Stadt und hinunter auf den Boden schaffen können«, sagte der Fremde. »Je weiter weg vom Herrscher, desto besser.«

Adeen war sprachlos. In seine Bewunderung für Rasmis Mut mischte sich die beunruhigende Empfindung, dass er bisher nur einen Teil von ihm gekannt hatte. »Wie lange tust du das schon?«

Rasmi machte eine vage Handbewegung, die sein Unbehagen verriet. »Einige Jahre. Aber ich hätte dich nie mit hineingezogen, das musst du mir glauben.«

Einige Jahre? So lange warst du also nicht aufrichtig zu mir? Der Vorwurf lag Adeen auf der Zunge, doch er schluckte ihn hinunter. Rasmi war seiner Überzeugung gefolgt und hatte sein Leben riskiert, und er selbst ließ sich von Charral die Rakashwurzeln zertreten und fürchtete sich vor dem nächsten Tag. Er hob den Kopf und sah dem Fremden ins Gesicht. Rasmi schien zu ahnen, was er sagen wollte, denn er packte ihn hart bei der Schulter. »Adeen, sieh mich an! Ich kann dir nicht befehlen, alles zu vergessen, was du gehört hast. Aber wenn du jetzt ja sagst, gibt es kein Zurück mehr. Es wird gefährlich, lebensgefährlich. Du musst dir dessen bewusst sein.«

Adeen erwiderte Rasmis Blick und nickte. Dann sah er den Fremden an. »Was soll ich tun?«

Die Falten auf der Stirn des Mannes glätteten sich ein wenig. »Du triffst die richtige Wahl.«

Kaum hatte er die Worte ausgesprochen, überrollte die Angst Adeen wie eine Welle. Es war Irrsinn, was konnte er, eine Krähe, schon ausrichten? Einen Moment lang wünschte er sich, er hätte seine Worte wieder zurücknehmen können. Aber da war etwas in ihm, das ihn zwang, tief durchzuatmen und die Panik niederzukämpfen.

»Ich nehme an, wir können auch wieder auf deine Hilfe zählen, Rasmi?«, fragte der Fremde.

»Das habe ich gesagt, und dazu stehe ich. Aber Adeen ...«

»Du hast ihn gehört. Seid um die sechste Nachtstunde beim Weißen Bogen. Yoluan wird euch abholen. Du kennst ihn, Rasmi. Alles Weitere erfahrt ihr dann, nur für den Fall ...«

Rasmi schüttelte den Kopf. »Das geht zu schnell.«

»Wir haben diese Unternehmung lange geplant. Auch wenn wir ein paar Einzelheiten ändern müssen, es wird funktionieren.« Der Mann sah Rasmi fest in die Augen. »Wir können uns jetzt keine Zweifel leisten. Denk an die Bilder – *du* warst es, der sie als Erster retten wollte.«

Rasmi senkte den Blick und nickte.

»Also bis heute Nacht.«

Mit einem Ruck zog sich der Fremde wieder die Kapuze über den Kopf und wandte sich zur Tür. Adeen gelang es gerade noch, ihn beim Arm zu fassen. »Wartet! Ihr habt mir noch nicht einmal Euren Namen verraten. Wenigstens das seid Ihr mir schuldig.«

Einen Moment lang zögerte der Fremde, dann antwortete er: »Nenn mich Nemiz. Aber je weniger wir voneinander wissen, desto weniger können wir auch an unsere Feinde verraten.«

Gleich darauf war er zur Tür hinaus. Adeen schloss ab, schob den Riegel vor und lauschte, wie der Mann mit unregelmäßigen Schritten die Treppe hinabstieg. Dafür, dass er einen Stock brauchte, trat er erstaunlich leise auf. Erst jetzt wurde ihm bewusst, dass sich seine Welt eben mit einem Schlag so sehr verändert hatte, dass sie nie wieder dieselbe sein würde.

Rasmi war auf den Schemel hinter seinem Tisch gesunken. Dort saß er, das Gesicht in beide Hände gestützt, und starrte auf die buntfleckige Arbeitsfläche hinab. Es schien Adeen fast, als sähe er ihn zum ersten Mal – hatte er immer schon so dürre Finger gehabt? Mit all den feinen Runzeln und dem dünnen weißen Haar sah Rasmi zart und vornehm aus, beinahe zerbrechlich. Seit sich Adeen erinnern konnte, hatte Rasmi ihn beschützt, und er versuchte es sogar jetzt noch.

Er trat zu ihm und wollte ihn umarmen, zögerte dann aber. »Du hättest es mir nicht verheimlichen dürfen.«

»Ich wusste, dass genau das passieren würde, was jetzt eingetreten ist! Adeen, wie konntest du Nemiz nur deine Unterstützung zusagen? Und das auch noch jetzt, wo du verletzt bist! Begreifst du denn nicht, dass du schon morgen tot sein könntest, wenn du … wenn du den Rebellen hilfst?«

»Und du?«

»Ich habe mich dafür entschieden.«

»Ich auch.«

»Nein, Nemiz hat dich überredet! Er kann gut mit Worten umgehen, und er könnte dich davon überzeugen, dass deine Nase grün ist, wenn er es will – nichts gegen ihn, er weiß, wie man Menschen anführt, aber er hat kein Recht, dich da mit hineinzuziehen.«

Rasmis Stimme klang, als sei er den Tränen nahe. Adeen nahm eine seiner Hände und drückte sie, dann ließ er sie los. »Ich habe Glück, dass ich nicht jetzt schon tot bin. Charral …« Er suchte nach Worten, die Rasmi nicht erschrecken würden, und beschloss dann, die Wahrheit zu sagen. »Heute hätte er mich fast erstochen. Nemiz hat recht. Für ihn und für die Regierung bin ich nur ein Stück Dreck. Wenn ich etwas Sinnvolles tun kann … als Krähe … dann will ich es tun.«

Bisher hatte Rasmi nur auf die Tischplatte gestarrt, jetzt hob er langsam den Kopf und sah Adeen an. In seinen Augen spiegelten sich die Kerzenflammen. »Du bist mutig«, sagte er leise. »Doch, du brauchst gar nicht den Kopf zu schütteln. Sie stoßen dich seit Jahren herum, aber du hast dir diesen Mut bewahrt.«

Vor dem Fenster herrschte nun schwarze Nacht. Allmählich wurde Adeen ruhiger. *Vielleicht,* dachte er, *hatte ich immer am meisten Angst vor Charrals Demütigungen.*

Rasmis leerer Blick verriet, dass er eigenen Gedanken nachhing. »Ich möchte, dass du verstehst, warum ich es getan habe«, begann er schließlich. »Damals, als sie deine Mutter und dich geholt haben, war ich halb verrückt vor Wut. Ich wollte gegen diese Mörder kämpfen. Vielleicht hatte Nemiz meine Verzweiflung erkannt, als er mich ansprach. Er hat ein Gespür für die Stimmungen von Menschen. Er hat mir gezeigt, wie man das Richtige tut.«

Adeen schwieg. Er erinnerte sich kaum an seine Mutter, doch nach all der Zeit fühlte er sich immer noch für ihren Tod verantwortlich: Sie war gestorben, weil sie seine Mutter war. Auch wenn Rasmi immer beteuerte, sie habe ihn geliebt, würde er doch nie sicher wissen, ob es stimmte – immerhin war sie eine Draquerin gewesen. Hatte sie wirklich einen schwarzhäutigen Mischling wie ihn lieben können? Jedes Mal, wenn seine Gedanken zu dieser Frage zurückkehrten, empfand er denselben schmerzhaften Stich in seinem Herzen.

»Nemiz ist ziemlich überzeugend, nicht wahr? Und nachdem unsere ersten Aktionen erfolgreich verlaufen sind, war ich wie betrunken von dem Erfolg. Es fühlte sich zu gut an, Dinge zu tun, die der Regierung nicht gefallen … als hätte ich doch ein wenig Macht. Ich konnte den Kontakt zu ihm nicht wieder abbrechen. Auch nicht, als du dann plötzlich vor meiner Tür standest.«

Adeen fuhr sich mit der Hand übers Gesicht. »Ich werde die Gesetze des Herrschers nie verstehen. Die Draquer stehen an der Spitze der Gesellschaft, aber wenn sie einen Fehler begehen, bezahlen sie als Erste dafür. So wie meine Mutter – was hat sie denn schon getan? Sie hat sich doch nur in einen Schreiber verliebt.«

Rasmi zog die Schultern hoch und ließ sie langsam wieder fallen. »Ach, du weißt doch, Adeen, dass der Herrscher den Kopf voller alter Geschichten hat. Er glaubt, das Volk von Rashija stamme von den alten Drachen der Mythen ab, den Elementarwesen, gefärbt wie ihre Elemente. Und weil der Herrscher davon überzeugt ist, dass die Magiekundigen Rashijas dieses Erbe noch immer in sich tragen, schreibt er ihnen vor, mit wem sie Kinder bekommen dürfen und mit wem nicht, um so die Geschöpfe der Sagen zurückzuholen. Aber seine Draquer sind keine mythischen Wesen. Sie mögen rote oder blaue Haut haben und Haare wie Flammen und Wasser, und sie mögen auch mächtige Magiekundige sein, aber sie sind in meinen Augen bedauernswert. Sie entsprechen einem Bild, das sich ein kranker Kopf ausgedacht hat. Was sie an Freiheit haben, verlieren sie, sobald sie zu einer Ehe gezwungen werden. Deswegen geht der Herrscher auch so grausam mit ihnen um, härter als mit den Magiern, die seinem Bild nicht entsprechen: Die Draquer sind sein lebendiger Traum, und er erträgt es nicht, wenn sie sich anders verhalten, als er es erwartet.« Bitter fügte Rasmi hinzu: »Man sollte ihn umbringen und diesem Wahnsinn endlich ein Ende machen. Aber offenbar hat dieser Verrückte den Tod selbst betrogen, so lange, wie er Rashija schon beherrscht.«

Adeen war erschrocken – zum ersten Mal hörte er Rasmi sagen, dass er jemandem den Tod wünschte.

»Und jetzt leben wir in einer Welt«, fuhr Rasmi fort, »in der die Farbe von Haut und Haaren verrät, wie viel jemand wert ist – ob er nun bunt ist wie ein Draquer, hell wie ein Magier oder so dunkel wie du, Adeen.« Rasmis Blick wanderte zu seinen verhüllten Leinwänden. »Farben sind ein Teil der Schönheit unserer Welt, *alle* Farben. Mir wird schlecht bei dem Gedanken, wozu der Herrscher sie missbraucht.«

Adeen kannte diese Worte bereits, doch heute verstand er zum ersten Mal wirklich, wie ernst es Rasmi damit war. Flüchtig fragte er sich, ob seine schwarze Hautfarbe vielleicht auch mit Magie zusammenhing. Immerhin war er zur Hälfte ein Draquer. Aber vielleicht musste er sich glücklich schätzen, dass er ohne die Macht seiner Mutter geboren worden war. Was konnte Schwarz schon Gutes verheißen?

»Du siehst müde aus, Adeen. Leg dich ein wenig hin und versuch zu schlafen, bis es so weit ist. Du kannst mein Bett benutzen, ich werde jetzt ohnehin kein Auge zutun. Ich wecke dich rechtzeitig – ja, ich werde dich wecken, versprochen.«

Trotz aller Aufregung war Adeens Körper schwer von Erschöpfung, und er wusste, dass er später noch seine ganze Kraft brauchen würde. »Ich kann es versuchen. Hast du eine Decke?«

Adeen stieg über die Hürde aus Leinwänden, die die Schlafnische vom Rest des Zimmers abtrennte, streifte seine Schuhe ab und rollte sich auf Rasmis Bett zusammen. Groß und dürr, wie er war, musste er die Beine anziehen, um genügend Platz zu finden. Er wickelte sich in die Decke und starrte mit weit offenen Augen ins Halbdunkel. Noch immer fröstelte er, nur langsam wurden seine Finger und Zehen warm. Er hörte, wie sich Rasmi im Zimmer bewegte, leise die Farbschalen wegräumte und vor sich hin summte, wie er es schon immer getan hatte.

Vor Adeens Augen schienen sich Wirbel aus fleckigem Braun und Grau zu bilden, sie verschmolzen zu Formen, wie sich Rostflecken auf Metall bildeten, und flossen dann wieder auseinander. Zuletzt blieb ein Bild, wie hingesprüht mit Blut oder Tinte: das Schattenbild eines Vogels mit ausgebreiteten Schwingen und aufgerissenem Schnabel. Adeen presste die Augen zu, aber das Bild blieb. Beinahe glaubte er, den Vogel schreien, das Rauschen der mächtigen Schwingen zu hören … ja, er fühlte, wie er sich näherte, ein Sturm aus dunkler Asche, der ihn einhüllte, an ihm zerrte …

Er zuckte heftig zusammen, als plötzlich etwas seine Schulter berührte. Über sich gebeugt sah er Rasmi, der eine Kerze in der Hand hielt.

»Wach auf, Adeen. Wir müssen los.«

Adeen blinzelte in die Flamme. Seine Augen brannten. Hatte er geschlafen? Kurz schien das Bild des Vogels noch um die Kerze herumzutanzen wie aufgewirbelter Staub in einer Windbö, dann verblasste es.

»Ist gut«, murmelte Adeen. »Ich komme.«

3

VERRAT

Über ihren Köpfen trieben Wolken dahin, und ab und zu sah Adeen einzelne Sterne aufblitzen. Mit beiden Händen hielt er die Kapuze seiner Robe fest, an der der Wind zerrte. Seine Finger waren schon halb erstarrt, doch die Kälte betäubte zumindest auch den Schmerz in seinen angeschlagenen Rippen. Rasmi neben ihm hatte sich in eine Nische der Hauswand geschoben, die Hände tief in den Taschen vergraben. Obwohl der Wind laut heulte, hörte Adeen ihn mit den Zähnen klappern.

Die Straßen waren leer. In der Dunkelheit bildete der sonst so strahlende Marmor des Weißen Bogens einen verschwommenen hellen Fleck, und Adeen konnte die Reliefs, die ihn überzogen, nur mit den Fingern ertasten: die Darstellung, wie der Herrscher seinen Vorgänger an einen der fliegenden Felsen ketten und in den Himmel aufsteigen ließ, wie in seinem Auftrag in Rashija neue Gebäude errichtet wurden – auch der Weiße Bogen selbst – und wie er Hof hielt, umgeben von seinen Magierwachen und Getreuen. Bei Tageslicht hatte Adeen die Reliefs schon oft betrachtet. Sie waren so präzise, mit scharfen, glatten Formen und voller Menschen mit Gesichtern, die sich nicht voneinander unterschieden. Ganz anders als alle Bilder, die in seinem Kopf wirbelten.

»He! Rasmi?«

Adeen zuckte zusammen und schnellte herum. Der

Mann hatte sich so lautlos genähert, dass er ihn nicht bemerkt hatte. Im Dunkel war er beinahe unsichtbar, das schwache Sternenlicht verriet nur, dass er groß und breitschultrig sein musste.

»Yoluan!« Rasmi klang erleichtert. »Du bist spät dran. Ist alles in Ordnung?«

Der Mann hob die Hand. »Ist das der Neue? Adahn oder so?«

»Ja«, sagte Adeen nur. Die Situation war zu ernst, um sich mit Kleinigkeiten aufzuhalten.

»Sie haben schon angefangen. Kaza konnte nicht abwarten und hat das Signal zu früh gegeben. Los, beeilt euch.«

Die tiefe Stimme des Mannes hatte etwas Vertrauenerweckendes, auch wenn ein Geruch nach Skada-Dung von ihm ausging, der Adeen die Nase rümpfen ließ. Während sie ihm durch Gassen, Hinterhöfe und wucherndes Gestrüpp folgten, wies er sie an, was zu tun war. »Ihr müsst in die Lagerhalle rein und die Bilder raustragen, so viele ihr könnt. Vor der Halle wartet ein Wagen. Wenn Nemiz pfeift, verschwinden wir. Wer nicht schnell genug ist, wird zurückgelassen.«

»Was ist mit den Wachen?«, erkundigte sich Rasmi besorgt.

»Die andern haben sich schon drum gekümmert.«

»Und Verstärkung?«

»Darum kümmere *ich* mich.« Mit einem Laut, der fast wie ein Lachen klang, fügte der Mann hinzu: »Und natürlich Nemiz, Kaza und Talanna.«

Unwillkürlich spürte Adeen einen Stich, als er den letzten Namen hörte. Die Begegnung mit der Draquerin,

Charrals Verlobter, hatte er schon fast aus seinen Gedanken verdrängt. Es überraschte ihn, dass sich eine Draquerin den Rebellen anschloss. Oder sprach Yoluan von einer anderen Talanna?

»Pass bloß auf dich auf, Yoluan«, sagte Rasmi, »nicht dass Miklar dir wieder einen Pfeil herausschneiden muss.«

»Keine Sorge. Du weißt, ich bin zäh. Schau, da vorn ist es. Los jetzt!«

Ab jetzt ging alles sehr schnell, so dass Adeen nicht einmal mehr Zeit blieb, sich zu fürchten. In der Schwärze der Nacht prasselten die Eindrücke so rasch auf ihn ein wie Regentropfen. Ein langgestrecktes Gebäude, der blaue Schein einer Leuchtkristall-Laterne, ein eisernes Gitter mit scharfen Spitzen, auf denen sich das Licht spiegelte, und vor dem Tor reglose Körper in den roten Umhängen der Wache. Es roch nach verbranntem Fleisch und angeschmortem Stoff. Instinktiv schnappte Adeen nach Luft, seine Kehle wurde eng. Erst auf den zweiten Blick sah er die Rebellen in ihrer dunklen Kleidung. Sie huschten hin und her, schleppten Leinwände und verhüllte Gegenstände zu einem Wagen, der auf der Straße wartete. Die Skada vor dem Wagen hatte ihre Halskrause gesträubt und ließ unruhig den Schweif auf das Straßenpflaster peitschen. Die Oberschicht Rashijas benutzte Skadas für viele Aufgaben, denn die schlanken, zweibeinigen Schuppenwesen waren freundlich, lernfähig und groß genug, um einen Mann in Rüstung zu tragen oder einen Wagen zu ziehen. Abgesehen von den Krallen, dem Schweif und den scharfen Zähnen ähnelten sie geschuppten Gänsen.

»Viel Glück!« Der Mann namens Yoluan gab Adeen einen Klaps auf die Schulter, dann war er fort.

Rasmi hatte bereits das Tor erreicht und betrat die Lagerhalle, Adeen folgte ihm hastig. Ein Geruch nach Staub und alter Farbe, nach ranzigem Öl und feuchter Leinwand schlug ihnen entgegen. Was auch immer sie hier an Bildern finden mochten, schon seine Nase verriet Adeen, dass sie sich nicht in gutem Zustand befinden würden. Er blickte sich um, versuchte zu erkennen, wer die Leute waren, die es mit ihm zusammen hierher verschlagen hatte. Die meisten von ihnen wirkten zierlich und waren offensichtlich keine Kämpfernaturen wie der Mann namens Yoluan, der Rasmi und ihn abgeholt hatte. Wo war Nemiz? Und konnte es sein, dass sich auch Talanna in der Nähe befand? Aber er entdeckte sie nirgendwo, deshalb schob er den Gedanken schnell beiseite. Er musste sich konzentrieren.

Ein kleiner, magerer Bursche, fast noch ein Kind, lief auf Rasmi zu und drückte ihm eine brennende Fackel in die Hand. Der Feuerschein erhellte jedoch nur einen kleinen Teil des Raumes, in dem sie standen. Vor ihnen erstreckte sich die Halle tief ins Dunkel hinein, auch die Decke über ihren Köpfen verschwand in Schwärze. Das Fackellicht enthüllte eine Vielzahl unterschiedlich großer Kisten, dazwischen unförmige Gegenstände, doppelt so groß wie Adeen, die unter Laken verborgen waren. Vermutlich waren das Statuen. Auf einer Seite, nur wenige Schritte entfernt, lehnten Leinwände, die bemalte Seite zur Mauer gedreht. Adeen lief auf die Bilder zu und griff nach dem erstbesten. Das Gemälde war gut halb so groß wie er selbst und befand sich in einem Rahmen aus geschmiedetem Metall. Nur mit Mühe gelang es ihm, es hochzuheben. Schmerz stach durch seine verletzten Rippen, doch er biss die Zähne zusammen und achtete nicht darauf. Alles war so unwirklich, als sähe er selbst sich in einem Traum: Ein hagerer junger Mann in einer Schreiberrobe, der keuchend und mit verzerrtem Gesicht mit einer viel zu großen Leinwand rang.

Unter Aufbietung aller Kräfte schleppte er das Bild zum Wagen und zwang sich, nicht auf die Körper der Wachen zu achten, die auf dem Straßenpflaster lagen. Die Frau auf dem Kutschbock rief ihm etwas zu, was er nicht verstand. Er wuchtete das Bild auf die Ladefläche, und plötzlich leuchteten im Laternenlicht die Farben auf.

Es war, als würde die Zeit selbst den Atem anhalten.

Adeens Blick wurde von dem Bild angesaugt, er konnte ihn nicht lösen. Er sah Grün, vielfältige Farben und Nuancen, aber was das Gemälde zeigte, erkannte er nicht. Farbtupfen reihten sich aneinander, bildeten verschwommene Formen. Waren es Bäume? Adeen hatte bereits Bäume aus der Nähe gesehen, denn einige wenige klammerten sich vor den Häusern der Reichen in das dünne Erdreich. Wie mochte es sein, wenn man auf dem Boden in einem Wald stand? Sah es aus wie auf diesem Bild, schoben sich die Bäume zu einer dunklen Masse aneinander und verbargen den Himmel mit ihren Zweigen? Und, oh, die Farben! Graugrün und Blaugrün und Schwarzgrün, und dazwischen fremdartige Gebilde in einem sanften Rotton …

Es ist ein gutes Grün. Es wird dir nicht weh tun. Adeen hatte keine Ahnung, woher sich diese sonderbaren Gedanken auf einmal in seinem Kopf formten – waren es Erinnerungsfetzen? *Es gab ein anderes Grün, beißend hell, es hat mich angesprungen, es brannte …*

Unwillkürlich streckte er die Hand aus und berührte

das Bild. Ihm war, als könne er nach den Bäumen greifen, sie mit seiner Berührung real werden lassen, aber er strich nur über bemalte Leinwand.

Mit lautem Knall explodierte etwas neben ihm, und er wurde rückwärts vom Wagen auf die Straße geschleudert. Der Aufprall presste ihm die Luft aus den Lungen. Benommen richtete er sich auf und sah, dass der Straßenbelag wenige Schritte neben ihm aufgerissen war und qualmte. *Magie.* Beinahe hätte der Zauber ihn getroffen!

Hinter ihm zischte die Skada, bäumte sich auf, ging mit gestrecktem Hals durch und riss den Wagen mit sich. Auf einmal blitzten Waffen auf, blauweiße Lichtreflexe zuckten durch die Nacht. Adeen sah Nemiz mit gebleckten Zähnen, eine schlanke Klinge in der Hand, wie er Befehle brüllte, doch er hörte die Worte nicht: Das Rauschen in seinen Ohren übertönte alle anderen Geräusche. Er folgte Nemiz' Blick, blinzelte, wollte seinen Augen nicht trauen, als das, was er nur für einen schwachen Glanz in der Dunkelheit gehalten hatte, zu einer rotsilbernen Gestalt zusammenfloss.

Charral.

Dort stand er auf der Straße, umgeben von zehn oder mehr Wachen. Er trug keinen Helm, und sein helles Haar schimmerte im Schein der Laterne. In der Hand hielt er einen Stab, gespickt mit Blutkristallen, wie ihn nur die hohen Offiziere des Herrschers besaßen. Es hieß, diese Waffe sauge Lebenskraft direkt aus den Gegnern und führe sie ihrem Träger als Magie zu. Einer der Kristalle war durch den Schadenszauber zersplittert, dessen Explosion Adeen gestreift hatte, und feiner rötlicher Qualm stieg von der Spitze des Stabes auf.

Einen Moment lang zögerte Nemiz. Adeen sah, wie seine Augen schmal wurden, während er die Lage einschätzte, doch dann schob er zwei Finger in den Mund. Sein gellender Pfiff durchdrang sogar das Dröhnen in Adeens Kopf.

Die Rebellen wirbelten davon wie Lumpen im Wind. Diejenigen, die gerade aus der Lagerhalle kamen, ließen fallen, was sie trugen, und versuchten, in eine der Seitengassen zu gelangen. Gleichzeitig zerstreuten sich Charrals Wachen und setzten den Fliehenden nach. Viele schleuderten Zauber, die krachend ins Straßenpflaster einschlugen und Steinsplitter nach allen Seiten davonschießen ließen. Die Luft vibrierte von zornigen Rufen und Schmerzensschreien und war erfüllt vom scharfen, metallischen Gestank der Magie.

Auch Adeen rannte. Seine Beine bewegten sich wie von allein. Dann sah er, dass sich ein Mann direkt neben ihm auf dem Straßenpflaster wand. Es war der magere Junge, der Rasmi die Fackel gegeben hatte, und er war voller Blut. Adeen sah ihn schreien, aber der Lärm übertönte seine Stimme. Obwohl Adeens Herz vor Angst hämmerte, konnte er nicht vorbeilaufen. Er bückte sich zu ihm hinab, packte den Burschen unter den Armen und versuchte, ihn wegzuziehen. Doch eine plötzliche Erschütterung warf ihn zurück, eine magische Explosion blitzte auf, und für einen Moment war er blind. Als er wieder sehen konnte, rührte sich der Verletzte nicht mehr.

Im nächsten Augenblick packte ihn jemand am Arm und zerrte ihn mit sich. Adeen erkannte Rasmis weißes Haar, und Erleichterung überkam ihn. Dankbar überließ er sich der Führung des alten Mannes. Die Straße schwankte unter seinen Füßen, schien sich aufzubäumen, das Rauschen in seinen Ohren wurde zu einem durchdringenden Pfeifton. Nur mit Mühe hielt er sich auf den Beinen. Er wusste kaum noch, wo oben und unten war, nur, dass er nicht stehen bleiben durfte, und so stolperte er weiter.

Mein Kopf. Irgendetwas muss mich am Kopf getroffen haben – vorhin schon, bei der Explosion.

»Stehen bleiben!«, rief jemand hinter ihnen. Noch im selben Augenblick ertönte ein grässliches, prasselndes Geräusch, eine Welle aus gleißend blauweißem Schmerz riss Adeen von den Füßen und warf ihn aufs Pflaster.

Die Welt erlosch.

Als Adeen die Augen öffnete, schmeckte er Blut und etwas anderes, Bitteres. Funken wirbelten vor ihm, er spürte Hitze im Gesicht, roch Qualm. Irgendwo loderten Flammen, ganz nah. Er musste hier weg! Doch sein Körper schien sich nicht daran zu erinnern, wie er funktionierte, jede Bewegung dauerte so lange … was war überhaupt passiert? *Die Lagerhalle, die Bilder, Charral …*

Rasmi.

Die Angst verlieh Adeen neue Kraft. Schwankend kam er auf die Beine und hustete, als er Rauch einatmete. Sein Kopf dröhnte, und als er sein Gesicht berührte, war es feucht von Blut.

Flammen schlugen aus dem Dach eines nahen Hauses. Mit lautem Knistern fraßen sie sich in die Balken und tauchten die Gasse in ihr zuckendes, rotes Licht. Wahrscheinlich hatte ein verirrter Feuerzauber das Dach in Brand gesetzt. In der Nähe hörte Adeen Stimmen und erkannte Charrals zornigen Befehlston, doch die Straße war leer. Der Kampf musste sich an einen anderen Ort verlagert haben. Vielleicht hatten die Rebellen einen Gegenangriff gewagt. Oder war es ihnen gelungen, sich rechtzeitig zurückzuziehen? Adeen würgte und bemühte sich darum, auf den Füßen zu bleiben. Er fühlte sich schrecklich hilflos. Charrals plötzliches Auftauchen ließ ihn ahnen, dass sie von Anfang an keine Aussicht auf Erfolg gehabt hatten. Vor seinen Augen schien sich die Welt aufzulösen in Ascheflocken.

Dann sah er Rasmi, nur wenige Schritte neben sich, ein schmaler, regloser Körper, schwarz im Feuerschein. Er lag auf dem Bauch, den Kopf zur Seite gedreht, mit offenen Augen. Zwischen seinen Schultern klaffte ein Loch, umrahmt von zerrissener und verkohlter Kleidung. Blut war nirgends zu sehen. Adeen trat einen Schritt auf ihn zu, dann noch einen – er wusste, dass Rasmi tot war, aber er konnte es nicht fassen. Rasmis Körper sah so fremd aus, wie er dalag, gar nicht mehr wie ein Mensch. Als wäre es nur ein Bündel Lumpen, das man auf die Straße geworfen hatte. Ein Luftzug bewegte sein weißes Haar.

Adeen sank auf die Knie. Es musste ein Blitzzauber gewesen sein. Es hieß, dass einem das Herz sofort stehenblieb, wenn diese Magie direkt in den Körper einschlug. Der Zauber … er hatte selbst gespürt, wie er getroffen und von den Füßen gerissen worden war, aber er lebte noch, und Rasmi war tot. Die Gedanken wanderten durch seinen Kopf, immer und immer wieder, ohne dass er wirklich verstand, was geschehen war. Das Prasseln der Flammen, die Stimmen der Soldaten in den benachbarten Gassen, der Kampf, alles war plötzlich weit weg. Es betraf ihn nicht mehr. Die Welt war zusammengeschrumpft auf dieses Stück Straße, wo er neben Rasmis Leiche kauerte und den Blick nicht von ihr lösen konnte. Er empfand nichts, als hätte die Leere, die er in Rasmis Augen sah, auch ihn erfasst.

»He! Adeen! Bist … bist du das?«

Der Schreck zuckte durch Adeens Körper, als er die Stimme hörte, mehr ein mühsames Krächzen als Worte. Schnell sprang er auf.

»Keine Angst, ich bin es, Nemiz … komm her, du musst mir helfen!«

Nemiz? Einen Moment lang schien sich Adeen weder an den Namen noch an die Stimme erinnern zu können. Doch dann bemerkte er einige Meter entfernt in den Schatten eine Bewegung auf der Straße. Jemand kroch über das Pflaster auf ihn zu. Der Mann zog sich mit den Armen voran und schleifte die Beine nach, sein Gesicht, schwarz von Ruß, war zu einer Grimasse verzerrt. Auf seiner Haut glänzte Blut, rings um den Kopf stand ihm das versengte Haar ab. Einen Moment lang kämpfte Adeen gegen die Übelkeit an. Aber genauso groß wie das Erschrecken war seine Erleichterung, einen lebendigen Menschen zu sehen, gleichgültig, wie übel er zugerichtet war. Er wollte Nemiz' Namen rufen, doch obwohl sich seine Lippen bewegten, bekam er keinen Ton heraus.

»Deinen Arm!«, keuchte Nemiz. »Schnell! Stütz mich! Mein Bein … will nicht …«

Für Adeen sah es eher so aus, als ob ihm beide Beine den Dienst versagten. Als sich der Mann an ihm festklammerte, verflog seine Abscheu. Nemiz war trotz seiner Verletzungen tröstlich stark und lebendig. Irgendwie gelang es ihm, sich an Adeen hochzuziehen. Er schlang ihm einen Arm um die Schultern und hielt sich mühsam auf einem Bein aufrecht. »Die verfluchten Magier!«, zischte er Adeen ins Ohr. »Aber so schnell kriegen die mich nicht klein!« Adeen fühlte Nemiz' Herz hämmern, roch seinen Schweiß und den Gestank nach Asche und Blut. Und er sah nun auch die reglosen Körper, von denen Nemiz fortgekrochen war, zwei Wachen.

»Sie sind noch in der Nähe.« Endlich hatte Adeen seine Stimme wiedergefunden. »Vorhin habe ich gehört, wie Charral ihnen Befehle gegeben hat.«

»Wer?«

»Ihr Anführer. Er ist ein hohes Tier an der Akademie.«

»Du kennst den Dreckskerl? Wir müssen uns später ... wieder mit ihm befassen ... jetzt ... weg hier, schnell.«

»Aber wir können Rasmi nicht einfach hier liegen lassen!«

»Lebt er noch?«

Adeen presste die Lippen aufeinander und schüttelte stumm den Kopf.

»Dann ... müssen wir es sogar. Los, beweg dich! Oder willst du genauso enden?«

Noch einmal blickte Adeen auf Rasmis Leiche zurück. Die Straße verschwamm vor ihm. Er wünschte, er hätte seinem Ziehvater wenigstens noch die Augen zugedrückt. Aber was für einen Unterschied machte das schon? Vielleicht hatte Nemiz recht, und sie mussten sich in Sicherheit bringen, auch wenn ihm sein Leben im Augenblick nicht das Geringste bedeutete.

»Wohin?« Es war nur ein einziges Wort, doch es kostete ihn viel Kraft.

»Die Gasse dort, links von uns ... dann geradeaus.«

Nemiz' Gewicht drückte schwer auf Adeen, und dass sich der Mann mit aller Kraft an ihm festklammerte und ihm die Rippen zusammenquetschte, machte es nicht besser. Das Atmen fiel ihm immer schwerer. Trotzdem setzte er einen Fuß vor den anderen, taumelte vorwärts und zog Nemiz mehr mit sich, als dass er ihn stützte. Nach den ersten Metern wurde es etwas einfacher. Er war zehn Schritt weit gekommen, da würde er auch die nächsten zehn Schritte schaffen ... er war bis ans Ende der Gasse gelangt, da konnte er auch das Ende der nächsten erreichen ...

Vor ihnen auf dem Pflaster lagen Tote in Blutlachen, zusammengekrümmt, teils in den roten Umhängen der Wachen, teils in dunkler Kleidung. Mit rauher Stimme ermahnte Nemiz Adeen, nicht nach den Toten zu schauen, sondern über die Leichen hinwegzusteigen. Er zitterte am ganzen Körper, und ein flüchtiger Gedanke schob sich in Adeens Kopf: *Wen von diesen Toten hat er gekannt?*

Nacht und Feuer flossen vor seinen Augen ineinander, und während sie sich von den Flammen entfernten, konnte Adeen immer weniger erkennen, wohin er trat. Der Himmel nahm allmählich eine bleigraue Farbe an. Das Licht hätte ausreichen sollen, um zumindest Konturen auszumachen, aber er war blind. Er sah nur Lichtfunken, die langsam vor ihm niederregneten, Gassen, die sich sonderbar zu biegen oder zu stauchen schienen, und Rasmis tote offene Augen. Ohne Nemiz' Stimme, die ihn lenkte und anwies, wohin er seine Füße setzen musste, hätte er sich irgendwo am Straßenrand fallen lassen und gewartet, bis ihn Charral oder seine Leute fanden.

»Ein Haus ... mit einem Busch ... auf dem Dach«, flüsterte Nemiz ihm ins Ohr. Seine Stimme war schwächer geworden, sein eiserner Griff um Adeens Körper hatte sich gelockert, und sogar sein Zittern hatte nachgelassen. »Wir sind fast da …« Mit einem Keuchen holte er Luft, und plötzlich ließ er los und sackte zusammen. Es gelang Adeen gerade noch, ihn zu stützen, damit er nicht allzu hart auf dem Pflaster aufschlug, aber um ihn aufrecht zu halten, fehlte ihm die Kraft. Ausgestreckt wie zum Schlafen, lag Nemiz auf dem Stein. Er schien nicht völlig bewusstlos zu sein, denn seine Lippen bewegten sich. Zu hören war allerdings nur sein mühsamer Atem. Mit letzter Kraft zerrte Adeen ihn über den Boden, unter ein Gebüsch am Straßenrand, damit er sich wenigstens notdürftig in Deckung befand. Eine feuchte Spur blieb auf der Straße zurück.

Für Adeen war Nemiz nicht viel mehr als ein Fremder, aber die Vorstellung, ihn allein in der Nacht zurückzulassen, war unerträglich. Was hatte Nemiz gesagt? Ein Haus mit einem Busch auf dem Dach? Konnte er dort Hilfe finden? Adeen starrte in die Dunkelheit und versuchte, tief durchzuatmen, damit sein Blick klarer wurde. Jeder Atemzug hinterließ einen stechenden Schmerz, und langsam erinnerte sich auch der Rest seines Körpers daran, dass er verletzt war. Sein Kopf begann immer heftiger zu pochen. *Nicht mehr lange, und ich werde zusammenbrechen wie Nemiz.*

»Ich komme zurück«, versicherte er dem Verletzten und hoffte, dass er sein Versprechen halten konnte. Wohin sollte er sich wenden? In diesem Teil der Stadt war er noch nie gewesen. Um diese Zeit mussten sich die ersten Arbeiter bereits auf dem Weg zu den Feldern befinden, aber hier brannte nirgends Licht in den Fenstern, und es roch nach Moder und kaltem Stein. Diese Häuser mussten verlassen sein. Zur Rechten ragten in der Ferne die Türme der Akademie in den grauen Himmel auf. Sie schienen zu schwanken und zu verschwimmen wie Spiegelbilder in einer Pfütze. Wenn er sich an ihnen orientierte, wusste Adeen, dass er zumindest sein Quartier wiederfinden würde. Aber dorthin konnte er unmöglich zurückkehren.

Er stolperte voran. Plötzlich sah er an einer Biegung der Gasse etwas Helles schimmern. Ein Haus neigte sich dort über die Straße. Vor Jahren war es vielleicht einmal ein stattlicher Bau mit Säulen vor dem Eingang gewesen, aber nun wies seine Vorderseite mehrere große Löcher auf, und von den Säulen waren nur noch Stümpfe übrig. Das Dach war in der Mitte eingebrochen, nur die Seite, die Adeen zugewandt war, schien weitgehend intakt. Auf den Dachziegeln wucherte ein Busch inmitten von Moos und Dreck. Er hing voller weißglänzender Beeren. Andere Sträucher derselben Art wuchsen überall in der Ruine, und auch sie trugen Beeren, aber dieser eine glühte wie ein Leuchtfeuer. Das musste das Haus sein, von dem Nemiz gesprochen hatte.

Unter Adeens Füßen fühlte sich die Straße bucklig und abschüssig an. Von den Rändern seines Gesichtsfelds her waberte Dunkelheit auf ihn zu. Was suchte er überhaupt, was erwartete ihn in diesem Haus?

»Bleib so stehen, oder du bist tot!« Die Stimme war ganz unvermittelt da, ebenso wie die kalte Messerklinge an seiner Kehle. »Was hast du hier zu suchen?«

Adeen wollte Nemiz' Namen nennen, brachte aber nur

ein Keuchen heraus. Erst beim zweiten Anlauf gelang es ihm zu sprechen. »Nemiz – er ist verletzt … ein Stück die Straße hinunter …«

»Er lebt?« Von einem Moment auf den anderen war die Schärfe aus der Stimme verschwunden. »Talanna hat gesagt … was ist passiert? Wer bist du?«

Das Messer verschwand. Vor Adeen tauchte das schmutzverkrustete Gesicht einer alten Frau auf. Er wollte antworten, aber es war, als würde er in die fremden Augen hineinfallen, die sich wie ein Abgrund aus Schwärze vor ihm öffneten. Die Hände, die ihn auffingen, als er nach vorn sackte, spürte er schon nicht mehr.

4

KRIEGSRAT

Adeen träumte. Etwas Unsichtbares jagte ihn, aber statt davonzulaufen, kniete er am Boden und malte einen Vogel auf einen weißen Felsen. Er hatte keine Farbe, nur schwarzen Schlamm. Mit bloßen Händen wühlte er darin und verteilte ihn auf der Felsfläche. Er wusste, er musste sich beeilen. Was auch immer ihn verfolgte, war nahe. Er spürte seine Gegenwart wie einen Druck auf der Brust, der ihm den Atem zu nehmen drohte. Wenn er das Bild nur fertigbekam … es würde ihn beschützen, dessen war er sich sicher. Hatte er diesen Vogel nicht irgendwann schon einmal gesehen? Unter seinen Händen begann das Bild aus getrocknetem Dreck zu flattern, krümmte den Hals, als wolle es ihn anblicken, und auf einmal war Adeen nicht mehr überzeugt, dass es wirklich ein Verbündeter war. Dann schnellte der Vogel empor, seine Flügel peitschten, Staub wirbelte auf. Er war riesig, seine Schwingen füllten den gesamten Himmel. Angst erfasste Adeen, die unvermittelte Erkenntnis, dass der Feind, der ihn gejagt hatte, und der Vogel ein und dasselbe Wesen waren. Er wandte sich um und begann zu rennen, doch er kam nur wenige Schritte weit, dann stieß der Vogel in einem Regen aus trockener Erde und Asche auf ihn herab. Mit dem Gesicht am Boden rang Adeen nach Atem. Der beißende Geruch nach Verbranntem füllte seine Lungen. Er spürte, wie ihm der scharfe Schnabel zwischen die Rippen fuhr, und schrie.

Etwas Kühles berührte sein Gesicht, eine Stimme murmelte beruhigende Worte. Es musste Rasmi sein. Er war krank, und Rasmi war zurückgekommen, um sich um ihn zu kümmern, wie er es immer getan hatte. Ihm konnte nichts zustoßen, solange Rasmi bei ihm war.

Aber Rasmi war tot. Er hatte doch seine Leiche gesehen, oder war auch das nur ein Traum gewesen? Der Felsen, der Schmutz, der Aschevogel, war das die Wirklichkeit?

Adeen wollte die Augen öffnen, doch sogar dazu fehlte ihm die Kraft. Es fühlte sich an, als falle er in einen Tunnel, fort von der Stimme. Er kniete im Schlamm, vor sich den weißen Felsen, und der Traum begann von neuem, wieder und wieder.

Irgendwann, viel später, erwachte er erneut, und dieses Mal gelang es ihm, die Augen zu öffnen. Blasses Licht sickerte in seinen Kopf. Die Helligkeit stach in seine Augen, aber Adeen wusste, das würde dafür sorgen, dass der Traum nicht zurückkehrte. Ein Traum? Noch immer spürte er deutlich den Schmerz zwischen seinen Rippen, wo ihn der Vogelschnabel getroffen hatte, er roch noch den Rauch, der seinen Flügeln anhaftete …

Wo war er? Er lag auf einer Schlafmatte am Boden, zugedeckt mit zwei ausgefransten Decken, und sah auf eine graue Steinwand, von der Putz bröckelte. Davor bildete feiner, weißer Rauch filigrane Muster. Adeen brauchte einen Moment, um zu begreifen, dass es die Wärme seines Atems war, die diese Spuren in der kalten Luft zurückließ. Unvermittelt kehrte die Erinnerung zurück: Er hatte sich den Rebellen angeschlossen, hatte versucht, Bilder aus alter Zeit zu retten … was war dann geschehen? Noch sah er Rasmis reglosen Körper auf der Straße vor sich, einen Busch voller weißer Beeren auf dem Dach eines verfallenen Hauses, oder hatte er auch davon nur geträumt? Sein Kopf tat weh, und alles verschwamm im Nebel.

Aber er lebte. Vorsichtig bewegte Adeen eine Hand, erleichtert, dass sie seinem Willen gehorchte, und tastete über sein Gesicht. Es war voller Schorf, und um seinen Kopf hatte jemand einen straffen Verband gewickelt. Seine Schreiberrobe, die er noch immer trug, war von Flecken und Brandlöchern übersät, aber eine geschickte Hand hatte die gröbsten Risse geflickt. *Ich bin nicht allein. Jemand kümmert sich um mich.* Die Erkenntnis hatte etwas Tröstliches. Adeen sammelte Kraft und stemmte sich hoch. Er fröstelte, und der Raum schien unter seinen Füßen zu schwanken, aber er widerstand der Versuchung, sich wieder auf die Schlafmatte zu legen. Er musste wissen, was passiert war.

Das Zimmer maß nur drei oder vier Schritt, Feuchtigkeit zeichnete große, dunkle Flecken auf die Wände und den Boden. Die Wand enthielt zahlreiche Nischen, alle leer, und neben der Schlafmatte türmten sich Holzkisten, die ebenfalls leer waren. Viele sahen aus, als hätte man sie mit Gewalt aufgebrochen. Anstelle einer Tür gab es nur einen Durchbruch, zugehängt mit Lumpen. Das Licht drang durch Fensterschlitze hoch oben in den Wänden. Durch diese Öffnungen schoben sich auch Wurzeln und suchten Halt im Mauerwerk. Es roch feucht nach Herbst und Erde. Aus alldem schloss Adeen, dass er sich in einem Kellerraum befinden musste – aber wohin hatte man ihn gebracht?

Eine umgestülpte Kiste, auf die man eine fleckige Holzplatte gelegt hatte, diente als Tisch. Darauf standen ein Tonkrug und mehrere Becher. Adeen spürte, wie durstig er war. Er traute seinen Beinen noch nicht recht, doch sie trugen ihn zuverlässig, wenn auch etwas zittrig zu der Kiste, und gleich darauf schüttete er Wasser in sich hinein. Er hatte es so eilig, dass er sich verschluckte und husten musste.

»Langsam, Junge! Du erstickst noch!«

Die kratzige Stimme ließ Adeen vor Schreck zusammenzucken. Fast hätte er den Becher fallen gelassen. In der Türöffnung stand eine magere alte Frau, die ihm nicht einmal bis zur Schulter reichte. Sie hatte ein Tuch um den Kopf gewickelt, darunter sahen weiße Haarsträhnen hervor, die aussahen wie ungesponnene Wolle. Ihre Knöchel, die in mehreren Schichten ausgebeulter Socken verschwanden, waren dünner als Adeens Handgelenke. »Ausgeschlafen?«, fragte sie freundlich.

Er verkrampfte sich, ballte die Fäuste, denn er erkannte ihr Gesicht wieder – sie war es, die ihm ein Messer an die Kehle gesetzt hatte! Als sie sein Erschrecken bemerkte, trat sie einen Schritt zurück. »Keine Sorge, Junge. Ich tu dir nichts. Wir stehen auf derselben Seite.«

Adeen holte tief Atem, und sein Herz schlug allmählich wieder ruhiger. Diese Frau sah nicht aus, als hätte sie böse Absichten, und das Messer war diesmal auch nirgends zu entdecken. Dennoch blieb er misstrauisch. »Wo bin ich?«, fragte er. Seine Stimme klang heiser in seinen Ohren.

»In Sicherheit«, erwiderte sie, »wenn man überhaupt irgendwo in dieser Stadt sicher sein kann.« Ihre Augen schienen fast in den tiefen Falten ihres Gesichts zu verschwinden, doch Adeen spürte, wie sie ihn aufmerksam musterte. »Du hast uns Sorgen bereitet. Dein Fieber wollte nicht sinken, drei Tage lang, und du hast geträumt wie ein verrückter Jungmagier, der von seiner Kraft abgeschnitten ist. Aber das ist wohl kaum möglich bei einer Krähe.« Anders als Charral sprach sie das Wort nicht verächtlich aus. »Überhaupt ist es ein Wunder, dass du am Leben geblieben bist. Deine Rippen müssen noch immer ziemlich weh tun. Beweg dich ganz langsam. Wie geht's deinem Kopf? Ist dir schwindelig? Oder übel?«

»Ein wenig, aber es geht mir gut … glaube ich.« Adeen fühlte sich sonderbar. Wie konnte er hier stehen, Wasser trinken und mit dieser Frau sprechen, während Rasmi tot war? »Wer seid Ihr? Habt Ihr Euch um mich gekümmert?«

»Großmutter.« Sie lächelte und zeigte einige Zahnlücken. »So nennen sie mich hier. Auch wenn der Herrscher dafür gesorgt hat, dass ich keine Großmutter mehr bin, sind hier alle ein bisschen wie meine eigenen Kinder und Enkel. Zum Glück verstehe ich was von Heilkunst. Dein Kopf ist reichlich angeschlagen, und du hast zwei gebrochene Rippen. Aber dafür, dass dir die Wachen des Herrschers ihre Zauber um die Ohren gehauen haben, bist du bei guter Gesundheit. Mehr Glück als Verstand, eh?«

»Vielleicht.« Adeen war nun überzeugt, dass er ihr vertrauen konnte. »Jedenfalls … vielen Dank für Eure Hilfe. Und dabei kennt Ihr mich gar nicht.«

»Nemiz hat mir erzählt, was du für ihn getan hast. Wer ein Freund von ihm ist, ist auch mein Freund.«

Ganz langsam sickerte die Erinnerung in Adeens Kopf zurück. Ja, da war ein anderer Verletzter gewesen, Nemiz, er hatte ihn durch die Straßen gezerrt … »Was ist mit ihm? Ist er …?«

Die alte Frau zog ein Gesicht, als hätte sie in etwas Saures gebissen, und winkte ab. »Er ist schon wieder unterwegs – sollte mich nicht wundern, wenn sie ihn demnächst in einer Schubkarre zurückfahren müssen! Ich habe ihm gesagt, mit seinen Verletzungen muss er mindestens zwei Wochen liegen bleiben. Er ist ein größerer Dickkopf, als meine Tochter es jemals war! Meinte, jetzt, wo die Landung der Stadt bevorsteht, dürfe er keine Zeit verlieren. Pah! Wenn er so weitermacht, verliert er alle Zeit, die ihm noch bleibt, und zwar auf einmal!«

Adeen atmete auf, als er hörte, dass der Mann noch lebte. Auch wenn die Erinnerungen undeutlich waren, glaubte er zu wissen, dass Nemiz mehr tot als lebendig gewesen war, als er ihn zuletzt gesehen hatte. Erneut musterte er die Frau. Auf den zweiten Blick wirkte sie kräftiger, als es zunächst den Eindruck gemacht hatte.

»Ihr gehört zu den Rebellen, nicht wahr?«, fragte er.

Großmutter lachte. »Kann man so sagen. Talanna und Yoluan haben dich hier runtergetragen. Du erinnerst dich nicht, stimmt's?«

Er schüttelte den Kopf. »Sind noch andere hier?«

»Sie kommen erst in ein paar Stunden zurück, wenn es dunkel wird. Weißt du, was das für ein Ort ist?«

»Ein Haus mit einem Busch auf dem Dach?«

»Man nannte es früher ›Museum‹. Hier wurden Dinge aus der Vergangenheit gesammelt, damit die Menschen sie ansehen können. Der Herrscher hat es vor langer Zeit leer räumen und verfallen lassen. Jetzt kommt außer uns niemand mehr hierher. Der Bau selbst könnte zwar jeden Tag zusammenbrechen, aber die Kellerräume sind stabil. Sie wurden aus dem Stein herausgeschlagen, um all die Schätze von damals sicher aufzubewahren. Jetzt bieten sie uns Sicherheit.«

»Ist dieser Teil der Stadt verlassen?«

»Ja, schon seit einigen Jahrzehnten. Hier wohnten Draquer, aber unser geliebter Herrscher hat sie in seinen Schlachten sterben lassen wie so viele andere. Kein Wunder, dass er so verzweifelt versucht, neue zu produzieren.« Die Frau unterbrach sich und sah Adeen aufmerksam an. »Ich rede zu viel, und du wirst mit jedem Moment blasser. Leg dich wieder hin. Ich hole dir ein paar Happen zu essen und Wasser, wenn du dich waschen willst.«

»Ja, sehr gern. Vielen Dank.«

Sie musste scharfe Augen haben. Adeen hatte tatsächlich gespürt, wie seine Kraft nachließ, je länger er auf den Beinen stand, und er ließ sich dankbar auf die Matte sinken. Sofort atmete es sich leichter.

Die alte Frau hatte gesagt, dass er drei ganze Tage versäumt hatte. Drei Tage, an denen er nicht zur Arbeit erschienen war. Was mochte Kiven, der Aufseher, jetzt wohl glauben, wo er steckte? Adeen wusste, dass Kiven es hasste, wenn sich etwas seiner Kontrolle entzog. Er musste zurückkehren, ehe er seine Arbeit verlor und auf der Straße landete. Aber warum machte er sich darüber eigentlich Gedanken? Das Leben, das er noch bis vor kurzem geführt hatte, kam ihm nun vor wie das eines Fremden. Es erschien ihm unfassbar, dass er vielleicht die Zeichen der Schriftrollen niedergeschrieben hatte, durch deren Magie Rasmi getötet worden war.

Rasmi …

Als er spürte, wie ihm die Tränen kamen, zog er sich die Kapuze seiner Robe über den Kopf und drehte sich auf die Seite, weg von der Tür. Diese fremde Frau mochte ihm das Leben gerettet haben, trotzdem musste sie nicht sehen, wie elend er sich fühlte. Nach einer Weile hörte er, wie sie fortging und kurz darauf zurückkehrte. Sie stellte etwas mit leisem Klirren auf dem Steinboden ab, verharrte kurz, dann entfernten sich ihre Schritte wieder.

Der säuerliche Duft nach Rakashsuppe stieg Adeen in die Nase. Ausgerechnet! Es schnürte ihm die Kehle zu, aber er musste etwas essen. Rasmi hätte nicht gewollt, dass er gelähmt vor Trauer hier saß. Die Frau hatte ein Tablett mit Suppe, Brot und einer Waschschüssel gebracht. Er wischte sich mit dem Ärmel das Gesicht ab, griff nach dem Holzlöffel und begann langsam die blaugraue Suppe zu essen, während seine Tränen in die Schüssel tropften.

»He, Talanna, Yoluan, schaut ihn euch an! Das ist der Bursche, der mich gerettet hat!«

Nemiz' Stimme dröhnte in Adeens Ohren, und er schreckte vor seinem ungestümen Schulterklopfen zurück. Trotzdem tat es gut, Nemiz zu sehen. Abgesehen von den Krücken und der frischen Kleidung schien er sich seit der letzten Begegnung kaum verändert zu haben: Sein Haar stand noch immer in versengten Büscheln von seinem Kopf ab, und in seinem Gesicht, an Unterarmen und Händen gab es kaum ein Stück Haut, das nicht mit Schnitten und Schrammen bedeckt war. Die eingefallenen Wangen und Augenringe verrieten, dass es ihm noch immer nicht gut ging. Doch er lebte, und er hatte offenbar nicht vergessen, was Adeen getan hatte. Adeen verzog die Lippen zu etwas, was ein Lächeln sein sollte. Vielleicht wurde wirklich eines daraus. Er hatte Nemiz' Leben gerettet, und darauf war er stolz.

Dann standen Nemiz' Begleiter neben ihm, und in dem winzigen Raum wurde es auf einmal sehr eng. Alle sahen ihn an. »Wenn du nicht gewesen wärst, Adahn, hätten wir jetzt keinen Anführer mehr«, sagte der Mann namens Yoluan, der Rasmi und ihn am Weißen Bogen abgeholt hatte. »Das vergesse ich dir nie!« Nun konnte Adeen ihm endlich ins Gesicht sehen. Mit seinen breiten Schultern und Oberarmen war er vermutlich ein Stallknecht, außerdem roch er noch immer nach Skada-Mist. Er hatte struppiges hellbraunes Haar und einen Dreitagebart, und ein Grinsen ließ sein ganzes Gesicht aufleuchten. Großmutter ging dazwischen, als er Adeen ebenfalls auf die Schulter klopfen wollte. »Hör auf, du brichst ihm noch endgültig alle Knochen!«

Yoluan wich gehorsam zurück. »Wir alle schulden dir was, Adahn. Wenn ich was für dich tun kann, sag Bescheid.«

»Erst einmal kannst du mich bei meinem richtigen Namen nennen. Ich heiße Adeen.«

Yoluans Stirn legte sich in Falten, als höre er keinen großen Unterschied, aber er nickte. »Sicher. Mache ich.«

Nemiz' andere Begleiterin hatte bisher nur schweigend mit verhülltem Gesicht dabeigestanden. Nun zog sie sich die Kapuze ihres Umhangs vom Kopf. Ihr Haar, kinnlang und zerzaust, war nicht einfach nur rot oder rotbraun, es hatte die Farbe von Flammen. Ihre Haut war so violett wie die anbrechende Nacht.

»Wir haben uns schon einmal gesehen, nicht wahr?«, sagte sie. »Du bist der Schreiber aus der Akademie. Der, der das Papier gestohlen hat. Ich habe gehört, dass du Nemiz geholfen hast.«

»Ihr seid Charrals Verlobte«, stellte Adeen fest, »die Draquerin.«

Sie sah ihn ausdruckslos an. »Ja.«

»Ist schon gut, Adeen«, sagte Nemiz, »Talanna steht auf unserer Seite.«

»Aber sie gehört zu dem Magier, der uns angegriffen hat!«

Talannas Gesicht war vollkommen reglos. »Nennst du mich eine Verräterin?«

Adeen erinnerte sich daran, wie sie ihn bei ihrer ersten Begegnung auf der Straße vor Charral beschützt hatte. Dennoch fiel es ihm schwer zu glauben, dass eine Draquerin, die in Rashija alle Rechte besaß und höchstes Ansehen genoss, freiwillig ihr Leben riskierte, um einer zerlumpten Rebellengruppe zu helfen.

»Ich habe Euch bei der Lagerhalle nicht gesehen«, sagte er, aber sie erwiderte nichts.

»Mit Eurer mächtigen Magie hättet Ihr es mit Charral aufnehmen können!«

Talannas Augen wurden schmal, als sie Adeen musterte, noch immer schweigend. *Was für seltsame Augen sie hat, ein so helles Braun, fast gelb.* Er spürte eine schwache, pulsierende Wärme, die von ihrem Körper auszugehen schien.

»Wenn Ihr gekämpft hättet, wären jetzt nicht so viele von Nemiz' Leuten tot. Vielleicht wäre Rasmi nicht tot!« Seinen Namen zu nennen, löste eine solche Welle wütender Trauer in Adeen aus, dass er nicht weitersprechen konnte.

»Das reicht!«, fuhr Nemiz dazwischen. »Wir alle haben in dieser Nacht Freunde verloren, es geht uns nicht anders als dir. Und was vielleicht noch schlimmer ist: Auch die Bilder konnten wir nicht retten. Aber es nützt nichts, wenn wir uns gegenseitig Anschuldigungen an den Kopf werfen.«

Bei den letzten Worten war seine Stimme laut geworden, das Weiße in seinen Augen leuchtete bedrohlich. Adeen nickte zögernd, mehr, weil er an Nemiz' Aufrichtigkeit glaubte, als weil er überzeugt war, der Draquerin vertrauen zu können.

»Du bist sicher verbittert, Adeen«, fuhr Nemiz fort, »weil du als Krähe am unteren Ende dieser Rangordnung stehst, die der Herrscher eine Gesellschaft nennt. Aber vergiss nicht, dass unter einer ungerechten Regierung *alle* ungerecht behandelt werden, auch die, die anscheinend Vorzüge genießen. Lass uns jetzt die anderen treffen. Fühlst du dich kräftig genug, um an einer Versammlung teilzunehmen?«

»Ja«, murmelte Adeen. Nemiz' Worte hatten ihn getroffen, und er wusste nicht, ob er sich für sein Misstrauen schämen oder ob er wütend sein sollte, weil Nemiz Rasmis Tod so abgetan hatte. Sie alle hatten Freunde verloren – das sagte sich so leicht! Rasmi war für ihn wie ein Vater gewesen.

»Gut, dann komm mit. Wir haben viel zu besprechen.«

»Was ist mit meiner Unterkunft, mit meiner Arbeit in der Akademie? Ich muss dorthin zurück!«

»Du sagst, du kennst diesen Charral?«

»In der Akademie habe ich manchmal für ihn gearbeitet.«

»Kannst du sicher sein, dass er dein Gesicht in der Nacht nicht erkannt hat? Wenn du an die Akademie zurückkehrst, hast du uns vielleicht schneller verraten, als dir jemand die Ohren abschneiden kann. Nein, du gehörst jetzt zu uns.«

»Ich bin kein Verräter!« Adeen spürte, wie ihm das Blut ins Gesicht schoss. Doch Nemiz hatte sich bereits abgewandt und hinkte auf seinen Krücken davon. Der Mann namens Yoluan zog die Lumpen vor der Tür beiseite, damit er hindurchkonnte, und folgte ihm. Talanna, die Draquerin, warf Adeen einen langen, undeutbaren Blick aus ihren gelbbraunen Augen zu, ehe sie sich ebenfalls zum Gehen wandte.

Unter dem Gebäude zog sich ein Netzwerk von Gängen durch den Fels. Zu jedem anderen Zeitpunkt hätte Adeen neugierig nachgefragt, wozu all dies früher einmal gedient hatte, doch jetzt kreisten seine Gedanken um Rasmis Tod und die Rebellen. Sie behandelten ihn freundlich, weil er ihrem Anführer das Leben gerettet hatte, aber nur so lange, wie er nichts tat oder sagte, was ihrer Gruppe zuwiderlief. Natürlich, sie mussten sich schützen und durften sich keine Zweifel erlauben. Aber er fragte sich, was ihm von nun an bevorstand. Würde er nicht früher oder später genauso umkommen wie Rasmi?

Sie erreichten einen großen, runden Raum, dessen Wände über und über mit Nischen bedeckt waren. Verbrannte Schriftrollen und andere verkohlte Gegenstände lagen darin. Schwach fiel rötliches Abendlicht durch die Fensterschlitze ganz oben in den Wänden. In der Mitte glommen zwei Kohlebecken, aber erst aus der Nähe spürte Adeen, dass Wärme von ihnen ausging. Eine große Gruppe Männer und Frauen saß bereits auf Matten um die Kohlebecken, und als Nemiz eintrat, erhoben sich einige und begrüßten ihn. Er stellte ihnen Adeen vor, doch dieses Mal waren die Blicke, die ihn streiften, deutlich kühler. *Vielleicht sehen sie in mir, dem Schreiber und der Krähe, einen Handlanger der Akademie-Magier.*

Die meisten der Rebellen wirkten ausgehungert und heruntergekommen. Manche trugen gegen die Kälte mehrere Schichten Kleidung, was einen seltsamen Gegensatz zu ihren abgehärmten Gesichtern bildete. Nur einige wenige waren in guten Tuchstoff und Leder gekleidet. Sie mussten der Oberschicht angehören oder wenigstens für sie arbeiten. Großmutter mochte die Älteste der Rebellen sein, und die zwei Jüngsten waren offenbar noch Kinder, sogar nach den Gesetzen des Herrschers. *Wenigstens sind bei dem Angriff nicht alle umgekommen.* Insgesamt zählte Adeen etwa dreißig und fragte sich, ob Nemiz noch mehr Mitstreiter hatte, die nicht auf der Versammlung erschienen waren. Abgesehen von Talanna schien sich kein weiterer Draquer unter ihnen zu befinden, auch kein Magier – und keine andere Krähe.

Als sich der Anführer auf einer der Matten niederließ, suchte Adeen sich einen Sitzplatz in unmittelbarer Nähe. Die Anwesenheit so vieler Fremder machte ihn nervös. Er war sich keineswegs sicher, dass es sich bei ihnen um Freunde handelte, und das beruhte offenbar auf Gegenseitigkeit. Die Rebellen musterten ihn mit einer Mischung aus abschätziger Neugier und offener Abneigung. Nach allem, was geschehen war, konnte er es ihnen nicht einmal übelnehmen. Und es war ihm im Augenblick auch gleichgültig, was sie über ihn dachten. An Missachtung war er gewöhnt, von wem sie auch kommen mochte.

Talanna, die Draquerin, hatte sich einige Schritte entfernt hingesetzt. Mehrere Rebellen waren von ihr abgerückt, und die Blicke, die man ihr zuwarf, zeugten nicht unbedingt von Wohlwollen. Aber sie achtete nicht darauf und hatte die Augen starr auf Nemiz gerichtet. Auch Adeen ignorierte sie.

Zumindest sieht es so aus, als wäre ich nicht der einzige Außenseiter hier.

»Nemiz!«, rief ein Mann mit wildem Lockenkopf. »Du schuldest uns Erklärungen!« Beifällige Rufe aus der Menge begleiteten seine Worte. »Deinetwegen sind wir jetzt so wenige! Was soll das alles, wie lange willst du noch so weitermachen? Bis wir alle tot sind?«

Nemiz wandte ihm zwar den Kopf zu, doch er wirkte in sich gekehrt, als ob seine Augen ihn gar nicht sähen. Adeen versuchte, diesen Ausdruck zu deuten. Quälten den Anführer Selbstzweifel? Er schwieg, auch als sich mehr aufgebrachte Stimmen einmischten und der Raum schließlich von zornigen Worten schwirrte. Allmählich, als würden alle Rufe an Nemiz' Schweigen abprallen, verstummte der Lärm.

Und Nemiz begann zu sprechen.

Zuerst blickte er auf seine Stiefel, und die Worte kamen nur stockend aus seinem Mund. Er gab zu, dass die nächtliche Aktion ein Fehlschlag gewesen war, dass sie viele Gefährten verloren hatten. Die Unruhe und das Missfallen der Zuhörer war spürbar, auch Adeen ballte die Fäuste im Schoß. Offenbar hatte es dem Anführer angesichts seines Versagens die Sprache verschlagen. Aber als Nemiz schließlich fortfuhr, spürte Adeen, dass er ihn falsch eingeschätzt hatte. Es war, als würden Nemiz' Worte ihn einhüllen wie Schneeflocken im Sturm. Sie wirbelten um ihn, trugen ihn davon.

Von den verlorenen Freunden sprach Nemiz, davon, wie sie sich geopfert hatten, um die Vergangenheit von Rashija zu retten. Er sagte, sie seien für die Freiheit von Seelenverwandten gestorben, für die Künstler, die die Bilder einst erschaffen hatten. Er beschrieb die Bilder, und in seinen Worten spürte Adeen die Hoffnung, dass irgendwann neue Kunstwerke entstehen konnten und dass die Menschen von Rashija frei sein würden, wenn sie Nemiz weiterhin unterstützten.

Der Tod von Rasmi und den anderen wurde nicht weniger grauenvoll durch seine Worte. Dennoch löste sich der Schock der Anwesenden ganz langsam. Über einige Gesichter sah Adeen Tränen laufen, und wie gegen seinen Willen spürte er, dass sich auch in ihm etwas veränderte. Er wollte Nemiz helfen. Es hatte etwas Unvernünftiges, aber diese Worte und das Leuchten in den Augen des Anführers ließen ihn an das glauben, was Nemiz sagte. Und er sah, dass es den anderen ebenso erging. Vielleicht waren sie gar keine wilde Bande von Gesetzlosen, wie er zuerst geglaubt hatte, sondern Künstler wie er selbst?

Als Nemiz seine Ansprache beendet hatte, herrschte tiefe Stille im Raum. Nur das Knacken der Kohle und das dünne Pfeifen des Windes vor den Fenstern war zu hören. Fast unmerklich hatte sich eine Atmosphäre der Spannung ausgebreitet, auch Adeen wartete gebannt, was Nemiz als Nächstes sagen würde.

»Unsere Niederlage war kein Zufall«, fuhr Nemiz nach

einer kurzen Pause fort, »und mir bleibt keine Wahl, als es auszusprechen: Irgendwie hat Charral, einer der Magieroffiziere des Herrschers, von unserer Aktion erfahren.«

»Was?« Wieder meldete sich der lockenköpfige Mann zu Wort. »Das erzählst du erst jetzt? Ich habe gleich gesagt, dass wir keine Draquer aufnehmen sollen – diese Verräter haben nichts im Kopf, als die Stiefel des Herrschers zu lecken!«

»Und die Krähe?«, fragte eine Frau. »Der Kerl ist neu, und er arbeitet doch für die Akademie –«

Adeen öffnete schon den Mund, um sich zu verteidigen, aber Großmutter kam ihm zuvor. »Seid vernünftig! Wenn wir uns nur alle gegenseitig verdächtigen, kommen wir nicht weiter.«

Das unwillige Gemurmel beruhigte sich etwas, aber nicht vollständig.

»Sie hat recht«, sagte Nemiz. »Bei dem großen Plan, den wir umsetzen wollen, können wir uns das nicht leisten. Mit etwas Glück haben wir bald schon alles überstanden.«

Plötzlich breitete sich wieder Schweigen aus. Alle Blicke wandten sich Nemiz zu.

Aus den Augenwinkeln warf Adeen einen Blick auf Talanna, die reglos dasaß. Nemiz schien ihr zu vertrauen, und auch wenn er selbst das nicht so einfach konnte, war er doch beinahe bereit, ihm Glauben zu schenken. Nemiz wusste wirklich zu reden, und seine klangvolle, leicht heisere Stimme hatte etwas Beruhigendes. Er musste noch immer starke Schmerzen haben und erschöpft sein, doch das merkte man ihm nicht an. Zum ersten Mal fragte sich Adeen, wer dieser Mann sein mochte – offenbar stammte er nicht von der Straße oder aus den Arbeiterquartieren und Armenhütten wie die meisten hier.

»Große Worte spucken kannst du ja«, rief eine junge Frau aus der Menge, »aber wo ist nun dein toller Plan? Bisher ist alles nur schlimmer geworden. Glaubst du, ich setze mein Leben noch mal für einen solchen Mist wie Bilder aufs Spiel? Ich will hier weg, bevor die uns alle schnappen und abschlachten – das hast du uns doch versprochen!«

Zustimmendes Gemurmel folgte ihren Worten und steigerte sich innerhalb weniger Augenblicke zu einem Tumult. Nemiz versuchte nicht, die Versammlung zu beruhigen. Er wartete ab, bis sich der Lärm genügend gelegt hatte, dass er weitersprechen konnte.

»Es war kein Fehler, dass wir versucht haben, die Bilder zu retten«, sagte er ruhig. »Wir hätten damit einen Teil unserer Vergangenheit gerettet. Aber im Augenblick bleibt uns nur noch, nach der Zukunft zu greifen.« Er senkte die Stimme und erklärte, als spräche er von etwas Alltäglichem: »Wenn sich meine Hoffnung erfüllt, dann sind wir alle in weniger als zehn Tagen frei.«

»Frei?«, wiederholte die Frau voller Misstrauen.

»Frei zu gehen, wohin wir wollen, und zu tun, wozu wir Lust haben«, erwiderte Nemiz ernst. »Keine Wachen, keine Gesetze, die uns sagen, was wir denken sollen oder wen wir zu lieben haben. Ich werde diese Stadt verlassen, und ich werde alle mitnehmen, die den Mut haben, mir zu folgen.«

Adeen riss die Augen auf. Diese Worte waren unfassbar – niemand wagte es, Rashija ohne Befehl des Herrschers zu verlassen! Gerüchte besagten, dass manche es versucht hatten, als die Stadt das letzte Mal gelandet war – sie hatten sich bis zum Rand einer der fliegenden Inseln durchgeschlagen, um durch einen tollkühnen Sprung auf den Boden zu gelangen. Lieber wollten sie riskieren zu sterben, als weiter unter dem Regime des Herrschers zu leben. Doch es hieß auch, dass sich jeder, der nicht bereits vorher von den Wachen abgefangen und niedergemacht worden war, bei dem Sprung sämtliche Knochen zerschmettert hatte.

Nach den ersten Momenten schockierter Stille brach erneut Tumult los. Jeder der Anwesenden versuchte, sich Gehör zu verschaffen: Wie wollte Nemiz das schaffen, was sollten sie tun? Adeen schwieg. Nemiz sprach von Freiheit, doch Adeen wusste nicht einmal, ob er daran glauben konnte, dass es so etwas überhaupt gab.

»Aber jeder weiß doch, was mit denen passiert ist, die versucht haben zu fliehen!«, rief ein Mann voller Angst.

»Vertraut den Lügen des Herrschers nicht!«, erwiderte Nemiz. »Eine Flucht ist möglich. Versäumen wir diese Gelegenheit, leben wir für die nächsten fünfzig Jahre als Gefangene des Herrschers und seiner Stadt. Lieber will ich auf dem Boden sterben und bestattet werden, als hier noch als alter Mann die Hand dieses Tyrannen zu lecken! Deshalb lasst uns darüber sprechen, was zu tun ist.«

»Ja, erklär uns den Plan!« Das war Großmutter.

Auf Nemiz' Wink hin wurden die Kohlebecken zur Seite geräumt, und der Mann namens Yoluan entrollte auf dem Boden eine Karte der Stadt. Alle machten die Hälse lang, um einen Blick darauf erhaschen zu können, auch Adeen. Er wusste, was Karten waren, denn auch sie wurden in der Akademie angefertigt, und er hatte auch schon einige von Rashija gesehen – doch er hätte nicht geglaubt, etwas so Kostbares bei den Rebellen zu finden.

Schwarze Straßen zogen sich über das Papier, die wichtigen Gebäude waren durch Farbpunkte markiert, die in der Innenstadt bunte Haufen bildeten. Um das Zentrum ballten sich die Arbeiterquartiere und die verlassenen Bereiche, aus denen bei der letzten Landung Rashijas Soldaten abgezogen worden waren, ringsum lagen Felder. Die übrigen Inseln gruppierten sich um die Hauptinsel, manche durch Brücken oder mächtige Eisenketten mit Rashija verbunden, die meisten aber durch die pure Kraft der Magie: acht größere, die vor allem der Landwirtschaft dienten, und sieben kleine. Oder waren es mehr als sieben? Adeen hätte schwören können, einige davon auf anderen Karten nicht gesehen zu haben.

»Talanna hat ihr Leben riskiert, um die Karte für uns aus der Akademie zu beschaffen«, sagte Nemiz.

Er beugte sich über das Pergament und wies auf eine der kleineren Nebeninseln. »Das ist Gabta. Auf allen offiziellen Karten ist sie nicht eingezeichnet. Sie ist ein Forschungszentrum und gehört zur Akademie.« Alle blickten ihn nun voller Spannung an.

»Und wie soll uns das helfen, aus der Stadt zu entkommen?«, fragte eine zögernde Stimme aus den letzten Reihen.

Nemiz' Gesicht verzog sich zu einem triumphierenden Grinsen. »Wir werden diese Insel übernehmen und mit ihr in die Freiheit entkommen.«

Die Versammlung holte hörbar Atem. In den anderen Gesichtern erkannte Adeen seine eigene Verblüffung wieder.

»Wenn Rashija landet«, fuhr Nemiz nach einer kurzen Pause fort, »werden einige Magier diese Insel von den übrigen trennen und damit in der Nähe von bewohntem Gebiet aufsetzen.« Nun, da es darum ging, Rashija hinter sich zu lassen, lag in seinen Augen eine beängstigende Wildheit. »Talanna ist schon auf Gabta gewesen und kann es bestätigen. Die Steuerung von Gabta befindet sich im Zentrum der Insel in einem Turm aus Siltkristall. Dort halten sich Magier auf. Es sind Wissenschaftler, keine Kämpfer, aber wir dürfen sie auf keinen Fall unterschätzen. Wir brauchen Magie, die ihrer möglichst ebenbürtig ist. Talanna wird auf unserer Seite kämpfen; das ist eine unschätzbare Hilfe. Aber es genügt nicht. Da außer ihr niemandem von uns solche Kräfte zur Verfügung stehen, brauchen wir Schriftrollen, Dutzende. Seht ihr meinen Freund Adeen hier? Er ist ein Schreiber der Akademie. Er hat die Fähigkeiten, die man benötigt, um magische Schriftrollen herzustellen. Adeen, wir setzen große Hoffnung in dich. Du hast mir mit deiner Tapferkeit das Leben gerettet, jetzt kannst du uns alle retten.«

Adeens Magen zog sich zusammen, als sich alle Augen plötzlich auf ihn richteten. Das überraschte Murmeln der Versammlung klang nicht allzu freundlich. Nemiz' Auftrag überrumpelte ihn völlig. *Er braucht mich also, damit ich für ihn arbeite – hat Nemiz deshalb nicht lockergelassen, bis er mich überredet hatte, an dem Überfall teilzunehmen?*

Doch er schluckte seine Zweifel hinunter. Ihm blieb ohnehin keine Wahl. »Ich gebe mein Bestes«, sagte er. »Aber ich brauche spezielles Papier und Tinte, damit die Zauber wirken, und auch dann …« *Auch dann bin ich nicht sicher, ob es die Schriftrollen, egal wie viele es sind, wirklich mit der angeborenen Macht von Magiern aufnehmen können.* Adeen sprach es nicht aus. In den flüsternden Stimmen, die um ihn schwirrten, hörte er immer wieder das Wort Krähe, Krähe, man kann keiner Krähe trauen.

»Wir werden dir alles Material beschaffen, das du benötigst«, versicherte Nemiz. »Mit deiner und Talannas Hilfe werden wir den Akademiemagiern Feuer unter den Hintern machen! Was die anderen betrifft, ihr bleibt an euren Plätzen und wartet auf weitere Anweisungen. Wir sehen uns bald wieder.«

Nur langsam zerstreute sich die Versammlung. Fast jeder schien noch Fragen an Nemiz zu haben, die Menschen drängten sich um ihn. Auch in Adeens Kopf kreisten die Gedanken. Er hatte das Gefühl, er stürze seit seiner ersten Begegnung mit Nemiz einen endlosen Schacht hinab, und nichts vermochte seinen Fall aufzuhalten – aber wohin das führte, würde er nicht wissen, ehe er aufschlug.

Talanna raffte ihren Umhang, stieg über die Matten hinweg und schritt zum Ausgang. Die Art, wie sie sich bewegte, faszinierte Adeen – mit so viel Präzision, als kenne sie keine überflüssige Bewegung, und dazu diese beißend roten Haare … wieso starrte er sie überhaupt schon wieder an?

Eine Hand berührte seine Schulter. »Mach dir nichts draus, dass sie dich eben nicht mit offenen Armen empfangen haben«, sagte Großmutter. »Wer klug ist, weiß, dass du dir nicht ausgesucht hast, was du bist. Der Herrscher hat seine uneingeschränkte Regentschaft auf Magie gegründet, daher trauen Nemiz' Leute keinem Magier, nicht einmal einer Krähe. Aber sie sind jetzt auf deine Fähigkeiten angewiesen. Vielleicht hast du hier schon bald Freunde.«

Adeen nickte.

»Aber nun komm, du solltest dich wieder hinlegen. Sicher bist du müde.«

»Es geht schon.« Müde war er in der Tat, auch wenn er nach all der Aufregung nur schwer Schlaf finden würde. Als er sich wieder nach Talanna umblickte, war sie verschwunden.

»Warum tut Nemiz das alles?«, fragte er schließlich, als er an Großmutters Seite in sein Quartier zurückkehrte. »Weshalb riskiert er sein Leben, damit andere aus dieser Stadt entkommen können? Oder glaubt Ihr, es geht ihm vor allem darum, selbst aus Rashija zu verschwinden?«

Die alte Frau zuckte die Achseln. »Wenn du verstehen willst, was in Nemiz' Kopf vorgeht, fragst du am besten Yoluan. Er kennt ihn von uns allen am längsten. Ich weiß nur, dass Nemiz angeblich früher als Bediensteter in einem der wichtigen Draquer-Häuser gearbeitet hat.«

»Ist er in Schwierigkeiten geraten?«

»Soviel ich weiß, nicht er, sondern seine Frau. Sein Dienstherr machte mit ihr, was er wollte, und als sie schwanger wurde, schlug der Dreckskerl sie tot. Er hatte wohl Sorge, sie würde einen Mischling zur Welt bringen. Nemiz tat alles, was er konnte, um sie zu schützen, und wäre dabei fast auch gestorben. Der Draquer hat ihm das Bein zertrümmert, und nur, weil Nemiz so einen harten Schädel hat, ist mit seinem Kopf nicht dasselbe passiert.«

»Das ist furchtbar.« Adeen kannte die Willkür und Grausamkeit der Oberschicht gut genug. Nun glaubte er

Nemiz etwas besser zu verstehen. »Wie kann er mit Talanna zusammenarbeiten, nach allem, was die Draquer ihm angetan haben?«

»Auch die Draquer haben sich dieses Leben nicht ausgesucht.«

Und für seinen verrückten Plan braucht er ihre Fähigkeiten, dachte Adeen beunruhigt, *genauso wie meine.*

5

EINSAME SEELEN

Die nächsten Tage blieb Adeen unter Großmutters Aufsicht im Museum. Das Warten auf Nemiz' weitere Anweisungen zermürbte ihn. Obwohl Großmutter ihn immer wieder beschwor, sich hinzulegen und sich auszuruhen, damit er vollständig gesund werden konnte, drängte es ihn, sich irgendwie zu beschäftigen. Er entwischte der alten Frau und begann, auf eigene Faust in dem verlassenen Museum umherzustreifen. Bald hatte er herausgefunden, dass die Rebellen hier alle Kunstwerke lagerten, die sie auf ihren bisherigen Überfällen gerettet hatten. Die meisten waren in schlechtem Zustand, feucht, von Getier angenagt und mit Tüchern mehr schlecht als recht vor dem weiteren Verfall geschützt, aber für Adeen waren sie wie ein Blick in eine atemberaubende fremde Welt. Stunden um Stunden verbrachte er damit, sich vor die Leinwände zu kauern und die Farben mit einer matten Lampe abzuleuchten. Die Vielfalt der Bilder wühlte ihn auf: Da gab es Alltagsszenen, Menschen, die auf der Straße zusammenstanden und sich unterhielten – ein seltener Anblick unter dem Regime des Herrschers –, Landschaften, Bilder, auf denen der Himmel ein einziger Tanz farbiger Wirbel war, und andere, die nur aus Farben zu bestehen schienen. Sosehr ihn das alles faszinierte, es machte ihn auch traurig, denn er wünschte sich, dass auch Rasmis Bilder hier stehen würden. Er drängte Großmutter, sie mit ihm zusammen aus Rasmis Quartier zu bergen, vor allem das wundervolle Drachenbild, das er zuletzt gesehen hatte, aber sie lehnte ab. »Bist du noch ganz bei Verstand? Auf der Straße sind überall Wachen, und Rasmis Haus wurde längst durchsucht. Nein, du machst, was wir dir sagen, oder du bringst uns alle in Gefahr!«

Adeen gab sich geschlagen, sie hatte ja recht.

Mit der Zeit ließ das Pochen in seinen Rippen nach, bis er sich schließlich wieder ohne Schmerzen bewegen und leichter atmen konnte. Jeden Abend kam Yoluan vorbei und brachte frisches Wasser, Essen und Brennmaterial für das Feuerbecken. Großmutter wies ihn an, was sie am nächsten Tag benötigen würde – Teekräuter, frischen Verbandsstoff, Nähzeug und andere Kleinigkeiten –, und am folgenden Tag lud Yoluan zuverlässig alles in einem großen Stoffbündel auf ihrem behelfsmäßigen Tisch ab. Nur manchmal entschuldigte er sich zerknirscht, das Seifenkraut oder etwas anderes vergessen zu haben. Noch immer hatte sich Adeens Nase nicht an seinen Stallgeruch gewöhnt, doch wie der breitschultrige Mann dort am Feuer stand und sich die Hände wärmte, strahlte er große Selbstsicherheit aus und gab Adeen das Gefühl, als könne ihnen nichts zustoßen. Yoluan erzählte, dass draußen die Wachen erneut verstärkt worden waren und die Sammelbecken vom ständigen Regen fast überliefen, nachdem es monatelang kaum Wasser gegeben hatte. Seine tiefe Stimme erfüllte den Raum und vertrieb die lähmende Stille. Um seine Hände zu beschäftigen, hatte Adeen begonnen, mit Kohlestücken auf die Wände zu kritzeln: Vögel, immer wieder Vögel. Das lenkte ihn ein wenig ab. Die Wand war der Himmel, und seine Vögel flogen darin, die meisten weit entfernt, nur schwarze Linien. Manche kamen aber auch so nahe, dass unter seiner Hand die einzelnen Federn ihrer Flügel entstanden. Manchmal, wenn er zeichnete, glaubte er beinahe die aufgewirbelte Luft der Schwingen zu spüren, sogar die Federn selbst, wie sie seine Wange streiften. Der Anblick der gemalten Vögel tröstete ihn.

Großmutter störte seine Malerei nicht. »Du machst ein Gesicht, als wolltest du auch am liebsten davonfliegen«, sagte sie, und nach einer kurzen Pause fügte sie hinzu: »Bald ist es so weit.« Obwohl sie lächelte, konnte Adeen ihren Blick nicht deuten.

Einmal arbeitete er an einem Bild, als Yoluan das Quartier betrat. Er hörte ihn gebrummte Worte mit Großmutter wechseln, konnte sich aber nicht von seiner Arbeit lösen, um ihn zu begrüßen. Erst, als er spürte, dass Yoluan direkt hinter ihm stand, fuhr er herum.

»Du bist ja ein Magier!« Mit halb geöffnetem Mund starrte der Mann auf seine Hände.

Adeen fragte sich, wie lange Yoluan ihn schon beobachtete. Nun wurde er verlegen und wusste nicht einmal, warum. »Das sind nur Vögel. Nichts Besonderes.«

»Aber was für welche! Die fliegen einem fast ins Gesicht! So was hab ich noch nie gesehen. Wie machst du das bloß – ich wüsste ja nicht einmal, wie ich die Kohle halten soll.«

Adeen sah ihn verblüfft an. Auf Yoluans breitem Gesicht lag ein seltsamer Ausdruck, beinahe so etwas wie Hingabe.

»Du hättest erst die Bilder von Rasmi sehen sollen. Der war ein richtiger Künstler.«

»Bist du doch auch. Die Vögel sehen so lebendig aus.

Fast noch mehr als die echten, und es sind doch bloß ein paar Striche.«

Zögernd, fast respektvoll näherte sich Yoluan der Wand und streckte eine Hand nach der Zeichnung aus, an der Adeen gerade arbeitete, einer aufflatternden Taube. Seine groben Finger fuhren die Umrisse des Vogels behutsam nach, um die Kohle nicht zu verschmieren. Dann wandte er den Kopf und betrachtete die Zeichnung daneben, blickte von Vogel zu Vogel, bis sein Blick über die gesamte Wand gewandert war. Erschrocken stellte Adeen fest, dass er, ohne sich dessen bewusst zu sein, die Wand mit Vögeln gefüllt hatte, einem ganzen, lebendigen Vogelschwarm.

»Das sind wir«, sagte Yoluan eifrig, »nicht wahr? Wir fliehen aus Rashija und sind frei.«

Seine offensichtliche Begeisterung überrumpelte Adeen. »Die Bilder sind einfach da, sie verfolgen mich. Ich habe nicht darüber nachgedacht, was sie bedeuten könnten.« Auf einmal wünschte er sich, Rasmi hätte erlebt, wie Yoluan über seine Bilder sprach, auch wenn sie nur Kritzeleien auf einer Wand waren. »Ich wollte, ich hätte Papier und Farben.«

»Das wirst du irgendwann haben, Krähe.« Aus Yoluans Mund klang das Wort »Krähe« nicht unfreundlich. »Wenn Nemiz uns erst hier rausgebracht hat, beschaff ich es für dich.«

Adeen betrachtete Yoluan nachdenklich. Er schien keine Zweifel an Nemiz' Plan zu kennen. Und seine Freundlichkeit war Adeen so fremd, dass er nicht wusste, wie er sie annehmen sollte. Es gab vieles, was er antworten wollte, aber nichts davon schien ihm angemessen.

Also sagte er nur: »Danke.«

»Adeen.«

Er zuckte zusammen und richtete sich aus der Hocke auf. Seine Beine waren eingeschlafen, während er in den Farbstrudel des Bildes, das er gerade betrachtete, hineingesaugt worden war.

Hinter ihm stand Talanna. »Ich habe dich gesucht. Gehen wir in dein Quartier.«

Sein Herzschlag setzte für einen Moment aus und beschleunigte sich dann. Sie hatte sich in einen braunen, leicht ausgefransten Umhang gehüllt, wie ihn die einfachen Leute auf der Straße trugen, unter dem Arm hielt sie ein Stoffbündel.

»Guten Abend, Talanna.« Anscheinend war er ihr nach der letzten Begegnung nicht einmal eine halbwegs freundliche Begrüßung wert. Er breitete das Tuch wieder behutsam über die Leinwand. »Nemiz muss diese Bilder unbedingt in Sicherheit bringen«, sagte er, um seine plötzliche Aufregung zu überspielen. »Die fallen ja schon auseinander.«

Talanna warf dem Bild nur einen flüchtigen Blick zu. »Wir können nur hoffen, dass Nemiz weiß, was er tut. Du kannst mit der Arbeit anfangen. Hast du Licht? Einen Arbeitsplatz?«

»Oh ja. Natürlich.«

Sie kehrten in seine Unterkunft zurück. Ohne ein weiteres Wort legte Talanna ihr Bündel auf die Kiste, die ihm als Tischersatz diente, und faltete den Stoff auseinander. Sie hatte ihm alles gebracht, was ein Schreiber für seine Arbeit brauchte: angespitzte Rohre, saubere Lappen, um sie zu reinigen, und Kristallphiolen mit farbiger Tinte, die sanft glühte. Dies war Tinte der Akademie, durchsetzt mit Wassermagie, die ihr ihre besondere Wirkung verlieh.

»Woher …?«, fragte Adeen.

»Aus der Akademie, woher sonst? Meine Schwester ist Kommandantin beim Militär, man kennt mich dort. Außerdem bin ich Charrals Verlobte. Ich komme überallhin.«

»Das war trotzdem bestimmt nicht einfach.«

Talanna zuckte die Achseln. »Was uns fehlt, sind genügend Kapseln aus Siltkristall, um alle Schriftrollen zu versiegeln. Ein Teil von ihnen wird nach der Fertigstellung allmählich seine Wirkung verlieren. Aber das braucht keiner von den anderen zu wissen. Nemiz will, dass du Eiszauber kopierst. Sie werden die Gegner verlangsamen und vielleicht sogar ihr Herz lähmen. Sie wirken zuverlässiger, wenn auch nicht so tödlich wie die Blitzzauber, die Charral gern verwendet.« Sie rollte einen Papierbogen auf der Kiste auseinander und beschwerte ihn an beiden Enden mit Tintenfässern. »Benutz diese Vorlage. Den Rest kann ich wohl dir überlassen. Stell so viele Zauber fertig, wie du kannst. Morgen bringe ich dir andere Vorlagen, je nachdem, wie Nemiz entscheidet.«

Adeen sah auf die Schriftzeichen, die sich über das Blatt zogen. Ihre Anordnung war ihm nicht geläufig. Talanna behauptete, es handle sich um einen Eiszauber, aber wer konnte wissen, was der Zauber auf dem Blatt tatsächlich bewirkte? Doch ohne Zweifel hatte sie ihm ein Original gebracht, denn er erkannte den Stempel der Akademie. Sie musste einiges riskiert haben – es sei denn, die Akademiemagier hatten ihr die Beute nur allzu freiwillig überlassen …

»Warum helft Ihr Nemiz? Warum habt Ihr damals … mir geholfen?«

»Konzentrier dich auf den Zauber.«

»*Ich* bin nur eine Krähe. Ich habe nichts zu verlieren, vor allem jetzt nicht, nachdem Rasmi tot ist. Aber *Ihr* habt alles, was man sich in Rashija nur wünschen kann.«

Bildete er es sich nur ein, oder glitt ein Schatten über ihr Gesicht, als er Rasmi erwähnte?

»Ich bin eine der Glücklichen, eine aus dem alten Volk der Draquer, rothaarig, wie es sich für eine Feuermagierin gehört, ich bin Vollkommenheit, so lehrt es uns der Herrscher doch, nicht wahr? Für ihn bin ich nur ein gelungenes Ergebnis seiner Zuchtauswahl, die künftige Mutter weiterer Draquer. Und da Charral ein talentierter Magier ist, wenn er auch sonst nicht zu vielem fähig ist, verpflichtet mich das Gesetz, ihn zu heiraten und seine Kinder zur Welt zu bringen. Wundervolle Aussichten, nicht wahr?«

Ihr Zynismus war so bitter, dass Adeen die Frage beinahe bereute. »Meine Mutter war eine Draquerin«, sagte er.

»Sie war offenbar keine allzu treue Anhängerin des Herrschers, sonst würden wir uns jetzt nicht unterhalten. Tja, Krähe, ich bin ein Beispiel dafür, wie die Gesetze funktionieren sollen, und du bist eines dafür, was passiert, wenn sie es nicht tun.« Talanna schnaubte.

»Aber Ihr –«

Mit einer Handbewegung schnitt sie ihm das Wort ab. »Du solltest dir die respektvolle Anrede abgewöhnen, schließlich arbeiten wir zusammen.«

Sie reichte ihm die Hand. Unter ihrer Haut glühte die Wärme ihrer Feuermagie, und Adeen fühlte sich, als würde ein Funke in seinen Körper überspringen. Es kam ganz überraschend und tat fast weh. *Aber wie ist das möglich? Als Krähe kann ich keine Magie spüren …*

Talanna blickte ihn an. »Alles in Ordnung?«

Ihr hageres Gesicht war nicht so unwirklich schön, wie er es von ihrer ersten Begegnung in Erinnerung hatte. Sie hatte Schatten unter den Augen und kleine Fältchen um Nasenflügel und Mundwinkel. Ihre Lippen waren bleich und spröde, aber der Schwung ihrer schweren Lider, ihrer Nase und der feuerfarbenen Brauen weckte in ihm den Wunsch, sie zu zeichnen. Mit einem Stück Kohle wollte er die leichten Schatten ihrer Wangen einfangen und die freche Krümmung an den Spitzen ihrer ansonsten glatten Haare.

Er schluckte.

»Ja. Danke noch einmal, dass Ihr … dass du mich neulich vor Charral gerettet hast.«

»Vor einer Eheschließung genieße ich noch alle Vorrechte meines Standes und kann gehen, wohin ich will. Aber mein Einsatz scheint langfristig nicht viel genützt zu haben, wenn ich dich anschaue. Mit all den Verbänden siehst du aus wie eine Mumie.«

»Ich fühle mich schon besser.«

Sie verzog leicht die Mundwinkel. »Ich muss los«, sagte sie abrupt. »Auf dich wartet eine Menge leeres Papier.«

»Wollt Ihr … willst du nicht vielleicht noch mit mir essen? Yoluan hat Brot gebracht …«

»Morgen vielleicht«, erwiderte sie. »Es fällt auf, wenn ich zu lange fortbleibe.«

Dann war sie weg. Adeen ließ sich auf den Schemel vor dem improvisierten Tisch sinken und fragte sich, warum sein Herz so heftig klopfte. Was für ein verrücktes Gespräch! Hatten sie sich auf so etwas wie einen Waffenstillstand geeinigt? Hätte er sich bei Talanna für sein Misstrauen vor ein paar Tagen entschuldigen sollen? Aber er wusste ja nicht einmal, ob er ihr jetzt vertraute! Andererseits, die Vorstellung, dass diese Frau Charrals Kinder zur Welt bringen sollte ... Charral mit seinem widerwärtigen Lachen, mit diesen abscheulichen, glatten Händen ... er konnte verstehen, dass sie zu allem bereit war, um dieser Ehe zu entgehen.

Adeen schob den Gedanken beiseite. Talanna hatte recht, vor ihm lag viel Arbeit.

Er schrieb bis tief in die Nacht hinein, bis ihm Rücken und Hände weh taten, schlief nur wenige Stunden und arbeitete dann weiter. Wie von selbst glitt das angespitzte Rohr über das Papier. Die Arbeit half ihm, sich nicht mehr so unruhig und ausgeliefert zu fühlen. Je länger er über Nemiz' Plan nachdachte, desto mehr schien ihm das alles ein Himmelfahrtskommando zu sein, ohne eine Möglichkeit zur Flucht. Wahrscheinlich würde er in wenigen Tagen tot sein, und Großmutter, Yoluan und Talanna ebenfalls. Trotz allem hoffte er. Nemiz schien überhaupt keine Angst zu kennen, nur Vertrauen in seine Stärke und seinen Plan.

Die Papierbögen mit fertigen Eiszaubern – seine halb erfrorenen Finger verrieten Adeen, dass Talanna die Wahrheit gesagt hatte und es sich wirklich um Eiszauber handelte – bildeten einen kleinen Stapel neben ihm auf dem Tisch. Gegen die Kälte trug er Handschuhe, die ihm Großmutter gebracht hatte. Damit sie ihm passten, hatte er die Fingerspitzen abgeschnitten. Immer wieder blieben seine Fingerkuppen an dem eisigen Rohr haften. Häufig musste er Pausen machen und sich in die Hände hauchen.

Der süßlich bittere Geruch der Tinte setzte sich im gesamten Raum fest. In der Akademie flüsterten sich die Schreiber zu, dass der Grundstoff dieser Tinte Blut war, das die Magier bei düsteren Ritualen gewannen, aber Adeen hatte nie viel auf solche Gerüchte gegeben.

Während er im Licht der Kerzen sorgfältig und präzise ein Schriftzeichen ans andere reihte, wanderten seine Gedanken. An der Akademie war er ein Niemand gewesen, den man nach Belieben herumstoßen konnte, und auch jetzt fühlte er sich kaum anders, aber eine Frage beschäftigte ihn zunehmend: Warum war er überhaupt in der Lage, magische Schriftrollen herzustellen?

Alle Schreiber, die er kannte, hatten übereinstimmend berichtet, dass sie von der Regierung gezwungen worden seien, diesen Beruf auszuüben und keinen anderen. Soweit er wusste, stammten die Ältesten von ihnen noch vom Boden. Den Gerüchten zufolge, die durch Rashija schwirrten, waren sie als Kinder bei der letzten Landung der Stadt vor fünfzig Jahren von den Magiern von ihren Familien getrennt und in die Akademie verschleppt worden. Der Herrscher gestattete ihnen nur Eheschließungen mit anderen Schreibern, und so arbeiteten inzwischen auch ihre Nachkommen in der Akademie. Fast alle von ihnen hatten wie Adeen dunkles Haar, manche sogar braune Augen – fast kam es ihm so vor, als hätte die Erde, von der sie stammten, ihre Körper mit der Kraft ihrer Farben getränkt. Auch wenn Adeen nie ganz zu ihnen gehört hatte, hatte er sich unter ihnen zumindest nicht so hässlich gefühlt wie gewöhnlich: ein Mischling mit teerfarbener Haut und hellen Augen. Kein Wunder, dass man ihn mied, so wie er aussah!

Er war Abschaum. Und trotzdem hatte er diese Fähigkeit, diese Macht, Zauber auf Papier zu bannen. Bisher hatte er nie darüber nachgedacht, warum das so war. *Aber bisher habe ich ja auch an jedem Abend meine fertigen Zauber brav an Kiven abgeliefert.*

Die Schriftzeichen vor seinen Augen verschmolzen, formten Gestalten ... Krallen und Hörner ... und Flügel. Wieder Flügel. Adeen blinzelte, und das Bild verblich. Sein Nacken schmerzte. Erst jetzt spürte er, dass er die Zähne zusammengebissen hatte. Wie lange saß er schon hier?

Inzwischen war ein weiterer Tag vergangen. Hatte Talanna nicht gesagt, sie wolle wiederkommen? Adeen seufzte, trocknete sein Schreibrohr und griff nach dem Messer, um es neu anzuspitzen. Die Klinge blitzte und warf zuckende Lichtflecken auf die Wände. Gedankenverloren spielte er mit dem Messer. Plötzlich glitt es ihm aus der Hand und rollte über ein leeres Blatt, ehe es liegen blieb. Adeen sah die Spur aus Blutflecken, die es zurückgelassen hatte, Schmerz fühlte er nicht.

Von einem Moment auf den anderen schien etwas in ihm zu kippen, etwas Schwarzes breitete die Schwingen aus, verschlang ihn in einem Wirbel aus Glut und Asche. Er ließ das Schreibrohr fallen, tauchte den Finger in das Blut, verrieb es auf dem Papier, goss Tinte dazu. Es kostete ihn Mühe, als müsse er alle Kraft dafür aufwenden, aber zugleich konnte er nicht aufhören. Seine Hände wussten, was sie malten, auch wenn es sein Kopf nicht wusste: Der Vogel, den er im Traum gesehen hatte, entfaltete seine Flügel, erhob sich von den Blättern. Sein Schweif, feurig wie der eines Kometen, zog sich bis auf den Boden hinab, tränkte den festgetretenen Lehm mit Blut und Tinte.

In Adeens Ohren rauschte es. Er starrte auf das Bild, und es lebte: Der Wind bewegte die Federn, der Schnabel zuckte. So gut war ihm noch nie etwas gelungen – wenn Rasmi es nur sehen könnte! Doch zugleich erfüllte ihn der Anblick des Vogels mit Entsetzen. Im Traum hatte er sich auf Adeen gestürzt, ihn angefallen, und auch jetzt konnte er erkennen, wie sich der Hals emporbog, wie der scharfe Schnabel nach ihm zielte wie ein Dolch –

Er sprang zurück, warf den Schemel um.

»Was tust du da?«

Adeen stieß mit den Schultern rückwärts gegen die Wand. Er keuchte, und das Herz hämmerte ihm bis in die Schläfen. In der Tür stand Talanna, ein Bündel über der Schulter.

»Ist alles in Ordnung? Du blutest.«

Adeen holte tief Luft. Auf dem Tisch lagen fleckige Blätter, die Tinte war verspritzt, als hätte ein Disruptionszauber eingeschlagen. Er fühlte sich schwach und elend, seine Beine schienen ihn nicht mehr recht tragen zu wollen. Von beiden Seiten färbte sich der Raum langsam grau. Das Nächste, was er wusste, war, dass er auf dem Boden saß, den Rücken an die Wand gelehnt. Talanna hockte neben ihm und wischte ihm mit einem nassen Lappen und etwas Essig das Blut von der Hand. Erst jetzt spürte er, wie heftig es brannte. Als er sah, dass seine linke Hand und der gesamte Unterarm mit Schnitten übersät waren, wurde ihm plötzlich kalt.

»Bist du noch ganz richtig im Kopf? Hast du nicht schon genug Blut verloren?« Talanna schimpfte mit ihm, aber sie klang eher erschrocken als verärgert. »Du willst ja wohl nicht behaupten, dass dein Messer plötzlich lebendig geworden ist und dich angegriffen hat? Eine verrückte Krähe – am Ende hat der Herrscher doch recht mit dem, was er behauptet!«

»Was … behauptet er denn?«

Unter ihrer Kapuze hervor warf Talanna Adeen einen sonderbaren Blick zu. »Krähen … ach, vergiss es. Halt still, ich bin gleich fertig.«

Sie half ihm auf die Beine. Der Raum schwankte, doch Adeen kämpfte darum, sich auf den Füßen zu halten. Er wollte sich vor Talanna nicht noch mehr blamieren.

»Tut mir leid«, murmelte er. »Ich …« Aber die Worte erstarben ihm in der Kehle.

Talanna betrachtete das Chaos, das er auf dem Tisch hinterlassen hatte. Es ekelte ihn an – alles war voller Blut und Tinte, und aus dem Schwarz und Rot erhob sich der Vogel, nur zum Teil auf Papier: Tisch und Boden waren ringsum bespritzt. Das struppige schwarze Ding ähnelte mehr den zufälligen Mustern, die Rost in Metall fraß, als einem Gemälde.

»Mach es weg«, sagte Talanna. »Mach es sofort weg!«

Adeen fragte nicht einmal danach, warum sie das wollte. Mit seiner unverletzten Hand griff er nach den beschmierten Papierbögen und knüllte sie zusammen. Talanna warf sie in den Feuerkorb, und gierig fraßen sich die Flammen hinein.

Erst als das Papier zu weißer Asche verbrannt war, hörte Adeen Talanna aufatmen. »Was glaubst du, was du hier tust?«, fragte sie. »Das Papier ist mit Erdmaterial versetzt. Du kannst nicht einfach irgendetwas draufmalen, von dem du nicht weißt, was es bewirkt! Schon gar nicht mit Blut!«

»Ich weiß«, antwortete Adeen kleinlaut. »Da war diese Spur aus Blut auf dem Papier, und plötzlich sah ich …« Er unterbrach sich. »Das klingt verrückt, oder?«

»Allerdings.«

Adeen ließ sich auf den Schemel sinken und starrte schweigend auf die Verwüstung, die er angerichtet hatte. Nur wenige leere Bögen waren übrig geblieben. Zum Glück hatte wenigstens die Vorlage nur ein paar Spritzer abbekommen.

Talanna zog eine Kiste heran, stülpte sie um und setzte sich rittlings darauf. »Fühlst du dich besser?«, fragte sie nach einer Weile.

Adeen nickte.

»Warum hast du dich mit diesem Messer geschnitten?«

Er senkte den Blick. »Ich weiß es nicht.«

»Was hast du da gezeichnet? Eine Art Vogel, oder?«, fragte sie, als er nichts erwiderte.

Er brummte eine undeutliche Zustimmung.

»Du bist Künstler, wie viele von den Rebellen. Du gibst dich wohl nicht damit zufrieden, einfach die Zeichen vor deiner Nase abzuschreiben.« Ihr Blick wanderte über den Vogelschwarm auf den Wänden.

Adeen tauchte den Finger in einen Tintenfleck auf dem Tisch und malte eine Linie. *Eine Feder. Ein Flügel …* Mit Willensanstrengung zog er die Hand fort.

»Die letzten Tage müssen hart für dich gewesen sein«, fuhr Talanna fort. »Ich würde dir ja raten, dich auszuruhen, aber wir brauchen deine Fähigkeiten.«

Als hätte ich es gewusst. Adeens Hände wollten seinem Willen nicht recht gehorchen, und als er nach dem Rohr griff, zitterten seine Finger.

»Gib mir das Rohr, ich spitze es für dich an.«

Sie wollte ihm das Messer nicht noch einmal überlassen, das war offensichtlich. Dankbar hielt er ihr sein Schreibrohr hin und sah zu, wie sie die Spitze zuschnitt.

»Ich habe dir neue Vorlagen mitgebracht. Hier.« Talanna öffnete ihren Beutel und nahm ein schmales Buch in einem Ledereinband heraus, das sie ihm hinschob. »Das hier enthält einen Zauber, der dem Körper die Schwere nimmt. Damit wird man bei einem Sprung in die Tiefe zu Boden segeln wie eine Feder. Leider hält er nur wenige Augenblicke an. Ich würde mich nur als letzte Rettung darauf verlassen.«

Die Vorstellung, in die Tiefe zu springen, ließ Adeens Magen kribbeln. »Glaubst du, wir werden das brauchen?«

Sie zuckte die Achseln. »Nemiz möchte sechzig davon, für jeden von uns einen und einige auf Vorrat.«

»Es war nie die Rede davon, dass wir irgendwo hinunterspringen müssen. Nemiz wollte doch diese Insel übernehmen – so sehr vertraut er also auf seine Pläne?« Adeen blickte sie prüfend an, aber Talannas Gesicht war undurchschaubar, verriet weder Besorgnis noch Zuversicht. Das Licht der Lampe ließ ihre Augen schimmern wie flüssiges Wachs.

»Du bist so ruhig«, sagte er, »hast du vor überhaupt nichts Angst?«

»Was würde das nützen?«

Er erinnerte sich an die unzähligen Gelegenheiten, an denen er Angst gehabt hatte, und empfand Respekt vor Talannas Stärke. Vielleicht war es doch nicht so schwierig, mutig zu sein? Wurde man von selbst mutig, sobald man nichts mehr zu verlieren hatte? Er sprach aus, was ihm durch den Kopf ging: »Wenn wir es schaffen, wenn du wirklich frei wirst ... was willst du dann tun?«

»Ich weiß es nicht«, erwiderte sie. »Aber in einem bin ich mir sicher: Ich werde mich der Gewalt des Herrschers nicht länger ausliefern. Ich werde fliehen, und es ist mir völlig egal, was mich das kostet.« Sie hielt inne. »Adeen, ich denke, es wäre am besten, wenn du dich jetzt an die Arbeit machst.« Sie schlug das Buch auf, das sie vor ihm auf den Tisch gelegt hatte. »Kannst du schon wieder schreiben?«

Er nickte.

»Gut, dann werde ich die fertigen Zauber versiegeln. Nemiz kann es sicher kaum erwarten, sie in die Finger zu bekommen.«

Adeen analysierte den Beginn des neuen Zaubers aus der Vorlage und tauchte das Rohr ins Tintenfass. Die ersten Striche gerieten ihm zwar reichlich wacklig, aber die vertraute Arbeit half ihm, sich zu beruhigen. Bald bildeten die farbigen Zeichen, die er niederschrieb, erste Zeilen des gitterähnlichen Musters, das bei allen Zaubern ähnlich und doch vollkommen unterschiedlich war. Zauberzeichen glichen eher Bildern als Buchstaben, und in einigen glaubte Adeen auch zu erkennen, was sie darstellten: eine Wolke am Himmel, ein Untier, das sich aufbäumte ... Sie alle bestanden zwar nur aus Strichen und einfachen Formen, aber man brauchte gute Augen und eine ruhige Hand, um sie exakt zu kopieren.

»Wie viel Zeit habe ich für diese Aufgabe?«, fragte er.

»Drei Tage. Dann bringe ich dir wahrscheinlich noch weiteres Material.«

»Was? Das sind sechzig Zauber. Ich schaffe höchstens sechs pro Tag. Wann landet die Stadt?«

»In sieben Tagen. Gib dein Bestes. In drei Tagen müssen wir zuschlagen, das ist unsere einzige Möglichkeit für die nächsten fünfzig Jahre.«

Sieben Tage also, ehe er herausfinden sollte, ob er leben oder sterben würde. Adeen senkte den Kopf über den Bogen und schrieb weiter.

»Ich muss gehen. Glaubst du, dass du allein zurechtkommst, bis Großmutter zurückkehrt?«

Gern hätte er sie gebeten zu bleiben. Doch er nickte. »Ja, natürlich.« Wahrscheinlich hatte er einfach Angst, allein zu sein, Angst vor der hungrigen Dunkelheit da draußen, davor, dass so etwas wie vorhin noch einmal passierte. Aber das würde es nicht. Er hatte sich jetzt im Griff, er hatte … sich im Griff. Der schwarze Vogel war fort, im Feuerkorb verbrannt.

Nachdenklich zog Talanna die Stirn in Falten. »Eigentlich ist es schade, dass wir deinen Vogel verbrennen mussten. Er war eher schrecklich als schön, aber er hatte … Kraft.«

Die Worte erfüllten Adeen mit einer zögerlichen Wärme. »Der Herrscher hätte das Bild auf alle Fälle vernichten lassen, wenn es ihm in die Hände gefallen wäre, selbst wenn es nicht auf Akademie-Papier gemalt gewesen wäre. Außerdem bin ich ganz froh, wenn ich es nicht mehr sehen muss. Und … danke für deine Hilfe.«

Adeen arbeitete, versuchte, Schlaf zu finden, und wartete darauf, dass Talanna zurückkehrte, wie sie gesagt hatte. Inmitten der Kälte und Schwärze dieser Absteige, die zu seiner winzigen Welt geworden war, schien sie die Flamme zu sein, von der Licht und Wärme ausgingen. In der

Dunkelheit vor den Fenstern und in seinem Kopf lauerte der schwarze Vogel auf ihn.

Der Gedanke an Talanna gab ihm Kraft. Aber er durfte nicht zu viel an sie denken, er musste sich konzentrieren. Seine Aufgabe war wichtig, das Leben von Nemiz und seinen Leuten hing davon ab, wie sorgsam er jedes Symbol auf das Papier übertrug. *Da wir uns schon auf dieses Himmelfahrtskommando eingelassen haben, soll es nicht an meinen Schriftrollen scheitern. Wenn Nemiz' Plan genauso perfekt ist, haben wir vielleicht sogar eine Chance.*

Am Abend stieg Adeen zum Eingang des Museums hinauf, starrte in den Nieselregen und auf die heruntergekommenen, verlassenen Häuser, aber Talanna kam nicht. Er versuchte sich einzureden, dass ihr nur etwas dazwischengekommen sein musste, dass sie schon bald auftauchen würde, aber was, wenn Charral herausgefunden hatte, dass seine Verlobte mit den Rebellen zusammenarbeitete? Was würden ihr ihre Herkunft und ihre Magie dann noch nützen? Er löcherte Großmutter mit Fragen darüber, was Talanna aufgehalten haben könnte, aber die alte Frau konnte ihm auch nicht helfen. »Denk nicht an sie, Junge«, sagte sie. »Wenn es ihr gutgeht, wird sie bald kommen. Wenn nicht, dann können wir nichts für sie tun.«

Und dann, einen Tag später, stand Talanna abends auf der Türschwelle, außer Atem und wie üblich mit einem prall gefüllten Bündel über der Schulter. Die Kapuze hatte sie sich tief in die Stirn gezogen. Mit einem Blick erkannte Adeen an ihrem abgehärmten Gesicht und den Schatten unter ihren Augen, dass etwas nicht stimmte. Er sprang von seinem Schemel auf und hätte beinahe die Tinte verschüttet. »Talanna, wo warst du denn?« Wie von selbst kamen die Worte aus seinem Mund. »Geht es dir gut?«

Sie murmelte eine Begrüßung, warf ihren Beutel auf den Tisch und löste den Knoten. »Das ist meine letzte Lieferung. Hier, Papier, Tinte, eine neue Vorlage für einen Feuerzauber … die Schriftrollen, die du schon fertiggestellt hast, solltest du für den Transport vorbereiten. Vielleicht musst du sie bald zu Nemiz bringen, wenn ich es nicht mehr kann.«

»Die letzte Lieferung?«, wiederholte Adeen. »Was meinst du damit?«

»Ihr müsst ohne mich aus der Stadt fliehen.«

Adeen konnte nicht fassen, was er hörte, und er fand keine Worte für das, was er fühlte. »Aber … Nemiz verlässt sich doch auf dich!«

»Ja, das weiß ich. Ich bin für ihn so eine Art Waffenarsenal auf zwei Beinen.« Für einen Augenblick verzog sich ihr Mund zu einem bitteren Lächeln, das Adeen ins Herz schnitt.

»So denkt Nemiz nicht über dich.«

»Vergiss, was ich gesagt habe. Wirf jetzt lieber einen Blick auf diese Vorlage.«

Aber in diesem Moment interessierte Adeen die Vorlage nicht. »Ich habe mir Sorgen um dich gemacht, als du gestern nicht gekommen bist, verstehst du? Und so, wie du aussiehst, mache ich mir jetzt erst recht Sorgen! Ich möchte jetzt wissen, was passiert ist, und warum du so bedrückt bist.«

Talanna zögerte kurz, dann schlug sie die Kapuze zurück. Sie hatte keine Haare mehr. Nur die Farbe ihrer Augenbrauen verriet noch, dass sie einmal ausgesehen hatte, als stünde ihr Kopf in Flammen. Erschreckend verletzlich wirkte sie auf einmal, und ohne dass sie etwas sagen musste, begriff Adeen, was geschehen sein musste. Seine Schreiber-Kollegen an der Akademie hatten darüber gesprochen, dass Draquer-Frauen bei der Eheschließung der Kopf geschoren wurde. Es war ein Symbol dafür, dass sie sich von diesem Zeitpunkt an ganz der Gewalt ihres Mannes auslieferten. Aber es hieß auch, dass diese leuchtend bunten Haare einen Teil der Magie ihrer Träger in sich bargen.

»Du wurdest verheiratet?«

Talanna nickte und zog sich die Kapuze wieder über den Kopf. Sie wich Adeens Blick aus. »Charral wollte es ›hinter sich bringen‹, bevor Rashija landet, so hat er es ausgedrückt. Meine Haare – solange er sie hat, kann ich meine Magie nicht einsetzen. Ich habe mich gewehrt, so gut ich konnte, aber er ist stärker. Außerdem kann er seine Magie gegen mich benutzen. Nun geben ihm die Gesetze des Herrschers das Recht, mich einzusperren wie ein Stück Zuchtvieh. Ich glaube nicht, dass ich mich noch weiter mit Nemiz … und mit dir treffen kann, ohne dass er herausfindet, wohin ich gehe. Schon jetzt sollte ich nicht hier sein. Ich bringe alle in Gefahr.«

Nur allzu deutlich erinnerte sich Adeen an Charrals Sadismus, daran, wie er ihm ins Gesicht getreten hatte, als er schon am Boden lag, an seine Freude, als er die Rebellen stellte. Und er besann sich darauf, was Großmutter über Nemiz erzählt hatte – die Geschichte von dem Mann, der seine Ehefrau totgeschlagen hatte, weil die Gesetze es erlaubten.

Und er ahnte, welche Gründe Talannas Niedergeschlagenheit hatte.

Sie fuhr sich mit der Hand über die Augen. Kurz sah es so aus, als würde sie ihre Fassung wiederfinden, doch dann verzog sich ihr Gesicht zu einer kläglichen Grimasse. Eine Träne lief über ihre Wange, dann die nächste. Er bemerkte einen dunklen Fleck wie von einem Handabdruck an ihrem Hals, der halb im Schatten der Kapuze verschwand. Talanna weinen zu sehen, erschreckte ihn. Wenn sie so nach einem Tag als Charrals Ehefrau aussah, was sollte dann aus ihr werden, wenn sie ihm für den Rest ihres Lebens ausgeliefert war? Er würde sie erniedrigen, er würde sie brechen, ganz egal, wie tapfer und stark sie war. Der Gedanke war unerträglich.

»Du kannst nicht bei ihm bleiben!«, sagte er mit aller Entschiedenheit. »Jetzt musst du erst recht fliehen.«

»Ist schon gut, Krähe. Es ist alles ... in Ordnung. Du ... du solltest nur nicht so freundlich zu mir sein. Ich gehöre zu denen, die Leuten wie dir schreckliche Dinge antun, vergiss das nie.«

»Was redest du denn? Du würdest das nie tun. Das weiß ich.«

In diesem Moment erschien es ihm ganz selbstverständlich, sie zu umarmen. Ihr Körper war heiß, durch den dicken Stoff ihrer Herbstkleidung fühlte er die Wärme, die ihre Haut ausstrahlte, fühlte, wie mager sie war, die knochigen Schultern – sie roch wie Sommerluft, die über den aufgeheizten Straßen glühte und flimmerte. Ganz vorsichtig legte er ihren Kopf gegen seine Schulter, und sie ließ es geschehen.

Sie rührte sich nicht. Erst, als er sie losließ, murmelte sie: »Tu das nicht. Du idiotische Krähe! Du kannst nichts für mich tun. Mach es mir nicht noch schwerer.«

Sanft schob sie ihn von sich und sah ihm in die Augen.

»Pass auf dich auf, Adeen.«

Und sie beugte sich plötzlich vor und küsste ihn auf die Wange. Er stand da wie erstarrt, während ein Funkenschauer durch seinen Körper lief.

Talanna raffte ihren Umhang um sich und hastete die Treppe hinauf.

»Warte!«, rief Adeen und lief ihr hinterher. »Warte doch!«

Er folgte ihr hinauf bis zur Tür des Museums. Auf der Straße schlug ihm der kalte Wind entgegen, peitschte ihm Regentropfen ins Gesicht. Talanna war fort, eingetaucht in die Schwärze des Abends. Adeen rief ihren Namen, aber der Wind verschluckte seine Stimme.

Wohin mochte sie gegangen sein? Durch die Wolkenfetzen ließen sich kaum die Sterne ausmachen, und keine Kerze oder Lampe, die er besaß, würde bei diesem Wetter brennen. Dennoch tastete sich Adeen an den feuchten Hauswänden vorwärts, erst in die eine, dann die andere Richtung, und rief weiter Talannas Namen, bis er einsah, dass es sinnlos war – und dass ihn die Wachen leicht aufspüren konnten, wenn er weiter so unüberhörbar herumschrie.

Fröstelnd und mit hochgezogenen Schultern kehrte er ins Museum zurück. Unter seinen Füßen bebte die Straße, die üblichen Turbulenzen, wenn Rashija durch eine stürmische Region flog. Adeen war das leichte Rütteln von Kindheit an gewohnt. Nass, durchgefroren und zerzaust kehrte er in sein Quartier zurück. In der Eile hatte er sogar den Umhang liegenlassen, den ihm Großmutter gegeben hatte. Er schälte sich aus der klammen Robe, breitete sie neben der Feuerschale zum Trocknen aus und starrte in die Glut.

Noch nie hatte ihn jemand geküsst, und er hatte sich immer vorgestellt, wie es ... nein, er hatte sich überhaupt nichts Bestimmtes vorgestellt. Und auch jetzt war sein Kopf leer, er wollte nur, Talanna wäre geblieben, sie wäre noch bei ihm.

Er rieb die halb erstarrten Hände in der warmen Luft, die über der Feuerschale aufstieg, und wartete, bis das Gefühl in seine Finger zurückkehrte. Dann sorgte er dafür, dass seine fertigen Schriftrollen bereit für den Transport waren. Sie mussten zum Schutz zusammengerollt, mit einer Kennung und mit einem Band versehen werden, damit sie bei Bedarf schnell geöffnet werden konnten. Er stapelte sie in dem Korb aufeinander, in dem Großmutter ihm sein Frühstück gebracht hatte. Anschließend machte er sich wieder an die Arbeit und begann den neuen Zauber zu kopieren, den Talanna ihm gegeben hatte. Doch seine Gedanken schweiften ab. Wo blieb nur Großmutter? Bisher war sie noch jeden Abend gekommen, hatte nach ihm gesehen und ihm Wasser und eine Schüssel Felsbrotbrei gebracht. Er lauschte, ob sie die Treppe herunterstieg – für ihr Alter bewegte sie sich noch erstaunlich gewandt –, aber alles, was er hörte, war der Regen, der auf das Dach des Museums herabrauschte. Er fiel jetzt gleichmäßig, das Rütteln hatte nachgelassen.

Wenn Großmutter bis morgen nicht zurückgekehrt war, dann würde er versuchen, Nemiz oder wenigstens Yoluan aufzuspüren, um seine Schriftrollen abzuliefern.

6

FLAMMEN UND REGEN

Adeens Träume waren voller schwarzer Flügel und Federn, die von einem grauvioletten Gewitterhimmel herabregneten und in Flammen aufgingen, kurz bevor sie den Boden berührten. Er irrte durch die Nacht und suchte nach Talanna. Manchmal glaubte er, ihre Gestalt im Dämmerlicht auszumachen, und rannte auf sie zu. Doch immer, wenn er sich ihr näherte, verschwand sie, wurde auseinandergefegt wie Blätter von einem plötzlichen Windstoß.

Er erwachte, nassgeschwitzt trotz der Kälte, und blinzelte einen Moment lang orientierungslos in die Dunkelheit. Noch roch er die brennenden Federn aus seinem Traum – oder war es etwas anderes? Die Glut im Feuerbecken war längst erloschen, nicht einmal mehr ein Funke glomm dort. War es nur sein Traum gewesen, der ihn geweckt hatte? Er richtete sich halb auf seiner Pritsche auf, lauschte. Um ihn herum herrschte Stille, bis auf das entfernte Heulen des Windes und das feine Prasseln von Regentropfen auf der Straße. Die Stadt musste die Gewitterfront endgültig hinter sich gelassen haben. Sie schwebte nun ruhig dahin, ihrem Landeplatz entgegen, einem Ziel, das wohl nur der Herrscher und sein Stab kannten.

Adeen holte tief Atem und raffte sich auf. Seine brennenden Augen verrieten ihm, dass er nur wenige Stunden geschlafen hatte, aber er würde keine Ruhe mehr finden.

Er entzündete die Lampe, hängte sich seine Decke als Schutz vor der Kälte um die Schultern und tappte zur Tür. Wenn Großmutter erst spätabends gekommen war, hatte sie manchmal in einem Nebenzimmer übernachtet, und er beschloss nachzusehen, ob er sie dort fand.

Im Lichtkegel der Lampe tastete er sich auf nackten Sohlen vorwärts. Die Kälte des Bodens zog ihm bis in die Beine hinauf. Noch immer bildete er sich ein, Feuer zu riechen, und wenn seine Gedanken für einen Augenblick zu wandern begannen, glühten Flammen am Rand seines Gesichtsfelds auf. Aber sobald er den Kopf drehte und hinschaute, war dort nichts.

Es sind nur Träume, beruhigte er sich. *Wer wäre an meiner Stelle nicht nervös? Alles wird gut, wenn ich diese Stadt endlich verlassen habe.*

Er hatte das Zimmer erreicht, in dem Großmutter zu übernachten pflegte, und schob den Vorhang beiseite. Dass niemand dort war, wusste er bereits, bevor er den Raum mit der Lampe ausgeleuchtet hatte – die alte Frau verbreitete stets einen Geruch nach feuchtem Holz und Gewürzen, und aus dem Zimmer roch es nur nach Kälte. Auf der Schlafpritsche lag Großmutters Decke, noch zusammengefaltet.

Sie hätte es mir gesagt, wenn sie vorgehabt hätte, länger fortzubleiben, dachte er. *Wenn ihr nur nichts zugestoßen ist!*

»Adeen!«

Vor Schreck glitt ihm die Lampe aus den Fingern, prallte mit hellem Klirren auf dem Boden auf und zersplitterte. Das Öl lief aus, fing Feuer, und mit einem Fauchen sprang eine Flamme empor. Adeen wich zurück, gerade noch rechtzeitig, damit die Flamme nicht nach dem Saum seiner Robe greifen konnte.

»Nimm die Zauber und lauf!«

Talanna kam die Treppe herabgerannt, einen Leuchtkristall in der Hand. Im Feuerschein wirkte sie wie ein Geist. Adeen starrte erst sie an, dann die Öllache, aus der noch immer Flammen hochzüngelten. Er konnte sich nur mit Mühe entscheiden, ob er nicht noch immer träumte.

»Beweg dich endlich und tu, was ich dir sage!«

»Was ist los? Was machst du hier? Warum bist du so plötzlich ...«

Talanna schob ihn in sein Quartier, wo er die Zauber kopiert hatte. Gehetzt blickte sie sich um. »Wo sind sie?«

»Die Schriftrollen? Hier, in diesem Korb ... aber ich bin noch nicht fertig ...«

»Nimm alles und verschwinde von hier. Lauf die Straße hinunter in Richtung Außenbezirk, nimm die dritte Querstraße rechts, bis du zu einem alten Speicherturm kommst. Auf der Rückseite führt eine Leiter hinauf. Das ist Nemiz' Quartier. Wenn du ihn siehst, sag ihm, der Drache muss auf der Stelle fortfliegen. Charral weiß alles. Er kommt mit seinen Leuten hierher. Wenn sie dich finden, bist du tot. Ich werde sie aufhalten.«

Vor Adeens Augen spielten sich die Ereignisse seltsam langsam ab. Er hörte zwar die Worte, verstand auch, was sie bedeuteten – dass Nemiz' Plan jetzt nur noch fehlschlagen konnte, dass sie alle verloren waren –, aber alles war unwirklich, als beträfe es nicht ihn, sondern jemand anderen. Mit sonderbarer Klarheit nahm er Einzelheiten wahr: wie sich Talannas Gesicht verzerrte, als sie ihn anschrie, das Flackern der Flammen in ihren Augen.

»Die Bilder!«, rief er. »Wir müssen sie retten!«

»Dazu bleibt keine Zeit. Steh nicht herum, beweg dich! Nemiz braucht diese Zauber!«

Sie gab ihm einen Stoß vor die Brust, so dass er rückwärtstaumelte, und endlich löste sich seine Erstarrung. Er warf zum Schutz seine Decke über die Schriftrollen, griff nach dem Korb und hastete die Treppe hinauf, durch die Gänge des Museums, auf die Straße. Feiner Regen sprühte ihm ins Gesicht. Einen Atemzug lang blieb er stehen, um sich zu orientieren. Talanna war ihm gefolgt. Kurz sah sie ihn an, dann nickte sie ihm wie zum Abschied zu und tauchte ohne ein weiteres Wort in die Dunkelheit ein.

Sie würde kämpfen, und alles, was er tun konnte, um ihr zu helfen, war – in die andere Richtung zu laufen. Wasser spritzte, während er mit nackten Füßen durch die Pfützen rannte. Der Saum seiner Robe sog sich voll Regenwasser und schlug ihm gegen die Beine. Seine Augen begannen sich an die Dunkelheit zu gewöhnen, schon erkannte er die schwarzen Umrisse der Häuser vor dem dunkelgrauen Wolkenhimmel. Nirgends schimmerte Licht. Das Hämmern seines Herzens in seinen Ohren übertönte das Rauschen des Regens. *Jetzt nicht in Panik verfallen.* Er zwang sich, die Querstraßen zu zählen, an denen er vorbeikam, die dritte ... Jeden Moment rechnete er damit, in unmittelbarer Nähe Rufe und das Klirren von Waffen zu hören.

Ein roter Lichtblitz leuchtete hinter ihm im Dunkel auf, der Boden bebte unter seinen Füßen, dann folgten die ersten Schreie. Der wütende, wilde Schrei einer Frau war darunter. Danach blieb alles ruhig, das verlassene Viertel lag in Schweigen da.

Der Gedanke, dass Talanna im Kampf sterben könnte wie Rasmi, bohrte sich wie eine Faust in seinen Magen.

Halt – das war die dritte Straße, und dort zeichnete sich die massige Form eines Speicherturms gegen den Himmel ab. Adeen rannte auf den Turm zu und schlug sich durch das Gebüsch, das ihn umwucherte, um auf die Rückseite zu gelangen. Hier herrschte eine so tiefe Schwärze, dass er sich mit der freien Hand an den feuchten Steinen der Turmwand vorantasten musste, während er mit der anderen den Korb voller Schriftrollen an sich presste. Wenigstens gab ihm das Gelegenheit, um wieder zu Atem zu kommen. Wo war diese Leiter, die Talanna erwähnt hatte?

Seine Finger stießen gegen glitschige Holzsprossen. Er griff danach und zog sich mühsam mit einer Hand die Leiter hinauf. Dass er barfuß war, erleichterte ihm den Aufstieg über das regennasse Holz, sonst hätte er allzu leicht den Halt verloren. Je höher er kam, desto mehr zerrte der Wind an ihm und rüttelte an der Leiter. Trotz des bewölkten Himmels und des Regens sah Adeen nun, dass der Morgen nahte: Am Himmelsrand ließ sich bereits ein bleifarbener Streifen ausmachen, wo bald die Sonne aufgehen würde.

Am oberen Ende der Leiter befand sich eine Tür, davor eine Plattform, kaum breit genug, um darauf Halt zu finden. Adeen klammerte sich an einen Wandvorsprung, stieß mit dem Ellbogen gegen die Tür und rief Nemiz' Namen.

Plötzlich schwang die Tür auf, und ein schwaches, metallenes Geräusch erklang im Dunkel. Er sah die Waffe nicht, hörte nur ein leises Klirren, als die Regentropfen darauf niederprasselten, und erstarrte unwillkürlich.

»Ich bin's, Adeen. N… Nemiz?«

»Dummkopf! Was tust du hier? Du solltest in deiner Unterkunft bleiben!«

»Der Vogel …« Fieberhaft versuchte sich Adeen zu erinnern, was Talanna zu ihm gesagt hatte. »Nein, der Drache … muss auf der Stelle fortfliegen.«

Einen Moment lang herrschte Stille. Dann griff eine Hand nach Adeen und zerrte ihn unsanft über die Schwelle. Hinter ihm wurde die Tür zugeschlagen. Eine Kerzenflamme glomm auf und warf Licht auf Nemiz' stoppelbärtiges Gesicht. Der Ausdruck des Mannes war steinern. »Dann ist es also passiert. Wo ist Talanna?«

»Sie hat gesagt, Charral und seine Leute seien auf dem Weg hierher. Sie will sie aufhalten. Wir müssen ihr helfen!«

»Ja, das werden wir«, erwiderte Nemiz düster. »Ohne ihre Magie erreichen wir Gabta nicht. Die Schriftrollen reichen als Waffe nicht aus.«

Eine Waffe – hatte Talanna nicht selbst gesagt, dass Nemiz so über sie dachte? Die Worte gefielen Adeen nicht.

Nachdem sich seine Augen an das Kerzenlicht gewöhnt hatten, konnte er auch den Raum erkennen, in dem er sich befand: Nemiz hatte sich im Zimmer des ehemaligen Turmverwalters ein spärliches Quartier eingerichtet, seine Möbel stammten offenbar noch aus der Zeit, als der Stadtteil bewohnt gewesen war. Es roch nach altem Fett und Moder.

Nemiz wischte den Regen von seiner Klinge und steckte sie wieder weg. Jetzt erst erkannte Adeen, dass der schlanke Degen sich in dem Stock verbarg, auf den Nemiz sich gewöhnlich stützte. Kein Wunder, dass er ihn so rasch bei der Hand gehabt hatte!

Das Haar hing Nemiz offen und zerzaust auf die Schultern herab, und er trug keine Stiefel. Dennoch wirkte er nicht so benommen, als hätte Adeen ihn aus dem Schlaf gerissen. Auf seinen Stock gestützt, der jetzt wieder ganz gewöhnlich aussah, hinkte er schwerfällig durch den Raum. Nur allmählich wurden seine Schritte etwas geschmeidiger.

»Mach die Dachluke auf«, befahl er, »und häng diesen Korb mit Signalkristallen hinaus. Dann gieß Wasser darüber. Beeil dich! Ich kann nur hoffen, dass möglichst viele von uns das Zeichen sehen.« Er bückte sich nach seinen Stiefeln.

Adeen hievte einen schweren Metallkorb voller holzkohleähnlicher Brocken die Dachluke hinauf und ließ ihn an einer Eisenkette hinab. Als die Regentropfen gegen die Metallstreben schlugen, fingen die Brocken bereits an, in schwachem bläulichem Licht zu glimmen. Aus einem halb gefüllten Eimer, der unter der Luke stand, schüttete er einen Schwall Wasser nach. Nun begannen die Kristalle unter Zischen und Prasseln gleißende Funken zu sprühen, die in alle Richtungen flogen und wieder verblassten. Von der Spitze des Turms aus musste dieses Signal auch bei schlechtem Wetter viele Straßen weit zu sehen sein. Offenbar hatte Nemiz seine Quellen, denn diese Kristalle wurden gewöhnlich nur vom Militär benutzt.

Nemiz warf einen Blick aus der Dachluke und nickte zufrieden. »Gut. Hast du eine Waffe?«

»Nein. Ich musste sofort aufbrechen.«

»Hier.« Er warf Adeen einen Dolch zu, der mit leisem Klirren vor seinen Füßen aufschlug. Adeen hob ihn auf. Kalt und schwer lag die Waffe in seiner Hand. Der Himmel vor der Dachluke glühte auf, als ein grüner Funke emporsprühte, und ein schwacher Reflex fing sich in der Klinge. Für einen Moment sah Adeen sein dunkles Gesicht im Spiegel des Metalls. *Vielleicht,* dachte er, *werde ich schon bald töten müssen, wenn ich Talanna helfen will – oder man wird mich töten.* Alles war so unwirklich, dass er sich nicht einmal fürchtete.

»Ah, ich sehe, du hast die letzten Schriftrollen mitgebracht«, sagte Nemiz. »Steck sie in meinen Rucksack.«

»Hast du Siltkapseln?«

»Nur ein paar. Dort drüben.« Nemiz wies auf eine Truhe neben seiner Schlafpritsche. Als Adeen den Deckel aufstemmte, fand er darin nicht mehr als sieben der milchig glänzenden Kristallkapseln. Besorgt runzelte er die Stirn.

»Das genügt nicht.«

»Stopf eben mehrere Schriftrollen in eine Kapsel.«

»Das werden sie vielleicht nicht überstehen. Das Papier ist empfindlich.«

»Mach schon, oder willst du, dass der Regen die Zauber ganz wegspült? Sei eben so vorsichtig wie möglich.«

Adeen öffnete den Mund zu einem weiteren Protest, doch dann sah er ein, dass es sinnlos war. Fliehen mussten sie so oder so, und ihnen blieb nur die Wahl, Zauber in schlechtem Zustand mitzunehmen oder gar keine. Also schob er eine Schriftrolle nach der anderen in die Kapseln, bis ihm das Knirschen der geleimten Stellen verriet, dass sie auseinanderzubrechen drohten. Erst dann verschloss er sie und reichte sie Nemiz, der sie in seinem Rucksack verstaute.

»Los jetzt!« Nemiz griff nach seinem Stock und stieß

die Tür auf. Unterhalb des Turms hatten sich die Rebellen bereits versammelt. Aus der regennassen Dämmerung drang Stimmengewirr zu ihnen hinauf.

Sie kletterten hinab, und sofort drängten sich die Männer und Frauen um Nemiz.

Die Rebellen wirkten weniger verängstigt und verwirrt, als Adeen befürchtet hatte, eher so, als hätten sie lange auf diesen Moment gewartet. Niemand war unbewaffnet gekommen, und die meisten trugen Rucksäcke. In der Menge bemerkte er Yoluan, der ihm zunickte – zumindest ein vertrautes Gesicht.

»Der Herrscher kennt unsere Pläne«, sagte Nemiz. »Wir müssen auf der Stelle nach Gabta aufbrechen.«

»Aber jetzt werden sie uns dort schon erwarten!«, rief eine Frau aus der Menge.

Nemiz wirkte fast gelassen, wie er dastand, eine Hand in die Hüfte gestemmt und mit der anderen auf seinen Stock gestützt. Es schien, dass ihn die Ereignisse nicht entmutigten, sondern ihm erst recht Kraft gaben. »Das ist nicht gesagt. Auch wenn die Regierung bereits einen Botenreiter nach Gabta geschickt hat, bleibt den Magiern dort nicht viel Zeit, Vorkehrungen zu treffen und uns abzuwehren. Die meisten Truppen sind momentan in Rashija stationiert, um die Stadt während der Landung zu schützen. Die Magier werden allerdings harte Gegner abgeben, das will ich nicht schönreden. Aber wenn wir geschickt sind, können wir sie überwältigen, ehe sie dazu kommen, ihre Magie zu nutzen. Schließlich haben auch wir nun Schriftmagie.«

»Was, wenn sie berittene Truppen hinter uns herschicken?« Die Frau wirkte keineswegs überzeugt, und in den

Gesichtern der anderen spiegelten sich Zweifel. »Wir werden erst gar nicht bis nach Gabta gelangen.«

»Deshalb müssen wir uns beeilen. Wir halten uns in den Hecken und Waldstücken. Wenn du nicht mit uns kommen willst, Assim, bitte – lauf doch an den Rand der Hauptinsel und spring hinunter! Dann wirst du ja sehen, ob das ein Fluchtweg ist.«

Anklagend wies die Frau auf Adeen. »Er sollte Schwebezauber für uns schreiben!«

»Kein Schwebezauber würde lange genug wirken, dass du aus dieser Höhe sicher auf den Boden gelangst«, sagte Nemiz. »Wir brauchen Gabta. Wir müssen die Insel steuern, so, wie wir es ursprünglich geplant haben, und dem Boden so nahe wie möglich kommen, ehe wir die Schwebezauber benutzen können. Wenn sie uns dazu zwingen, werden wir kämpfen. Entscheidet euch, ob ihr es wagen wollt. Es geht nur heute Nacht.«

Die Frau erwiderte nichts mehr, und Nemiz sagte: »Zuerst müssen wir Talanna finden, bevor die Wache sie findet. Adeen, wohin ist sie aufgebrochen?«

»Ich weiß nicht genau, aber zuletzt gesehen habe ich sie beim Museum.«

Sie rannten durch den Regen, und flüchtig wunderte sich Adeen über die Geräuschlosigkeit, mit der sich die Gruppe bewegte. Der Aufprall ihrer nackten Füße, Stiefel und Fußlumpen auf dem Pflaster wurde fast vollständig vom Rauschen des Regens übertönt. Adeen umklammerte seinen Dolch, die Zähne zusammengebissen. Hoffentlich war Talanna noch am Leben, wenn sie zu ihr stießen!

Qualmgestank drang in seine Nase. Schon aus der Ferne hörten sie das wütende Zischen der Glut, die gegen die

Nässe ankämpfte, und sahen den aufsteigenden Rauch. Flammen leckten aus dem Dach des Museums und spiegelten sich zusammen mit dem Licht eines düsteren Sonnenaufgangs in den Pfützen. Erschrocken starrte Adeen auf die schwarz versengten Dachbalken, die offen lagen wie die Knochen eines Skeletts. Hatten Charral und seine Leute das Feuer gelegt? Eben hatte er sich noch unter diesem Dach aufgehalten – was wäre aus ihm geworden, wenn Talanna ihn nicht rechtzeitig gewarnt hätte?

Die Straßen waren leer, nirgends zeigten sich Wachen. Auch Talanna war nicht zu sehen. Mit knappen Worten und Gesten gab Nemiz Anweisungen, und seine Leute begannen hastig und mit stummer Verbissenheit die Gassen abzusuchen.

Kälte hatte sich in Adeens Körper festgesetzt. Selbst die Hitze der Flammen spürte er kaum. Er irrte in den Gassen umher, zähneklappernd und durchnässt bis auf die Haut. Vor Angst und Anspannung hatte er die Zähne fest zusammengebissen. Wenn sie Talanna nicht fanden – oder wenn sie nur ihren Körper fanden …

Die Gasse beschrieb eine scharfe Biegung, und plötzlich sah er Talanna: Sie kniete auf der Straße neben dem reglosen Körper einer Wache. Die Hauswände rings um sie waren voller Ruß und Asche. Wenige Schritte neben ihr war eine Wand regelrecht gesprengt worden. Überall lagen Steine, kopfgroße Brocken und kleinere Splitter, und aus dem Loch in der Mauer ringelte sich Qualm empor. Mit Entsetzen bemerkte Adeen, dass der Tote neben ihr nicht der Einzige war – dort, wo die Hauswand von der Macht einer Explosion eingedrückt worden war, lag ein Körper, größtenteils unter Steinen begraben, das Leder seiner Soldatenstiefel schwarz verbrannt. Sogar die metallenen Sporen hatten sich unter der Hitze verformt. Auf der Straße brannten noch einzelne kleine Feuer, die Rückstände des Flammenzaubers. Der Leichnam, neben dem Talanna kniete, war zwar auch von Feuer gezeichnet, doch getötet hatte ihn offenbar ein Stein, der seinen Helm zertrümmert hatte. Blutfäden glänzten schwach auf dem Gesicht des jungen Mannes.

»Talanna!«

Er eilte zu ihr. Sie hatte die Arme um ihren Körper geschlungen und zitterte. Brandlöcher übersäten ihre Kleidung. Vorsichtig schob Adeen ihre Kapuze zurück. Ihre Brauen waren versengt und die Wangen ascheverschmiert. Als er sie berührte, gaben seine Beine fast unter ihm nach, so stark war die Welle aus warmer Erleichterung, die ihn überrollte.

»Bist du verletzt?«

Ihr Blick blieb auf den Toten gerichtet, der direkt neben ihr lag. »Was tust du hier?«

»Ich suche dich, was glaubst du wohl? Liebe Güte, ich bin so froh – so froh, dass ich dich gefunden habe!«

Hinter ihm hallte Nemiz' Stimme über die Straße: »Da seid ihr ja! Talanna, bist du –«

»Es geht mir gut.« Sie klopfte an ihrer Kleidung herum, eine sinnlose Geste, da sie über und über mit Ruß bedeckt war. Nemiz packte sie bei der Schulter und zerrte sie herum, so dass sie gezwungen war, ihm ins Gesicht zu sehen.

»Sie haben dich erkannt«, stellte er fest, als Talanna seinen Blick mit starrer Miene erwiderte. »Sie wissen nun, dass du für uns arbeitest.«

»Wir sind für den Augenblick in Sicherheit«, erwiderte

sie. »Aber ich konnte nicht alle töten. Einige sind geflüchtet.«

»Wie konnte der Herrscher von unserem Plan erfahren?«

»Sie haben die alte Frau gefangen, Großmutter«, antwortete Talanna.

Großmutter gefangen und … das Übrige mochte sich Adeen nicht vorstellen. Mit Gewalt schob er die Bilder, die sich ihm aufdrängten, von sich. Er wusste, es gab nichts, was er für die alte Frau tun konnte, die ihm gegenüber stets so freundlich und großzügig gewesen war. Nein, es hatte keinen Zweck, darüber nachzudenken.

Die Rebellen umringten sie schweigend, und Nemiz sagte: »Wir brechen nach Gabta auf und führen unseren Plan durch.«

Adeen betrachtete die regennasse Truppe, die wild entschlossenen Gesichter, die Waffen, die in der Morgendämmerung den Rost an ihren Klingen offenbarten. *Ich habe nicht genügend Schwebezauber für alle geschrieben. Die Zeit hat nicht gereicht.* Er wusste es genau, doch er sprach es nicht aus. *Aber wer weiß, wie viele von uns überhaupt so lange leben, um eine der Schriftrollen zu benutzen.*

»Wir sollten zusehen, dass wir aus der Stadt herauskommen«, sagte Nemiz. »Wenn wir einen geschützten Ort jenseits der Rakashfelder erreicht haben, besprechen wir kurz unser weiteres Vorgehen. Jeder von uns ist wichtig. Wir können nur Erfolg haben, wenn wir ohne Streit zusammenarbeiten und ihr genau das tut, was ich euch sage.«

»Wir dürfen die Bilder nicht zurücklassen«, sagte Adeen.

Nemiz' Gesicht verdüsterte sich. »Wir müssen. Die Zeit reicht nicht. Du musst verstehen – wir retten die Künstler, nicht die Kunstwerke.«

Ein plötzlicher Windstoß fauchte durch die Straße, ließ lose Dachziegel klappern und zerrte an ihrer Kleidung. Nemiz hinkte davon, so rasch ihn sein steifes Bein trug. Seine Leute schlossen sich ihm schweigend an.

Talanna zögerte. Noch einmal wandte sie den Kopf und betrachtete die Toten.

»Kommst du?« Adeen streckte ihr die Hand hin.

Sie musterte ihn mit nachdenklichem Blick, ergriff seine Hand aber nicht. Hatte er wirklich gehofft, dass sie es tun würde? Stattdessen eilte sie an ihm vorbei und bahnte sich ihren Weg durch die Menge der anderen Rebellen, bis sie Nemiz eingeholt hatte. Dann begann sie leise mit ihm zu diskutieren.

Adeen presste die Lippen zusammen und zog sich die durchnässte Kapuze tiefer ins Gesicht.

Von einem verlassenen Weinkeller aus führte ein unterirdischer Gang in ein Gestrüpp knapp außerhalb der Stadtmauer. Der Tunnel musste bereits vor langer Zeit angelegt und irgendwann in Vergessenheit geraten sein.

Adeen hatte sich bislang noch nicht einmal in die Nähe der Mauer gewagt. Die intensiven Kontrollen verhinderten, dass jemand auch nur seinen ihm zugewiesenen Wohn- und Arbeitsbezirk verließ. Übertrat man ein Verbot, und sei es nur ein geringes, konnte man sich schnell mit dem Gesicht am Boden und einem Stiefel im Nacken wiederfinden – wenn nicht noch Schlimmeres geschah. Und nun stand er auf der anderen Seite der Stadtmauer und blickte zurück. In der verregneten Dämmerung lag Rashija stumm und schwarzgrau da, dieser Ort, der aus der Nähe so quälend bunt und laut sein konnte. Er sah die Türme der Akademie und des Regierungssitzes, wie sie in den fahlen Himmel ragten, halb vom Nebel verhüllt, und alles erschien ihm aus der Ferne so wenig bedrohlich, dass er sich einen Augenblick lang fragte, wovor er eigentlich Angst hatte.

Dann war der Moment vorüber. Adeen riss sich von dem Anblick Rashijas los, und die Angst war wieder da, ein lähmender Druck in Magen und Kehle. Nein, diese Stadt hatte einen großen Teil der Welt unterworfen, sie war nicht schwach, sondern sehr gefährlich.

7

DIE FLUCHT

Nemiz hinkte ohne Zögern voran, und sie folgten ihm. Noch immer rauschte der Regen herab, und Dunst, der vom Boden aufstieg, hüllte die Umgebung in einen Schleier, der ihre Sicht einschränkte. Die Silhouette der Stadt war aus ihrem Blick verschwunden, und den Rand der Insel konnten sie noch lange nicht ausmachen. Wolken türmten sich am Himmel.

Adeen konnte nicht fassen, dass es geschah, dass er wirklich flüchtete. Die Angst war überwältigend. In einem Moment wäre er am liebsten in seine Absteige in den Arbeiterquartieren zurückgekehrt, um sich unter die abgerissene Decke seiner Schlafpritsche zu kuscheln und sicher zu sein, zumindest vorerst sein Leben gerettet zu haben. Dann wieder hob er den Kopf und sah Vögel über den Himmel huschen, Schemen, die sich kaum von den blaugrauen Wolken abhoben. Er wusste nicht, weshalb, aber ihm wurde leichter ums Herz.

»Talanna?«

Er schloss zu ihr auf. Noch immer war ihr Gesicht so reglos, dass es ihn beunruhigte. Ihre violette Haut hatte einen fahlen, bläulichen Stich. Irgendetwas musste dort auf der Straße mit ihr geschehen sein. »Was hast du?«

»Nichts.«

»Dieser Soldat, den du mit dem Feuerzauber angegriffen hast … hat er dir etwas angetan?«

Talanna sah ihn nicht an. »Sein Name war Dared. Wir sind gemeinsam ausgebildet worden. Er konnte noch nie … seinen Schutzschild rechtzeitig aufbauen. Als er mich sah … rief er meinen Namen … er lief auf mich zu.«

Es dauerte einen Moment, bis Adeen begriff, wovon sie sprach.

»Er stand nicht im Zentrum der Explosion«, fuhr Talanna fort, »aber trotzdem zu nah. Ich wollte nicht, dass das passiert, aber … ich hätte ihn so oder so töten müssen.« Ein kaum verborgenes Grauen lag in ihrer Stimme.

Sie hätte es getan. Bei allen Mächten, das hätte sie. Einen Augenblick lang erinnerte sich Adeen an Talannas Verletzlichkeit, als er sie umarmt hatte. Dieselbe Frau hatte diese Soldaten nicht nur getötet, sondern mit ihrer Magie verbrannt und zerschmettert. Plötzlich sah er deutlicher als je zuvor, dass sie eine Draquerin war und die Unerbittlichkeit in sich trug, die das Regime des Herrschers von seinen Untergebenen erwartete. Sie war hart genug, um anzuwenden, was sie gelernt hatte, sogar gegen ihre eigenen Leute.

Und er hatte Angst. Vor ihr, um sie.

Nemiz führte die Gruppe durch die Hecken und schmalen Waldstreifen, die die Rakash- und Felsbrotfelder voneinander trennten. Das Gebüsch verhinderte, dass Wind die dünne Erdschicht abtrug und verwehte. Die Feldarbeiter mussten bereits seit Stunden auf den Beinen sein: Mit ihren Hacken bearbeiteten die ausgemergelten Gestalten den Boden, im Nebel häufig kaum mehr als verschwommene Schatten. Sie waren so in ihre Arbeit vertieft, dass niemand von ihnen den Kopf hob, es sei denn, die Pfeife eines Aufsehers schrillte über die Felder. Nemiz bemühte sich, den Arbeiterkolonnen auszuweichen. Adeens nackte Beine waren bald nicht nur gefühllos von Kälte und Nässe, sondern auch bis zu den Knien mit Dornenkratzern übersät. Die Aufregung der letzten Stunden und die Flucht saßen ihm so in den Knochen, dass er halbblind den anderen hinterherstolperte, weil er trotz der Gefahr vor Erschöpfung nur mühsam die Augen offen halten konnte.

Beinahe das ganze Gebiet der Hauptinsel, das sich außerhalb der Stadt befand, wurde zum Anbau von Lebensmitteln genutzt. Rakash und Felsbrot waren sehr genügsame Pflanzen und benötigten nur wenig Wasser. Jetzt im Spätherbst allerdings gab es Wasser im Überfluss, und überall standen Pfützen. So mussten sie zumindest keinen Durst leiden. Hin und wieder gestattete Nemiz ihnen eine kurze Pause, dann knieten sie sich auf den schlammigen Boden und tranken aus den Wasserlachen wie wilde Skadas.

Inzwischen hatte sich die Sonne bereits mehrere Handbreit am Himmel emporgeschoben. Heute war sie eine verschwommene Scheibe von ungesundem Gelbgrau, die durch die Wolken schimmerte.

Sie ließen die bebauten Äcker hinter sich und gelangten zu verlassenen Feldern, so ausgelaugt, dass auf ihnen nicht einmal mehr Felsbrot gedieh. Sie glichen öden Flächen aus braunem Wasser, in denen sich die fahle Sonne spiegelte. An trockenen Tagen mussten von diesen Orten aus die Staubfahnen über die Felder wehen, die Adeen manchmal von der Stadt aus gesehen hatte. Hier arbeitete niemand, und es herrschte gespenstische Stille.

Trotz der kurzen Pausen wuchs Adeens Erschöpfung

mit jedem Schritt. Wo sein Körper nicht taub war vor Kälte, schmerzte er so sehr, dass er die Zähne zusammenbeißen musste. Und er sah, dass es den anderen ebenso ging: Überall blickte er in hohle, bleiche Gesichter.

Nemiz' düstere Miene verriet, dass das auch ihm nicht entgangen war. Er selbst schien keine Müdigkeit zu kennen, sondern kämpfte sich mit seinem Stock unbeirrt weiter und weiter voran. »Wir werden dort eine Pause machen.« Er wies auf die Ruine eines Gebäudes am Feldrand, von dem nur noch die Wände übrig waren. Das Dach musste der Wind bereits vor längerer Zeit davongerissen haben, denn als sie näher kamen, sah Adeen, dass auf den Bodenbrettern weißgraue Flechten wuchsen. Wahrscheinlich handelte es sich um einen ehemaligen Vorratsspeicher.

Die Tür fehlte, aber die Wände waren intakt genug, um sie vor Blicken von außen zu schützen und ihnen eine kurze Zuflucht zu gewähren. Nur ein Teil der Ruine war begehbar, der Rest lag voller Schutt. Nemiz bedeutete allen, sich hinzusetzen. Die Rebellen drängten sich eng zusammen. Sie rochen nach Asche, Schmutz und Schweiß und waren ebenso nass wie Adeen. Er fühlte ihre spitzen Knie und Ellbogen in seinen Rippen. Yoluan ließ sich neben ihm nieder, er klopfte ihm sogar wie zur Ermutigung leicht auf die Schulter.

Eine Weile schöpften sie einfach nur Atem.

»Hört mir zu«, sagte Nemiz dann. Er war der Einzige, der noch aufrecht stand, auf seinen Stock gestützt. Neben ihm – und wie schon bei der letzten Versammlung ein kleines Stück abseits – hatte sich Talanna auf einem Stapel Ziegelsteine niedergelassen. »Ihr wisst, dass der Gegner uns zuvorgekommen ist. Nun lässt sich unser ursprünglicher Zeitplan nicht mehr aufrechterhalten. Dennoch stehen uns nach wie vor alle Mittel zur Verfügung, um unsere Operation erfolgreich durchzuführen und unser Ziel zu erreichen.« Er sah sich eindringlich in der Runde um. Einige aus der Gruppe murmelten müde Zustimmung, andere hatten die Stirn in Falten gelegt. Adeen wusste nicht, was er denken sollte. Er sah zu Yoluan. Der große Mann hatte den Blick fest auf Nemiz geheftet und nickte voller Anerkennung.

Nemiz wies auf Talanna. »Talanna hat zugesichert, uns bei der Anwendung von Schriftmagie zu helfen. Ihr erinnert euch sicher: Beim letzten Treffen habe ich davon gesprochen. Adeen hat die Zauber für uns niedergeschrieben, und wenn wir diese Waffe kontrollieren, können uns auch die Magier von Gabta nicht so einfach schlagen.« Etwas Stählernes war in seiner Stimme. Er nahm seinen Rucksack ab, löste die Verschnürung, öffnete eine Kapsel und hielt eine der Schriftrollen hoch – Adeens Magen zog sich zusammen, als er sah, dass das Papier bereits nass und aufgeweicht war und die Tinte an einigen Stellen zerfloss. Er befürchtete, dass der Zauber in diesem Zustand seine ursprüngliche Wirkung nicht mehr entfalten würde. Aber er schwieg. Was konnte er mit seinen Worten jetzt schon erreichen, abgesehen von Verunsicherung? Die Rebellen hatten zum größten Teil sicher noch nie eine Schriftrolle gesehen, und der Eindruck, den der kostbare Gegenstand auf sie machte, war nicht zu übersehen: Bewunderndes Raunen breitete sich aus, viele beugten sich vor, um die Rolle besser erkennen zu können.

Talanna erhob sich steifbeinig und holte sichtbar Luft.

Obwohl sie eine Kapuze trug, gab es wohl inzwischen niemanden mehr in der Gruppe, der nicht bemerkt hatte, was mit ihren Haaren passiert war. Doch sie verhielt sich, als wäre nichts geschehen.

»Um die Schriftzauber zu benutzen, müsst ihr zwei Dinge wissen«, sagte sie, »erstens müsst ihr die Kennung zuordnen können. Die Rollen tragen jeweils ein Symbol, einen Hinweis auf den Zauber, den sie enthalten. Was Nemiz da in der Hand hält, ist ein Schwebezauber. Zweitens müsst ihr den Zauber aktivieren. Dazu entrollt ihr das Papier und lest die erste Zeile laut vor. Das Papier ist mit Magie getränkt und trägt dazu bei, dass der Zauber seine Wirkung entfaltet, daher müsst ihr es berühren, wenn ihr ihn benutzt.« Sie packte Nemiz unsanft beim Arm, als er Anstalten machte, die Schriftrolle zu öffnen. »Nein, keine Demonstrationen. Wir werden jede einzelne Rolle brauchen.«

»Ich kann nicht lesen«, sagte ein Mann neben Adeen. Er klang verlegen. »Wie soll ich dieses … Ding benutzen?«

»Ihr müsst die richtigen Worte auswendig lernen. Ich bringe sie euch bei. Wenn wir Gabta betreten, werden wir kämpfen müssen. Daher lernt ihr als Erstes die Angriffszauber.« Sie bückte sich nach einer der anderen Kapseln, öffnete sie und warf einen prüfenden Blick auf die ramponierten Schriftrollen. »Dies sind Eiszauber. Seht ihr die Kennung in Form eines blauen Kristalls?« Sie hielt die Rolle hoch, damit alle sehen konnten, wovon sie sprach. »Dieser Eiszauber kann einen Gegner lähmen. Manchmal sorgt er sogar dafür, dass sein Herz stehenbleibt. Gebt die Rolle einmal herum, aber vorsichtig. Und öffnet sie auf keinen Fall, sonst müssen wir gleich einen oder zwei von euch wie Felsbrotsäcke Richtung Gabta schleppen.«

Nervöses Kichern folgte ihren Worten. Adeen bewunderte Talannas Ruhe – hatte sie das Erlebte tatsächlich so schnell verarbeitet, oder verfügte sie nur über erstaunlich gute Selbstbeherrschung? Die Schriftrolle nahm ihren Weg durch die Versammlung, beinahe ehrfürchtig strichen die Rebellen mit schmutzigen Händen über das feuchte Papier. Yoluan reichte die Rolle an Adeen weiter, der sie in der Hand wog. Nur ein Hauch von dünnem, nassem Papier – und von seiner Arbeit hingen nun viele Leben ab. Er konnte nur hoffen, dass die Schriftrollen mehr Menschen retten als töten würden. Rasch gab er sie an die Frau weiter, die neben ihm kauerte.

»Die Zauber sind in einer alten Sprache verfasst, die mein Volk vor Hunderten von Jahren gesprochen hat. Sie wird in Bildern niedergeschrieben und ist nicht leicht zu lesen, aber ich habe es schon als Kind gelernt. Hört genau zu, dann versucht, mir nachzusprechen. Die Worte mögen ungewohnt für euch sein, aber es ist sehr wichtig, dass ihr den Klang genau trefft …«

Talanna gab eine Folge von harten, kratzenden und nasalen Lauten von sich. Die Versammlung stöhnte, aber trotz des Zweifels, den Adeen in allen Augen sah, klagte niemand, er könne sich das niemals merken. Dafür war die Lage zu ernst. Im Gegensatz zu den anderen war Adeen mit dem Klang vertraut – und hatte gelernt, ihn zu fürchten, wenn er Charral als unfreiwilliges Ziel für seine Schriftzauber diente. Worte wie diese hatte er jahrelang niedergeschrieben, ohne ihre Bedeutung zu kennen.

»Noch einmal«, sagte Talanna. »Ganz langsam.«

Es dauerte, bis es Adeen gelang, sich die Reihenfolge der Silben zu merken – und die singende Betonung, mit der der Satz gesprochen werden musste, so dass er beinahe wie eine Zeile aus einem Gedicht oder Lied klang. Andere hatten noch mehr Mühe als er, sogar Nemiz. Doch schließlich nickte Talanna. »Prägt euch alles ein, wiederholt es im Stillen, sooft ihr könnt. Wenn ihr angegriffen werdet, können diese Worte euer Leben retten. Das gilt auch für den nächsten Zauber …«

Die Prozedur begann von neuem: Talanna erklärte den Zauber, sprach die Worte vor und ließ sie so häufig wiederholen, bis es einigermaßen funktionierte. Diesmal ging es um einen Feuerzauber, der mitten in eine Gruppe von Feinden geschleudert wurde und eine Explosion auslösen sollte. Allein bei dem Gedanken wurde Adeen elend zumute. Er erinnerte sich allzu deutlich daran, was Talanna noch vor wenigen Stunden getan hatte, ganz ohne Schriftrolle.

Schließlich fasste Nemiz sie bei der Schulter. »Wir müssen weiter. Sobald wir Gabta kontrollieren, bleibt uns genügend Zeit, den letzten Zauber zu lernen.«

Talannas Gesicht verriet Zweifel, aber sie erwiderte nur: »Du hast recht. Gehen wir.«

Sie verließen ihre unsichere Zuflucht, und von neuem begann der Weg durch die Felder. Kaum jemand trug Proviant bei sich. Gegen den schlimmsten Hunger rissen sie ein paar Handvoll der unreifen, wildwachsenden Felsbrotfrüchte aus der Erde, wischten den gröbsten Dreck ab und kauten sie roh. Felsbrot war ein Pilz, der auch bei Trockenheit schnell wuchs und genügend Fruchtkörper produzierte, um die arme Bevölkerung von Rashija leidlich zu ernähren. Das Brot daraus war so hart, dass sie es in eine Pfütze tauchen mussten, um es aufzuweichen, ehe sie ein Stück abbeißen konnten. Ungeröstet war es sehr bitter, ein Geschmack, der noch lange im Mund blieb. Wer konnte, stopfte einige Früchte als Verpflegung ins Gepäck oder, wo keine andere Möglichkeit blieb, in die Ärmel.

Auf Regierungstruppen stießen sie nicht, doch das hatte nichts zu bedeuten. Bei dieser schlechten Sicht konnten sich ihre Verfolger ganz in der Nähe befinden, ohne bemerkt zu werden. Bis auf das Brausen des Windes war kein Geräusch zu hören.

Nemiz hatte eine schlanke Frau losgeschickt, die die Route vor ihnen auskundschaften sollte. Die meiste Zeit über sah Adeen sie nicht, doch hin und wieder kehrte sie zurück und meldete, dass ihr Weg frei war. Adeen wusste nicht, ob er glauben sollte, alle vergessenen guten Götter und Geister der Insel stünden auf ihrer Seite – oder ob diese Meldung erst recht ein Grund für Misstrauen und Besorgnis war. Nemiz jedenfalls wirkte zunehmend nervöser. Häufig sah er sich über die Schulter um, beschleunigte kurz darauf seine Schritte und blieb dann wieder stehen, um zu lauschen.

»Was hat er?«, flüsterte Adeen Yoluan zu, der neben ihm dahintrottete.

»Weiß nicht«, erwiderte Yoluan, ebenfalls mit gesenkter Stimme. »Aber wir müssen Nemiz vertrauen, dann bringt er uns sicher nach Gabta und auf den Boden. Was ist denn, Adeen? Du zitterst ja. Tun dir auch die Füße so weh? Und du hast auch noch so dünne Beine. Hier, trink einen Schluck.«

Er hielt Adeen seinen Wasserschlauch hin. Dankbar für die freundliche Geste, nahm Adeen einen Mundvoll des erdigen Wassers und gab Yoluan den Schlauch zurück. *Zumindest Yoluan hat einen Grund gefunden, sich nicht zu fürchten*, dachte er. *Hoffentlich wird er nicht enttäuscht.*

Gegen Abend frischte der Wind auf, heulte und fauchte über die Ebene und blies seinen eisigen Atem auf die ohnehin schon durchnässte Gruppe. Adeen schauderte, machte sich aber nicht mehr die Mühe, seine erstarrten Hände anzuhauchen. Und dann plötzlich – er beobachtete gerade einen Vogel, der mit scharfen Rufen über ihnen kreiste – riss die Wolkendecke auf. Wie eine Wunde klaffte der Riss im Himmel über ihnen, und die untergehende Sonne färbte die Wolken rot und orange.

Das Abendlicht ergoss sich auf die felsige Landschaft ringsum. Sie hatten die Felder hinter sich gelassen und näherten sich dem Rand der Hauptinsel. Adeen blinzelte, überwältigt von dem Anblick, der sich ihm bot: Dort vor ihnen, wenn auch noch ein Stück entfernt, hörte die Insel Rashija auf. Nur Felsen und windzerzauste Bäume und Büsche schützten einen unvorsichtigen Wanderer davor, in den Abgrund zu stürzen. Und dahinter schwebten vor dem tiefgrauen Himmel die Nebeninseln im Abendlicht. Ein Geflecht von schimmernden Ketten und Brücken verband sie miteinander und mit der Hauptinsel. Das Klirren der Ketten drang durch den Wind bis zu ihnen hinüber. Die meisten Inseln waren sehr groß, auch wenn sie aus der Entfernung nicht so wirkten, mächtige Felsbrocken mit einer dünnen Erdschicht. Adeen bildete sich ein, winzige Arbeiter auf einer von ihnen zu erkennen.

Zwischen den Inseln trieben Steinsplitter, die vor langer Zeit abgebrochen waren. Der Wind wirbelte sie umher und formte immer neue, fremdartige Muster daraus. Den Boden konnte Adeen nicht erkennen, denn Wolken verhüllten ihn. Auch auf der Hauptinsel wehte der Wind heftig, riss an seiner Kleidung und zerrte bald von der einen, bald von der anderen Seite an ihm. Je näher sie der Kante kamen, desto mehr nahm er zu.

»Gabta!«, rief Nemiz.

Mit seinem Stock wies er auf eine der Inseln, die in unmittelbarer Nähe des Randes von Rashija schwebten. Der Felsen, aus dem Gabta bestand, lief nach unten in einer scharfen Spitze aus, so dass die gesamte Insel wie ein abgebrochener Dorn aussah, der mit der stumpfen Seite nach oben in der Luft hing. Erst auf den zweiten Blick bemerkte Adeen den Turm auf der höchsten Stelle der Insel. Er schien aus einem Material zu bestehen, das vom Licht durchdrungen wurde und ihn beinahe unsichtbar machte. Nur ein mattes violettes Schimmern verriet ihn. Seine Spitze verschwand im Dunst. Deutlicher zu erkennen war der weiße Pfad, der sich über den Hang zum Turm hinaufschlängelte.

Beim Anblick der Insel kam Bewegung in die erschöpfte Gruppe, alle reckten die Köpfe. Jetzt, da sie ihr vorläufiges Ziel vor Augen hatten, fühlte sich Adeen plötzlich erfrischt, und den anderen schien es ähnlich zu gehen.

So weit sind wir also gekommen. Und wir leben.

Mit seinem steifen Bein musste Nemiz erst recht am Ende seiner Kräfte sein, doch er ließ sich nichts anmerken. Aus halb zusammengekniffenen Augen starrte er lange auf die schwankende Brücke nach Gabta, ein Geflecht aus dünnen, rotsilbern schillernden Metallfäden. Sie war so schmal, dass keine zwei Personen nebeneinander Platz auf ihr gefunden hätten, und bestand aus flexiblen metallenen Platten, die im Wind hin- und herschwangen. Wolken zogen darunter vorbei. Soldaten bewachten die Brücke, ihre Drachenhelme glänzten im roten Abendlicht, als wären sie lebendig.

»Verdammter Abschaum«, knurrte Nemiz. »Aber ich bin überzeugt, sie wissen nicht, dass wir kommen. Denen werden wir's zeigen.« Er wandte sich um. »Jetzt ist Zeit, euch mit Zaubern zu bewaffnen. Hier, nehmt jeder eine Schriftrolle, aber setzt sie nur ein, wenn es keine andere Möglichkeit mehr gibt. Wir dürfen unsere Kraft nicht leichtsinnig verschwenden, wer weiß, was uns auf Gabta erwartet.«

Er verteilte die Schriftrollen mit den Zaubern, die Talanna ihnen vorhin beigebracht hatte. Adeen erhielt eine mit einer Eiszauber-Kennung. Nach der Zeit, die sie in Nemiz' Rucksack verbracht hatte, war sie bereits aufgeweicht und zeigte erste Risse an den geleimten Stellen. Er erkannte die leicht wackligen Zeichen am oberen Rand wieder: Das musste die Rolle gewesen sein, an der er gearbeitet hatte, nachdem ihn das Bild des Vogels heimgesucht hatte. War das ein böses Omen? Besorgt schob er sie in den Ärmel seiner Robe – nasser konnte sie ohnehin kaum noch werden – und wiederholte im Geist die Worte, die Talanna ihm beigebracht hatte.

»Überzeugt euch, dass niemand von uns vor euch steht, wenn ihr die Zauber anwendet.« Talanna musste fast schreien, um das Brausen des Windes zu übertönen. »Die Magie weiß nicht, wer euer Feind ist. Seid vorsichtig, sonst nehmt ihr den Truppen des Herrschers die Arbeit ab.«

»Merkt euch das!«, befahl Nemiz. »Talanna und ich greifen als Erste an, ihr folgt, sobald ihr die ersten Gegner am Boden seht. Wir müssen um jeden Preis über diese Brücke.«

Mit steifen Fingern griff Adeen nach dem Dolch, den Nemiz ihm gegeben hatte. Er hoffte immer noch, dass er ihn nicht brauchen würde – auch wenn das sehr unwahrscheinlich war.

Sie hielten sich parallel zu der Straße, die Richtung Gabta führte und die der Regen in eine schlammige Masse verwandelt hatte. Langsam näherten sie sich der Brücke. Das Gelände war uneben und abschüssig, Büsche, Bäume und Felsen gewährten ihnen notdürftige Deckung. Zumindest mussten sie sich nicht mehr bemühen, leise aufzutreten, denn der pfeifende Wind schluckte alle Geräusche.

»Jetzt!«, rief Nemiz plötzlich.

Er zog seinen Stockdegen blank, und Talanna und er stürmten Seite an Seite nach vorn. Unruhe kam in die Soldaten an der Brücke; sie mussten etwas bemerkt haben und spähten den Hang hinauf, aber die einbrechende Dämmerung schien ihnen die Sicht zu erschweren. Doch noch ehe Nemiz einen Zauber schleudern konnte, brüllte die Späherin: »Achtung!«

Ein Ruck ging durch die Gruppe, alle Blicke folgten der ausgestreckten Hand der Frau. Kurz sah Adeen hinter einer felsigen Anhöhe etwas Rotes aufblitzen – ein Stück Stoff?

Im nächsten Augenblick wurde der lange Hals einer

Skada sichtbar. Dann setzte das Tier über den Felsen, und der rote Umhang seines Reiters blähte sich im Wind. Es war ein Magiersoldat der Wache, da gab es keinen Zweifel. Er hielt das blanke Schwert in der Hand, die Klinge glänzte in der Dämmerung. Seine Kameraden folgten ihm auf dem Fuß. Nemiz und Talanna brachen ihren Angriff sofort ab und rannten zu der Gruppe zurück, doch auch die Wachen an der Brücke hatten sie nun gesehen und griffen an. Auf einmal waren sie umgeben von den stampfenden Füßen und peitschenden Schweifen der Skadas und den klappernden Rüstungen der Soldaten. Entsetzt wich Adeen zurück und prallte gegen Yoluan. Sie waren umzingelt!

»Wen haben wir denn da«, sagte der Mann, den Adeen als Ersten bemerkt hatte. Er war groß und hager und trug eine prachtvolle rote Stoffrüstung, die ihn als Anführer des Trupps kennzeichnete. Wie bei den anderen war sein Gesicht hinter einem geschnitzten Drachenhelm verborgen, doch seine Stimme verriet Spott und Verachtung. Die bemalten Schuppen seiner Rüstung glänzten feucht, wirkten lebendig. Es war, als hätte sie ein Rudel Halbmenschen eingekreist, Kreaturen, von denen keine Gnade zu erwarten war. »Unseren Freund Nemiz und seine Helden der Verzweiflung!« Entspannt saß er auf seiner Skada, die Zügel lässig in der Linken. Adeen bemerkte, dass die Haut seiner Hände – die einzige Stelle seines Körpers, die die Rüstung nicht bedeckte – bläulich schimmerte. Er musste ein Draquer sein wie Talanna. Wenigstens war es nicht Charral! »Ja, dachtest du, der Herrscher kennt deinen Namen nicht? Was hattest du denn dieses Mal vor, Nemiz? Wolltest du dich mit diesem Haufen Abschaum vom

Rand Rashijas in die Tiefe stürzen? Wir würden dich gerne gewähren lassen, aber dieses Mal hast du Luarans Tochter mit hineingezogen.« Der Mann hob die Hand und wies auf Talanna. »Mädchen, komm her. Dein Ehemann erwartet dich, und der Herrscher lässt dir seinen Dank ausrichten. Durch deine Hilfe haben wir die Bande endlich aufgespürt.«

Adeen erstarrte. Was seine Worte andeuteten, konnte doch unmöglich wahr sein! Talanna stand auf ihrer Seite, sie hatte so viel gewagt.

Bereits bei den ersten Worten des Mannes war Talanna in Kampfposition gegangen und hatte die Hände ausgestreckt, wie um einen Feuerball auf den Gegner zu schleudern. Doch sie zögerte.

Grimmig trat Nemiz vor sie. »Keiner will deine Lügen hören!«

Talanna hatte ihre Stimme wiedergefunden. »Ich weiß, warum der Herrscher mich zurückwill, und das, obwohl ich eine Verräterin bin. Wenn er so viel Freude am Züchten hat, soll er sich Skada-Weibchen zum Brüten suchen!«

Der Mann war der Einzige, der lachte, ansonsten herrschte Schweigen. »Wir alle bringen unsere Opfer, Talanna.«

Wie von selbst schoben Adeens Finger den Dolch in den Gürtel und tasteten nach der Schriftrolle in seinem Ärmel. Behutsam rollte er das feuchte Papier auseinander. An vielen Stellen war die Tinte bereits verlaufen, doch insgesamt schien der Zauber noch intakt.

»Lasst sie in Ruhe!«, rief Adeen, so laut er konnte. Es war erschreckend, in der Stille die eigene Stimme zu hören, zu sehen, wie sich der Drachenhelm des Anführers langsam zu ihm umwandte. Mit den Ellbogen bahnte sich Adeen einen Weg durch die Gruppe, bis er dem Mann gegenüberstand. Er roch das eingefettete Leder des Zaumzeugs, den süßlich scharfen Gestank der Skada. Plötzlich fühlten sich seine Beine an, als wollten sie ihm jeden Moment den Dienst versagen, doch er hob entschlossen den Kopf und blickte den Magierkrieger an, dorthin, wo sich unter den Sehschlitzen des Helms die Augen befinden mussten.

»Was willst du denn, Krähe?« Die Verblüffung war dem Mann anzuhören.

Adeen richtete die Schriftrolle auf ihn. Seine Zunge stolperte durch die Worte, die Talanna ihm beigebracht hatte, er verhaspelte sich, musste sich wiederholen. Noch ehe er den Zauber zu Ende gebracht hatte, gab der Mann einen überraschten Ruf von sich, riss an den Zügeln der Skada und zerrte sie zurück. Er reagierte zu spät. Ein rotgelber Funke glomm von dem Papier in Adeens Händen auf, fraß sich in das erste Schriftzeichen hinein, bis es rot aufglühte, dann in das nächste. Erschrocken ließ Adeen die Rolle los. Sie segelte nicht sofort zu Boden, sondern schwebte in der Luft. Dann wuchs der Funke zu einer Flamme an und verschlang sie. Noch im selben Moment färbte sich die Flamme weißblau, und wie ein fauchender Windstoß schoss der Eiszauber auf den Anführer der Soldaten los. Zugleich erkannte Adeen, dass er einen Fehler gemacht hatte: In seiner Unerfahrenheit hatte er nicht richtig gezielt. Der Zauber traf die Skada gegen die Brust, überzog ihre Schuppen mit einer Rauhreifschicht. Das Tier ließ ein halbersticktes Zischen hören und taumelte rückwärts, dann knickten ihm die Beine ein. Sein Reiter versuchte abzuspringen, doch zu spät: Die Skada stürzte zu Boden und begrub ihn halb unter sich. Ihre krallenbewehrten Hinterbeine traten in die leere Luft, und ihr Schweif zuckte. Die Bewegungen des Tieres wurden immer langsamer, doch seine funkelnden Augen verrieten, dass es nur gelähmt war, nicht tot. Der Reiter schrie vor Schmerz. Ringsum waren die übrigen Skadas voller Schreck zurückgewichen, und in diesem Moment folgten auch die anderen Rebellen Adeens Beispiel.

Yoluan hatte einen Knüppel aufgehoben und schlug auf den gestürzten Magier ein, ehe er wieder auf die Beine kommen konnte. Neben ihm wehrte Nemiz, gewandt trotz seines lahmen Beins, mit dem Degen die Schwertattacke eines Reiters ab, der in vollem Galopp auf ihn zupreschte. Talanna wich geschmeidig dem bleichen Zucken eines Kampfzaubers aus, und die Funken fraßen sich neben ihren Füßen ins Gras. Die Luft war erfüllt vom Fauchen der Zauber, vom erschrockenen Zischen der Skadas und den Rufen der Soldaten.

»Halt!«, rief Talanna. »Nicht alle Rollen verbrauchen!« Sie selbst schleuderte Feuerzauber wie ein wütender Flammengeist; bis zu den Ellbogen waren ihre Arme schwarz von Ruß. Um sie qualmte das Gras.

Auf einmal klaffte eine Lücke in der Umzingelung.

»Dort!«, brüllte Nemiz. Irgendwie gelang es ihm, mit seiner dröhnenden Stimme den Lärm zu übertönen. »Brecht durch, bleibt nicht stehen, was auch passiert! Wir müssen über die Brücke!«

Er setzte sich als Erster in Bewegung und lief hinkend los, mit verzerrtem Gesicht, die Klinge blankgezogen. Adeen folgte ihm, noch halb benommen und fassungslos über seinen Mut. Der unvermittelte Einsatz von Magie und der Angriff auf ihren Anführer hatten die Truppen des Herrschers erstarren lassen, als wären sie ebenfalls Opfer des Eiszaubers geworden. Aber sie hatten sich schnell wieder im Griff. Sie trieben ihre Reittiere näher, und die ersten Schwerthiebe hagelten auf die Rebellen herab. Auf Adeen fiel ein Schatten, und als er sich umblickte, ragte dort eine Skada auf, eine schwarze Silhouette vor dem roten Himmel. Die Bewegung der Klinge war nicht mehr als ein Lichtblitz in seinem Augenwinkel. Beißende Kälte streifte seine Schulter. Er warf sich zu Boden, rollte durch den Schlamm und tastete gleichzeitig nach seinem Dolch. Zuerst glitten seine Finger von dem glitschigen Griff ab, aber dann gelang es ihm doch, die Waffe zu ziehen. Zugleich presste sich der hornige Fuß der Skada keine Handbreit neben seinem Gesicht in die Erde – viele Skadas wurden dazu ausgebildet, den Gegner im Kampf niederzutrampeln, und genau dazu versuchte der Reiter, sein Tier gerade zu bringen. Eine heiße, rote Welle schlug über Adeen zusammen. Er zielte mit dem Dolch nach dem Bein der Skada, biss die Zähne zusammen, als die Klinge von den Schuppen zurückprallte, und stieß noch einmal zu. Diesmal quoll Blut zwischen den Schuppen hervor und sprühte in sein Gesicht. Die Skada schrie und bäumte sich auf. Adeen würgte, drehte sich auf den Bauch und stemmte sich hoch. Der Reiter zerrte an den Zügeln, versuchte, die Skada wieder unter Kontrolle zu bringen. Wie rasend drehte sich das Tier im Kreis, während sein Schweif wild peitschte. Adeen sah, wie der Mann unter dem Drachenhelm voller Wut den Mund aufriss, doch der Lärm ringsum verschluckte seine Flüche.

Im nächsten Moment wurde er über den Kopf seines Reittiers hinweg aus dem Sattel geschleudert, landete im Schlamm und blieb regungslos auf der Seite liegen.

Adeen starrte ihn an. Der Magierkrieger hatte versucht, ihn zu töten. Nun war er bewusstlos, zumindest benommen, und würde sich nicht wehren. Er musste nur seinen Dolch nehmen und …

Doch als er die Waffe erneut heben wollte, war sein rechter Arm taub und gehorchte ihm nicht. Ehe er ganz begriffen hatte, was geschehen war, traf ihn unvermittelt ein Stoß in die Seite und schleuderte ihn nieder: Ein Schweifhieb der verletzten Skada. Adeen rang nach Atem. Den Dolch hatte es ihm aus der Hand geschlagen, blind tastete er danach, bis er endlich den Griff wieder zwischen den Fingern spürte. Um ihn trampelten Füße in schlammigen Stiefeln, jemand stolperte über ihn, rannte über ihn hinweg …

»Macht sie nieder!«, schrie der Anführer. Seine Stimme war in dem Tumult kaum zu hören. »Tötet sie alle, aber die Draquerin brauchen wir lebend!«

Eine Hand griff nach Adeen und zerrte ihn auf die Füße. Er sah in Talannas grimmiges Gesicht. »Lauf!«, fuhr sie ihn an und gab ihm einen Stoß in den Rücken. Dann wirbelte sie herum. Ein Magierkrieger trieb seine Skada direkt auf sie zu. Das Tier hatte den Kopf gesenkt und den Schnabel zum Angriff aufgerissen, der Reiter holte mit dem Schwert zum Schlag aus. Doch noch ehe er sie erreicht hatte, wuchs ein Funke zwischen Talannas Fingern zu einer Kugel aus weißglühendem Licht. Eine Hülle aus Feuer schloss sich um ihren Körper, und Flammen schlugen aus ihren Schultern empor. Ein gleißender

Feuerstrahl zischte aus ihren Händen auf den Angreifer los, fraß sich in die Seite der Skada, und beide stürzten in einem Wirbel aus klirrender Rüstung, Flammen, Stahl und zuckenden Krallen ins Gras. Talanna wich dem peitschenden Schweif der Skada aus, der sie beinahe von den Füßen gefegt hätte.

»Lauf, Adeen!«, schrie sie erneut.

Wie von allein setzten sich Adeens Beine in Bewegung. Hinter sich fühlte er den Boden beben. Wo war Nemiz? Das Schreien der Menschen und Skadas, das Klirren der Waffen und der heulende Wind vermischten sich in seinen Ohren zu einem Brausen, aus dem kaum noch Einzelheiten herauszuhören waren.

»Benutzt die Zauber!« Das war Nemiz. »Talanna, verdammt, tu was!«

Plötzlich bemerkte Adeen, dass er sich auf freiem Feld befand: Die Umzingelung hatte sich aufgelöst – oder war er ihr entkommen? Mit der linken Hand – die rechte ließ sich noch immer nicht bewegen – schob er den Dolch in seinen Gürtel. Die Schlieren und Flecken vor ihm flossen zu Formen zusammen, und er konnte erkennen, dass Nemiz und einige seiner Leute die Brücke erreicht hatten. Die Truppen des Herrschers dagegen sahen aus, als hätte sie der Wind ergriffen und durchgeschüttelt. Viele waren von ihren Skadas abgeworfen worden und lagen im Gras, während ihre Reittiere mühsam versuchten, wieder auf die Beine zu kommen. Die eisverkrusteten Schuppen der Skadas verrieten, was sie niedergeworfen hatte. Offenbar setzte der Eiszauber den Echsen besonders heftig zu. Zwischen den Tieren lagen reglose Körper, manche mit roten Umhängen, andere in einfacher Kleidung. Einige

Magierkrieger rannten mit blanken Schwertern auf die Rebellen zu. Für Adeen wirkte es, als bewegten sie sich kaum von der Stelle. Alles schien langsamer abzulaufen, unwirklich und fremd wie in einem Traum.

»Hierher!«, brüllte Nemiz. »Adeen!«

Adeen stolperte auf ihn zu. Auf Nemiz' Klinge glänzte Blut. Mit der freien Hand packte er Adeen.

»Was ist mit Talanna?«, fragte Adeen. Seine Lippen schienen die Worte kaum formen zu können.

»Sie kommt zurecht. Lauf, Krähe! Über die Brücke, los! Du bist der Nächste!«

Ohne eine Antwort abzuwarten, warf er sich wieder in den Kampf. Offensichtlich wollte er die Wachen so lange aufhalten, bis alle seiner Leute auf der anderen Seite angekommen waren.

Adeen wandte sich zu der Brücke um. Zum Glück gab es ein Geländer, an das er sich klammern konnte. Das Metall der schwingenden Bodenplatten schnitt in seine nackten Füße, es war kalt und glitschig. Kaum hatte Adeen die ersten Schritte hinter sich gebracht, traf ihn der Wind mit voller Gewalt, schüttelte die Brücke, dass die Platten aneinanderklirrten. Mit aller Kraft hielt er sich fest. Er fühlte sich, als hinge er mitten im Nichts, in einer Leere zwischen den Welten.

Ruhig!, ermahnte er sich. *So leicht wirst du nicht stürzen. Denk logisch! Die Brücke ist sicher, sonst würde der Herrscher seine Magier nicht auf diesem Weg nach Gabta schicken. Achte nicht auf den Wind, denk nicht daran, was unter dir ist.*

Unter ihm …

Unter mir ist Luft, ich spüre sie, als wäre sie etwas Fes-

tes. Sie presst sich gegen meinen Körper, die Kälte des schneidenden Windes dringt durch meine Federn. Die Wolken weichen zurück, ich sehe Wald, endlose Flächen in sanftem Grün, das schillernde Geflecht von Flüssen ...

Nein, nicht das, nicht jetzt!

Ich habe keine Angst, denn die Flügel sind ein Teil meines Körpers, und das Fliegen ist ein Teil meiner selbst, und ich weiß, was zu tun ist.

Und in diesem Moment kam es Adeen so vor, als hätte er wirklich Flügel, schwarze Flügel, und als gäbe es nichts Selbstverständlicheres, als sich von der Brücke fallen zu lassen, die Flügel auszubreiten und auf den wilden Luftwirbeln in die Tiefe hinabzugleiten.

Er blieb stehen, um durchzuatmen, schloss kurz die Augen und klammerte sich umso fester an das Geländer. Da war nichts unter seinen Füßen, nichts unter seinen Händen, nur Luft – nein – er fühlte den Biss des eisigen Metalls, noch hatte er den Halt nicht verloren. Einen Schritt nach dem anderen kämpfte er sich voran, während der Wind an ihm zerrte und ihm mit seiner rauhen Stimme ins Ohr schrie:

Spring! Spring! Spring!

»Nein!«

Adeen hörte sich kaum, der Wind riss ihm die Worte von den Lippen.

Es schien endlos zu dauern, bis sich die Insel Gabta so dicht vor ihm befand, dass er einzelne Grashalme und Adern auf den Felsen unterscheiden konnte. Die Welt kippte, nur undeutlich sah er, wie zwei von Nemiz' Leuten auf ihn zugestürzt kamen. Sie packten ihn und rissen ihn mit sich. Einer – es war Yoluan – half ihm, sich zu setzen, und redete auf ihn ein. Adeen sah, wie sich sein Mund bewegte, doch er hörte die Worte nur sehr leise. In seinem Kopf brauste der Wind weiter, und ein Vogel schrie.

Yoluan schob Adeen einen weichen Stoffrest in die Hand. »Drück das auf deine Schulter, Krähe! Gut festhalten, hörst du?« Unsanft führte Yoluan seine Hand, und erst, als Adeens Finger seine rechte Schulter berührten, fühlte er, dass der Stoff seiner Robe nass und zerfetzt war. Heiß floss ihm sein eigenes Blut über die Hand – wann war er verletzt worden? Bei dem Kampf? Der Schwerthieb musste ihn schwerer getroffen haben als angenommen.

Der Schreck brachte ihn wieder zu sich.

»Kannst du mich verstehen?«, fragte Yoluan mit besorgtem Stirnrunzeln.

»Ja.« Adeens Stimme war nur ein Krächzen. Er presste den Stofflappen auf die Verletzung. Allmählich ließ die Betäubung nach, und der Schmerz erwachte. »Danke, dass du …«

»He, glaubst du, ich lasse dich einfach liegen? Ich hab dir was versprochen, wenn wir auf dem Boden sind, und das halte ich.«

»Dass du jetzt daran denken kannst!« Adeen verzog das Gesicht, als er versuchte, seinen Arm zu bewegen. »Wo ist …«

»Da kommt er.«

Es war nicht Nemiz, nach dem Adeen hatte fragen wollen. Trotzdem war es gut zu wissen, dass ihr Anführer lebte. Yoluan ließ Adeen zurück und rannte auf Nemiz zu, der trotz seines steifen Beins offenbar viel weniger

Schwierigkeiten gehabt hatte, die Brücke hinter sich zu bringen, und half ihm aufs Gras. Augenblicklich scharten sich alle um Nemiz, auch Adeen raffte sich auf.

»Wir trennen die Brücke ab, dann können sie uns nicht folgen.« Nemiz klang heiser, und für einen Moment stützte er sich auf Yoluan. »Schnell jetzt! Gleich lassen die Zauber nach, und bis Verstärkung eingetroffen ist, müssen wir den Turm erobert haben.«

Adeen blickte sich nach Talanna um. Mehr und mehr nahm ihm die einbrechende Nacht die Sicht, aber plötzlich sah er sie: Sie saß auf einer Skada und trieb das Tier in weiten Sprüngen über die schmale Brücke. Sie musste das Reittier eines Soldaten an sich gebracht haben, um Nemiz noch einzuholen. Ein tiefes Gefühl von Erleichterung durchströmte Adeen, gemischt mit Bewunderung für ihre Kühnheit. Die Skada schoss mit gestrecktem Hals vorwärts. Gerade noch rechtzeitig wichen Nemiz' Leute und Adeen zurück, als Talanna das Ende der Brücke erreichte und mit einem letzten Sprung aufs feste Land setzte. Der Aufprall warf sie aus dem Sattel, und sie landete hart im Gras, während die Skada den Berghang hinaufjagte. Niemand versuchte, das Tier zu halten. Erst jetzt bemerkte Adeen, dass weitere Reiter Talanna gefolgt waren. Offenbar waren einige der Magierkrieger nicht schwer getroffen worden und hatten sich bereits von der Wirkung der Zauber erholt. Auf der Brücke leuchtete ein roter Lichtpunkt auf, wuchs an – ein Feuerball flog direkt auf sie zu, eine lodernde Masse in Schwarz, Rot und Weiß, und schlug krachend in den Hang ein, nur wenige Schritte oberhalb der Gruppe. Adeen spürte die Hitzewelle im Gesicht, roch den beißenden Gestank der Flammen. Das nasse Gras fing kein Feuer, sondern zischte und qualmte nur.

Dumpf hörte Adeen Nemiz etwas brüllen, aber er verstand die Worte nicht und konnte auch nicht genau erkennen, was geschah. Er sah nur, wie Nemiz einen funkensprühenden Klumpen auf die Brücke hinausschleuderte. Einen Augenblick später zerbarst die Konstruktion unter lautem Krachen. Eine Feuerfaust reckte sich in den Himmel empor, so hell, dass sich ihre Form in Adeens geblendete Augen einbrannte. Die Reiter auf der Brücke rissen ihre Tiere herum oder trieben sie nach Kräften vorwärts, je nachdem, wo sie sich befanden, aber sie konnten sich nicht retten. Die meisten stürzten in die Tiefe, und das Dunkel verschluckte sie. Ein Reiter hatte es in halsbrecherischer Geschwindigkeit bis auf die Insel geschafft. Sofort packten die Rebellen ihn, er wurde von der Skada gezerrt und verschwand im Gemenge. Adeen hörte seinen angstvollen Schrei, der plötzlich abbrach, und fröstelte unwillkürlich.

Er drängte sich zu Talanna durch, die reglos im Gras lag, und rief ihren Namen. Angst ließ ihn heftiger an ihrer Schulter rütteln, als er wollte, aber sie reagierte nicht. Vielleicht hatte sie sich bei dem Sturz den Kopf angeschlagen. Adeen bezweifelte, dass ein Heiler zu Nemiz' Gruppe gehörte. Vorsichtig drehte er Talanna auf die Seite, so gut er es mit dem unverletzten Arm konnte, und sie ächzte und hob den Kopf. Langsam öffnete sie die Augen. Ihr Gesicht war ein fahler Fleck im Halbdunkel.

»Verdammte Skada, Mistvieh!«, zischte sie. Erst dann schien sie Adeen zu bemerken und streckte ihm ihre Hand entgegen, damit er ihr aufhalf. »Ah, du bist es! Bist du verletzt?«

»Das sollte ich wohl eher dich fragen.« Vor Erleichterung musste er fast lachen. Sein Versuch, Talanna auf die Beine zu ziehen, scheiterte: Der plötzliche Ruck sorgte nur dafür, dass er, geschwächt, wie er war, neben ihr im Gras landete. Jetzt lachte er wirklich, auch wenn es in seinen Ohren mehr wie ein Keuchen klang. »Du hast mir vielleicht einen Schrecken eingejagt!«

Nun scharten sich die anderen um sie. Irgendwo flackerte der Feuerschein einer Fackel auf, nur um augenblicklich wieder erstickt zu werden. »Kein Licht!«, bestimmte Nemiz. »Wir müssen unauffällig sein! Die Magier haben sicher den Tumult an der Brücke bemerkt und werden jeden Moment ihre Wachen schicken. Sehen wir zu, dass wir weiterkommen!« Er trat zu Talanna und zerrte sie auf die Füße. »Du warst sehr leichtsinnig. Denk daran, dass wir dich brauchen, wenn wir lebend auf den Boden kommen wollen.«

»Ich musste kämpfen, oder sie hätten euch alle erledigt.« Talannas Stimme klang gepresst, sie sprach beinahe schleppend. Auch wenn sie aufrecht stand und offenbar versuchte, sich nichts anmerken zu lassen, bemerkte Adeen, dass etwas mit ihr nicht stimmte. War sie etwa doch verletzt? Oder hatte der Gebrauch ihrer Magie sie so erschöpft?

Nemiz sah sich um. »Wie viele von uns sind übrig?«

»Acht fehlen«, sagte Yoluan, »auch Liba. Verletzt sind fünfzehn.«

»Wie schwer?«

»Alle können laufen.«

Liba war der Name der Späherin gewesen, glaubte sich Adeen zu erinnern. Nemiz nahm ihren Verlust unbewegt zur Kenntnis. Auch niemand von den anderen zeigte Betroffenheit.

»Wie viele Zauber haben wir noch?«

Sie zählten die Schriftrollen durch. Die Eiszauber hatten sie bei dem verzweifelten Angriff auf die Magierkrieger verbraucht, nur einige Rollen mit Feuer- und Schwebezaubern waren zurückgeblieben. Bereits der eine Angriff hatte ihre Vorräte empfindlich schrumpfen lassen.

»Wir müssen besser mit unseren Mitteln haushalten«, sagte Nemiz. »Verschwinden wir.« Er hinkte voran und wählte nicht den Weg den Hang hinauf, sondern schlug sich in eine dornige Ansammlung von Büschen und Bäumen, die zu ihrer linken Seite am Fuß des Berges wuchs. Seine Leute folgten ihm.

Allmählich kehrte das Gefühl in Adeens verwundeten Arm zurück. Von der Verletzung und der Kälte stach er bis hinunter zu den Fingerspitzen. Wenigstens blutete die Wunde nun nicht mehr, aber Adeen spürte, wie schnell sein Herz schlug, wie seinen Füßen jeder Schritt schwerfiel, als wate er durch zähen Schlamm. Er musste sich ausruhen. Aber das war jetzt unmöglich.

Während er am Ende der Gruppe dahinstolperte, hatte Talanna ihren Platz neben Nemiz wieder eingenommen. Einmal zog sie die Kapuze etwas zurück und schaute sich kurz um.

Der Gedanke, dass sie vielleicht ihn ansah, ließ eine Spur von Wärme in Adeens erstarrten Körper fließen.

8

GABTA

Bald wichen auch die letzten roten Streifen am Horizont der Dunkelheit. Völlige Schwärze herrschte auf der Insel jedoch nicht: In dem Turm auf dem Berg brannte Licht. Aus der Nähe ließ sich erkennen, dass der obere Teil des Gebäudes in ein milchiges Glühen verschiedener Farben getaucht war, rot, bläulich, silberweiß … Adeen konnte die Augen kaum von diesem Anblick lösen. Es war auf eine angsteinflößende Weise schön, und zugleich beschlich ihn das Gefühl, er habe so etwas vor langer Zeit schon einmal gesehen. Doch das war ganz unmöglich. Schließlich hatte er noch nie einen Fuß auf diese Insel gesetzt.

Sie kauerten in einer Lücke zwischen den Büschen und berieten über ihr weiteres Vorgehen.

»Wir werden die Ketten lösen, die Gabta an Rashija binden«, ergriff Nemiz das Wort. »Der Mechanismus dazu befindet sich in diesem Turm, genauso wie die Steuerung der Insel. Seht ihr dieses Licht? Diesen Ort müssen wir erreichen. Wenn Talannas Aufzeichnungen stimmen, gibt es einen zweiten Eingang auf der anderen Seite der Insel. Er führt durch ein Vorratslager in den Turm. Dorthin müssen wir.«

Talanna räusperte sich. »Da ist etwas, worüber wir uns unterhalten sollten.«

»Ja?«

»Ich bin nicht mehr sicher, welchen Informationen wir trauen können.« Sie sprach mit flacher Stimme. »Du hast gesehen, was eben passiert ist. Wer weiß, wie lange mich Charral schon verdächtigt, eure Verbündete zu sein? Vielleicht sind mir falsche Informationen zugespielt worden.«

Nemiz schwieg einen Moment, in seinem Gesicht arbeitete es. Bevor er antworten konnte, rief jemand aus der Menge: »Aber sie hat immer beteuert, dass sie schon einmal hier war! Jetzt hat sie uns eine wertlose Karte gebracht und uns benutzt, um aus der Stadt wegzukommen! Ich hab doch gesagt, dass wir keinem Draquer trauen können!«

Adeen ertrug es nicht, das zu hören. »So dürft ihr nicht reden! Eben noch hat sie ihr Leben für uns riskiert!«

Nemiz brachte beide mit einer unwilligen Geste zum Schweigen. »Für so etwas haben wir keine Zeit! Talanna, ich habe dir immer vertraut, und ich tue es auch jetzt. Falls deine Informationen falsch sind, trifft dich keine Schuld. Wir müssen weiter.«

»Es *gibt* einen Hintereingang«, sagte Talanna, »nur weiß ich nicht, ob er wirklich in ein Vorratslager führt. Die Karten, die ich eingesehen habe, besagen das, aber wenn man mich getäuscht hat ...« Einen Augenblick herrschte Schweigen, dann fuhr Talanna fort: »Alle sollten die Schriftzauber bereithalten. Auch meine Macht ist nicht endlos. Wenn ich weiter ohne längere Pause kämpfen muss, halte ich nicht mehr lange durch.«

Nemiz brummte. »Du musst uns ohnehin noch den letzten Zauber beibringen. Aber nicht jetzt. Sehen wir zu, dass wir zu diesem Hintereingang kommen, was auch immer –«

Mitten im Satz verstummte er, und die gesamte Gruppe duckte sich und hielt den Atem an. Vielleicht hundert Schritt entfernt tanzte ein Schwarm von Lichtern durch die Nacht – Laternen. Sie bewegten sich eilig vom Turm aus in Richtung Brücke.

»Weg hier!«, zischte Nemiz, und sie schlichen sich davon, so rasch es das Gebüsch zuließ.

Adeen hatte Schwierigkeiten mitzuhalten. Bei der letzten Rast hatte Yoluan mit mehr gutem Willen als Geschick einen Verband um Adeens Schulter gewickelt und ihm aus ein paar Stoffstreifen eine Schlinge geknüpft, die dafür sorgte, dass er den Arm möglichst ruhig hielt. Das half zumindest etwas gegen die Schmerzen. Eigentlich hätte jemand die Wunde nähen müssen, aber das hatte zu warten, bis sie auf dem Boden waren. Immerhin schien Yoluan nach wie vor fest davon überzeugt zu sein, dass Nemiz sie dorthin bringen würde.

Wenn man die Akademiemagier auch offiziell zu den Truppen des Herrschers zählte, waren nicht alle ausgebildete Kämpfer, so viel wusste Adeen. Viele arbeiteten als Forscher an der Entwicklung neuer Zauber oder anderen, undurchsichtigen Projekten. Adeen fühlte sich körperlich so schwach und ausgelaugt wie noch nie in seinem Leben, aber zugleich meldete sich wieder die hartnäckige Stimme in ihm: *Du darfst nicht aufgeben, auf keinen Fall, du bist schon so weit gekommen, vielleicht bist du schon frei, wenn sich die Sonne das nächste Mal zeigt.*

Auf der Insel war nun Unruhe ausgebrochen, aufgeregte Stimmen hallten durch die Nacht, und die Felsen warfen das Echo zurück. Zweimal kam ein Magier in ihre Nähe, der die Umgebung mit Hilfe eines Leuchtkristalls absuchte und dabei einen langen weißblauen Lichtstrahl auf das Gras warf. Beim ersten Mal warteten sie, bis sich die Gestalt in der Robe wieder abwandte, doch beim zweiten Mal näherte sich ein Magier so bedrohlich, dass Nemiz mit einem geflüsterten Befehl zwei seiner Leute auf ihn losschickte. Er war tot, ehe er nach Hilfe rufen konnte, wohl zu überrascht und erschrocken, um seine Zauber einzusetzen. Den Lichtkristall nahmen sie ihm aus der Hand, wischten das Blut ab und hüllten ihn in ein abgerissenes Stoffstück, ehe Nemiz ihn an sich nahm.

Ihr Weg führte nun steil bergab und wollte kein Ende nehmen. Schließlich sagte Nemiz: »Hier sollte es sein.« Behutsam wickelte er den Lichtkristall aus und ließ den blauweißen Fleck suchend über den Boden springen, wobei er sich bemühte, die Helligkeit mit einer Hand abzuschirmen. Nach dem langen Weg im Dunkel kniff Adeen geblendet die Augen zusammen. Viel ließ sich nicht erkennen: Ein paar verkrüppelte Bäume duckten sich in den Windschatten der Felsen. Plötzlich fiel das Licht auf eine hölzerne Tür, die in einen Felsen eingelassen war, und ein Stöhnen der Erleichterung lief durch die Gruppe.

»Niemand hier.« Yoluans Stimme war die Anspannung deutlich anzuhören. »Sie wissen nicht, von welcher Seite wir kommen.«

»Es könnte eine Falle sein«, gab Talanna zu bedenken.

»Ja«, erwiderte Nemiz, »aber wir können so oder so nicht durch den Haupteingang hineinspazieren. Uns bleibt nur dieser Weg. Sie haben uns schon vor der Brücke in die Falle gelockt, und niemand stellt zwei Fallen auf. Sie haben nicht damit gerechnet, dass wir entkommen. Sehen wir, ob wir die Tür aufbekommen.«

Adeen stützte sich an einem Felsen ab und nutzte den Moment, in dem sich ein Mann am Türschloss zu schaffen machte, um tief durchzuatmen. Inzwischen fror er so sehr, dass er nicht einmal mehr zitterte, ihm war schwindelig und übel. *Bald*, versprach er sich, *bald ist es vorbei.*

Die Tür sprang mit einem scharfen, schnappenden Geräusch auf. Dahinter lag nichts als Schwärze. Mit seinem Kristall leuchtete Nemiz die Wände ab. Poriger Fels und Fackeln in Halterungen wurden sichtbar.

»Die brauchen wir nicht anzuzünden. Zum Glück haben wir dieses Schätzchen hier.« Fast zärtlich strich seine Hand über den Kristall. »Was auch immer uns dort drin erwartet, wir kämpfen uns durch. Und wir bleiben eng zusammen. Talanna und ich gehen vor, Yoluan hält sich hinten. Wenn wir angegriffen werden, benutzt eure Schriftrollen, aber denkt daran, was Talanna euch gesagt hat. Adeen, du bleibst in der Mitte. Los jetzt!«

Zusammen mit den anderen drängte sich Adeen durch die Tür. Trockene, verblüffend warme Luft berührte sein Gesicht, und mit ihr wehte ein Geruch, der vertraut schien, den er aber nicht einordnen konnte. Er war wie eine kalte Hand im Nacken.

Der Kristall beleuchtete Gänge, die sich durch den Fels zogen. Offenbar handelte es sich um ein natürliches Höhlensystem, das sich die Regierung zunutze gemacht hatte. Je tiefer sie vordrangen, desto mehr verstärkte sich in Adeen das Gefühl, dass er … schon einmal an diesem Ort gewesen war. Was für ein unsinniger Gedanke! Und dennoch … er atmete die Luft, die nach Erde, Metall und anderen, fremdartigeren Dingen schmeckte … Erinnerungsbilder schoben sich vor seine Augen, wie die Felsformationen, die jetzt im Licht des Kristalls vor ihnen auftauchten und aussahen wie menschliche Körper, erstarrt und halb mit den Höhlenwänden verwachsen. Sie waren nicht mehr als Bruchstücke, Splitter, die sich plötzlich in seinen Verstand bohrten, und er hätte kaum sagen können, *woran* genau er sich erinnerte.

Jemand hatte ihn ausgezogen, ihn nackt ausgezogen …

Schwärze. Ein Geruch nach Gewitter und faulendem Gras. Die Luft schien flüssig zu sein, so dass er kaum atmen konnte …

Standen diese Erinnerungen in irgendeiner Verbindung mit diesem Ort? Oder hatte er etwas Derartiges geträumt? Es schien so viel wirklicher als die Traumbilder der letzten Wochen. Aber vielleicht bildete er sich das alles nur ein.

Sie hatten einen Trakt erreicht, der an ein Gefängnis erinnerte: Kleine Hohlräume zu beiden Seiten des Ganges waren mit vergitterten Türen versehen. Der Bereich war verlassen. An vielen Stellen rieselte Staub von der Decke, hier und dort lagen größere Steine auf dem Weg.

»He, nicht stehen bleiben, Junge!«

Erschrocken fuhr Adeen zusammen. Er hatte mitten in der Bewegung innegehalten und ins Dunkel gestarrt, ohne es überhaupt zu merken. Die plötzliche Unruhe brachte auch Nemiz dazu, sich umzuwenden.

»Tut mir leid«, murmelte Adeen und ertappte sich dabei, wie er aus alter Gewohnheit den Kopf einzog. »Es ist nur … es klingt seltsam, ich weiß, aber ich glaube, dass ich schon einmal hier war.«

Jetzt starrten ihn alle an. Einen Moment später hatte Nemiz ihn bei den Schultern gepackt und an die Wand des Ganges gedrängt. Adeen schnappte unwillkürlich nach Luft, als ihm der Anführer so prüfend ins Gesicht starrte, als wolle er seine Gedanken entrollen wie ein Schriftstück.

»Du weißt, wie wir zum Turm gelangen?«

»Ich glaube nicht, aber ... mir kommt das alles bekannt vor.« Adeen furchte die Stirn und versuchte, sich zu konzentrieren. Es war nicht leicht, solange Nemiz' Hände ihn umklammerten. »Diese Gänge ... dieser Ort unter der Erde ... alles ist sehr undeutlich.« Er holte tief Atem.

»Hast du für diese Leute gearbeitet, Krähe?«, fragte ein Mann voller Misstrauen.

»Nein! Oder, besser gesagt, nein, ich glaube nicht. Ich war ... ich weiß es nicht.«

Nemiz ließ Adeen los. »Nein, du bist kein Verräter. Aber ich habe immer geahnt, dass mehr in dir steckt. Schau dich weiter um, lass die Räume auf dich wirken und versuch, dich zu erinnern. Solltest du tatsächlich schon einmal hier gewesen sein und etwas erkennen, Adeen, gib mir sofort Bescheid. Bis dahin sollten wir nur reden, wenn es unbedingt nötig ist.«

Während sie weitergingen, tasteten Adeens Gedanken vorsichtig nach den Erinnerungssplittern. Mehr und mehr war er davon überzeugt, dass er an diesem Ort etwas erlebt hatte, was er hatte vergessen wollen.

Sie passierten nun Höhlen, in denen Kisten und große Fässer lagerten. Eine Überprüfung ergab, dass es sich um Felsbrotmehl und Wasser handelte. Die letzte Rast, bei der sie etwas getrunken hatten, lag bereits lange zurück, und so gestattete Nemiz, dass sie in aller Eile ihren Durst stillten. Ganz in der Nähe befand sich ein weiterer gefängnisähnlicher Trakt. Offensichtlich erwarteten die Magier von Gabta Gefangene. Adeen fragte sich, wie das alles miteinander zusammenhing. Hatten es diese Magier auf Menschen vom Boden abgesehen? Aber weshalb? Rashija, die Herrin der Welt, führte zwar gegen alles Krieg, was auf dem Erdboden lebte und was sie ihrem endlosen Reich noch nicht einverleibt hatte, aber dass sie auch Gefangene machte, war Adeen neu. Jedenfalls wenn man von den Schreibern absah, die zur Arbeit in der Akademie gezwungen wurden.

Könnte es …?

Doch ehe er einen klaren Gedanken fassen konnte, rief Nemiz bereits zum Weitereilen auf.

Nur einmal stießen sie auf einen Magier. Nemiz gab drei seiner Leute, darunter auch Yoluan, einen Wink, und sie stürzten sich lautlos auf ihn. Gleich darauf hielt Yoluan Nemiz in der hohlen Hand einen silbernen Schlüssel entgegen, auf dem das Blut des Magiers glänzte.

»Das hatte er bei sich.«

Nemiz grinste triumphierend. »Unser Glück.«

Schließlich gelangten sie zu einer Treppe, die aufwärtsführte und an einer metallbeschlagenen Tür endete. Es war die Tür, zu der ihr erbeuteter Schlüssel passte. Sie traten hindurch, und über Adeens Kopf öffnete sich die Welt.

Sie hatten das zentrale Gebäude der Insel, den Turm, erreicht und eine runde Halle betreten. Erleichtert atmete Adeen auf, als er erkannte, dass der Raum leer war. Er hatte befürchtet, dass es zum Kampf kommen würde, doch die Magier hielten sich wohl weiter oben auf. Zwei Kohlebecken strahlten Wärme aus und bildeten kleine

Lichtpfützen in der Schwärze. Im zuckenden blauen Licht von Nemiz' Kristall sah Adeen Bänke, die einen Kreis bildeten. Vielleicht handelte es sich um eine Versammlungshalle. Nischen in den Wänden waren von tiefen Schatten umhüllt. Eine Tür aus dunklem Metall, vermutlich der Ausgang, war von innen verriegelt. Auch wenn der Turm aus der Ferne durchscheinend gewirkt hatte, als müsse man durch die kristallenen Wände den Himmel erkennen, stellte sich das aus der Nähe als Trugschluss heraus: Der Kristall erwies sich als milchig und verriet nur, dass sich der Nachthimmel inzwischen vollständig schwarz gefärbt hatte. Im Zentrum der Halle stand ein massiver Kristallpfeiler, um den sich eine Treppe in die Höhe wand. Sie schien sehr hoch hinaufzuführen.

Nemiz sperrte die Tür hinter sich wieder ab, damit niemand ihnen folgen konnte, und ließ den Leuchtkristall in seinem Ärmel verschwinden. »Wir müssen Deckung suchen!«

Sie duckten sich in die Nischen in den Wänden, wo sie ebenfalls auf Bänke stießen. Adeen drängte sich mit Talanna und Nemiz zusammen. Der Raum fesselte seine Aufmerksamkeit noch immer. Erst auf den zweiten Blick bemerkte er das schwache farbige Leuchten, das vom oberen Ende der Treppe zu ihnen herabdrang: Rot, bläulich, weiß … dieses Glühen hatten sie bereits aus der Entfernung bemerkt. Konnte es mit der magischen Steuerung der Insel zusammenhängen? Der Anblick erfüllte ihn mit Unbehagen. Zumindest genügte die Helligkeit gerade eben, um sich zu orientieren. Dass sie das Licht nicht heller wahrnahmen, deutete auch darauf hin, dass zwischen ihnen und der Spitze des Turms noch ein gutes Stück lag.

Wenn sich die Magier dort aufhielten, würden sie die Eindringlinge aus dieser Entfernung weder sehen noch hören. Voller Staunen betrachtete Adeen den kristallenen Pfeiler der Wendeltreppe. Dieser Pfeiler, diese Wände – all das musste aus Silt bestehen. Silt war der einzige bekannte Stoff, der gegen Magie resistent war. Sie floss nicht hinein und nicht heraus. Die Tintenfläschchen in der Akademie und die Schutzhüllen der Schriftzauber bestanden daraus und verhinderten, dass die Zauber ihre Wirkung verloren. Doch solche Mengen an reinem Silt hatte er noch nie gesehen.

Er suchte eine bequemere Position und sog erschrocken die Luft ein, als er mit seinem verletzten Arm etwas im Dunkeln streifte und das leise Klingen von Glas hörte. Doch Talannas Hand schnellte vor und fing das Gefäß auf, ehe es auf dem Boden zerspringen konnte.

»Danke«, flüsterte er ihr zu. Sie stand so dicht neben ihm, dass er die Wärme spürte, die ihre Haut ausstrahlte.

»Noch Schmerzen?«, fragte sie leise.

Mit der Linken tastete er vorsichtig nach dem Verband über seiner Schulter. Der Stoff fühlte sich warm und feucht an, und die Berührung zog ein Stechen nach sich. »Es geht. Was ist mit dir?«

»Was?«

»Vorhin hast du selbst gesagt, dass du nicht mehr lange durchhältst.«

Darauf ging Talanna nicht ein. »Adeen … du meinst, dass du vielleicht schon einmal hier warst … warst du auch in diesem Turm?«

»Ich weiß es nicht. Alles ist nur … sehr undeutlich. Worauf willst du hinaus?«

»Ich vermute, dass sich ein oder mehrere starke magische Speicher in diesem Turm befinden. Wir haben ihr Licht bereits aus der Entfernung gesehen. Vielleicht ist es das, woran du dich erinnerst.«

Ihr eindringlicher Blick schien in seinen Erinnerungen lesen zu wollen. Adeen bewunderte ihre Stärke. Auch wenn sie am Ende ihrer Kräfte sein mochte, sie ließ es sich nicht anmerken. Wie gern hätte er sie berührt.

»Davon weiß ich nichts«, murmelte er.

»Was bedeutet das?«, fragte Nemiz hinter ihnen mit gedämpfter Stimme. »Könnte es die Apparatur sein, mit der die Magier Gabta bei der Landung lenken wollen?«

»Mehr als das. Diese Speichervorrichtungen laden den Fels mit Magie auf und bringen ihn zum Fliegen. Angeblich soll es in Rashija eine ähnliche Konstruktion geben, nur größer.«

»Könnte uns das gefährlich werden?«

Talanna zuckte die Achseln. »Der Kristall schützt uns vor einer Entladung. Wahrscheinlich sind die Speicher harmlos, solange wir nicht in ihre Nähe geraten ... und die Magier ihre Kraft nicht gegen uns verwenden.«

»Dann sollten wir sie überwältigen, ehe sie auf den Gedanken kommen.« Nemiz zögerte kurz, dann wandte er sich an seine Leute: »Haltet eure Schriftzauber bereit.«

Manche griffen in ihre Gürtel, wohin sie die Rollen geschoben hatten, um die Hände frei zu haben – und Adeen sah, wie im Dunkel helle Papierfetzen aufleuchteten, Bruchstücke der Rollen, die während der Flucht durchweicht oder zerbrochen waren und als winziger schillernder Regen zu Boden segelten. Er selbst hatte seinen Zauber bereits verbraucht. Mit seinem verletzten Arm, dachte er mit einem Anflug von Zynismus, würde er jetzt erst recht ein prächtiges Ziel bieten, wenn es zum Kampf kam.

»Es muss genügen«, sagte Nemiz. »Ich will ehrlich sein. Möglicherweise erwarten uns die Magier bereits. Aber sie wissen nichts über unsere Ausrüstung, sie wissen nicht, dass auch wir über Magie verfügen, und so sind wir trotzdem im Vorteil. Macht das, was ich mache, aber greift nicht an, ehe ich es befehle. Vielleicht brauchen wir die Wissenschaftler lebend.«

»Wie willst du die Insel steuern?«, fragte eine Frau.

»Woher soll ich das wissen? Ich war noch nie hier, diesen Teil des Plans konnten wir nie proben. Die Wissenschaftler werden sie steuern können.«

»Das nennst du einen Plan?« Aufkommendes Entsetzen zeichnete sich auf dem Gesicht der Frau ab, und auch andere Rebellen murrten unruhig. »So könnte ich niemals …«

Nemiz' Augen flammten auf. »Und deswegen wärst du auch niemals überhaupt aufgebrochen. Aber wir sind hier und werden bald schon den Boden sehen. Nun steht uns ein Kampf bevor. Wir sollten in der Überzahl sein, daher schlage ich folgende Taktik vor: Wir nutzen die Überraschung des Feindes, und jeweils zwei von uns stürzen sich auf einen Gegner und werfen ihn nieder, ehe er sich verteidigen kann. Verletzt ihn, aber schlagt ihn nicht gleich tot. Sollte es misslingen, nutzen wir die Zauber. Talanna, wie steht es mit –«

»Einen Angriffszauber oder zwei«, unterbrach sie ihn, »nicht mehr.«

»Das wird fürs Erste genügen. Wir beide nehmen uns denjenigen vor, der das Kommando hat.«

»Ja. Aber ich warne dich: Wenn meine Kräfte aufgebraucht sind, wirst du auch auf meine guten Ratschläge verzichten müssen. Dann kann ich niemandem mehr helfen.« Talanna zeigte ein Lächeln, das eher einem Zähnefletschen glich. Adeen zweifelte nicht, dass sie die Wahrheit sagte, und dass sie dasselbe dachte wie er auch: Noch immer betrachtete Nemiz Talanna als seine beste Waffe, und jetzt, da sie so weit gekommen waren …

Du kannst nichts für sie tun, Krähe, warum zerbrichst du dir den Kopf?

Die Rebellen verständigten sich mit Blicken, wer sich zusammenschließen wollte, um einen der Magier außer Gefecht zu setzen. Adeen zuckte zusammen, als Yoluan seine Schulter berührte. »Wir arbeiten zusammen, Krähe«, sagte der Mann leise zu ihm. Adeen nickte. Ein warmes Gefühl von Dankbarkeit ergriff ihn, denn ihm wurde klar, dass Yoluan versuchte, ihn zu beschützen, weil er verletzt war. Um einen Gegner zu überwältigen, war er auf Adeens Hilfe gewiss nicht angewiesen. Und er hatte die Nase über ihn gerümpft, weil er nach Skada-Mist roch!

Eine Treppe führte nach oben. Auch sie schien aus Kristall zu bestehen und fühlte sich unter Adeens nackten Füßen lauwarm und beinahe lebendig an. Je länger der Aufstieg dauerte, desto mehr wuchs seine Anspannung. Er hatte den Dolch gezogen, den Nemiz ihm gegeben hatte, und obwohl er ihn nur in der Linken halten konnte, fühlte er sich mit ihm ein wenig sicherer. Zudem war er froh über die Deckung, die ihm Yoluans breiter Rücken gab. Auch wenn er wusste, dass er sich kaum verteidigen konnte, war er entschlossen, die Waffe zu benutzen, wenn es sein musste.

Das farbige Licht, das von oben zu ihnen herabdrang, wurde heller, schien an- und abzuschwellen. Ein seltsamer Druck saß auf Adeens Stirn, auf seinen Schultern, erschwerte ihm das Atmen. *Grüner Stein, schwarze Adern, jemand packt mein Handgelenk …* Er biss die Zähne zusammen und schob die Bilder beiseite, die sich in seinen Geist drängten.

Plötzlich hörten sie Gemurmel, das von oben herab zu ihnen vordrang. Abrupt blieben sie stehen, um zu lauschen. Zwar ließen sich einzelne Worte nicht unterscheiden, aber der besorgte Tonfall war unverkennbar. Wie viele Stimmen waren das, drei, vier, oder mehr?

»Ob sie wissen, dass wir kommen?«, wisperte eine Frau neben Adeen. Ein flammender Blick von Nemiz traf sie und ließ sie sofort verstummen.

Adeen sah, wie sich Nemiz' Körper anspannte. »Wir können nicht warten, bis sie uns bemerken. Wir greifen an – jetzt! Für die Freiheit von Rashija!«

9

ZWISCHEN HIMMEL UND ERDE

Nemiz und Talanna stürmten die letzten Treppenstufen hinauf nach oben, und der Rest der Gruppe folgte ihnen. Die Tür war nicht verschlossen. Als Talanna sie öffnete, strömte gleißendes Licht heraus und ließ alle aufstöhnen. Doch Talanna hatte sich sofort wieder im Griff und setzte als Erste einen Fuß in den Raum. Dann versperrten Adeen andere Körper die Sicht, jemand rempelte ihn an, und Yoluans tiefe Stimme brüllte: »Los, Krähe!«

Auch er hatte die Treppe nun hinter sich gebracht. Der Raum an der Spitze des Turms war in flimmerndes, vielfarbiges Licht getaucht. Für Adeens geblendete Augen waren die Magier kaum mehr als Schatten, alles andere – Wände, Boden und die Kuppel über ihren Köpfen – glühte und pulsierte, doch ihm blieb keine Zeit zu prüfen, woher das Licht stammte. Er warf Yoluan, der mit grimmigem Gesicht auf einen der Schatten wies, einen Blick zu, nickte und rannte zusammen mit seinem Gefährten auf den Gegner los. Der Magier hob eine Hand. Ein grässliches, reißendes Geräusch ertönte, und Yoluan stürzte aus vollem Lauf zu Boden und wand sich mit gebleckten Zähnen. Adeen hatte keine Gelegenheit, ihm zu helfen: Erneut sah er, wie der Magier die Hand ausstreckte, und wusste, dass der nächste Angriffszauber ihn treffen würde. Er warf sich gegen den Feind, stach halbblind mit seinem Dolch auf die verschwommene Gestalt ein und spürte fassungslos, wie die Klinge in lebendiges Fleisch drang. Der Mann schrie. Im nächsten Moment traf Adeen ein Hieb von einem stumpfen Gegenstand und ließ ihn taumeln. Um ihn herum dröhnte der Raum von Schreien und dem Fauchen und Prasseln von Kampfzaubern. Adeens Augen tränten von der Helligkeit, doch inzwischen konnte er seinen Gegner besser erkennen. Der Mann war so klein, dass er ihm gerade bis zur Schulter reichte. Mit einer Hand hielt er einen Stab umklammert, der dem ähnelte, den Adeen bei Charral gesehen hatte. Seine graue Robe war an einer Seite aufgeschlitzt, und Blutflecken breiteten sich auf dem Stoff aus. Mit schmerzverzerrtem Gesicht kämpfte er darum, sich auf den Beinen zu halten, und schwang seinen Stab mit mehr Verzweiflung als Kampfgeschick.

Er sah nicht so aus, wie sich Adeen einen Feind vorstellte. Wie im Traum starrte er den Magier an, der nun Kraft für einen weiteren Zauber sammelte. Um die Fingerspitzen seiner freien Hand zuckten Funken – nur um gleich darauf wieder zu verlöschen. Mit einem gequälten Ächzen sackte der Mann auf ein Knie, und Adeen sah, dass die Handabdrücke, die er auf seinem Stab hinterließ, blutig waren. Kaum wollte es in seinen Kopf, dass er ihn verletzt hatte – er, die Krähe, einen Magier –, und wie schwer, mochten die vergessenen Götter wissen. Jedenfalls schwer genug, dass er sich nicht mehr auf seine Zauber konzentrieren konnte. Der Anblick des Blutes erfüllte Adeen mit einer wilden, fast schmerzhaften Freude und mit Entsetzen zugleich. Vielleicht musste er nur noch einmal zustechen, um den Mann zu töten.

Plötzlich war Yoluan wieder da. Er schlug dem Magier den Stab aus der Hand, packte ihn bei den Schultern und stieß ihn rückwärts gegen die halb durchsichtige Wand. Im Lärm ringsum ging der Aufprall unter, doch der Mann sackte zusammen und hinterließ eine rote Schmierspur auf dem Kristall.

»Krähe, hat er dich erwischt?« Yoluan fasste Adeens unverletzten Arm, sein Gesicht war gerötet. Adeen schüttelte den Kopf, er traute seiner Stimme nicht. »Aber du hast *ihn* erwischt!«, fügte Yoluan mit unverhohlener Bewunderung hinzu. Dann trat er auf den bewusstlosen Magier zu, stieß ihn mit dem Fuß an, und da er sich nicht rührte, machte er sich daran, ihm mit seinem Gürtel die Hände zusammenzuschnüren.

Adeen blickte sich um. Erst jetzt begann er zu zittern. So rasch, wie der Kampf losgebrochen war, hatten ihn die Rebellen auch schon für sich entschieden. Die Magier lagen überwältigt am Boden, wurden niedergedrückt oder gerade gefesselt. Es waren nicht mehr als sieben. Nemiz und Talanna hielten einen hageren alten Mann so gepackt, dass er vor ihnen knien musste. Er war ein Draquer wie Talanna, mit weißem Haar und Bart wie ein gewöhnlicher Mensch in seinem Alter, doch seine Augen waren gelb, und seine Haut hatte die Farbe von rohem Fleisch. Sein Magierstab lag vor ihm am Boden, nur einen Schritt entfernt, aber unerreichbar.

Der gesamte Raum war rund und fast so groß wie der Marktplatz im Arbeiterviertel. Über ihren Köpfen wölbte er sich zu einer kristallenen Kuppel, halb durchscheinend wie alles andere. Es war unwirklich, hier zu stehen, als wäre der Himmel eine gesprungene Schüssel aus Glas. An einigen Stellen gestatteten die Wände einen Blick nach draußen, so dünn war der Kristall. Dort sah Adeen vor allem Schwärze, nur ganz in der Ferne konnte er eine Anhäufung von Lichtern erkennen – war das die Stadt Rashija? Es gab zahlreiche Möbel, Schränke, Tische und Regale. In der Mitte des Raumes waren Schriftzeichen aus dunklerem Material in den milchigen Boden eingelassen, eindeutig ein komplexer Zauber, umfangreicher als alle, die Adeen jemals abgeschrieben hatte. Endlich erkannte er auch die Ursache für das farbige, pulsierende Licht, das sie bereits aus der Ferne bemerkt hatten. An den Wänden des Raumes standen gleichmäßig verteilt vier Stelen, doppelt mannshoch, über die Wellen aus Licht rannen. Jede glomm in einer anderen Farbe: Rot, Blau, Weiß und Hellgrün.

Grün. Strahlendes Grün, Wispern und Rauschen in seinem Kopf. Die glühenden Muster aus Zacken und Spiralen, die er vor sich sah, verschwanden nicht einmal, wenn er die Augen schloss.

Er berührte das Grün. Seine Hand, eine schmale Kinderhand, zeichnete sich einen Moment schwarz vor der Helligkeit ab, dann wurde sie davon verschlungen.

Die Flamme fraß sich in seinen Kopf, sengendes Licht verbrannte seinen Körper.

Eine plötzliche Welle von Übelkeit überschwemmte Adeen, er taumelte beiseite, sank auf die Knie und würgte. Hier war er bereits gewesen, das wusste er nun sicher, hatte diese grüne Stele berührt …

Er rang nach Atem, wischte sich den Mund ab und ließ sich bereitwillig von Yoluan aufhelfen. Vor seinen Augen flimmerten Muster, dieselben, die er schon einmal gesehen hatte … fließende Linien und geborstene Kanten. Sie glühten vor ihm wie grüne Feuerfunken, die in die Nacht stoben.

Was geschieht mit mir? Nemiz hatte gesagt, er solle ihm Bescheid geben, sobald er sich an irgendetwas in diesem Turm erinnerte. Aber jetzt war nicht der richtige Zeitpunkt dafür. Wie sollte er außerdem in Worte fassen, was er erlebte? Die Bilder waren so unklar wie Bruchstücke aus einem Alptraum.

»Du hast heute schon eine Menge Blut verloren«, hörte er Yoluan sagen. »Verdammt, ich hätte deinen Arm abbinden sollen!«

Adeen kämpfte gegen den Strudel aus Schwärze und grüngelbem Licht an, der an ihm zerrte, und richtete den Blick auf Nemiz, Talanna und den Magier. Inzwischen hatte Nemiz den Mann losgelassen, hielt jedoch seine Klinge auf ihn gerichtet und sorgte so dafür, dass er sich nicht rührte. Der Draquer starrte hasserfüllt und mit funkelnden Augen auf Talanna. »Verräterin! Deine Verbrechen gegen den Herrscher werden dir nichts nützen. Er wird niemals zulassen, dass Gabta in die Hände von solchem Abschaum fällt.«

Talanna erwiderte seinen Blick schweigend. Es war Nemiz, der sprach: »Dafür ist es etwas spät, oder? Wir haben diese Insel übernommen. Du wirst sie von Rashija abtrennen und dafür sorgen, dass sie landet, genau so, wie es ursprünglich geplant war.«

»Ihr habt keine Ahnung, wovon ich spreche, oder?« Die Stimme des Magiers bebte, ob vor Angst oder Wut, vermochte Adeen nicht zu unterscheiden. »Wir haben einen Botenvogel zu Meister Charral geschickt. Ihr werdet nicht lebend auf den Boden gelangen.«

Adeen bemerkte, wie Talanna fast unmerklich zusammenzuckte, als Charrals Name fiel.

»Auch auf den schnellsten Skadas wird eure Verstärkung nicht rechtzeitig hier sein«, antwortete Nemiz voller Verachtung.

»Das mag sein. Aber Meister Charral ist ein mächtiger Luftmagier. Im Auftrag des Herrschers wird er den Sturm entfesseln und dafür sorgen, dass Gabta eher zertrümmert wird, als euch zu dienen.«

»Ich glaube nicht, dass Charral mächtig genug ist, um über eine so große Entfernung einen Sturm zu verursachen«, widersprach Talanna.

»Stürme werden *ausschließlich* auf große Entfernung verursacht.« Für einen Moment klang der Draquer wie ein Lehrer, wie der Wissenschaftler, der er war. »Habt ihr nicht die Felsbrocken gesehen, die zwischen den Inseln treiben? Die Luftwirbel halten sie größtenteils an ihrem Platz. Aber wenn ein Windmagier dieses Gleichgewicht mit einem gezielten Luftstoß durchbricht, werden sie den Turm in Stücke reißen.«

»Genau wie dich und deine Leute«, sagte Nemiz.

»Und euch.«

»Du redest zu viel. Wirst du jetzt die Verbindung zu Rashija trennen oder nicht?«

»Niemals.«

Nemiz ließ seine Klinge von der Brust des Mannes langsam höhergleiten, bis die Spitze seinen Hals berührte. Auf der roten Haut des Magiers blieb eine feuchte Spur zurück. »Ich töte dich, wenn du es nicht tust.«

»Das wirst du nicht wagen. Du brauchst mich. Außer mir kann niemand diese …« Seine Worte brachen in einem gurgelnden Aufstöhnen ab, als ihm Nemiz die Klinge in die Kehle stieß. Im selben Augenblick flammte der Stab des Mannes in rotem Licht auf und zerbröckelte knisternd zu Asche.

Vor Schreck schnappten alle in dem Raum hörbar nach Luft, Rebellen und Magier gleichermaßen, und Adeen fröstelte unwillkürlich. Er hatte gesehen, wie die Rebellen kämpften, aber er hätte nicht geglaubt, dass Nemiz einen Mann niederstechen würde, der wehrlos vor ihm kniete.

Langsam hob Nemiz den Kopf. In dem gleißenden Licht wirkten seine Augen und sein Mund wie verzerrte dunkle Löcher. Er gab dem zuckenden Körper zu seinen Füßen einen Tritt und wies mit der blutigen Waffe in den Raum. »Wer ist sein Stellvertreter?« Sein Brüllen hallte von den Wänden wider.

»Ich.« Eine Frau kauerte vor einem der Bücherregale am Boden und hielt sich den Arm, Blut quoll unter ihren Fingern hervor. Von einem ihrer Kampfzauber hingen noch Eiskristalle in ihrem Haar wie verirrte Schneeflocken. Ihre Stimme war kaum mehr als ein Wispern. »Bitte … ich … meine Leute und ich … schont uns … wir werden alles tun, was Ihr verlangt …«

Verächtlich sah Nemiz auf den Draquer herab, den er getötet hatte, und seine Lippen kräuselten sich zu einem beängstigenden Lächeln. »Ich wusste, dass er lügt.« Er ging auf die Frau zu und setzte ihr seine Waffe auf die Brust. Die Spitze der Klinge folgte jeder einzelnen ihrer Bewegungen, als sie sich langsam aufrichtete. Nemiz' Blick klebte an ihren Händen. Wenn ein Magier einen Zauber wirkte, verrieten ihn zuerst die Handbewegungen.

Adeens Zähne klapperten. Er ballte die Faust und sah,

dass auch seine Hand und der Ärmel der Robe nach dem Kampf voller Blutspritzer waren. Entsetzen und Kälte erfüllten ihn. Und obwohl ihn Nemiz' Verhalten erschreckte, musste er zugleich daran denken, was ihm Großmutter über Nemiz' Vergangenheit erzählt hatte, dass ein Draquer seine Frau missbraucht und getötet hatte.

»Bevor Gabta von der Hauptinsel gelöst wird«, sagte Talanna, »solltet ihr alle die Schwebezauber lernen. Nemiz, du hast die Rollen noch immer, nicht wahr?«

Ohne seine Waffe zu senken oder Talanna anzusehen, warf Nemiz ihr seinen Rucksack zu.

Talanna sorgte dafür, dass alle Magier gefesselt waren, damit der Unterricht ungestört ablaufen konnte. Wie zuvor versammelte sie die Rebellen um sich und verteilte die ramponierten Schriftrollen an die Gruppe. Viele der Zauber waren so durchweicht und zerknickt, dass Adeen nicht sicher war, ob sie ihre Wirkung überhaupt noch entfalten würden. Er hoffte, dass ihnen erspart blieb, es herauszufinden. Außerdem gab es nicht genügend Rollen für jeden, auch wenn Adeen und Yoluan das Glück hatten, jeweils eine zu erhalten. Nemiz sagte, dass diejenigen, die leer ausgegangen seien, sich einen Partner suchen und sich an ihm festhalten sollen, so würde die Wirkung des Zaubers auch auf sie übergehen. Talanna widersprach nicht, doch Adeen musste sich eingestehen, dass ihm Zweifel blieben.

Sie nahm sich keine Schriftrolle.

»Wenn wir uns in die Tiefe fallen lassen«, erklärte sie, »werden wir dank dieses Zaubers einige Augenblicke lang schweben wie Federn. Kommen wir in diesem Zustand dem Boden nahe genug, können wir sogar einen Sturz aus solcher Höhe überstehen. Ich werde euch die Worte beibringen, wiederholt sie …«

Adeen hatte Schwierigkeiten, ihr zu folgen. Seine Konzentration entglitt ihm. Die glühenden Stelen im Raum schienen seine Blicke und seine Gedanken anzusaugen, vor allem diejenige, die in Grüntönen leuchtete. Wellen aus beißendem Gelbgrün wechselten sich ab mit sanften, erdigen Farben, und je länger Adeen darauf starrte, desto mehr schien er hineinzustürzen in das Chaos seiner Erinnerungen. Er musste alle Willensanstrengung aufbieten, um die Worte zu wiederholen, die Talanna ihnen vorsprach, und sie sich einzuprägen. Nachdem Talanna die Unterweisung schließlich beendet hatte, war er nicht sicher, ob er den Zauber gut genug beherrschte, um sich im Zweifelsfall damit zu retten. Er zwang seine Zunge, die Worte erneut zu murmeln, und noch einmal …

»Adeen?«

Talannas Hand legte sich auf seinen Arm. Durch den Stoff hinduch spürte er die Wärme der Berührung und blickte zu ihr auf.

»Du starrst ins Leere«, sagte sie. »Hast du mir zugehört?«

Er nickte. »Entschuldige. Ich fühle mich … nur seltsam. Diese leuchtenden Stelen … sind das die magischen Speicher, von denen du gesprochen hast?« Er trat auf diejenige zu, die in grünem Licht waberte. Auch wenn das Grün fast unerträglich in seinen Augen brannte, zog ihn die Farbe an. Er spürte den quälenden Wunsch, diese Farbe zu einem Teil seiner selbst zu machen, damit er sie jederzeit auf Papier wiedergeben konnte, aber er wusste nicht, wie.

Langsam hob er den unverletzten Arm, um die Stele zu berühren. Er fühlte die pure Macht, die der Stein ausströmte, wie unsichtbare Wellen, die in seinen Körper drangen und in seinem Kopf dröhnten. Sogar das Atmen fiel ihm schwer. Zugleich kam es ihm vor, als hätte er auch dies schon einmal gespürt.

Mit einem Mal stand Talanna neben ihm. Er hatte nicht einmal bemerkt, wie sie an seine Seite getreten war. »Lass es. Mein Vater hat mich immer davor gewarnt, Magiespeicher in irgendeiner Form zu berühren.«

»Diese Farben … haben sie eine Bedeutung?«

»Ja, aber darüber können wir später sprechen. Jemand muss sich deinen Arm ansehen.«

Nicht einmal seine Verletzung kümmerte Adeen in diesem Moment. Er hatte das Gefühl, kurz vor der Lösung eines Rätsels zu stehen, eines Rätsels, das ihn betraf und um dessen Existenz er vor wenigen Stunden noch nicht einmal gewusst hatte. »Ich war schon einmal hier und habe das hier berührt … und etwas ist mit mir passiert.« Wie von selbst setzten sich die Erinnerungssplitter in Adeens Kopf zu einem Teil eines Bildes zusammen. *Meine Hand presst sich auf das flammende Grün, ihre Umrisse verschwimmen, Lichtstrahlen scheinen zwischen den Fingern hervorzubrechen …* »Man hat mich gezwungen … mich ausgezogen und eine Waffe auf mich gerichtet …«

Talanna musterte ihn mit gerunzelten Brauen und schüttelte den Kopf. Dann legte sie überraschend sanft eine Hand auf seine Stirn.

»Du hast Fieber. Hör mal, es ist unmöglich, dass diese Speicher irgendeinen Effekt auf dich haben. Du solltest dich auf die Zauber konzentrieren, die du auf deiner Schriftrolle findest, Adeen. Die wirst du brauchen. Setz dich einen Moment, ich kümmere mich um deinen Arm.«

Sie zog ihn von der Stele fort. Widerstrebend ließ Adeen es geschehen. Er verstand ja selbst nicht, was mit ihm geschah, und genauso wenig wie Talanna glaubte er daran, dass auch er über Magie verfügte – das hätte er doch irgendwann bemerkt! Talanna führte ihn zu einem der Sessel im Zentrum des Raums, half ihm, sich zu setzen, und wickelte den durchgebluteten Verband von seiner Schulter. Allzu sanft ging sie dabei nicht vor.

»Der Zauber, der Gabta von der Hauptinsel löst, ist zu mächtig, als dass ich ihn allein wirken könnte«, sagte die Wissenschaftlerin, wobei sie noch immer auf die Spitze von Nemiz' Klinge starrte. »Ihr müsst die Fesseln der anderen lösen, damit sie mir helfen. Nur so kann es uns gelingen.«

Nemiz' Lippen wurden schmal. »Willst du mich für dumm verkaufen?«

»Sie hat möglicherweise recht, Nemiz«, sagte Talanna. »Durch diese Speicher fließt eine unglaubliche magische Macht. Mehreren Personen wird es leichter fallen, sie in die richtigen Bahnen zu lenken. Sind es zu wenige, können sie von dieser Macht in Stücke gerissen werden.«

Einige Atemzüge lang starrte Nemiz der Frau nur schweigend ins Gesicht. »Ich werde jeden töten, der wagt, uns anzugreifen«, sagte er dann.

»Je mehr von uns sterben, desto weniger sind übrig, um Gabta zu lenken.«

Ein Muskel zuckte an Nemiz' Kinn. Mit einer Kopfbewegung wies er seine Leute an, die Fesseln der übrigen Magier zu lösen.

Sichtbar benommen, die Gesichter verzerrt vor Angst und Wut, verteilten sich die Männer und Frauen auf die verschiedenfarbigen Stelen und die Schriftzeichen, die im Boden eingelassen waren. Jeder wurde von mindestens einem der Rebellen überwacht. Die Gesichter der Magier erstarrten vor Konzentration, während sie ihre Zauber woben und Worte in der geheimnisvollen alten Sprache der Draquer murmelten. Wie durch ein Netzwerk leuchtender Adern strömte magische Energie ins Zentrum des Raumes. Dort verblassten die Farben, und die Magie sammelte sich wie Wasser unter einer dünnen Eisfläche. Der ganze Raum begann in unwirklichem Licht zu pulsieren, dunkles Purpur, beißendes Orange, Violett. Es war ein Anblick, der Adeen den Atem anhalten ließ. Sogar Talanna hielt einen Moment inne, ehe sie den Stoff weiter um seine Schulter wickelte. Andere Magier schritten die Schriftzeichen aus dunklem Metall am Boden ab, allerdings nicht in der Reihenfolge, in der sie sich darbot. Über jedem Symbol flüsterten sie Worte und strichen mit den Fingern darüber, bis es in goldenem Licht aufflammte.

Adeen sah sie ganz aus der Nähe, ihre angstgeweiteten Augen und das Zittern ihrer Hände. Ihre Roben waren zerschnitten, und die Blutflecken auf dem Stoff breiteten sich mehr und mehr aus. Mit jedem Zeichen, das aufleuchtete, vibrierte der Raum stärker, und als nur noch wenige dunkle Schriftzeichen übrig waren, bebte er so stark, dass sich Adeen an die Lehne des Sitzes klammerte.

»Das ist nichts«, sagte Nemiz bestimmt. »Sobald Gabta frei ist, wird es aufhören.«

Die Anführerin der Magier hatte das letzte Zeichen erreicht und kniete sich davor. Sie murmelte mit halb geschlossenen Augen, und ihre Hände glitten darüber, bis das Zeichen wie alle übrigen goldenes Licht ausströmte.

Ein heftiges Rütteln hatte den Turm erfasst, Adeen spürte, dass sie sich sehr schnell bewegten. Die Insel war frei!

Nemiz lachte. Obwohl es ein erleichtertes Lachen war, klang es furchteinflößend.

»Wohin sollen wir die Insel lenken?«, fragte die Frau.

Nemiz trat zu einer Fensteröffnung, um Ausschau zu halten. Mit zusammengebissenen Zähnen stemmte sich auch Adeen hoch. Er wollte sehen, wie Gabta flog, sehen, wie sie sich von der Hauptinsel entfernten. Vielleicht würde er dann glauben, dass es wirklich geschah, nach all den Strapazen und Ängsten, die sie ausgestanden hatten.

Doch als er einen Blick aus dem Fenster warf, dorthin, wo Rashija liegen musste, keuchte er vor Schreck: Eine Front schwarzer Wolken bewegte sich auf sie zu, massig und undurchdringlich wie eine Steinmauer. Rötliche Blitze zuckten in ihrem Inneren, dann folgte Donner.

Er spürte Talanna hinter sich und wandte den Kopf. Sie blickte mit aufgerissenen Augen auf die Sturmfront, alle Farbe war aus ihren Lippen gewichen.

»Dieser Sturm«, flüsterte sie, »ich kann Charral darin spüren.«

»Charral?«

»Ja. Diese Sturmböen … als wolle er nach mir greifen.« Sie schauderte.

Auch Nemiz hatte den Wetterumschwung bemerkt. »Weg«, brüllte er die Wissenschaftlerin an, »nur weg von dem Unwetter!«

Im selben Moment krachte von außen eine Sturmfaust

gegen den Turm. Nemiz' Kopf schnellte herum. Auch Adeen starrte auf die Wand: Ein Riss zog sich durch den Kristall, der vorher nicht dort gewesen war, eine blaue Linie, so lang wie ein erwachsener Mann. Der zweite Windstoß folgte, und diesmal war die Erschütterung so heftig, dass sich Adeen benommen am Boden wiederfand.

Ein Aufschrei aus mehreren Kehlen gellte in seinen Ohren.

»Nemiz! Nemiz!«

Adeen richtete sich mühsam auf, sah, wie Nemiz nach seinem Stockdegen tastete, der ihm aus der Hand gefallen war. Nur die Magierin stand aufrecht da. Halb durchsichtige Gebilde wanden sich wie Eis um die Beine der Frau. Deshalb hatte sie also ihren festen Stand nicht verloren. Ohne zu überlegen, rannte Adeen auf sie zu, doch eine weitere Erschütterung warf ihn erneut zu Boden. Die Magierin bleckte die Zähne und drückte Nemiz die Handfläche ins Gesicht. Hilflos sah Adeen, wie sich der Kopf ihres Anführers mit bläulichen Eiskristallen überzog.

Ein Feuerball zischte an Adeens Ohr vorbei und traf die Magierin gegen die Seite. Sie schrie auf, ließ Nemiz los und brach in die Knie. Die Eisranken zerbröckelten. Einen Moment später stand Talanna neben Nemiz, die Hände zur Schale geformt und bereit, mit einem weiteren Feuerzauber zu attackieren.

Der Kampf begann von neuem. Was ihnen an Zaubern geblieben war, das schleuderten die Rebellen auf die Magier, die mittlerweile ihre Positionen verlassen hatten und um ihr Leben kämpften. Yoluan hatte seine Waffe verloren und schlug mit bloßen Fäusten auf die Wissenschaftlerin ein, obwohl Eissplitter sein Hemd und seine Schulter durchbohrten. Die Frau sackte mitten auf den Schriftzeichen zusammen, die sie aktiviert hatte. Sofort erloschen einige von ihnen, andere flackerten. Ein weiterer heftiger Ruck, der Raum neigte sich zur Seite, und alle, Magier und Rebellen, wurden von den Füßen geworfen. Adeen spürte die Gewalt des Sturms draußen jetzt so deutlich, als würde ihm der Wind direkt ins Gesicht blasen. Der glatte Untergrund bot keine Möglichkeit, sich festzuhalten. Er rutschte auf die Wand zu, wo ein Regen aus Schriftrollen und Büchern auf ihn niederprasselte. Gerade noch rechtzeitig befreite er sich und warf sich zur Seite, ehe das gesamte Regal mit lautem Krachen dort aufschlug, wo er eben noch gelegen hatte. Ein Geschosshagel aus scharfkantigen Eisstücken schlug über seinem Kopf in die Wand ein und hinterließ spinnennetzähnliche Risse im Siltkristall.

Yoluan kniete neben Nemiz und versuchte, ihn wieder auf die Beine zu zerren. Ihr Anführer glich einer Leiche, die lange in der Kälte auf der Straße gelegen hatte. Rauhreif bedeckte sein Gesicht, sein Haar, jede Wimper, und er schien vollkommen gelähmt. Yoluan rüttelte ihn, brüllte seinen Namen und wischte ihm dann fast behutsam die Reifschicht vom Gesicht. Doch Nemiz' aufgerissene Augen blickten starr geradeaus, auch dann noch, als sich das Eis wieder in Wasser verwandelte und ihm von Kinn und Nase tropfte. Fassungslosigkeit malte sich auf Yoluans Gesicht, als er ihn schließlich losließ. Nemiz' Körper kippte zur Seite. Ein Augenblick der Unaufmerksamkeit hatte ihn das Leben gekostet.

»Vorsicht!«, rief Adeen, sprang auf und stieß Talanna zur Seite, als ein Mann seinen Stab nach ihr schwang. Die

Waffe schlug Funken aus dem Boden. Talanna wirbelte herum. Der Feuerstrahl aus ihren Händen fraß sich direkt in seine Brust. Er sank zusammen, der Lärm ringsum verschluckte seine Schreie.

Die Wissenschaftlerin versuchte, sich aufzurichten, aber es gelang ihr nicht. Ihr Gesicht glänzte von Blut, und die Robe hing in verbrannten Fetzen an ihr herab. Sie schien nicht einmal Kraft für einen weiteren Zauber zu haben. Mit sichtbarer Anstrengung hob sie den Kopf und richtete einen glasigen Blick auf die Schriftzeichen. »Aktivieren …«, flüsterte sie, »aktiviert sie wieder … oder wir sind verloren.«

Adeen packte sie bei der Schulter und zwang sie, ihn anzusehen. »Was muss ich tun?«

Sie starrte ihn an, und dann brach sie unvermittelt in Gelächter aus. »Eine Krähe! Wie kommst du darauf … dass du irgendetwas tun …?«

Mitten im Satz brach sie ab, stöhnte vor Schmerzen, und ihr Kopf an Adeens Arm wurde plötzlich schwer. Sofort ließ er sie los, entsetzt von dem Gedanken, sie könne gestorben sein, während er sie festhielt. Nun lag sie reglos da, als wäre sie nicht mehr als ein Gegenstand.

Sie hat recht, wie konnte ich glauben … aber es genügt, wenn einer von uns etwas tun kann.

»Talanna!« Adeen schrie, doch in dem Lärm hörte man seine Stimme nicht. Als er sich umblickte, sah er, wie sich überall Körper in verbissenem Kampf herumwälzten – die Erschütterungen verhinderten jeden Kampf im Stehen –, aber Talanna konnte er nirgends ausmachen. War sie nicht eben gerade noch neben ihm gewesen? Angst erfasste ihn, drohte ihn zu lähmen, aber er schob sie beiseite. Dafür blieb ihm jetzt keine Zeit. Talanna war die Einzige von ihnen, die sich mit Schriftmagie auskannte. Vielleicht fand sie eine Lösung, wie man die Zeichen wieder aktivieren und den Flug der Insel stabilisieren konnte.

Wir müssten uns vom Wind tragen lassen wie ein Vogel …

Wie ein schwarzer Vogel mit ausgefransten Schwingen, die den Horizont berühren …

Konzentrier dich!

Adeen kroch über den Kristallboden, der glitschig von Blut war, kletterte über Bücherhaufen, über zertrümmerte Möbel, vorbei an Bewusstlosen und Toten. Niemand der Kämpfenden achtete auf ihn. Wenn er nur deutlicher hätte sehen können, wenn nur nicht alles vor seinen Augen verschwommen wäre! Dann fand er Talanna. Sie kämpfte sich unter einem Bücherhaufen hervor, keuchend, aber offenbar unverletzt. Erst auf den zweiten Blick sah er, dass ihre Haut nicht mehr violett, sondern fast bläulich schimmerte, und dass sie am ganzen Körper zitterte. Er half ihr, sich von einem mächtigen Folianten zu befreien, der auf sie gestürzt war. Mit einem plötzlichen Ruck neigte sich der Turm zur anderen Seite, so dass der Boden nun beinahe wieder eben war. Erleichtert stemmte sich Adeen hoch und streckte Talanna seine Hand hin, damit auch sie sich aufrichten konnte.

»Danke«, murmelte sie und fuhr sich mit der Hand über das Gesicht. Dann betastete sie ihren Hals und schnitt eine Grimasse.

»Bist du verletzt?«

»Nein … nur Charral … der Sturm … meine Kehle, kann nicht atmen …«

»Talanna, wir müssen einen Weg finden, die Insel zu stabilisieren. Ich glaube, diese Zeichen dort auf dem Boden … es muss eine Kombination geben, die uns hilft.«

Talanna schüttelte den Kopf. »Es ist zu spät … ich habe keine Kraft mehr … keine Magie.«

»Es ist nicht zu spät! Wir müssen etwas unternehmen!« Er versuchte, Talanna zu den erloschenen Schriftzeichen zu ziehen, aber sie rührte sich nicht. Ihr Blick war starr auf eine der Stellen in der Turmwand gerichtet, wo der dünne Kristall einen Blick nach draußen gestattete. Vorhin war dort nur Nacht gewesen, jetzt sah Adeen im Licht, das das Gebäude ausstrahlte, etwas Entsetzliches. Felsbrocken wirbelten durch die Luft, scharfkantige Splitter. Im Licht der magischen Speicherstelen glänzten sie in unwirklichen Farben.

»Was …«

Die Kämpfe hatten aufgehört. Alle, Freund und Feind, starrten wie betäubt auf die drohende Vernichtung, die ihnen entgegenwirbelte.

Der erste Aufprall erschütterte die Insel, gepaart mit einem fürchterlichen Knall. Im nächsten Moment schoss einer der Felsbrocken direkt auf sie zu. Der Kristall über ihren Köpfen barst, knirschend öffneten sich Risse in den Wänden. Ein Regen von Splittern ging auf sie nieder oder wurde mit den Magiern und Rebellen, die zu nah an der Bruchstelle standen, in die Nacht hinausgefegt. Kälte und heulender Wind rissen an Adeen. Unwillkürlich schützte er sein Gesicht mit dem unverletzten Arm.

Der Boden neigte sich stärker und stärker, so dass sie alle langsam, aber unaufhaltsam auf die Risse zuglitten. Das flaue Gefühl in seinem Magen verriet ihm, dass Gabta immer rascher an Höhe verlor. Jetzt war alles vorbei, es sei denn …

»Der Schwebezauber!«, rief Adeen. »Wir müssen ihn benutzen, oder wir werden mit der Insel abstürzen!«

Er wusste nicht, wer ihn gehört hatte, doch zumindest Yoluan zog seine Rolle aus dem Gürtel. Einige Magier schienen zu bemerken, was vor sich ging, denn sie stürzten sich erneut auf die Rebellen und versuchten, ihnen die rettenden Zauber zu entreißen. Adeen achtete nicht auf sie. Er wusste, dass Talanna keinen Zauber für sich selbst behalten hatte, und hoffte, dass seiner für sie beide ausreichen würde.

Er streckte Talanna die Schriftrolle hin. »Lies du vor! Wir halten uns aneinander fest.«

Sie schüttelte den Kopf. »Das wird nicht funktionieren. Wir sind noch zu weit vom Boden entfernt. Die Zauber werden ihre Wirkung verlieren, während wir noch fallen.«

»Aber Nemiz hat gesagt …«

»Nemiz versteht nichts von diesen Dingen.«

»Aber du …«

»Wir haben beide gelogen. Die Zauber werden nicht für uns alle ausreichen. Du hast einen, also springst du. Ich komme schon zurecht.«

»Du kommst zurecht?« Adeen schrie fast. »Du wirst sterben! Nein, wir versuchen es gemeinsam.«

Statt einer Antwort legte sie beide Hände auf seine Wangen und küsste ihn. Die feurige Wärme ihres Körpers sengte sich in seine Haut, trotzdem war ihre Berührung diesmal sehr sanft. Noch nie hatte ihn eine Frau geküsst, nicht so, und ihm schien es, als wäre er für diesen kurzen

Moment an einem anderen Ort, wo die Welt um sie nicht schwankte und zerbrach.

Ehe er auch nur daran denken konnte, den Kuss zu erwidern, hatte sie sich bereits von ihm gelöst und musterte ihn mit ihrer undurchschaubaren Miene. Ihre Augen glänzten sonderbar. »Du bist ein Kindskopf, Adeen, ein alberner Kindskopf. Dann werden wir wohl beide sterben.«

Adeen konnte kaum fassen, was eben passiert war. Sein Körper schien ein Teil des wirbelnden Chaos geworden zu sein. Nur langsam begriff er, was ihre Worte bedeuteten: Sie war einverstanden! Hastig entrollte er den Zauber, so gut er es mit einer Hand konnte.

Mit schrecklichem Krachen schlug etwas direkt neben ihm in die Wand des Turms ein. Adeen verlor den Halt, rollte über den Boden und schlug hart auf der Seite auf. Feine Kristallsplitter tanzten durch den Raum wie Schneegestöber – oder waren es Funken? Um ihn schwankten Schatten, das Licht brach sich funkelnd in den Überresten des Kristalls und erzeugte betäubende Farbspiele vor seinen Augen. Der Schreck durchfuhr ihn, als ihm bewusst wurde, dass er die Schriftrolle nicht mehr in der Hand hielt. Wo war sie? Und wo war Talanna?

Dann sah er die Schriftrolle, keine zwei Armlängen entfernt. Sie lag auf einem der Kanäle, der Magie ins Zentrum des Raumes leitete, und grüne Flammen leckten nach ihr. Auf Händen und Knien kroch er darauf zu. Er musste nur –

Ein weiterer Aufprall, diesmal heftiger als alle anderen zuvor. Adeen wurde durch die Luft geschleudert. Etwas leuchtend Grünes bewegte sich auf ihn zu, füllte seine

Augen, seinen Kopf mit unerträglicher Helligkeit. Der magische Speicher, die Stele, die er vorhin beinahe berührt hätte, hatte die Verwüstung bislang überstanden, aber nun stürzte sie um und traf ihn mit aller Gewalt.

Es war, als würde ihn ein Blitz treffen, als würde sich eine Flamme in seinen Körper fressen. Er konnte sich nicht bewegen, nicht atmen. Grün war überall, beißende Farben und sanfte Töne wie ein Wispern von Blättern, gelbliche Adern und bläuliche Strudel. Ein Teil von ihm, der ihm fremd war, wusste, dass seine Augen solche Farben nicht einmal wahrnehmen konnten. Sie erfüllten ihn, überwältigten ihn … löschten ihn aus.

Um ihn waren Luft, Kälte, Sterne, die wie Staubkörner tanzten. Wolken, über die Farbschauer zuckten.

Dann fiel er.

Das Krachen des nächsten Einschlags, der den Turm in Stücke sprengte, hörte er nur noch aus der Ferne.

10

FLIEGEN

Der Sturm riss an ihm, Bruchstücke von Steinen wirbelten durch die Luft, Splitter streiften seine Federn. Wie war er in dieses Chaos hineingeraten? Er erinnerte sich nicht. Flatternd versuchte er, an Höhe zu gewinnen, um der Gefahr auszuweichen, doch einer seiner Flügel war steif und gehorchte ihm nicht, und die Bewegung brachte ihn ins Taumeln. Eine Windbö erfasste ihn, trieb ihn vor sich her. Beinahe wäre er gegen einen Felsbrocken geprallt. Im letzten Moment gewann er die Gewalt über seinen Körper zurück und schwang sich mit mehreren schwerfälligen Flügelschlägen empor. Endlich fand er eine ruhigere Luftströmung, die ihn mit sanfter Hand trug. Er glitt dahin und sah verständnislos zu, wie ein glühendes Stück der Nacht unter ihm auf den Boden zuschoss. Das dumpfe Geräusch des Einschlags drang zu ihm hinauf. In der Tiefe füllte sich die Nacht mit den Blüten farbiger Explosionen, deren Licht in seine Augen biss.

So unvermittelt, wie er losgebrochen war, ebbte der Sturm ab. Erleichtert begann er zu kreisen und nutzte die Atempause, um den schmerzenden Flügel auszuruhen. Ganz finster war es nicht, denn dort, wo die Explosionen erloschen waren, trieben nun Staubwolken empor, leuchteten in purpurnem und violettem Licht, und verstreute Feuer am Boden glommen wie fortgeblasene Funken. Auch der schwarzblaue Nachthimmel strahlte sein eigenes

Licht aus, ließ die Flüsse in der Tiefe glänzen und enthüllte ein Muster von Bäumen … Baumkronen – selbst in dieser Höhe drang das Rauschen der Blätter als ein silbernes Wispern zu ihm empor.

Eine Kraft erfüllte ihn, lebendig und unkontrollierbar wie der Wind, der ihn trug.

Er fühlte die Nähe der fliegenden Stadt, dieses gewaltigen, massiven Dings, das jede Luftströmung, jeden zarten Wirbel zerbrach oder ablenkte. Vielleicht hatte er sich verletzt, als er ihr zu nahe gekommen war? Hier sollte er nicht länger bleiben. Es war nicht sicher.

Unter ihm trieben Steinsplitter dahin. An eines der größeren Trümmer klammerte sich Leben – deutlich sah er den schwachen, rötlichen Schimmer, den der Körper ausstrahlte. Neugierig ließ er sich tiefer herabsinken. Das Wesen roch nach Blut und lähmender Angst. Es war ein Mensch, eine Frau, vielleicht eine Draquerin. Mit aufgerissenen Augen umklammerte sie einen Felsbrocken, der doppelt so groß war wie ihr eigener Körper. Noch hielt sie sich fest und ließ sich vom Rest der Magie tragen, die noch im Gestein gespeichert war, doch sobald ihre Kräfte schwanden, würde sie in die Tiefe stürzen. Etwas an ihr erschien ihm bekannt, und als sie mit einem plötzlichen Ruck den Kopf hob und ihn anstarrte, drängte es ihn, sich ihr zu nähern, sie zu berühren und von ihr berührt zu werden. Er verstand nicht, weshalb, doch er wusste, dass er ihr helfen musste.

Der Platz auf dem Felsen reichte kaum aus für eine Landung, und seine Krallen rutschten an der glatten Oberfläche ab. Um nicht abzustürzen, musste er heftig flattern, und bei jeder Bewegung durchfuhr ein Stich sei-

nen steifen Flügel. Offenbar erkannte die Frau, welche Gelegenheit sich bot, denn sie packte seine Beine, zog sich an ihm empor und krallte sich in sein Gefieder. Ihr Körper war heiß, und ihre Nähe traf ihn wie der Luftstrom über einem brennenden Wald. Im gleichen Augenblick spürte er, dass er seine Kräfte überschätzt hatte. Ihr Gewicht zerrte an ihm, zog ihn in die Tiefe, und obwohl er heftig mit den Flügeln schlug, konnte er sich nicht länger in der Luft halten. Sie stürzten, stürzten durch eine blaue Nacht und violette Staubwolken, und alles, was er tun konnte, war, darum zu kämpfen, den Fall ein wenig zu verlangsamen.

11

DER WALD

Bitter. Süß. Salzig. Erde knirschte zwischen Adeens Zähnen. Er blinzelte. Graues Licht mit einer Spur von Gelb. Verschwommene Formen zitterten vor seinen Augen. Mit vagem Unglauben erkannte er, was es war: Grashalme. Sie glichen denen, die sich wild zwischen den Feldern und den Steinen der verlassenen Straßen auf Rashija angesiedelt hatten. Nur wuchsen diese hier dicht an dicht, und wenn der Wind hindurchstrich, bebten sie leicht. Eine zarte Hülle von Rauhreif schloss sie ein und verlieh ihnen einen matten, unwirklichen Glanz.

Erst jetzt wurde Adeen bewusst, wie sehr er fror. Die Kälte musste ihn geweckt haben. Er hob den Kopf und rang nach Atem, als ein feuriger Schmerz durch seinen Rücken fuhr. Mühsam setzte er sich auf und blickte sich um.

Eine Weile saß er nur da und starrte auf das Wunder ringsum.

Bäume umgaben ihn, so viele. Ihre Äste verzweigten sich hoch über seinem Kopf und sperrten einen Teil des Lichts aus, so dass ein fahler, schwachgoldener Dämmer herrschte. Einzelne Blätter segelten um Adeen zu Boden. Sogar auf seinen Körper waren sie gefallen, wie um ihn zuzudecken. Er griff nach einem davon und betrachtete es. Es war gelb mit grünen und roten Sprenkeln, so intensive Farben, wie er sie bisher nur von Bildern kannte.

Langsam ließ er das Blatt sinken, überwältigt von der Erkenntnis, dass es nur eines von unzähligen war.

Ich bin tot, war sein erster klarer Gedanke. Erzählte man sich nicht, dass die Seelen der Toten an einen Ort voller Schönheit reisten?

Er richtete sich auf und verzog das Gesicht. Seine Muskeln in Brust und Rücken brannten so heftig, dass er kaum durchatmen konnte. *Nein, ich bin nicht tot, es sei denn, dass ich auch im Jenseits noch einen lädierten Körper mit mir herumschleppe. Aber wo bin ich?*

Er wusste es in dem Moment, in dem er sich daran erinnerte, wo er solche Farben schon einmal gesehen hatte – auf dem Bild, das er mit Nemiz und den Rebellen aus der Lagerhalle gestohlen hatte, kurz bevor Rasmi getötet worden war.

Dies ist ein Wald. Ich bin auf dem Boden. Ich habe es geschafft.

Doch was war geschehen? Er hatte aus Rashija fliehen wollen, das wusste er noch deutlich. Er war bei Regen und Kälte über die Felder vor der Stadt geirrt, hatte einen Turm wie einen Eiskristall gesehen, farbiges Licht … er hatte gekämpft, war verletzt worden … und dann war er offensichtlich gefallen, zur Erde gefallen. Noch sah er vor sich, wie er die Hand nach dem Schwebezauber ausstreckte, doch er bekam ihn nicht zu fassen. Wie war es möglich, dass er lebte? Und nicht nur das: Nach den letzten Tagen hätte er eigentlich vollkommen erschöpft sein müssen, doch abgesehen von den Schmerzen fühlte er sich ausgeruht, als wäre er eben aus einem erholsamen Schlaf aufgewacht.

Seine rechte Schulter steckte in einem blutigen Verband. Vorsichtig tastete Adeen über den Stoff, doch er spürte nur ein leichtes Stechen, und so wickelte er kurzentschlossen den Verband ab. Seine Robe war über der Schulter aufgeschlitzt und steif von Blut, und eine getrocknete Blutkruste zog sich auch über seine Schulter und den Arm. Aber statt einer Wunde sah er nur eine frische rote Narbe.

Er fröstelte. Da war noch etwas anderes, was in seiner Erinnerung trieb, als wären es die Gedanken einer anderen Person ... Bilder eines endlosen, tiefblauen Himmels ... schwarze Flügel und Krallen ...

Und eine hilflose Frau, die im Nichts trieb.

Talanna!

Was auch immer geschehen war, er musste sie finden. Bestimmt lebte sie noch, etwas anderes weigerte er sich zu glauben. Sie war stark. Wenn er es geschafft hatte, dann sie auch.

Er versuchte, seine Gedanken zu sammeln. Die Insel Gabta war in der Luft von Felssplittern getroffen worden. Sie bestand zwar aus demselben fliegenden Stein wie Rashija, aber zumindest die Trümmer des Kristallturms mussten auf den Boden gestürzt sein. Bei diesen Trümmern fand er vielleicht auch Talanna. Wenn er einen höher gelegenen Ort fand, konnte er sich einen Überblick verschaffen und sehen, wohin er sich wenden musste.

Er lief über glänzendes Gras, das unter seinen Füßen knirschte. Wie anders diese Welt war! Alles in Rashija war so grau und braun wie die Erde – abgesehen vielleicht von den Uniformen der Soldaten –, und hier herrschte eine überwältigende Verschwendung von Farben. Adeen wagte kaum, irgendetwas genauer anzusehen aus Furcht, die fremdartige Schönheit könne sich jeden Moment vor seinen Augen in Luft auflösen.

Schließlich erreichte er einen felsigen Hügel und schaute sich von der kahlen Spitze aus um. Der Himmel hatte sich inzwischen hellblau gefärbt. Was Adeen sah, jetzt, da ihm die Bäume nicht mehr den Blick versperrten, ließ ihn schaudern. Ein gewaltiger, unförmiger Schatten hing dort im Blau, ein Fleck von Nichts in einer Welt voller Farbe: Es war Rashija. Er musste die Stadt nicht sehen können, um das zu wissen, ein Blick auf den mächtigen fliegenden Felsen, auf dem sie erbaut war, reichte. Er lief nach unten hin spitz zu, war verdreht wie eine Baumwurzel oder eine schreckliche urtümliche Waffe. Um Rashija trieben die Nebeninseln an schimmernden Ketten. Adeen versuchte, die Trümmer von Gabta auszumachen, aber schließlich musste er sich geblendet abwenden. Das helle Morgenlicht und der schwarze Schatten schmerzten in seinen Augen. Er ahnte, dass der Sturm die Überreste der Insel davongetrieben haben musste. Schließlich hatten sie die Ketten gelöst, durch die Gabta mit der Hauptinsel verbunden gewesen war.

Adeen ließ den Blick über den Wald wandern. In alle Richtungen breitete er sich aus, bunt gesprenkelt vom Herbst. Verzweiflung begann in ihm aufzusteigen – wie sollte er jemals jemanden an diesem unbekannten Ort finden? Und wie sollte er ohne Vorräte überleben? So schön diese neue Welt auch sein mochte, sein Verbündeter war sie wohl kaum.

Dann bemerkte er in der Ferne eine Schneise im Wald, als seien die Bäume regelrecht umgeknickt worden. Vom Ende der Schneise stieg schwarzer Rauch auf, Feuer loderte. Dort steckte etwas in der Erde – ein Felsblock, ein Bruchstück, so groß wie mehrere Häuser. Es musste ein Teil von Gabta sein, dessen war sich Adeen plötzlich sicher. Ganz offensichtlich waren doch nicht alle Bruchstücke Gabtas über den Himmel davongewirbelt worden. Die frischen Bruchstellen des Felsens flimmerten im Licht, das hatte ihn fast unsichtbar gemacht.

Dorthin musste Adeen, auch wenn ihn der Gedanke ängstigte, was er wohl finden würde.

Je weiter er ging, desto häufiger entdeckte er Trümmer, geschwärzte Steine, Kristallsplitter. Manchmal stieß er auf Leichenteile und wandte sich zunächst voller Schrecken ab – um dann umzukehren und sich zu überzeugen, dass es nicht Talannas Leiche war. Er würde sie immer an ihrer violetten Haut erkennen.

Offenbar hatten die Schwebezauber nur wenig geholfen. War es seine Schuld, hatte er sie zu schlecht kopiert? Oder hatte es der Sturm unmöglich gemacht, Nutzen aus der Schriftmagie zu ziehen?

Nach einer Weile hörte er ein Geräusch, das wie ein Wispern klang. Plötzliche Hoffnung ließ sein Herz schneller schlagen, und er beschleunigte seine Schritte. »Talanna?«

Doch der Mann, der zusammengekrümmt im Moos hockte, hatte struppiges hellbraunes Haar. Er hatte sich über etwas gebeugt und murmelte unverständliche Worte vor sich hin.

»Yoluan!« Auch wenn es nicht Talanna war, durchströmte Adeen bei seinem Anblick Erleichterung. Nun war er nicht mehr allein. »Yoluan, bist du verletzt?«

Der Mann hob den Kopf und sah Adeen aus trüben

Augen an. Nur langsam schien er zu sich zu kommen. »K… Krähe? Du lebst?«

Erst jetzt erkannte Adeen, was Yoluan anstarrte, und es wäre ihm lieber gewesen, er hätte nicht so genau hingesehen. Es war ein Kopf. In dem grauen Pferdeschwanz hingen noch immer Eiskristalle, und Eis klebte an Nemiz' Wimpern.

Yoluan war seinem Blick gefolgt. »Es ist meine Schuld.« Tiefe Niedergeschlagenheit lag in seiner Stimme. »Ich stand direkt neben ihm, als er getötet wurde, ich hätte das verhindern müssen … was sollen wir jetzt nur tun?«

Adeen zwang das Entsetzen nieder, das in ihm aufstieg. »Du konntest nichts dafür, Yoluan«, sagte er. »Es war Nemiz' eigene Schuld. Komm hier weg. Du kannst ihn nicht wieder lebendig machen.«

Seine Worte schienen etwas in Yoluan auszulösen. Er schlug die Hände vors Gesicht und begann heftig zu schluchzen. Diesen großen Mann weinen zu sehen – Adeen wusste nicht, was er tun sollte. Aber etwas *musste* er tun. Vorsichtig trat er auf Yoluan zu und berührte seine Schulter. »Nemiz ist … auf den Boden gelangt, wie er es immer wollte«, sagte er und fragte sich, ob es die richtigen Worte waren.

»Er wollte die Künstler retten. Und jetzt hat er nicht mal sich selbst gerettet.«

»Mich hat er gerettet, Yoluan.« *Jedenfalls wäre ich ohne ihn nicht hier.* »Er hat sich gewünscht, hier bestattet zu werden, erinnerst du dich? Dann lass uns … ihm diesen Wunsch erfüllen, ja?«

»Wir haben nicht mal seinen Körper«, sagte Yoluan rauh.

»Es ist nicht zu ändern. Tun wir einfach, was wir können.«

Yoluan sah Adeen lange in die Augen, als müsse er über etwas nachdenken. Schließlich nickte er stumm, schob mit dem Fuß die Blätterschicht beiseite und machte sich daran, mit bloßen Händen ein Loch in den Erdboden zu graben.

Anschließend wollte Yoluan das behelfsmäßige Grab nicht verlassen, sondern die Totenwache halten und die rituellen Lieder singen. Mit Mühe gelang es Adeen schließlich, ihn zu überzeugen, dass Nemiz ihn nicht mehr brauchte, er, Adeen, aber sehr wohl. Zu zweit gingen sie weiter. Zunächst schwieg Yoluan düster, doch auf Adeens wiederholte Nachfragen begann er allmählich zu erzählen, wie er den Schwebezauber benutzt hatte und »wie ein Stück Wäsche«, wie er es ausdrückte, in die Tiefe gesegelt war. Bunte Lichter am Himmel habe er gesehen, Feuer im Wald. Am Boden hatte er nach Nemiz gesucht, auch wenn er wusste, dass der Anführer bereits auf Gabta gestorben war. Andere Überlebende hatte er nicht getroffen. Dass er davongekommen war, schien ihn nicht sehr zu trösten.

»Wie sollen wir es ohne Nemiz schaffen?«, wiederholte er voller Verzweiflung. »Wie sollen wir jetzt frei werden?«

»Aber Yoluan«, wandte Adeen leise ein, »so frei wie jetzt waren wir doch noch nie.«

Der große Mann sah ihn nur müde an. Und auch Adeen konnte kaum an seine eigenen Worte glauben, selbst wenn er wusste, dass er die Wahrheit sagte. Damit sie es bis hierher schaffen konnten, waren so viele gestorben – Rasmi, Großmutter, jetzt Nemiz und andere, deren Namen er nicht einmal kannte.

»Lass uns Talanna finden.«

Brandgeruch leitete sie. Als sie die Schneise im Wald erreichten, wurde es bereits wieder dunkel. Wie eine schwarze Mauer umgaben sie die Bäume jetzt, die fremde Welt hatte ihre Farben wieder verloren.

Fassungslos tastete Adeen über die gespaltenen Baumstämme. Das gesplitterte Holz schimmerte hellgrau in der Dämmerung. Nicht nur ein paar der mächtigen Bäume hatte es niedergemäht, sondern Hunderte. Es schien unmöglich, sich vorzustellen, welche Gewalt nötig gewesen sein musste, um eine solche Verwüstung anzurichten. Am Ende der Schneise steckte ein Felssplitter im Boden, der sicher dreimal so groß war wie die Akademie. Seine scharfe Kante hatte sich tief in die Erde gebohrt. Die Flammen, die Adeen bei seinem Blick vom Hügel bemerkt hatte, waren inzwischen verloschen oder glommen nur noch als Schwelbrände im feuchten Laub. Es roch würzig und bitter, nach geschmolzenem Metall und verbrannten Blättern, so intensiv, dass es ihm fast den Atem nahm.

Er raffte die Robe um sich und kämpfte sich durch die Kronen der umgestürzten Bäume, ein Dickicht aus Blättern, Ästen und Holzsplittern. Doch nach nur wenigen Schritten spürte er, wie ihn eine Hand von hinten festhielt.

»Ohne ein Baummesser wirst du nicht weit kommen«, sagte Yoluan. »Und schau dich um: Glaubst du, das hier hat einer überlebt?«

Adeen ließ sich gegen einen der Baumstämme sinken.

Bereits jetzt war er außer Atem, die Zweige hatten ihm Gesicht und Hände zerkratzt. »Ich gehe nicht, bevor ich Talanna gefunden habe.«

»Und wenn du sie nicht findest?«

Adeen schwieg und wischte sich über die Stirn. Seine Gedanken und Gefühle ballten sich zu einer stachligen Masse zusammen.

»Lass uns morgen weiter nach ihr suchen, wenn es wieder hell ist«, sagte Yoluan. »Ich hab vorhin Wasser plätschern gehört. Vielleicht ein Bach oder wie man dazu hier unten sagt. Bist du nicht durstig?«

»Nein. Geh zu deinem Bach, ich suche so lange weiter.«

»Aber du bist verletzt. Deine Schulter …«

»Der geht es viel besser. Nicht dass ich es verstehen –«

Plötzlich schlug etwas mit einem Knall direkt neben seinem Kopf in einen Baumstamm ein. Adeen schnellte herum: Dort zitterte ein Pfeilschaft. Bis zur Hälfte seiner metallenen Spitze hatte er sich in das Holz gegraben.

»Rührt euch nicht«, rief eine Frauenstimme, »oder jeder von euch hat einen Pfeil in der Kehle. Hebt die Hände über den Kopf, los!«

Mit hämmerndem Herzen hob Adeen die Hände. Yoluan folgte seinem Beispiel.

»Gut. Du da, Bär, lass die Waffe fallen. Und jetzt kommt aus diesem Gestrüpp heraus. Schön langsam.«

»Was meint die mit Bär?«, flüsterte Yoluan.

Kaum hatten sie das Gewirr der Baumkronen verlassen, huschten rings um sie Gestalten aus dem Dunkel, fünf, oder waren es mehr? Die meisten von ihnen trugen Stoffgewänder, nur hier und da glänzte ein Rüstungsstück aus Metall. Eine Frau trat auf Adeen und Yoluan zu. An ihrer Seite entzündete ein junger Bursche, fast noch ein Kind, eine Fackel, und rotes Licht ergoss sich über sie. Der Anblick eines struppigen, halb menschlichen Wesens ließ Adeen im ersten Moment vor Schreck erstarren – doch dann sah er, dass das, was er für Pelz gehalten hatte, nur ein Umhang aus Tierfell war. Mit ihrer Kapuze, die aus dem Kopf des Tiers gearbeitet war, sah die Frau aus, als hätte sie einen Raubtierkopf mit spitzen Ohren. Sie hielt einen gespannten Bogen auf Yoluan gerichtet.

»Wer seid ihr, und woher kommt ihr?«, fragte sie herrisch.

Yoluan warf Adeen nur einen hilfesuchenden Blick zu, und auf einmal begriff Adeen: Er würde für sie beide reden müssen.

»Wir kommen aus Rashija«, sagte er vorsichtig.

Sofort wurde ihm klar, dass das die falschen Worte gewesen waren. Ein fast unmerklicher Ruck lief durch die Gruppe, Bogensehnen knarrten, und Klingen blitzten im Halbdunkel auf. Die Feindseligkeit war nun beinahe körperlich spürbar.

»Wir konnten fliehen«, fügte er hastig hinzu. »Es ist eine lange Geschichte. Jetzt müssen wir eine Freundin finden. Habt Ihr vielleicht …«

»Niemand entkommt aus der fliegenden Stadt.« In der Stimme der Frau mischten sich Kälte und ein sonderbarer Respekt, der wohl Rashija galt. In einem solchen Ton sprach man von einem langjährigen Todfeind. »Erzählt uns die Wahrheit! Seid ihr Spione? Ein Stoßtrupp, der das Gebiet für die Armeen des Herrschers auskundschaften soll?«

»Ich war Schreiber an der Akademie.« Adeen überlegte

fieberhaft, wie er seine Worte beweisen konnte. »Glaubt mir, das ist kein Ort, an den ich zurückwill.«

»Ich hab mich um die Skadas der hohen Herren gekümmert«, fügte Yoluan hinzu. »Wir haben unseren Anführer verloren, Nemiz … er würde Euch schon alles erklären. Wenn er nur könnte. Aber er liegt hier zwischen den Bäumen begraben.«

»Wir haben gesehen, wie die Insel in Stücke gerissen wurde und heruntergestürzt ist.« Die Frau musterte Adeen voller Abneigung. »Habt ihr irgendetwas damit zu tun?«

Adeen zog die Schultern hoch. »Das ist eine lange Geschichte. Ich kann sie erzählen, wenn Ihr wollt, aber dazu bleibt keine Zeit! Bitte, meine Freundin muss hier irgendwo sein. Ich bin überzeugt, dass sie noch am Leben ist, und wenn nicht … sie hat rotes Haar … nein, das haben sie ihr abgeschnitten. Aber an der violetten Haut müsst Ihr sie erkennen. Habt Ihr sie gesehen?«

Ehe die Anführerin etwas erwidern konnte, trat eine gebeugte Gestalt an ihre Seite und flüsterte ihr etwas zu. Der alte Mann war in ein weites Tuchgewand gehüllt und hatte den Bart zu einem Zopf geflochten, der ihm bis auf die Brust herabhing.

»Schwärmer meint, du sollst diese Lumpen ausziehen und uns zeigen, wie du darunter aussiehst«, sagte die Frau.

Mit finsterer Miene trat Yoluan einen Schritt vor, als wolle er ihn beschützen, doch Adeen hielt ihn mit einer Geste zurück. Er war so oft gedemütigt worden, dass es auf dieses eine Mal auch nicht mehr ankam. Fröstelnd streifte er die zerrissene Robe ab und rieb sich die Arme. Er war sich bewusst, wie erbärmlich er aussehen musste, groß und dürr, wie er war, schwarz wie der Nachtwald, teils mit getrocknetem Blut bedeckt und voller winziger Narben von den unzähligen Verletzungen aus all den Jahren. Die Frau mit der Fellkapuze ging langsam um ihn herum und musterte ihn mit gerümpfter Nase, während der Junge ihr mit der Fackel leuchtete. Sie war gut zwei Köpfe kleiner als er, doch Adeen fühlte sich so unbehaglich, als würde er von einem gefährlichen Tier beschnuppert.

»Du hast recht«, befand sie schließlich. »Das ist keiner von den Himmelsgeborenen. Es sei denn, sie baden neuerdings in Sumpflöchern.« Sie setzte Adeen den Zeigefinger auf die Brust wie eine Klinge. »Aber das heißt nicht, dass ich dir und deinem Freund traue. Zieh dich an, dann kommt mit. Und keine falsche Bewegung.«

Adeen bückte sich nach seiner Robe. »Wir können Euch nicht begleiten. Ich habe Euch doch gesagt, wir müssen …«

Er konnte seinen Satz nicht beenden. Die Frau schnellte herum, ihre geballte Faust schoss auf Adeen zu. Sie würde ihn ins Gesicht treffen, das wusste er im Bruchteil eines Augenblicks, und er *wollte* es nicht. Er hatte genug davon, dass man ihn schlug. Er würde es nicht zulassen.

Etwas würde es nicht zulassen.

Die Frau stolperte zurück und warf mit einem Schreckensschrei beide Arme vors Gesicht. Um ihren Kopf tanzte es wie geschwärzte Papierfetzen in einem Windwirbel, und ebenso rasch, wie es erschienen war, verschwand es wieder, löste sich auf in einer Handvoll feiner Asche. Als die Frau ihre Hände sinken ließ, zogen sich Kratzer über ihre Wange und die Stirn.

»Er ist ein Magier!«, rief sie und wies auf Adeen. »Fesselt ihn mit Eisen!«

»Ich bin kein Magier!« Adeen wusste nicht, was eben geschehen war, doch er konnte nicht fassen, dass sie ausgerechnet ihn, eine Krähe, für magiekundig hielt. »Das ist lächerlich!«

»Ihr rührt ihn nicht an, oder Ihr kriegt es mit mir zu tun!« Yoluans massiger Körper drängte sich vor Adeen. Doch plötzlich hatte sich der Ring aus Klingen und Pfeilen um sie bis auf wenige Schritt zusammengezogen. Sie würden sterben, wenn sie ernsthaft versuchten, gegen diese Leute zu kämpfen.

»Ganz ruhig«, murmelte er. Sosehr er sich auch um Talanna sorgte und nach ihr suchen wollte – er hatte begriffen, dass sie tun mussten, was diese Leute verlangten, oder sie würden nirgendwo mehr hingehen.

»Streck deine Hände aus!«, verlangte die Frau. Adeen tat es. Einer der Männer kam mit einer Kette aus dünnen Eisengliedern herbei und wickelte sie um sein Handgelenk.

»Fesselt sie und verbindet ihnen die Augen«, bestimmte die Anführerin. »Los!«

Man stieß sie durch Laub, durch Gestrüpp, über Fels und einmal sogar durch fließendes Wasser, das Adeen vor Kälte schaudern ließ. Er fürchtete sich vor dem, was sie erwarten würde, wenn sie ihr Ziel erreichten, dennoch – früher hätte er vielleicht um Gnade gefleht, beteuert, dass er nichts Böses plane, doch jetzt ließ er sich schweigend vorantreiben. Er hatte den Absturz von Gabta überstanden, er war dem Herrscher entkommen, was konnten ihm diese Leute wohl antun, was damit zu vergleichen wäre?

Schließlich hörte er Stimmengewirr, das erstaunte Murmeln vieler Menschen, das ebenso rasch wieder verklang. Stoff raschelte, und der Geruch nach feuchtem Leder stieg in Adeens Nase. Durch die Binde vor seinen Augen flackerte schwacher Feuerschein, er fühlte Wärme auf seinem Gesicht. Jemand löste den Knoten an seinem Hinterkopf, so dass er sich endlich umschauen konnte.

Zunächst nahm er nur einen Schatten vor dem schwachen Licht einer Feuergrube wahr. Dann formte sich der Schatten zu der Frau, die befohlen hatte, sie zu fesseln. Sie hatte ihren Umhang abgelegt. Zu seiner grenzenlosen Überraschung sah Adeen, was das Fellgewand bisher verborgen hatte: Die Haut der Frau hatte die Farbe der Erde, der Blätterschicht am Waldboden, dunkler als die der dunkelhäutigsten Schreiber, denen er in der Akademie jemals begegnet war. Plötzlich erschien es ihm absurd, dass sie vorhin von Sumpflöchern gesprochen hatte – so viel anders als er sah sie nicht aus! Sie war noch jung, nicht älter als er, mit Augen wie Kohlebrocken. Das schwarze Haar hing ihr, zu vielen verfilzten Zöpfen geflochten, weit auf den Rücken hinab. Neben ihr drängten sich drei andere Gestalten in schlammiger und abgerissener Kleidung in dem engen Raum. An der gebeugten Haltung erkannte Adeen den Mann wieder, der sie bereits vorhin begleitet und ihr etwas zugeflüstert hatte. Es roch nach schalem Bier und ungewaschener Haut.

Mit einem raschen Seitenblick überzeugte sich Adeen, dass Yoluan noch bei ihm war. Ja, da stand er und zog die Nase hoch.

Er befand sich in einer Räumlichkeit, wie er sie noch nie gesehen hatte. Der Raum maß kaum fünf Schritt. Die

Wände bestanden nur aus einer dünnen Schicht zusammengenähter Tierfelle. Schlanke, gebogene Balken bildeten die Stützpfosten, und das Dach hatte eine Öffnung, durch die der Rauch in die Höhe stieg. Adeens nackte Füße standen auf Erde, die mit etwas Stroh bestreut war. Trotz des Feuers war es erbärmlich kalt. Vage erinnerte er sich, dass Rasmi ihm einmal von ähnlichen Unterkünften erzählt hatte. Man nannte sie Zelte, und angeblich konnte man sie rasch auf- und abbauen. Soldaten benutzten sie, um auf ihren Kriegszügen einen Platz zum Schlafen zu haben.

»Wir werden eure Geschichte anhören«, sagte die Frau, »und dann entscheiden, was wir mit euch machen.« Ihre Rechte spielte unablässig mit einem Messer, ließ den Griff durch die Finger gleiten. Zuerst hielt Adeen es für eine Drohgebärde. Doch als er in das Gesicht der Frau blickte, sah er, dass es von tiefer Erschöpfung gezeichnet war. Eines ihrer Augenlider zuckte, während sie ihn anstarrte. Offenbar war sie übernächtigt und nervös, auch wenn sie versuchte, es nicht zu zeigen. Adeen wusste nicht, ob das ein gutes oder schlechtes Zeichen war.

»Ich habe noch nicht einmal meinen Namen genannt«, sagte er. »Ich bin Adeen, und das ist Yoluan.« Er wartete darauf, dass die Frau sich ebenfalls vorstellen würde, und als sie es nicht tat, fragte er: »Und wer seid Ihr?«

Sie schnaubte verächtlich. »Tu doch nicht so, als würdest du mich nicht kennen!«

Adeen wechselte einen Blick mit Yoluan, der die Achseln zuckte. Die Augen der Frau wurden schmal.

»Keyla«, sagte sie gefährlich leise. »Aber vielleicht kennt ihr mich auch als Die Wölfin. Oder wollt ihr ernsthaft behaupten, dass ihr hiervon noch nie gehört habt?« Sie löste den Gürtel um ihre Hüften und ließ ihn vor Adeens Augen hin- und herpendeln. Er war aus farbigem Material geflochten, rot, blau und silbrig. *Das Haar von Draquern,* schoss es Adeen durch den Kopf, und ihn überfiel heftiger Widerwille. *Wenn Talanna diesen Leuten in die Hände gefallen ist …*

»Die Himmelsgeborenen«, sagte Keyla voller Verachtung, »machen zwar die größten Worte von allen, aber ohne ihre Schutztruppen und Schriftrollen-Zauber sind sie verloren, weil sie so magisch sind wie Kieselsteine im Fluss. Sobald wir sie erwischen, gibt es für sie kein Entkommen.«

Dann sprach sie offenbar doch nicht von den Draquern? Die zeichneten sich ja immerhin durch ihre außerordentliche magische Begabung aus. Adeens Verwirrung wuchs.

»Meine Leute und ich gehören zu den wenigen in Seyk, die sich jemals in ihre Nähe getraut haben. Es heißt, ein Teil ihrer Magie stecke in ihren Haaren, aber davon konnte ich bisher nichts merken.« Mit grimmiger Befriedigung band sich Keyla den Gürtel wieder um.

»Seyk?«, wiederholte Adeen verständnislos.

»Das Protektorat Seyk. Willst du mich für dumm verkaufen?«

Der alte Mann legte ihr eine Hand auf den Arm. »Ich schlage vor, wir hören uns ihre Geschichte erst einmal an.«

Nach kurzem Zögern nickte sie. »Gut. Erzähl uns, wer du bist und was du hier machst. Und lass nichts aus.«

Adeen suchte einen Anfang. Es fiel ihm schwer, von

seinem Leben in Rashija zu erzählen, während ihn mehrere Augenpaare so feindselig anstarrten. Er sah zu Boden, begann mit dem Schicksal seiner Mutter, schilderte seine Arbeit in der Akademie und dann seine Begegnung mit den Rebellen. Er erzählte von der überstürzten Flucht, dem Kampf vor der Brücke nach Gabta, der Eroberung des Turms und vom Absturz. Keylas Gesicht blieb die gesamte Zeit über ausdruckslos. »Eine reichlich abenteuerliche Geschichte, findest du nicht?«, sagte sie schließlich. »Du denkst wohl, wenn wir dir abkaufen, dass du da oben zu den Widerstandskämpfern gehört hast, vertrauen wir dir hier unten eher?«

»Warte, Keyla.« Der alte Mann wandte sich Adeen zu. »Du hast gesagt, dein Ziehvater sei bei diesem Überfall auf die Lagerhalle umgekommen. Erzähl uns von ihm, auch die Einzelheiten.«

Keyla wirkte von dem Vorschlag nicht allzu begeistert, aber sie wies Adeen mit einer Geste an zu sprechen.

Die Erinnerung an Rasmis Tod schmerzte. Adeen wusste nicht, warum sich diese Leute für Einzelheiten interessieren sollten, trotzdem suchte er nach den richtigen Worten und begann: »Rasmi war nicht einfach nur mein Ziehvater. Er war ein Künstler, ein Maler. Trotz des Verbots hat er die Leinwände mit seinen Bildern gefüllt. Und er hat auch mich immer ermutigt zu malen. Ich … weiß nicht, was Euch das angeht.« Er holte tief Luft und strich sich mit der Hand über die Stirn.

»Nur weiter«, sagte Keyla.

Und Adeen sprach über Rasmis Bilder, den Kampf vor der Lagerhalle, über den Tod seines Ziehvaters. Schließlich konnte er die Tränen nicht mehr zurückhalten. Sie liefen ihm über das Gesicht, und mit den gefesselten Händen konnte er sie nicht einmal abwischen.

»So, du bist also auch ein Maler«, sagte der Mann. »Es scheint, dass sie in Rashija Künstler nicht besonders mögen, was? Was ist mit deinen Bildern?«

»Sie sind unwichtig«, murmelte Adeen, der noch immer um seine Fassung kämpfte.

Zu seiner Überraschung meldete sich Yoluan zu Wort. »Er malt Vögel«, sagte er. »Sie sehen aus, als würden sie wirklich fliegen. Ich hab's selbst gesehen.«

Keyla und ihre Leute zogen sich zur Beratung zurück. Adeen starrte auf die Fußspuren, die sie im feuchten Boden zurückgelassen hatten. Er fühlte sich hilflos und leer, wollte, er hätte nicht seine ganze Geschichte erzählt. Jedes Wort über Rasmi und seine Bilder war verschwendet an dieses Pack, das nicht einmal an seine Flucht aus Rashija glaubte.

Nach einer Weile kehrte die Frau in Begleitung des alten Mannes zurück. »Ich bin nicht völlig überzeugt, dass ihr wirklich aus der Fliegenden Stadt kommt«, sagte sie, »aber Schwärmer ist bereit, euch zu vertrauen.«

»Du liebst die Malerei, junger Mann.« Der Mann, den Keyla Schwärmer genannt hatte, blickte Adeen an, und die Falten um seine Augen wurden tiefer, als er lächelte. »So wie die Motte die Kerzenflamme und der Philosoph die Wahrheit. Man sagt, ein Herz, das liebt, kennt keine Täuschung. Und man sagt auch, dass der Sänger Dalamar seine Furcht vor dem Herrn des Totenreichs verlor, als er ihn Tränen vergießen sah über das Lied, das er ihm sang.«

Yoluan warf ihm einen fragenden Blick zu, doch Adeen wusste genauso wenig, wovon der alte Mann sprach –

aber offenbar hatte er ihn mit seiner Geschichte überzeugt.

»Schwärmer übernimmt die Verantwortung, wenn ich euch freilasse.« Mit ihrem Messer machte sich Keyla zuerst an Yoluans Fesseln zu schaffen, dann löste sie die Ketten um Adeens Handgelenk. »So. Aber wenn ihr das Lager verlasst, werdet ihr einem meiner Leute Bescheid geben. Glaubt nicht, dass ich euch traue. Ich habe ein Auge auf euch. Vor allem auf dich, Magier.«

Adeen rieb seine Handgelenke. Das Blut kehrte unter Prickeln und Stechen in seine Finger zurück. Sollte er sich bedanken, weil sie ihn freigelassen hatte? »Ich bin kein Magier«, wiederholte er nur.

»Ihr könnt vorerst in einem der Zelte wohnen. Man wird euch frische Kleidung und etwas zu essen bringen. Und noch etwas: Diese Frau, von der du gesprochen hast, die Himmelsgeborene – sie ist hier. Wir haben sie bereits gestern Nacht gefunden. Sie hat deinen Namen erwähnt.«

»Talanna!« Von einem Moment auf den nächsten schlug Adeens Herz heftiger. »Geht es ihr gut?«

Keyla zuckte die Achseln. »Zumindest ist sie keine Gefahr. Ich habe sie in euer Zelt bringen lassen. Für sie gilt dasselbe wie für euch: Wenn ihr unser Vertrauen erwerben wollt, müsst ihr euch anstrengen.«

Adeen wusste nicht einmal, ob er Lust hatte, das Vertrauen dieser Frau zu erwerben, aber ein Zelt zum Schlafen klang im Moment nicht übel, und mehr als alles andere wollte er Talanna sehen. Er hatte es eilig, Keyla zu dem Zelt zu folgen, und kroch hinein, kaum dass sie die Webmatte vor der Türöffnung zurückgeschlagen hatte. Um das Übrige würde er sich später kümmern.

»Talanna!«

Sie kauerte zusammengekrümmt da, mit angezogenen Beinen, die Wange gegen die Knie gedrückt. Als sie Adeens Stimme hörte, zuckte sie zusammen und riss den Kopf hoch.

»Du? Du lebst?« Sie klang fassungslos, und einen Moment lang empfand Adeen einen Stich der Verärgerung. Offenbar hatte sie ihm nicht zugetraut, dass er aus eigener Kraft am Leben blieb. Aber schon im nächsten Moment erkannte er, dass etwas mit ihr nicht stimmte. Ihre violette Haut wirkte fast grau, sogar die Lippen. Die Hälfte ihres Gesichts war tiefblau und geschwollen. Keyla und ihre Leute mussten alles andere als sanft mit ihr umgegangen sein.

Er hatte Talanna umarmen und heftig an sich drücken wollen, aber nun legte er nur vorsichtig einen Arm um sie. »Glaubst du, ich komme aus dem Geisterreich, um dich heimzusuchen?« Talannas Haut fühlte sich klamm an, und in diesem Augenblick wusste Adeen, dass nicht nur Keylas Faustschläge an ihrem Zustand schuld sein konnten. Immer, wenn er sie bisher berührt hatte, hatte er diese Hitze gespürt, die Glut eines feurigen Sommernachmittags gerochen.

Falten bildeten sich zwischen Talannas Brauen. »Ich habe von dir geträumt … oder vielleicht habe ich auch nur Fieber. Was ist mit den anderen?«

»Sie sind tot. Nur Yoluan lebt noch.« Wie um Adeens Worte zu beweisen, kam der Mann in diesem Moment auf Händen und Knien ins Zelt gekrochen und tätschelte Talannas Schulter. »Gut, dich zu sehen«, sagte er zu ihr. »Du warst immer Nemiz' rechte Hand. Mit deiner Hilfe kommen wir vielleicht von hier weg.«

Von hier weg … nun, das waren Probleme, mit denen sich Adeen nicht sofort befassen wollte. Im Moment war er nur froh, dass Talanna lebte.

»Ich denke nicht, dass du Fieber hast. Deine Haut ist ganz kalt. Was ist mit dir passiert?«

Sie schüttelte den Kopf. »Ich weiß es nicht. Dort oben in Gabta … ich habe wohl zu viel Kraft verbraucht. Davon muss ich mich erst einmal erholen. Genau genommen verstehe ich nicht einmal, warum ich noch lebe. Als die Insel auseinanderbrach … habe ich mich an einem der Splitter festgeklammert. An alles andere erinnere ich mich nicht mehr. Jedenfalls bin ich froh, dich wiederzusehen, Adeen. Euch beide wiederzusehen.«

Wie gern hätte Adeen sie in die Arme geschlossen, gerade jetzt, wo sie so verletzlich wirkte. Aber er streichelte nur ihre Hand, die sie zur Faust geballt in den Schoß gelegt hatte. Talannas Worte ließen Bilder durch seinen Kopf treiben, die er in einem Traum gesehen haben mochte.

»Ich kann nicht auf meine Magie zugreifen«, sagte Talanna unvermittelt. »Sonst hätte ich diesem Pack eher ein paar Flammen um die Ohren geschleudert, als mich fangen zu lassen. Habt ihr die Anführerin gesehen, dieses Stück Dreck? Ich muss mich wohl glücklich schätzen, dass ich keine Haare mehr habe, die sie in ihren Gürtel flechten könnte.«

»Wie meinst du das, du kannst nicht mehr …«

Frustriert warf sie die Hände in die Luft und entzog sich ihm. »Wie soll ich das beschreiben? Es ist, als wäre da eine Barriere zwischen mir und meiner Kraft, wenn ich meine Hand danach ausstrecken will. Diese Kraft war immer da, wie die Glut in einem Kamin, wenn du in der Asche herumstocherst, und jetzt …« Sie schüttelte den Kopf und seufzte. »Ich spüre sie schon. Aber ich erreiche sie nicht.«

»Du bist erschöpft«, sagte Adeen sanft. »Du solltest dich ausruhen.«

In diesem Moment brachten zwei junge Männer frische Kleidung, Decken und einen warmen Brotlaib, der in ein Tuch eingeschlagen war, dazu eine Schüssel mit einer weißlichen Brühe und einen Krug Wasser.

»Ich würde gern sagen, dass ich nichts von dieser Keyla annehme«, sagte Talanna, sobald sie wieder fort waren, »aber ich muss wohl. Ich bin völlig durchgefroren und sterbe vor Hunger. Wenigstens habe ich meinen Umhang noch.«

Sie suchten passende Kleidungsstücke heraus und zogen sich um. Adeen spürte, wie sein Gesicht heiß wurde, als er einen Blick auf Talannas nackten Rücken erhaschte, und wandte sich rasch ab. Die Kleidungsstücke, die man ihnen gegeben hatte, bestanden alle aus grobem Stoff in dunklen Grün- und Brauntönen, eine sackartige Tunika und Hosen, die mit einer Schnur um die Hüften befestigt wurden. Sie passten mehr oder weniger, auch wenn Adeens Hose weite Falten um seine Beine schlug und Yoluans Hemd reichlich eng saß. Anschließend stürzten sie sich auf das Essen. Doch Adeen brachte das Brot kaum herunter. Es schmeckte so würzig, dass er es nur mit Mühe kauen und schlucken konnte. Selbst der Anblick des Brotes erschien ihm fremdartig: Die Krume war fast weiß, nicht grau, wie er es vom Felsbrotmehl aus Rashija kannte. Und die Brühe, die ihm schier den Mund verbrannte, mochte er gar nicht erst anrühren.

Mit den Decken machten sie es sich auf dem Boden so bequem wie möglich. Adeen riss Streifen von Talannas Umhang ab, tauchte sie in den Wasserkrug und wollte ihr geschwollenes Gesicht kühlen, aber sie murmelte: »Lass nur. Das mache ich schon selbst.«

Mit einem lautlosen Seufzer rollte sich Adeen unter seiner Decke zwischen ihr und Yoluan zusammen und horchte auf den Atem seiner Gefährten. Zunächst begann Yoluan zu schnarchen, schließlich atmete auch Talanna tief und gleichmäßig. Adeen fand lange keine Ruhe. Ihm fehlte das sachte Vibrieren Rashijas, das ihn bisher jeden Abend in seine Träume begleitet hatte, und Gedanken kreisten in seinem Kopf. Dass Talanna ihre Magie nicht benutzen konnte, diese Leute aber ausgerechnet ihn für einen Magier hielten, war gewiss nicht das Erstaunlichste, was ihm an diesem Tag passiert war. Das größte Wunder war, dass sie lebten und hier lagen.

Vor dem Zelt ließen die Nachtvögel fremdartige Geräusche hören. Der Wind rauschte in den Baumkronen, und langsam glitt auch Adeen in den Schlaf hinüber.

12

RÄTSEL

Adeen roch Feuer, schmeckte Qualm und Asche. Beißendes Grün schlug wie eine Welle über seinem Körper zusammen. Er fuhr hoch.

Zunächst begriff er kaum, dass er geträumt hatte und nun wach war, so deutlich trieben noch die Bilder durch seinen Kopf: Ein Wald voller Farben, er blickte von oben darauf, der Schatten eines Vogels glitt über die Bäume … Aber da war auch die Erinnerung an das seltsame Gefühl von Macht.

Es musste noch Nacht sein. Adeen hörte seine Gefährten ruhig atmen, sogar Yoluan hatte aufgehört zu schnarchen. Er rieb sich die brennenden Augen. Auch er hätte gern noch mehr Schlaf gefunden, aber die Träume trieben ihn hinaus. Er stand auf, legte sich die Decke wie einen Umhang über die Schultern und verließ das Zelt.

Draußen zeigte der Himmel die ersten fahlen Spuren der Dämmerung. Als die kalte Luft sein Gesicht berührte, fühlte Adeen, wie ein Teil der Anspannung von ihm abfiel. Er schloss die Augen und versuchte, sich an den intensiven Geruch des Waldes zu gewöhnen.

Wachen zogen ihre Runden um das Zeltlager. Auf eine von ihnen trat Adeen zu. Die Hand des jungen Mannes zuckte zu dem Schwert an seinem Gürtel, aber als er Adeen erkannte, sanken seine Schultern herab. »Ach, du bist es. Der schwarze Mann.«

Adeen wusste nicht, ob ihm seine neue Bezeichnung besser gefiel als die alte. »Ich möchte in den Wald«, sagte er. »Keyla hat mich gebeten, jemandem Bescheid zu geben, wenn ich das Lager verlasse.«

Die Wache nickte ihm zu. »Gut, aber mach keinen Lärm. Und hinterlass keine Spuren.«

Der Wald umhüllte ihn mit freundlichen Geräuschen und sanftem Schwarzgrau. Wenn die Sonne aufging, würden die Farben allmählich zum Vorschein kommen. Auf diesen Moment wollte Adeen warten. Unter seinen Schritten raschelten die halb gefrorenen Blätter, kleine Zweige knackten.

Es tat gut, allein zu sein. Während des letzten Tages war so viel Neues auf ihn eingestürzt. Er schien sich selbst fremd, kein Schreiber mehr, keine Krähe, aber unter den Erdgeborenen ebenso sehr ein Außenseiter. Es kümmerte ihn nicht einmal. Irgendetwas war mit ihm passiert, dort zwischen Himmel und Erde. Er hatte geglaubt, dass ihm ohne Talanna und Nemiz niemals die Flucht aus Rashija gelingen würde. Aber nun war Nemiz tot, Talanna litt an einer sonderbaren Krankheit, und er war hier, atmete die Luft mit ihrem Geruch nach Frost und Erneuerung und ließ die Gedanken treiben.

Bedeutete das Freiheit?

Er stieg einen Hügel hinauf, setzte sich auf den Stamm eines umgestürzten Baumes und blickte den Hang hinab. Der Himmel färbte sich bereits heller, und mit dem Licht kamen die Farben. Adeen nahm sie in sich auf, das Rot und Braun des Herbstes, das Gelb, das allmählich zu Gold wurde. Über alldem bildete der Nebel feine Muster.

»He, schläfst du?«

Überrascht hob er den Kopf. Hinter ihm stand der alte Mann, der gestern Keyla begleitet hatte – Schwärmer hieß er, wenn Adeen sich recht erinnerte. Er musste sich lautlos angeschlichen haben.

»Was wollt Ihr?«, fragte Adeen misstrauisch.

»Mich nur ein bisschen unterhalten, wenn's recht ist.« Schwärmer schwenkte einen Krug. »Willst du etwas hiervon? Das hält warm.« Ohne Adeens Antwort abzuwarten, setzte er sich neben ihn auf den Stamm und hielt ihm den Krug hin, nachdem er daraus getrunken hatte. Adeen beschloss, höflich zu sein und das Angebot anzunehmen. Das Getränk enthielt Alkohol. Es schmeckte bitter und sauer zugleich, so dass er sich zwingen musste, es zu schlucken, doch der Nachgeschmack war erstaunlich fruchtig und sanft.

»Das ist Wein«, sagte Schwärmer. »Kennt man nicht mal Wein da oben?« Mit dem Daumen wies er zu den Baumkronen empor, über denen Rashija wahrscheinlich schwebte.

Adeen schüttelte den Kopf. »In Rashija stellt man Bier aus Felsbrot her und Schnaps aus Rakashwurzeln, aber so etwas habe ich noch nie getrunken.«

Schwärmer musterte ihn voller Neugier. Selbst im Sitzen reichte er Adeen nur bis zur Schulter. Er hatte ein breites, braunes Gesicht mit platter Nase, und seine Haut war gesprenkelt von vielen winzigen dunklen Flecken. Um den Kopf hatte er sich ein Tuch gewickelt. Wenn man von seinem Bart absah, schien er nur noch sehr wenige Haare zu haben.

»Du bist also der Sprecher dieser Leute«, sagte Schwärmer, »wie war noch dein Name? Adeen, nicht wahr?«

»Ja, so heiße ich. Aber ich spreche für niemanden. Wenn unser Anführer noch am Leben wäre, würde er alles besser erklären, als ich es kann.«

Der alte Mann streckte die Beine von sich und wippte mit den Zehen. »Nach allem, was du von diesem Anführer erzählt hast, hast du vielleicht sogar Glück, dass er tot ist.«

»Nemiz hat alles dafür getan, damit wir frei sind.«

»Ja, ich weiß schon – und für die Gerechtigkeit hat er gekämpft, oder für das, was er dafür gehalten hat. Sehr löblich. Nun ja, unsere Keyla kämpft auch von früh bis spät für die Gerechtigkeit. Zum Glück macht sie manchmal eine Pause und hört mir zu, und manchmal höre ich auch auf sie.«

»Wer seid Ihr?«, fragte Adeen.

»Nicht so förmlich, für dich bin ich einfach Schwärmer genau wie für die anderen hier. Frag lieber, wer ich war, ehe die Truppen des Himmelsherrschers hier in Seyk einfielen.«

Er schien das Gespräch zu genießen, daher tat ihm Adeen den Gefallen. »Also, wer wart … wer warst du?«

»Ich war ein Schüler der Mysterien, immer auf der Suche nach der Wahrheit. Aber das ist vorbei. Unsereins wird hier jetzt nicht mehr gern gesehen. Der Himmelsherrscher fürchtet die Wahrheit. Er hat zu viele verrückte Gedanken, die ihr nicht standhalten, und so hat er unseren Orden aufgelöst.«

»Hat er auch hier unten die Malerei verboten, so wie in Rashija?«

»Ja, und das Publizieren von Schriften. Sogar das Diskutieren auf der Straße und in den Tavernen.« Schwärmer schnitt eine Grimasse, als träfe ihn der letzte Punkt besonders hart. »Sogar unsere Sprache hat er uns weggenommen. Nun reden wir wie die Besatzer. Überall sind seine Magier. Und in letzter Zeit bereiten sie sich offenbar darauf vor, Verstärkung zu bekommen. Weißt du zufällig etwas darüber?«

Wahrscheinlich hat Keyla ihn geschickt, um mich auszuhorchen. Doch obwohl Adeen Keyla nicht mochte, konnte kein Zweifel daran bestehen, dass diese Leute keine Freunde von Rashija waren. Es machte ihm nichts aus, seine Informationen mit ihnen zu teilen. »Rashija wird bald landen, und dann werden weitere Magier auf den Boden geschickt. Mehr weiß ich nicht.«

Der alte Mann stieß einen Pfiff aus. »Dann stimmen unsere Vermutungen also.«

»Was vermutet ihr denn?«

»Darüber sprichst du besser mit Keyla persönlich.«

»Das werde ich.« Adeen zögerte. »Schwärmer … du hast gerade gesagt, du warst ein Schüler der Mysterien. Was bedeutet das? Bist du auch ein Magier?«

»Nein, nein. Ich bin nichts Besonderes. Wir Mysterienschüler haben bloß gemacht, was alle anderen Menschen auch tun: Fragen stellen und versuchen, sie zu beantworten. Woher kommt die Magie? Was ist Gerechtigkeit? Warum fliegen die Felsen, auf denen Rashija gebaut ist? Leben Menschen auf der Rückseite des Mondes? Und wenn ja, warum fallen sie von da oben nicht herunter?«

Schwärmer sprach, als wäre das alles ein großer Witz, dennoch sah Adeen die Trauer in seinen Augen, Trauer um die verlorene Vergangenheit. Und er musste sich eingestehen, dass ihm viele dieser Fragen nie in den Sinn gekommen wären. »Habt ihr Antworten gefunden?«

»Es würde keinen Spaß machen, wenn die Antworten klar wären, oder?«

Nun musste Adeen lachen. »In Rashija hätte man gesagt, dass du verrückt –« Er verstummte mitten im Satz, denn Schwärmer hatte ihm plötzlich die Hand auf den Arm gelegt und presste einen Finger auf die Lippen.

Am Fuß des Hangs, ein Stück entfernt, ritt ein Mann auf einer Skada langsam durch den Wald. Adeen erkannte den roten Umhang von Rashijas Militärmagiern und den Stab, den der Mann quer über dem Rücken trug, damit er ihn beim Reiten nicht behinderte.

Schwärmer zerrte ihn zu Boden. Nebeneinander lagen sie im feuchten Laub und spähten mit angehaltenem Atem über die Kante.

Der Reiter kam näher. Er hatte seinen Helm abgenommen, und sein helles Haar glänzte im Morgenlicht, während er aufmerksam die Umgebung musterte.

Adeen versuchte, sein Gewicht gleichmäßig zu verteilen, aber es gelang ihm nicht. Die Blätter raschelten unter ihm, so still er sich auch verhielt, und jedes leise Rascheln stach in seinen Ohren und ließ seine Hände feucht werden.

Der Reiter hob den Kopf und blickte den Hang empor. Rasch schob sich Adeen rückwärts und wusste im gleichen Moment, dass er zu spät reagiert hatte. Einige Blätter lösten sich und schwebten langsam zu Boden.

»Halt! Wer ist da?«, drang die Stimme des Magiers zu ihnen herauf.

Er wird uns töten. Und dann wird er das Lager entdecken. Adeen wusste, dass er und Schwärmer selbst zu zweit gegen einen solchen Gegner wehrlos waren. *Wenn es nur ein Vogel wäre, den er gehört hat … ein Vogel, der hier neben mir im Laub scharrt, eine Krähe … sie flattert auf, kreist einmal über seinem Kopf, setzt sich dann auf einen Baum, betrachtet ihn mit schief gelegtem Kopf und lässt ihr Krächzen hören. Der Magier runzelt die Stirn, dann zuckt er die Achseln und treibt seine Skada weiter, während die Krähe fortflattert …*

Adeen hatte das Gefühl, aus einer Art Betäubung zu erwachen. In seinen Ohren klang noch das Krächzen der Krähe. Seine Lunge brannte, als hätte er zu lange die Luft angehalten, und er rang nach Atem. Schwärmers Hand auf seinem Rücken hielt ihn zu Boden gedrückt. Erst, als sich sein Griff löste, wagte Adeen, den Kopf zu heben.

»Er ist weg!«, flüsterte Schwärmer und richtete sich steifbeinig auf. »Bei den Göttern, so nah am Lager haben sich die Späher bisher nicht herumgetrieben. Wir müssen Keyla sofort benachrichtigen. Wenn dieser Vogel nicht gewesen wäre, hätte der Kerl uns erwischt.« Er warf Adeen einen scharfen Blick zu. »Seltsam, wie diese Krähe auf einmal aus dem Nichts erschienen ist, gerade im richtigen Moment.«

»Ich weiß nicht, was du meinst.« Adeen stand auf, er fühlte sich zittrig, als hätte ihn ein Teil seiner Kraft plötzlich verlassen.

»Ein schwarzer Vogel, ja, aber bei genauerem Hinsehen nicht viel mehr als eine Handvoll Erde, die der Wind umherwirbelt. Gut, dass unser Freund da unten nicht so genau hingesehen hat, was?«

Adeen erwiderte Schwärmers Blick und wusste nichts zu sagen.

»Keyla hatte von Anfang an recht.« Der alte Mann

klang nicht feindselig, nur nachdenklich. »Du bist ein Magier.«

»Das ist unmöglich.«

»Unmöglich ist das Lieblingswort derer, die ein Rätsel scheuen. Du bist ein Magier und weißt es nicht einmal.«

»Er wird in Eisen gefesselt. An Händen und Füßen.«

»Und dann tragen wir ihn umher und füttern ihn mit einem großen Löffel.« Schwärmer hob die Augenbrauen und sah Keyla amüsiert an. »Keyla, er ist kein Feind. Wäre er das, hätte er den Magier auf uns aufmerksam gemacht.«

»Und nun versucht er, sich unser Vertrauen zu erschleichen.«

»Das glaube ich nicht. Er braucht Freunde dringender als wir. Außerdem ist er jung und kann deutlich mehr Zeltstangen schleppen als ich mit meinen alten Knochen. Ganz zu schweigen von dem Nutzen, den er für uns im Kampf hätte.«

Adeen stand daneben, während Keyla und Schwärmer über ihn sprachen, misstrauisch beäugt von Keylas Leuten. Sein Gesicht war heiß, als hätte er etwas getan, wofür er sich schämen müsste.

»Du wirst das verantworten«, sagte Keyla zu Schwärmer. »Und du wirst auch dafür sorgen, dass er uns bei den anstehenden Kämpfen hilft. Nun geh – wir haben viel zu tun.«

»Wie du meinst, Keyla.«

Er bedeutete Adeen, ihm zu folgen, und sie verließen das Zelt der Anführerin. Ringsum im Lager herrschte bereits Unruhe. Keylas Leute begannen, die Zelte abzubrechen und das Gepäck zusammenzuschnüren. Alles ging rasch und leise vor sich, ohne dass jemand Befehle gab. Die Morgensonne schien nun bereits durch die Blätter und tauchte das Lager in fahles gelbliches Licht.

»Tut mir leid«, sagte Schwärmer zu Adeen. Er wirkte zerknirscht, oder spielte er die Zerknirschung nur? »Nun hängst du mit drin.«

»Was meinte sie mit dem bevorstehenden Kampf?«, erkundigte sich Adeen.

»Wir warten darauf, dass Rashija landet. Aber nicht nur wir, die Freien von Seyk – aus allen Provinzen und freien Ländern ringsum versammeln sich Truppen. Sobald die Stadt landet, werden wir sie angreifen. Keyla würde jetzt sagen, dass wir ihr nicht erlauben werden, wieder in den Himmel aufzusteigen und ihre Tyrannenherrschaft fortzusetzen.«

»Das klingt wie etwas, das auch Nemiz gesagt haben könnte.« Die Aussicht auf neue Kämpfe gefiel Adeen nicht, obwohl er nachvollziehen konnte, was Keyla und ihre Leute antrieb. »Du hättest mich nicht in euren Krieg hineinziehen dürfen.«

»Willst du nicht gegen Rashija kämpfen? Du hast selbst unter der Ungerechtigkeit des Herrschers gelitten.«

»Nicht so sehr wie andere.« Adeen dachte an Talanna und an ihre Verzweiflung, die sie ihm in der winzigen Kammer im Museum anvertraut hatte. »Ich weiß, es klingt lächerlich, aber ich habe mir am meisten gewünscht, frei zu sein … wegen der Bilder.«

Schwärmer warf ihm einen scharfen Blick zu. »Weil du deine Ideen ungestört umsetzen wolltest?«

»Nein.« Erst jetzt, da er darüber sprach, wurde es Adeen bewusst. »Meine Ideen waren nie so wichtig. Aber ich habe immer davon geträumt, die Bilder anderer Menschen zu betrachten, solche, die nicht unter Zwang entstanden sind. Dort in der Stadt habe ich einige gesehen, aber nur wenige. Sie sind jetzt sicher zerstört.«

»Du bist bescheiden, mein sonderbarer junger Freund. Aber die Bilder, von denen du sprichst, wirst du nie sehen, wenn Seyk und seine Nachbarländer weiter von Rashija beherrscht werden.«

Adeen wusste, dass Schwärmer die Wahrheit sagte, aber er war noch immer verärgert. »Ich hätte mich gern selbst dafür entschieden, diesen Kampf aufzunehmen.«

»Das kannst du immer noch. Ich musste Keyla gegenüber sagen, dass du uns von Nutzen sein wirst, aber ich werde dich nicht unter Druck setzen. Womöglich sind deine neu erwachten magischen Kräfte doch nicht so groß, dass sie uns nützen könnten, he?«

Adeen wich Schwärmers Blick aus. Sein Leben lang hatte er sich diese Kräfte gewünscht, um sich wehren zu können, aber zugleich hatte er gewusst, dass dieser Wunsch unerfüllbar war. Und jetzt wagte er nicht einmal, sich zu freuen, sondern war erschüttert und gelähmt von der Vorstellung, über eigene Macht zu verfügen, selbst wenn sie vielleicht nur gering war. Sein Körper, der Himmel über seinem Kopf, die Luft in seinen Lungen, alles erschien ihm fremd.

Ein wenig hilflos zuckte er die Achseln. »Glaubt Keyla denn, dass sie den Kampf überhaupt gewinnen kann? Die Magierkrieger des Herrschers und die Draquer sind mächtige Gegner, und ihr habt nicht einmal anständige Rüstungen ...«

»Wir sind nicht völlig ohne Macht. Keyla ist eine ganz

passable Erdmagierin. Und die Himmelsgeborenen wandeln nicht gern auf dem Leib der Erde mit ihren glänzenden Sohlen.« Der letzte Satz klang, als zitiere Schwärmer ein Lied oder Gedicht.

»Ich verstehe nicht.«

»Nun, sie mögen den Himmel beherrschen, aber dies ist unser Land: die Mutter Erde. Es ist unsere Heimat, und hier sind wir im Vorteil.«

Adeen hatte das Gefühl, dass noch mehr hinter Schwärmers Worten steckte, aber in diesem Augenblick hörte er Talannas Stimme, die seinen Namen rief, und wandte sich um.

Sie kam zwischen den Zelten hindurch auf ihn zu. »Adeen, sie haben mir und Yoluan erzählt, was geschehen ist. Du hast Magie angewendet? Wie kann das sein?«

Ohne ein »Guten Morgen« kam sie gleich zum Punkt. Das war die Talanna, die er kannte. Der Schlaf hatte ihr gutgetan. Sie hatte die Kapuze abgestreift, wie um Keylas Leuten zu demonstrieren, dass sie zu stolz war, um ihre Wunden und ihre Fremdartigkeit vor ihnen zu verhüllen, egal wie feindselig man ihr auch begegnete. Ihr Haar war gerade genug nachgewachsen, um ihren Kopf mit einem feurigen Schimmer zu überziehen.

Adeen lächelte. Sie war schön, auf eine Art, wie ein nebliger Morgen schön war. Wie gerne hätte er Leinwand und Farben gehabt, um sie zu malen. »Ich weiß nicht, wie das möglich war. Ich habe es ja nicht einmal bemerkt. Und übrigens, ich hoffe, du hast gut geschlafen.«

»Wenn du Magie gewirkt hast, dann hast du es auch bemerkt.« Sie musterte ihn aus leicht zusammengekniffenen Augen. »Ich möchte alle Einzelheiten wissen. Vielleicht kann ich etwas für dich tun. Ein Magier ohne Kontrolle über seine Kräfte kann sich und andere verletzen. Am besten suchen wir uns einen Ort, wo wir ungestört sind.«

Adeen sah Schwärmer fragend an.

Der alte Mann schüttelte den Kopf. »Das würde Keyla nicht gefallen, wenn ich euch zwei allein aus dem Lager fortlasse. Außerdem brechen wir gleich auf. Nein, ich fürchte, eure Unterhaltung muss bis später warten.«

»Also gut. Können wir helfen, das Lager abzubrechen?«

»Aber sicher. Fragt Itsi, was zu tun ist – das ist die große rothaarige Frau dahinten.« Er gab Adeen einen Klaps auf die Schulter. »Hat mich gefreut, mit dir zu reden. Wir philosophieren später weiter.« Er wandte sich zum Gehen.

»Warte«, sagte Adeen. »Du scheinst eine Menge zu wissen, auch über Magie. Meiner Freundin hier ... geht es nicht besonders. Vielleicht weißt du, wie man ihr helfen kann?«

Er hatte es nur gut gemeint, doch der Blick, den Talanna ihm zuwarf, ließ ihn erstarren.

Für einen Moment herrschte unbehagliches Schweigen, dann fragte Schwärmer munter: »Worum geht's?«

Talannas Stimme klang eisig. »Ihr heißt Schwärmer?«

Er deutete eine ungeschickte Verbeugung an. »Wen kümmert, wie ich heiße. So nennt man mich.«

»Und wer oder was seid Ihr?«

»Ein Schüler der Mysterien«, erwiderte Schwärmer, diesmal ernsthaft.

Über Talannas Nase bildete sich eine misstrauische

Falte. »Ich wusste nicht, dass es überhaupt noch welche gibt.«

»Ein paar in Seyk, ein paar in Tama und dem Umland. In Rashija wurden sie schon vor Generationen ausgelöscht, richtig?«

»Richtig. Also schön, wenn Ihr ein Mysterienschüler seid, dann habt Ihr Euch dem Guten verpflichtet. Zu fragen schadet wohl nichts.« Es kostete Talanna hörbar Überwindung, die nächsten Worte zu sprechen: »Ich weiß, Ihr und Eure … Keyla betrachtet mich als Eure Feindin. Ihr vertraut mir nicht. Jetzt sieht es aus, als wäre ich von Eurem Wohlwollen abhängig. Ich … habe meine Magie verloren und weiß nicht, weshalb.«

»Und Ihr glaubt, ich könnte es wissen?« Schwärmer sah erst Talanna strafend an, dann Adeen. »Wofür haltet ihr beide mich? Für so weise, dass ich ein solches Rätsel lösen könnte? Ich habe nur gesagt, dass wir Erdenkinder auf dem festen Boden im Vorteil sind gegenüber den Himmelsgeborenen, das ist alles. Denn ich habe mich gefragt …« Der Blick, den er Talanna zuwarf, war zugleich fragend und listig. »… weshalb diese mächtigen Wesen ihre Kräfte uns gegenüber nicht gebrauchen. Ihr, Talanna, habt mir bestätigt, was ich immer vermutet habe.«

Allmählich strapazierte er Adeens Geduld. »Wenn du etwas weißt …«

»Nein, ich stelle nur Fragen. Von dem Wissen, das die Weisen der alten Zeit lehrten, habe ich nur einen kleinen Teil erfahren. Aber kommt jetzt, kommt, wir dürfen Keyla nicht noch länger warten lassen.«

13

MAGIE

Von Schwärmer erfuhr Adeen, welches Ziel Keyla hatte: Am Waldrand befand sich das Anwesen eines lokalen Fürsten namens Halan. Er unterstand zwar wie alle anderen Adligen Seyks den rashijanischen Herren, doch ihm war schon mehrfach das Kunststück gelungen, den Rebellen heimlich zu helfen und sich trotzdem das Vertrauen der Besatzer zu bewahren. Keyla hoffte darauf, sich mit ihren Leuten in einem verlassenen Steinbruch verbergen zu können, der sich im Verwaltungsbezirk des Fürsten befand. Dort hatten sie schon einmal Zuflucht gefunden, als die Truppen Rashijas die Wälder nach ihnen durchkämmt hatten. Direkt unter den Augen der Besatzer hatten sie sich verborgen, wo niemand nach ihnen suchte.

Fürst Halans Wohnsitz lag am Grenzgebiet von Seyk. Dahinter, jenseits eines Flusses und einer Bergkette befand sich eine Region namens Tama, die noch nicht von Rashijas Truppen erobert worden war. Auch Tama, hieß es im Lager, sollte bald dem Reich der Himmelsgeborenen einverleibt werden, und so sammelte die Königin dieses Landstrichs Truppen, um Rashija zu attackieren, sobald die Stadt gelandet war. Sie war nicht die einzige Macht, die sich zum Kampf entschlossen hatte, aber die nächstgelegene. Über das Gebiet des Fürsten Halan sollten ihre Truppen nach Seyk gelangen. Schon vor langer

Zeit hatte Keyla Kontakt zu ihren Kommandanten aufgenommen. Nun wollte sie kurz im Schutz des Steinbruchs abwarten, bis die Truppen eintrafen, um sich dann mit ihren Leuten dem Kampf anzuschließen. Adeen hatte bereits auf der Flucht so viele Kämpfe erlebt, dass es ihm für sein restliches Leben genügte, und er war nicht sicher, ob diese Leute viel besser waren als der Feind, den sie bekämpften. Doch im Augenblick blieb ihm wohl nichts übrig, als abzuwarten und zu beobachten, was geschehen würde.

Ihr Ziel befand sich nur etwa eine Tagesreise entfernt. Talanna, Yoluan und Adeen liefen in der Mitte des Zuges. Yoluan schleppte eine Rolle Tau und schwitzte unter seiner Last. Auch Talanna und Adeen hatten Keylas Leute reichlich Gepäck aufgeladen. Nur Schwärmers Unterstützung verdankten sie es, dass sie sich nach wie vor ohne gefesselte Hände bewegen durften. Seit dem Vormittag trotteten sie nun hinter den anderen über Wurzeln und durch Gestrüpp, wateten manchmal knöcheltief durch Schlamm oder Laub. Inzwischen waren sie in bergiges Gebiet gelangt. Zu beiden Seiten türmten sich Felswände auf, an deren steinigen Hängen Dornbüsche wucherten. Die Sonne sank, und allmählich wurden die Schatten schwärzer und kälter.

Adeen stolperte und wäre gestürzt, wenn Talanna ihn nicht rasch am Arm gefasst hätte. Dankbar lächelte er ihr zu. Er war erschöpft und sehnte sich nach einer Pause. An den Schatten unter Talannas Augen sah er, dass es ihr ebenso erging; schlimmer vermutlich, nach den Schlägen, die sie hatte einstecken müssen. Doch wenn es so war, ließ sie es sich nicht anmerken. »Denen tue ich nicht den Gefallen, mich zu beschweren«, hatte sie Adeen beim Aufbruch zwischen zusammengebissenen Zähnen zugezischt, nachdem ein Mann einen weiteren schweren Wasserschlauch an ihrem Rucksack festgebunden hatte. Obwohl sie einen großen Teil der Ausrüstung zurückgelassen hatten – Keyla sagte, mit etwas Glück würden sie nichts mehr davon brauchen –, blieb noch immer genügend Gepäck übrig, um Talanna zu zeigen, dass sie nicht erwünscht war.

Eine Lücke in der Felswand ließ die Abendsonne in die Schlucht herabscheinen und tauchte den Weg in goldbraunes Licht. Die Wärme streichelte Adeens Gesicht, und er ließ seine Gedanken forttreiben, zu einem Abendessen und einem weichen Schlafplatz, wo er sich neben Talanna an einem Feuer zusammenrollen und vergessen konnte, was sie oder Schwärmer heute über ihn und die Magie gesagt hatten. Mehr erwartete –

»Runter!«, brüllte einer der Männer plötzlich. »Das ist ein Hinterhalt!« Ein scharfes Surren, ein Knall: Nur zwei Armlängen von Adeen entfernt steckte ein Pfeil in der Erde. Fassungslos starrte er auf den zitternden Schaft, dann war Yoluan da und riss ihn zu Boden. »Bleib unten!«, brüllte er ihm ins Ohr und drückte ihn nieder, mit dem Gesicht ins Laub, so dass er nur noch mit Mühe Luft bekam.

Ringsum ertönten Schreie, dann die ersten Befehle. Adeen meinte Keylas Stimme herauszuhören. »Lass mich los!«, brüllte er Yoluan an.

Wider Erwarten leistete Yoluan seiner Aufforderung sofort Folge. Adeen spuckte ein Blatt aus und rappelte sich auf. Einige von Keylas Leuten hatten ihr Gepäck fallen lassen und die Waffen gezogen. Nun rannten sie umher und hielten Ausschau nach einem Feind, den sie nicht sehen konnten. Andere suchten Schutz unter Zeltplanen oder Buschwerk. Der Angriff musste von den höher gelegenen Felsen aus erfolgt sein, und hier unten boten sie ein hervorragendes Ziel für die Pfeile des Feindes. In Panik rannte er los, ließ sein Gepäck liegen, stürzte auf die schattigen Flecken zu, wo Büsche und niedrige Bäume Deckung versprachen. Doch auf halbem Weg blieb er stehen und drehte sich um.

»Talanna!«

»Ein Stoßtrupp!«, keuchte sie. »Siehst du das silberne Abzeichen?«

Sie hatte mit ihrem Gepäck einen Pfeil abgefangen, und nun schoss in hohem Bogen Wasser aus einem durchlöcherten Schlauch. Sofort riss sie sich den Rucksack von den Schultern, fasste den Schützen ins Auge – offenbar sah sie ihn, auch wenn Adeen nichts erkennen konnte – und streckte beide Arme vor sich aus, die Hände zu einer Schale geformt. Er hatte schon einmal gesehen, wie sie das tat, beim Kampf vor der Brücke nach Gabta. Damals hatte sich eine Hülle aus Feuer um ihren Körper geschlossen, Flammen waren aus ihren Schultern geschlagen, bis sich ein greller Feuerstrahl aus ihren Händen gelöst hatte und auf den Feind zugeschossen war. Nun stand sie da, das Gesicht vor Anstrengung verzerrt, und nichts geschah.

»Nicht! Bring dich in Sicherheit!« Adeen schrie, aber der Lärm ringsum übertönte seine Stimme, und Talanna wandte nicht einmal den Kopf nach ihm. Mit dem Mut der Verzweiflung kehrte er um, entschlossen, sie in Deckung zu ziehen, ob es ihr gefiel oder nicht. Aber noch bevor er sie erreicht hatte, surrte der nächste Pfeil herab und traf sie in die Schulter. Talanna wurde niedergeworfen, rollte über den Boden und hinterließ eine Spur von Blutflecken auf dem gelben Laub.

Wie er so rasch zu ihr gekommen war, wusste er nicht. Sie klammerte sich an ihn und ließ sich von ihm aufhelfen. Zu seiner Erleichterung steckte der Pfeil nicht tief in ihrem Körper, auch wenn sie heftig blutete. Er stützte sie, und gemeinsam stolperten sie auf die Büsche zu. Aus den Augenwinkeln sah er, wie Reiter ihre Skadas die Felswand hinabtrieben. Mit ihren breiten Klauenfüßen fanden die Tiere auch auf abschüssigem Gelände leicht Halt und konnten mit dem langen Schwanz das Gleichgewicht halten. »Vorsicht!«, rief er und wies auf den Trupp. Wirbelnde rote Umhänge verrieten, dass es sich um Magier handelte. Es waren fünf, oder sieben? Schon stürzte der erste rücklings von seinem Reittier, von einem Pfeil in die Kehle getroffen.

»Eine Waffe!«, ächzte Talanna. Ihre Finger gruben sich in Adeens Schulter. Er folgte ihrem Blick und sah ein Bündel Lanzen, das im Tumult fallen gelassen worden war.

»Aber du ...«

»Gib sie mir!«

Ihm blieb nur ein Augenblick, um sich zu entscheiden. Talannas Gesicht war graublau und fahl von Schmerz und Blutverlust, und er fürchtete, dass sie sich ohne seine Hilfe nicht lange auf den Beinen halten können würde. Doch die Magier mussten jeden Moment hier sein, dann benötigte Keyla alle Kräfte, um sich zu verteidigen. »Nein«, sagte Adeen, »du gehst in Deckung.« Und dann fügte er zu seiner eigenen Überraschung hinzu: »Ich werde kämpfen.«

Du bist verrückt! Verrückte Krähe! Während sich Talanna widerwillig zwischen den Büschen verkroch, hob Adeen eine Lanze auf und schloss seine Finger um den Schaft. Wie handhabte man diese Waffe? Musste man sie werfen? Oder damit zustechen? Die Magier trieben ihre Skadas nun mitten durch die Schlucht und schlugen mit Stäben auf jeden ein, der sich ihnen in den Weg stellte. Einige setzten ihre Schriftrollen in der vollen Geschwindigkeit des Rittes ein und brüllten die Worte, die die Zauber aktivierten. Kurz erhellte eine Kaskade von Blitzen die Schatten, Schreie hallten von den Felswänden wider, und es roch nach verbranntem Fleisch.

Adeen blickte sich nach Yoluan um, konnte ihn jedoch nirgends entdecken. Wenigstens sah er Keyla. Sie hatte eine Gruppe ihrer Leute um sich geschart, die noch unverletzt waren, und rückte auf die Magier zu. Gegen Zauber und Geschosse schirmten sie sich mit ledernen Schilden ab, die zum Teil schon voller Pfeile steckten oder Brandflecken aufwiesen. Adeen lief zu ihnen. Wahrscheinlich konnte er nicht viel tun, um der Anführerin zu helfen, doch er musste es versuchen. So unsicher er sich auch über Keylas Motive war, sie hielt diese Leute zusammen, und ohne sie waren sie auf jeden Fall verloren.

Die Gruppe nahm ihn auf, ohne Fragen zu stellen. »Da kommt einer!«, hörte Adeen Keyla sagen. »Gebt mir Deckung!«

Die Umstehenden schirmten sie mit ihren Schilden ab. Adeen beobachtete, wie Keyla einen knotigen Holzstab in die Luft reckte und dann in den Boden stieß. Mit unvermittelter, erschreckender Intensität schoss ein Hitzestoß von unten her durch ihn hindurch. Es war, als habe sich ein Teil der Kraft, die Keyla angesammelt hatte, in seinen Körper entladen. Gleißendes grünes Licht flutete seinen Kopf und schrieb Muster auf die Innenseite seiner Augenlider. Sein Haar sträubte sich. Schmerz in seiner Brust verbrannte ihn. Die Erde unter seinen Füßen knirschte, bäumte sich auf und ließ ihn taumeln. Blätter und Erde wirbelten empor – und ein Spalt, deutlich sichtbar, fraß sich durch den Untergrund, direkt auf den Magier zu, der seine Skada zum Angriff vorantrieb. Das Tier erkannte die Gefahr, warf sich mit gesträubter Halskrause herum und bog den Kopf zurück, doch es war bereits zu spät: Unter seinen Füßen zerbröckelte der Boden. Die Skada stürzte, der Reiter wurde aus dem Sattel geschleudert und schlug hart nur wenige Schritte von Keyla entfernt auf. Sofort rollte der Magier sich auf die Seite und tastete nach dem Köcher mit Schriftrollen, der ihm aus der Hand gefallen war. Doch Keylas Leute waren bereits über ihm, und er verschwand unter ihren Händen und schartigen Waffen.

Adeen nahm es nur wie aus der Ferne wahr. Der Schmerz in seiner Brust raubte ihm den Atem. Er krümmte sich und stützte sich auf seine Lanze. Sein Gesicht fühlte sich an, als hätte ein ganzer Fliegenschwarm darauf Platz genommen. Der Druck in seiner Brust wurde stärker, unerträglich, er musste diese Enge verlassen, *musste seine Flügel ausbreiten. Und er flog auf, erhob sich mit schweren Flügelschlägen in den Abendhimmel und erblickte unter sich Menschen, wie sie umherrannten, wie sie schrien mit ihren dünnen Stimmen und einander töteten mit Schwertern und Geschossen. Einige hatten Stellung auf den Felsen bezogen, über die er hinwegglitt, und zielten mit ihren Bögen auf andere, die in der Schlucht gefangen waren. Reiter in roten Umhängen auf Skadas schleuderten Zauber, ein unangenehmes Aufblitzen für seine Augen.*

Er hatte einen warmen Luftwirbel gefunden, auf dem er sich emportragen ließ, und beobachtete das fremdartige Treiben, das ihn nicht betraf. Doch das konnte nicht sein, denn gleichzeitig lag er im nassen Laub, ein verschwommenes Gesicht hatte sich über ihn gebeugt, und eine Stimme fragte ihn etwas mit Worten, die er nicht verstand.

Ich könnte den Menschen in der Schlucht helfen, wenn ich die Bogenschützen von den Felsen entferne, überlegte er. Er wusste, dass er die Macht dazu besaß. Er brauchte sie nur zu berühren; wie der warme Luftstrom, der sein Gefieder streichelte, war sie um ihn. Aber warum sollte er eingreifen? Was lag ihm an diesen fremden Menschen?

Es ist nicht wahr, ich bin kein Vogel, ich kann nicht fliegen, ich bin einer von diesen Menschen. Und vielleicht sterbe ich gerade. Aber Talanna ist hier, sie ist verletzt, und ich werde sie retten, wenn ich es irgendwie kann.

Er musste die Kraft nicht in sich aufnehmen. Sie strömte in ihn, war in ihm, war er selbst, war Wind und Erde und Wärme. Er konnte sie formen, wie er wollte, einen Luftstoß erzeugen, der ausreichte, einen Menschen von den Füßen zu reißen. Ihr schwacher Körper hielt sie ja ohnehin kaum aufrecht. Mit seinen Flügeln strich er dicht über die Bogenschützen hinweg, wirbelte die Luft durcheinander, so dass sie niedergeworfen wurden. Einige verloren nur ihre Waffen, andere stürzten über die Felskante in die Tiefe. Sofort neigte sich die Waagschale zugunsten der Rebellen. Die Magier im Tal, die sich nicht mehr auf die Unterstützung der Bögen verlassen konnten, wandten sich zur Flucht und stoben in einem Blätterwirbel davon.

Und plötzlich war seine Kraft fort, Kälte umschloss ihn, seine Schwingen fanden keinen Halt mehr, und er fiel, fiel kopfüber wie in einem Alptraum und schlug in seinem Körper auf. Er hörte das panische Stolpern eines Herzens, wie jemand nach Atem rang, und begriff zunächst nicht, dass er selbst es war.

»Hoch mit dir!«

Arme zerrten an ihm, versuchten, ihn aufzurichten. Doch er hatte keine Kraft, um zu stehen. *Wenn ich mit den Flügeln das Gleichgewicht halte – nein, verrückte Krähe, du hast keine Flügel, du bist …*

»Du kannst es nicht mehr leugnen: Du bist ein Magier!«

Nun erkannte er Keylas Stimme. Die grünen Nebel vor seinen Augen flossen auseinander, und Adeens Blick fiel auf die Lanze, die er noch immer umklammert hielt.

Aus dem Schaft war ein frischer Zweig gesprossen, so lang wie seine Hand. Die gelbgrünen jungen Blätter entfalteten sich eben, sie waren so zart, dass sie an den Rändern beinahe durchscheinend wirkten. Ohne zu begreifen, was er sah, betrachtete Adeen das Wunder. »Habe …« Er fand seine Stimme nicht und musste sich räuspern, ehe er noch einmal ansetzte: »Habe ich das getan?«

»Du hast noch ganz anderes getan, wie es aussieht.« Keyla klang gleichermaßen überrascht wie ungehalten. »Nun los, steh auf. Ich weiß, du fühlst dich schwach, aber das geht vorbei. Wir haben keine Zeit zu verlieren. Vielleicht kehren die Rashijaner schon bald mit Verstärkung zurück.« Sie streckte ihm die Hand entgegen, und wenn Adeen auch sonst nichts verstand – dies war ein Friedensangebot, das spürte er, und es anzunehmen, war vermutlich klug. Er ließ die Lanze fallen und ergriff Keylas Hand, um sich aufhelfen zu lassen.

»Ich fürchte, ich muss dir danken«, sagte sie. »Alles andere verschieben wir auf später. Yoluan, hilf ihm. Talanna, du sorgst dafür, dass er mit dieser Kraft niemanden von uns verletzt.« Ohne ein weiteres Wort verschwand sie wieder zwischen ihren Leuten.

Yoluan stand bereits an Adeens Seite und stützte ihn. Er hatte einige Kratzer im Gesicht und an den Armen, wirkte ansonsten aber unverletzt. Und da war auch Talanna, noch immer blass, aber nicht mehr mit schmerzverzerrtem Gesicht. Sie trug einen Arm in einer behelfsmäßigen Schlinge. Wann hatte jemand ihre Verletzung versorgt? Aufmerksam musterte sie Adeen. Er glaubte in ihren Augen Beunruhigung zu erkennen, vielleicht sogar Schrecken, aber als er ihrem Blick begegnete, lächelte sie leicht. »Ganz langsam«, sagte sie, und Yoluan fügte hinzu: »Was fällt dir bloß ein?«

Ohne Yoluans Hilfe wäre Adeen sofort wieder zusammengesackt. Sein Körper fühlte sich an, als hätte er sich tagelang ohne Unterbrechung, und ohne etwas zu essen, auf den Feldern beim Rakashabbau verausgabt. Dazu kam es ihm *falsch* vor, auf dem Boden zu stehen, wo alles voller Schwere war, kalt und plump. Er blickte sich um: Wie ein Sturm war der Kampf durch die Schlucht gefahren, hatte das Laub zerwühlt und die Sträucher zerknickt. Blut befleckte die Blätter, überall lag verstreute Ausrüstung. Auch die gekrümmten Körper von Toten sah er, darunter mehrere Magier in roten Umhängen. »Was ... was ist passiert?«

Er hatte die Frage an Talanna gerichtet, doch sie schüttelte den Kopf. »Ich konnte es aus der Deckung heraus nicht genau erkennen. Yoluan ...«

»Ich weiß es nicht«, erwiderte der große Mann mit hörbarem Unbehagen. »Da war auf einmal ein Schatten, wie der eines großen Vogels, und dann kam ein Sturm. Ein paar Bogenschützen wurden glatt von den Felsen geworfen. Alle bekamen Angst, auch die Gegner. Sie sind auf und davon. Aber«, fügte er entschieden hinzu, »wir hätten auch so gewonnen. Keylas Leute kämpfen gut, findest du nicht?«

»Vom Kämpfen verstehe ich nichts.« Widerwillig glitt Adeens Blick erneut über die Leichen. Nur wenige Schritte entfernt lag der blutige, verdrehte Körper eines jungen Mannes, den Bogen halb unter sich begraben, die Pfeile aus seinem Köcher ringsum verstreut. Offenbar hatte er sich bei dem Sturz aus der Höhe zu schwer verletzt, um sich noch dagegen zu wehren, dass ihn jemand mit der Klinge niederstach. Sein helles, sommersprossiges Gesicht war voller Entsetzen. Adeen begann zu zittern. »Keyla meint ... ich habe das getan? Aber wie ... ist das möglich?«

»Du hast offenbar eine Art von Magie gewirkt«, sagte Talanna, »die ... an deren Existenz ich bisher nicht einmal geglaubt habe. Es ist kein Wunder, dass du diese Kräfte nicht unter Kontrolle hast.«

»Ich wollte das nicht.« Vor Abscheu hätte sich Adeen am liebsten übergeben. »Ich wollte niemanden töten.«

Talannas Hand legte sich auf seinen Arm. Die tröstliche

Geste kostete ihn den Rest seiner Selbstbeherrschung, und er fühlte sich den Tränen nahe.

»Komm«, sagte sie, »es wird dir bessergehen, wenn du etwas gegessen hast.«

Der Kampf zwang sie, eine Pause einzulegen und sich um die Verwundeten zu kümmern. Schließlich war es tiefe Nacht, als sie die Toten zurückließen und weiterzogen. Keyla hatte angeordnet, nicht erneut zu rasten, bis sie ihr Ziel erreicht hatten. Wegen des Überfalls schien sie in großer Sorge, und ihre Unruhe hatte die gesamte Gruppe erfasst: Woher hatten Rashijas Truppen gewusst, an welcher Stelle sie ihnen auflauern mussten? War der weitere Weg sicher? Diese geflüsterten Gespräche wanderten durch den ganzen Zug. Manch einer schien wenig begeistert von Keylas Entscheidung, den ursprünglichen Plan beizubehalten und Zuflucht im Steinbruch zu suchen.

Nach langem Marsch verbarg sich der Trupp in einer Senke, und Keyla schickte einen Boten – fast noch ein Kind –, der den Fürsten von ihrer Ankunft unterrichten sollte. Es hatte angefangen zu nieseln, und sie warteten, in Decken gewickelt und zitternd vor Kälte und Nässe. Schweigend drängten sich Adeen und Talanna aneinander, Schulter an Schulter. Ein Geruch nach verbranntem Holz lag in der Luft, vermischt mit dem des Regens und des faulenden Laubs. In der Nähe erzählte Schwärmer Witze und erzeugte Wellen von halb ersticktem Gelächter, doch Adeen konnte nicht zuhören. Seine Gedanken wanderten immer wieder zu dem starren Gesicht des sommersprossigen Bogenschützen zurück, und zu der Macht, die er gefühlt hatte.

Ich will diese Kraft wieder spüren. Das wusste er sicher, und es erschreckte ihn.

»Keyla! Keyla!«

Die Stimme des Boten klang verzerrt vor Angst. Er sprang in die Senke hinab, und auf der Stelle versammelten sich alle um ihn. Selbst im Feuerschein war der Junge bleich.

»Was ist los, Ran?«, fragte Keyla ruhig. »Was hast du gesehen?«

»Es ist alles weg.«

»Was meinst du damit, ›weg‹?«

»Halans Haus, die Hütten ... da sind nur noch ein paar Balken und Steinhaufen und jede Menge Asche. Und überall liegen Tote. Auch die Pferde und die Kühe sind tot. Sogar die Hühner. Sie haben alles verbrannt.«

Nachdem er das gesagt hatte, war es so still, dass man den Regen von den Bäumen tropfen hörte.

»Ist die Asche schon kalt?«, fragte Keyla schließlich.

Der Junge zuckte die Achseln.

»Hast du irgendwo Truppen gesehen?«

»Nein. Ich glaube, sie sind weitergezogen.«

Keyla ballte die Faust. »Sie müssen herausgefunden haben, dass Halan ein Verbündeter war. Verdammt, ausgerechnet jetzt! Vielleicht waren es dieselben, die uns überfallen haben. Für den Fall, dass noch andere Rashijaner in der Nähe sind, müssen wir sehr vorsichtig sein, aber ich will sehen, was passiert ist. Schwärmer, Assim, Mortas und Fink, ihr begleitet mich.« Ihr Blick fiel auf Adeen, und sie zögerte kurz. »Du kommst auch mit. Verhalte dich leise.«

Er schluckte. Lieber hätte er nicht gesehen, wovon der

Junge gesprochen hatte, aber Keylas Ton gestattete keinen Widerspruch.

Inzwischen zeichneten sich die schwarzen Silhouetten der Bäume bereits wieder gegen einen fahlgrauen Himmel ab. Bald würde es dämmern. Sie kletterten über Zäune, durch Hecken und schlichen über Felder voller Pflanzen, die Adeen nicht kannte. Die Ruine war schon aus der Ferne zu sehen: Wie die Rippen eines Skeletts ragten die versengten Deckenbalken in die Luft. Der Gestank nach Rauch und verbranntem Fleisch war so heftig, dass Adeen den Ärmel auf Mund und Nase presste und versuchte, möglichst flach zu atmen.

Er hatte erwartet, ein zerstörtes Haus und einige verbrannte Hütten zu sehen, aber als sie sich näherten, erkannte er, dass es sich um ein ganzes Dorf handelte. Zahlreiche kleinere Häuser hatten sich um das Anwesen des Fürsten gesammelt; sie bestanden nur noch aus schwarzen Balken und Mauern, sogar die Dachziegel waren in der Hitze zersprungen. Überall roch es nach Tod. Noch surrten keine Fliegen über den Leichen, die auf den Wegen lagen – Menschen, Tiere ohne Unterschied –, und als Keyla mit ihrem Stab in der feuchten Asche stocherte, sprühten zischend Funken auf.

»Etwas früher, und wir wären jetzt ein Teil dieses Gemetzels«, sagte sie.

Sie wirkte erschreckend gelassen. Im Lager hatte sie voller Verachtung und Hass über Rashija gesprochen, doch nun, da ihnen allen vor Augen lag, wozu die Besatzer fähig waren, schwieg sie. Auch Schwärmer, der noch am letzten Morgen so gern geredet hatte, wanderte schweigend durch die Ruinen. Die anderen sicherten die

Umgebung. Adeen war, als habe er eine Welt der Toten betreten, in der er der Geist war, der Eindringling. Kälte sickerte in seinen Körper, erfasste ihn so, dass er nicht einmal mehr zitterte. Eben noch hatte er sich schuldig gefühlt am Tod des jungen Bogenschützen. Diese Schuld trug er noch immer, aber nun schien sie ihm nicht mehr so schwer zu wiegen. Verdiente jemand, der solche Taten beging, nicht den Tod?

Plötzlich stand Keyla neben ihm. »Sieh dir an, was dein Volk tut, schwarzer Mann.« Mit dem Stab wies sie auf den verkrümmten Körper einer Frau, die sich im Sterben schützend über ihr Kind geworfen hatte.

Die Kälte in Adeen wurde zur Flamme, zur verzweifelten Wut auf Keyla, die es wagte, ihm einen solchen Vorwurf zu machen, auf alle. »Ich habe damit nichts zu tun!« Er wollte schreien, aber es wurde nur ein Flüstern daraus. »Ich würde diesen Leuten das Leben wiedergeben, wenn ich könnte!«

Zu seiner Überraschung sah ihn Keyla nur an, dann sagte sie: »Ist schon gut. Ich glaube dir.«

Sie hatte ihn auf die Probe stellen wollen. Sie benutzte diese Toten, um sich ein Urteil darüber zu bilden, ob sie ihm vertrauen konnte oder nicht. Im ersten Moment hätte er ihr am liebsten vor die Füße gespuckt, doch sein Zorn verließ ihn so rasch, wie er gekommen war. »Und Ihr?«, fragte er nur. »Berührt Euch das gar nicht?«

»Es hat mich berührt, als ich ein Kind war und die Himmelsgeborenen meine Eltern holten.« Keyla sprach ruhig, fast gleichgültig. »Komm, Adeen. Wir wollen nach einem Hinweis suchen, was mit dem Fürsten geschehen ist.«

14

NEBEL

Im Innenhof des Anwesens ragte das schwarze Gerippe eines Baums auf. Von seinen Ästen hingen verbrannte Leichen mit unkenntlichen Gesichtern. Adeen wandte sich hastig ab, Keyla dagegen musterte die Toten lange. »Einer von ihnen ist möglicherweise Fürst Halan«, sagte sie. »Sagen wir so: Ich hoffe es. Wahrscheinlicher ist aber, dass die Himmelsgeborenen ihn mitgenommen haben, um Informationen über unseren Aufenthaltsort aus ihm herauszupressen. Oder sie haben das schon vorher erledigt.« Sie runzelte die Stirn. »Wir sollten sehen, dass wir hier wegkommen, am besten über die Grenze nach Tama. Dort warten wir, bis die Truppen der Königin eintreffen.«

Adeen war erleichtert, als sie diesen Ort des Todes verließen, auch wenn er den Gestank nach scharfem Rauch und verbranntem Fleisch noch lange zu riechen glaubte, nachdem sie längst wieder in den Wald eingetaucht waren. Keylas Leute hatten in einem Vorratsgebäude am Rand des Anwesens Fleisch und Gemüse entdeckt, das zwar stark nach Qualm schmeckte, aber noch essbar war. Sie verteilten es unter der Rebellengruppe, und so saßen sie zusammen und kauten schweigend, während Keyla ihnen die schlechten Neuigkeiten mitteilte. Auch Adeen zwang sich zu essen, obwohl ihm noch immer übel war. Er war nun fest entschlossen, sich Keylas Kampf anzuschließen. In Rashija hatte er geglaubt zu wissen, zu welcher Grausamkeit die Oberschicht fähig war, doch nun verstand er, dass er nur einen kleinen Teil des Schreckens erlebt hatte. Was hier auf dem Boden geschah, konnte er kaum fassen. Wenn er etwas tun konnte, um diesen Leuten zu helfen, dann musste er es versuchen, selbst dann, wenn er nicht das Geringste vom Kämpfen verstand.

Die nächsten Tage verbrachten sie in ständiger Bewegung und rasteten jeweils nur wenige Stunden. Zeit, um über alles nachzudenken, was geschehen war, blieb Adeen kaum, so sehr hielt ihn der Wechsel zwischen aufreibenden Märschen, ein paar Stunden Schlaf und hastigem Aufbruch in Atem. Bald war er mit einer Schicht aus Schlamm und Erde bedeckt wie mit einer zweiten Haut, denn Gelegenheit, sich zu waschen, hatten sie nur selten. Wenn er sich umblickte, sah er überall in Gesichter, die ebensolche Schmutzkrusten trugen wie seines. Selbst Talanna unterschied sich im Aussehen von den anderen fast nur noch durch ihre gelben Augen.

Während die Tage vergingen, fühlte sich Adeen allmählich immer weniger als Außenseiter: Keylas Leute mieden ihn nicht mehr, auch wenn sie nur wenige Worte mit ihm wechselten, und er lernte ihre Namen. Selbst mit Gemeinheiten gegen Talanna hielten sie sich nun zurück. Trotzdem machte sich Adeen Sorgen um sie. Ihre Wunde heilte zwar leidlich gut, aber wenn sie durch den Wald lief oder sich abends mit den anderen am Feuer versammelte, blickten ihre Augen oft so starr vor sich, als wäre sie blind. Adeen bemühte sich nach Kräften, herauszufinden, was mit ihr nicht stimmte, doch sie behauptete, dass alles in Ordnung sei. Er vermutete, dass der Verlust ihrer Magie sie quälte, doch er wusste nicht, wie er sie aufheitern sollte. Manchmal lehnte er sich an sie, um sie durch seine Nähe zu trösten, aber jedes Mal wurde ihr Rücken dann zu einer starren Linie, und er zog sich wieder zurück.

Keyla schickte Späher in alle Richtungen aus. Auf diese Weise erfuhren sie, dass die Besatzer einen Teil ihrer Truppen in der Umgebung abgezogen hatten, um die Stadt Rashija während ihrer Landung zu schützen. Das erleichterte ihnen zumindest den Weg über die Grenze. In einer Nacht voller Nebel schlugen sie sich durch ein dorniges Waldstück außer Sichtweite der Wachtürme und erreichten Tama. Doch auch hier gestattete Keyla niemandem, sich auszuruhen, da die Einwohner von Tama allem misstrauten, was über die Grenze kam. Wenigstens entdeckten sie bald einen idealen Zufluchtsort: einen See, in den eine schmale Landzunge hineinragte. Dichte Nebelschwaden trieben über das Wasser. Auf der Landzunge schlugen sie die Zelte auf, in der Hoffnung, dass der Herbstnebel sie vor Blicken schützen würde. Hier konnte sich Adeen nach Tagen endlich wieder waschen – auch wenn das Wasser frostig kalt war – und fand eine Nacht mit ausreichend Schlaf.

Nebel brachte auch der nächste Morgen. Alle Farben wurden durch seinen Schleier erstickt. Grau breitete sich das Wasser des Sees vor ihnen aus, bis es wenige Schritte vom Ufer entfernt im Nebel verschwand. Für Adeen sah es aus, als gäbe es nichts, überhaupt nichts jenseits dieser weichen Grenze. Hier würde ein Feind sicher nur zufällig über sie stolpern, aber er fragte sich auch, wie Keylas Jäger und Späher das Lager wiederfinden wollten.

»Talanna, hast du dir das angesehen?«

Sie saß mit gekreuzten Beinen vor dem Zelt, das man

ihnen zugewiesen hatte, und bearbeitete Waffen. Nachdem Keyla herausgefunden hatte, dass sie sich durch ihre Erfahrung beim Militär in Rashija auf Waffenpflege verstand, verbrachte Talanna ihre Abende notgedrungen damit, den Zustand der schartigen, abgestumpften Schwerter und Dolche der Gruppe zu verbessern. Das Kratzen des Schleifsteins gehörte für Adeen inzwischen zu den Hintergrundgeräuschen der neuen Welt, fast wie das Windrauschen in den Bäumen oder das Trillern der Vögel.

»Den Nebel?«

»Ja. Als ob die Welt aufhört.«

Sie sah nicht auf. »Vielleicht tut sie es ja. Adeen, Yoluan war eben da und hat diesen Eimer gebracht. Du sollst die Beeren pulen und zu Itsi bringen.«

Es war nicht leicht, Talanna so nahe zu sein und doch kaum von ihr beachtet zu werden, denn längst waren Adeens Träume von einem schwarzen Vogel nicht mehr die einzigen, die ihn nachts aufweckten. Aber das war etwas, was er Talanna gegenüber besser nicht erwähnte. Noch immer wusste er nicht genau, was sie in Rashija erlebt hatte, was Charral ihr angetan hatte, doch seine Fantasie reichte weit genug, um sie damit besser in Ruhe zu lassen.

Trotzdem hatte sie ihn geküsst, damals, als die Insel Gabta unter ihnen auseinandergebrochen war. Jetzt wirkte sie so schwermütig wie einer der Bäume, die im Nebel kaum noch zu erkennen waren.

Mit einem Seufzer ließ er sich ihr gegenüber nieder – von dem Marsch schmerzten seine Beine und sein Rücken – und zog den Eimer zu sich heran. Er war gefüllt mit Stechbeeren, winzigen rosa Dingern, die zwar süß schmeckten, aber erst von ihrer stachligen Haut befreit werden mussten. Adeen verzog das Gesicht und machte sich an die Arbeit. In den letzten Tagen hatte er sich auf diese Weise ständig die Finger zerstochen, doch Itsi, die Herrin des Kochtopfs, behauptete, er häute die Beeren geschickter als irgendjemand, den sie kenne. Offenbar waren die Hände eines Schreibers hier draußen zumindest noch zu ein paar einfachen Arbeiten zu gebrauchen.

»Talanna, wir sollten miteinander reden.«

Sie hatte den Blick auf die Dolchklinge gesenkt, an der sie gerade arbeitete. »Willst du wieder wissen, ob es mir auch ja gutgeht?«, fragte sie abweisend.

»Was ist los mit dir? Liegt es an mir? Habe ich irgendetwas getan, das dich gekränkt hat?«

»Du kannst nichts dafür.«

»Aber was ist es dann?«

»Gar nichts. Du siehst ja, ich versuche, nützlich zu sein. Mehr kann Keyla nicht von mir erwarten.«

»Hattest du Streit mit ihr?«

»Nein. Sie hat sich wohl entschieden, zu warten, bis meine Haare wieder lang genug gewachsen sind für ihren Gürtel.«

Adeen schüttelte den Kopf. »Wie kannst du so reden?«

Talanna legte den Dolch vor sich zu Boden und fuhr sich mit der Hand über das Gesicht. »Entschuldige. Ich denke, Selbstmitleid steht mir nicht gut, was?«

Adeen schwieg einen Moment. Er wusste nicht, ob er aussprechen sollte, was er dachte, denn Talanna schien gereizt genug. Andererseits fühlte er, dass sie ihm jeden Tag fremder wurde, und dabei waren sie einander noch nicht einmal wirklich nahe gewesen. Er wollte nicht, dass es so weiterging. »Es ist die Magie, oder? Deine … und meine.«

Talanna schwieg, und Adeen bereute seine Worte bereits, aber dann setzte sie unvermittelt doch zu einer Erklärung an: »Du hast recht. Es ist deine Magie. Du … du hast keine Ahnung, wie es ist, wenn dir etwas genommen wird, das dir immer gehört hat, und dann siehst du bei einem anderen … was du selbst hattest, und der andere kann nicht einmal damit umgehen … Versteh mich nicht falsch, Adeen. Ich bin nicht … doch, wahrscheinlich bin ich neidisch. Es ist albern, das weiß ich. Ich sollte froh sein, wenn diese Leute nichts auf mich geben, denn ich gebe ja auch nichts auf sie. Trotzdem, früher war ich eine Kämpferin. Jetzt tauge ich nur noch dazu, Klingen zu schärfen.«

Sie klang zornig, aber aus ihrem Ärger hörte Adeen eine Hilflosigkeit heraus, die ihm ins Herz schnitt. Trotzdem lächelte er. »Schau erst mich an – ich schäle Beeren!«

Über seinen hilflosen Witz verzog sie kaum eine Miene, und Adeen fügte ernster hinzu: »Gibt es denn keinen Weg, dir zu helfen?«

Sie schien ihm nicht zuzuhören. »Wenn Rashija gelandet ist, und wenn wir uns denjenigen angeschlossen haben, die unsere Heimat bekämpfen, dann werde ich mir ein Schwert nehmen oder einen Speer, und ich werde mit ihnen zusammen angreifen. Ich habe zwar gelernt, mit der Klinge umzugehen, aber trotzdem werde ich vermutlich nicht allzu lange am Leben bleiben.«

»Glaubst du, Keyla wird dich dazu zwingen?« Der Gedanke behagte Adeen nicht im Geringsten.

»Zwingen? Ich werde es freiwillig tun. Es ist eine gute Sache. Und es ist besser, als hier herumzusitzen.«

»Bitte tu das nicht. Ich würde dich schrecklich vermissen.«

Adeen ließ seine Beeren stehen und legte die Arme um Talanna, und sie strich ihm sacht über die Wange. Wenn ihr einfiel, diese Drohung wahr zu machen, würde er sie einfach festhalten – nein, das konnte er nicht. Wenn er sie nur irgendwie von ihrer Hilflosigkeit ablenken könnte!

»Ich brauche dich«, sagte er, »als meine Lehrerin. Du wolltest mir beibringen, mit dieser Kraft umzugehen. Seitdem wir Rashija verlassen haben, scheine ich mich überhaupt nicht mehr zurechtzufinden.«

Talanna schob ihn von sich. »Du brauchst mich nicht«, sagte sie leise. »Die Kraft selbst wird dich lehren, sie zu benutzen. Ich habe es in der Schlucht gesehen. Dieser Schatten des Vogels ... und die Lanze in deiner Hand, aus der auf einmal frische Zweige wuchsen ... ich kenne niemanden, Adeen, niemanden, dessen magische Macht sich so schnell entfaltet hätte.« Bitterkeit über den eigenen Verlust lag in ihrer Stimme.

»Mag sein, aber ich habe keine Kontrolle über diese Macht. Ich habe Angst, Talanna. Genau genommen weiß ich nicht einmal, was dort passiert ist. Ich wollte uns schützen, aber wer oder was hat bestimmt, was dann passiert ist? Und wer war ich?« Er suchte nach Worten. »Ich habe mich gefühlt, als würde ich über den Felsen fliegen wie ein großer Vogel, aber in Wahrheit lag ich nur da und war so gut wie bewusstlos, nicht wahr? Währenddessen hätte mir genauso gut jemand einen Pfeil ins Herz schießen können.«

»Magiekundige verlassen ihren Körper manchmal und vertrauen ihren Geist dem Fluss der Elemente an, vor allem, wenn sie sich an Beschwörungen versuchen. So heißt es jedenfalls – ich habe das noch nicht erlebt. Du hast es von dir aus getan, ohne Unterweisung.«

»Es hat mich weggerissen.« Die Erinnerung daran schnürte Adeen die Kehle zu. »Was tue ich, wenn es wieder passiert?«

Talanna musterte ihn. Anstelle der Verbitterung war nun ein nachdenklicher Ausdruck auf ihr Gesicht getreten. »Wann hat es begonnen? Und wie hat es sich angefühlt?«

»Es hat gekribbelt, als wäre meine Haut voller Insekten. Und angefangen hat es in dem Moment ...« Grübelnd zog Adeen die Stirn in Falten. »Ja, als Keyla ihren Zauber angewendet hat.«

»Sie verfügt offenbar über einige Macht als Erdmagierin. Ich habe davon gehört, dass solche Dinge passieren sollen: Wenn ein Magier seine Kräfte sammelt, ist er wie eine der Speicherstelen, die wir im Turm auf Gabta gesehen haben. Ein Funke dieser Kräfte kann auf einen anderen Magier überspringen, der sich in unmittelbarer Nähe befindet, so wie sich ein Feuer ausbreitet. Die Sache ist nur ...«

»Ja?«

»Bist du ein Erdmagier, Adeen?«

»Das weiß ich nicht. Wie könnte ich?«

»Was du getan hast, würde man wohl eher unter Luftmagie zählen. Obwohl ... du hast Blätter aus dem toten Holz der Lanze wachsen lassen. Das war eindeutig Erdmagie.«

»Meine Mutter soll eine Luftmagierin gewesen sein.«

»Und dein Vater?«

»Ein Schreiber aus der Akademie.«

Und plötzlich verstanden sie gleichzeitig einen Teil des Rätsels, der immer offen vor ihren Augen gelegen hatte, zu alltäglich, als dass sie ihn bemerkt hätten.

»Ein Schreiber …«, wiederholte Talanna.

»Ein dunkelhäutiger Schreiber.«

»Ein Erdmagier.«

»So wie Keyla.«

»Die Schreiber stammen vom Boden, das ist bekannt.« Talanna schüttelte fassungslos den Kopf. »Ich hatte keine Ahnung, dass sie auch Magiekundige sind, aber nach diesem Kriterium müssen sie ausgewählt worden sein. Das Papier und die Tinte, die sie erhalten, sind bereits mit der Macht der übrigen Elemente getränkt. Ich vermute … ihre Kraft macht die Schriftrollen zu so mächtigen Waffen.«

»Aber das ist nicht möglich«, murmelte Adeen. »Ich habe niemals gesehen, dass einer der Schreiber Magie angewendet hätte, und auch ich selbst … wie wir behandelt wurden … wir hätten uns doch gewehrt.«

Talannas Augen wurden schmal, als habe sie einen Gedanken zu fassen bekommen. »Das konntet ihr nicht. In Rashija wart ihr dem Himmel zu nah. Genauso, wie ich hier unten der Erde zu nah bin, um meine Macht zu gebrauchen.«

Auf einmal fügten sich die Bruchstücke zusammen. Schwärmer hatte bereits versucht, es anzudeuten, doch Adeen hatte nicht recht begriffen, was er meinte. Jetzt plötzlich verstand er es: Himmelsgeborene, Erdgeborene – das waren nicht nur Wörter, wie er bisher geglaubt hatte, sondern es wies auf die unterschiedliche Herkunft zweier Völker hin, auf die Möglichkeiten, die ihnen gegeben waren.

Und auf ihre Schwächen.

Deshalb also erforderte die Landung der Stadt für die Regierung so umfangreiche Sicherheitsmaßnahmen – solange sie sich auf dem Boden befanden, konnten die Draquer, der Stolz des Herrschers, und seine Magier ihre angeborenen Kräfte nicht gebrauchen.

»Ich verstehe jetzt, warum die Regierung immer darauf bestanden hat, dass sich die Schreiber nur untereinander verbinden«, sagte Adeen bitter. »Sie wollte diese Macht für sich erhalten, unterdrückt, aber immer verfügbar. Ich frage mich, was mit den Schreibern geschieht, wenn die Stadt landet. Ob ihre Magie wiedererwacht, wenn sie an ihren Ursprung zurückkehrt?«

Talanna verzog das Gesicht. »Die Akademie wird vermutlich damit rechnen und die Gefahr rechtzeitig aus der Welt schaffen.«

»Du meinst, sie werden sie töten?«

»Ja. Und wir können nichts tun, um das zu verhindern.«

Er vergrub das Gesicht in den Händen. Rote und grüne Gedanken wirbelten durch seinen Kopf, schwarze Flügel, Fetzen von Magie. Und er befand sich mitten darin. »Aber ich verstehe noch immer nicht ... ich bin ein Mischling und hätte nie geglaubt ...«

»Vielleicht bist du gerade als Mischling mächtiger, als der Herrscher jemals vermutet hätte. Oder du bist es zumindest hier, in dieser verrückten Welt, in der ich mir ohne Hilfsmittel nicht einmal eine Lampe anzünden könnte. Die Luftmagie deiner Mutter, die Erdmagie deines Vaters – ich glaube, dass sich die Kraft dieser Elemente gegenseitig blockiert, solange die Bedingungen ungünstig sind.«

»Sie müssen versucht haben, mich auf Erdmagie zu testen«, sagte Adeen zögernd, »damals, als ich ein kleiner Junge war und sie mich nach Gabta verschleppt haben. Sie haben mich gezwungen, dieses Ding zu berühren, diesen magischen Speicher, wie du ihn nennst. Ich hatte es schon beinahe vergessen. Aber als wir dort waren, fiel es mir wieder ein, wie ein Alptraum.«

»Mein Vater hat auch mich auf ähnliche Weise getestet«, sagte Talanna. »Es tat sehr weh, und ich hatte tagelang Fieber. Glaub mir, das hätte ich auch lieber vergessen. Natürlich bedeutet eine solche Prüfung nicht, dass sich die Magie auch wirklich zeigt. Sie bleibt in dir verborgen, vielleicht verschüttet durch die Umstände und deine Angst, aber irgendwann, wenn du deinem Element nahe bist, wenn es dein Wille ist, dann bricht sie heraus. Du hast es jetzt auch erlebt.« Sie zögerte. »Der Herrscher lehrt, dass wir Draquer von Drachen abstammen. Mächtige Elementarwesen nennt er sie, die Magie atmen wie Luft und ihr Aussehen verändern, wie sie wollen. Früher sollen sie in dieser Welt gelebt haben, jeder mit seinem Element verbunden. Du kennst die Rüstungen der Wachen – sie bilden noch heute ihre wahre Gestalt nach. Wo wir jetzt stehen, sind wir von Erde umgeben. Über uns ist die Luft. Und die Welt wird ringsum eingeschlossen vom feurigen Äther, den man nachts durch die Löcher in der Himmelskuppel leuchten sieht. Der Stoff des Himmels und des Feuers. Der Herrscher sagt, die urtümliche Kraft dieser Drachen lebt noch in uns. Wir können sie nicht immer kontrollieren, selbst wenn wir uns bemühen. Und wenn du zur Hälfte Draquer bist …«

»Ich will nicht mehr, dass mich diese Macht einfach

packt, mich glauben lässt, ich wäre ein Vogel … und ich will niemanden mehr töten. Bitte hilf mir. Du hast das Feuer beherrscht, du weißt, was ich tun muss, um diesen … Vogel zu kontrollieren.«

Talanna blickte ihn aufmerksam an. Nebeltropfen hingen in ihren roten Haarstoppeln. »Du sagst, du willst niemanden mehr töten«, sagte sie sanft. »Aber auch du hast dich entschieden, am Kampf gegen Rashija teilzunehmen. Was, glaubst du, erwartet dich dort?«

Ihre Worte erinnerten ihn an einen der vielen Unterschiede zwischen ihnen: Als Draquerin war Talanna mit einer Welt vertraut, in der getötet werden musste. Vielleicht fand sie es genauso erschreckend wie er. Er wusste es nicht. In diesem Augenblick war sie ihm sehr fremd, und das beunruhigte ihn ebenso sehr wie der Gedanke an das, was möglicherweise vor ihnen lag.

»Hilf mir«, wiederholte er nur.

»Keyla ist eine Erdmagierin. Glaubst du nicht, es wäre besser, wenn sie dich ausbildet?«

»Ich möchte, dass du es tust.«

Sie nickte. »Also gut. Dann fangen wir besser sofort an. Dieses alte Eisen muss warten.« Sie wies auf die Schwerter und Dolche. »Suchen wir uns einen Ort etwas abseits. Ich will nicht, dass du jemanden verletzt.«

Am Seeufer wuchs das zerzauste Gras fast kniehoch. Die Sträucher hatten inzwischen fast alle Blätter abgeworfen und reckten ihr kahles braunes Geäst in den Nebel, die Dornen schimmerten feucht. Die Welt, die vor kurzem noch so voller Farbe gewesen war, wirkte nun fahl und müde. Während er hinter Talanna durch das Gras lief und spürte, wie kalte Nässe seine Hosenbeine durchtränkte, fragte sich Adeen, ob er den nächsten Frühling noch erleben würde – und wenn ja, wo er dann wäre, und wer.

»Hier sind wir weit genug vom Lager entfernt«, sagte Talanna schließlich, als sich das Schilf lichtete und den Blick auf das nebelverhangene Wasser freigab. »Hier ist es ruhig. Stell dich neben mich, genau. Warte, zieh die Schuhe aus, damit du Kontakt zur Erde hast. Das sollte es einfacher machen.«

Nur ungern trennte sich Adeen von seinen Schuhen, auch wenn sie schon ganz durchweicht waren. Er schauderte, als der kalte Schlamm zwischen seinen nackten Zehen emporquoll.

»Die Magie steckt tief in deinem Körper«, sagte Talanna. »Gewöhnlich spürst du sie nicht. Mein Vater sagte immer, sie ist auch um uns herum, in allem Lebendigen und Toten, denn alles besteht aus den Elementen, so wie wir. Schließ die Augen und konzentrier dich auf die Erde unter deinen Füßen.«

Ja, die Erde. Ringsum stank es. Der Schlamm, die Sträucher mit ihren feuchten, herabhängenden Blättern, das gelbbraune Schilf, alles roch nach Fäulnis. Von Bäumen in der Nähe ließen Vögel ihr kurzes, helles Tschirpen hören. Der Klang war wie ein Funken Helligkeit. Adeen lauschte darauf, konzentrierte sich auf die lebendige, warme Kraft, die er gespürt hatte. Allmählich hörte er auf zu frösteln. Wärme sickerte in ihn hinein, ein tiefes Goldgrün, nicht die schrillen Farben, die er auf Gabta gesehen hatte. Hinter seinen geschlossenen Augen webte es Muster aus Ranken und ineinanderfließenden Kreisen. Es war ähnlich wie vor ein paar Tagen, als er neben Keyla gestanden hatte, nur sanfter. Die Magie legte ihre warme Hand auf sein Herz, und er spürte ihre Kraft.

Alles geschah auf einmal so selbstverständlich, dass er nicht wusste, ob es ihn begeisterte oder erschreckte. Selbst als er die Augen öffnete, sah er die Muster noch immer. Wie Schlangen wanden sich die Ranken vor ihm, und durch sie hindurch blickte er auf Talannas Gesicht. »Ich fühle es«, sagte er. »Ich sehe ... etwas. Talanna, was soll ich tun?«

Sie hatte die Augen halb zusammengekniffen, studierte ihn. »Kannst du diese Kraft berühren?«

»Wie soll ich das tun?«

»Wie es dir am leichtesten fällt. Stell dir vor, du greifst mit der Hand dorthin, wo sich die Magie in dir sammelt. Fass sie.«

Adeen holte zitternd Atem und versuchte zu tun, was Talanna gesagt hatte. Seine Hand ... es war absurd, er konnte sich doch nicht vorstellen, wie er die Hand um sein Herz legte, dort, wo die fremdartige Hitze in ihm prickelte. Dann schob er seine Zweifel beiseite, schloss die Finger zur Faust – und zuckte zusammen, denn es war, als greife er buchstäblich in sein lebendiges Fleisch. Seine Finger hatten sich mit einer klebrigen Wärme überzogen, und er glaubte, er müsse Blut von ihnen hinabtropfen sehen. Doch stattdessen hüllte ein mattes Leuchten seine Hand ein. Winzige Ranken aus grünlichem und gelblichem Licht bogen sich davon weg, als wollten sie etwas ergreifen.

Adeen stieß einen leisen Schrei aus, und Talanna lächelte.

»Ausgezeichnet! Versuch nun, etwas in deiner Umgebung zu verändern. Siehst du den Ast dort drüben? Stell dir vor, er wäre ein Feind.«

Ein umgestürzter Baum lag halb im Wasser. Als sie darauf zugingen, flüchtete eine Schar Wasservögel – Enten, wie Adeen gelernt hatte – aus dem Dickicht der Zweige, wo sie Schutz gesucht hatten, und flatterten auf den nebligen See hinaus. Ihr empörtes Schnattern hallte laut durch die Stille. Ein abgestorbener Ast des Baumes erhob sich in die Luft wie ein dürrer Arm. Talanna wies darauf.

»Ein Feind?«, wiederholte Adeen. »Es ist nur ein Ast.«

Talanna verzog das Gesicht zu einem matten Grinsen. »Dir muss ich wohl nicht sagen, dass du deine Fantasie anstrengen sollst. Bist du nicht ein Künstler?«

Darauf lief also alles hinaus? Diente diese warme, intensive Kraft, die er gespürt hatte, also dazu, anderen Schaden zuzufügen? Und doch, erkannte er bekümmert, war genau das bisher fast immer geschehen, wenn die Magie von ihm Besitz ergriffen hatte.

Als hätte sie seine Gedanken erraten, sagte Talanna: »Magie ist eine Waffe. Du verfügst über diese Waffe, also nutze sie!«

Adeen bündelte seine Gedanken und versuchte, im Kopf das Bild von Charral zu erschaffen, Charral mit seinen glatten Händen und dem verächtlichen Lächeln. Es würde ihm doch sicher nicht schwerfallen, ihn …

Mit einem Rascheln wie von trockenem Laub rann die Magie aus seinen Händen in die Erde und versickerte.

»Ich kann es nicht.« Adeen kam sich vor wie ein Narr. »Ich weiß nicht, was ich tun soll.«

»Versuch es noch einmal. Vielleicht hilft es dir, wenn du an Waffen denkst, die du kennst, Pfeile, Schwerter,

Speere, irgendetwas. Du könntest eine Klinge formen oder einen Wirbel aus heißem Sand oder, was weiß ich, Wurzeln, die deinen Gegner an der Flucht hindern.«

Adeen seufzte und fuhr sich mit der Hand über das Gesicht. Gern hätte er alles getan, was Talanna sagte, allein schon ihr zuliebe, aber warum sträubte sich etwas in ihm nur so sehr dagegen? *Kämpf, verrückte Krähe, lern, diese Waffe zu führen, lern zu töten. Du hast es schon getan. Du wirst es wieder müssen.*

Er presste die Lippen zusammen, holte tief Atem und ließ von neuem die Kraft der Erde in seinen Körper fließen, um danach zu greifen. Dieses Mal fiel es ihm schon leichter. *Wenn ich einen Gegner vor mir sehen würde, würde ich auf sein Gesicht zielen, ihm eine Handvoll Erde in die Augen schleudern, damit er mich nicht angreifen kann.*

Ein Wirbel aus Staub und toten Blättern schoss auf den Ast zu, ließ ihn zittern und peitschte das graue Wasser dahinter. Adeen war, als reiße ihn der plötzliche Windstoß mit sich. Er taumelte, verlor das Gleichgewicht und wäre gefallen, hätte Talanna ihn nicht rasch am Arm gefasst.

Kälte drang in ihn ein, jetzt, da ihn die Magie nicht mehr wärmte. Viel deutlicher als zuvor spürte er plötzlich die feuchte Luft auf der Haut, das Gras an seinen Knöcheln und die rauhe Haut von Talannas Hand.

»Das hast du gut gemacht!« Talannas Stimme verriet ehrliche Anerkennung. »Zwar noch nicht sehr zielgenau, aber das braucht Übung. In einem wirklichen Kampf wäre es vermutlich leichter, wenn dir Wut und Angst zu Hilfe kommen.«

Auf leicht unsicheren Beinen ging Adeen auf den Ast zu und betrachtete ihn. An einigen Stellen war die Rinde in Fetzen abgeschält – sein Zauber hatte das verursacht. Fröstelnd rieb er sich die Arme, ihm war ein wenig schwindelig. *Ich bin stark. Ich habe die Kraft, anderen weh zu tun.* Er wusste es, und er begann zu ahnen, was es bedeutete. Auch jetzt spürte er bereits, wie sich die Erdmagie erneut um ihn drängte, in ihm zu sammeln begann und glühte. *Ich habe Macht.* Ein Teil von ihm sehnte sich nach seinem friedlichen Schreibrohr, doch zugleich fühlte es sich … gut an.

»Adeen?«

Er wandte sich zu ihr um und sah sie an. Ach, Talanna – schmal und zornig, und so viel gespielte Stärke –, sie hatte nicht gelernt, schwach zu sein, er war es sein Leben lang gewesen. Wie sehr sie der Verlust ihrer Macht getroffen haben musste, begann er nun erst wirklich zu begreifen. Er wünschte, er hätte mit ihr teilen können, was er jetzt besaß.

»Danke«, sagte er, »danke für deine Hilfe.« Und damit meinte er nicht nur das, was sie ihn eben gelehrt hatte. Er wusste, dass er ohne sie nicht den Mut gefunden hätte, Rashija zu verlassen und herauszufinden, was sich schon so lange in ihm versteckte.

Er strich über ihr Gesicht. Ihre Haut war feucht vom Nebel. Und auf einmal erschien es ihm ganz selbstverständlich, sie zu küssen. Im ersten Moment zuckte sie überrascht zurück. Aber dann erwiderte sie den Kuss beinahe schüchtern. Sie war wie der Sommer gewesen, wie der Geruch heißer Asche, doch nun war sie nichts von alldem – Herbst umgab sie, und sie schmeckte süß, Nebel hüllte sie ein, der Winter würde kommen, mit ihm der Krieg, und er hielt sie fest. Könnte er das doch immer tun, damit sie bei ihm blieb, damit der Krieg über sie hinwegzog wie ein Sturm bei Nacht und ihnen keinen Schaden zufügte. Aber er ahnte, dass auch seine neue Macht ihm nicht helfen würde, Talanna festzuhalten, wenn sie es nicht wollte.

»Ich habe Angst um dich«, flüsterte er.

»Um mich?«

»Ja. Weil du dich vor nichts fürchtest.«

Während er es aussprach, begriff er, dass es stimmte. Talanna kannte Wut und Verzweiflung, und sie hatte auch gelitten, aber Angst war ihr fremd, selbst jetzt noch. Ihre Nähe weckte auch noch andere Gefühle in Adeen, die er sonst lieber in seine Träume zurückdrängte. Solange sie einander nicht berührt hatten, war es ihm gelungen. Doch jetzt wurden seine Knie weich, und die Hitze, die durch seinen Körper schoss und sich darin verzweigte, stammte nicht von der Magie ringsum.

Aber es war gut, es war richtig, und er schämte sich nicht dafür. Auch wenn er von der Liebe noch weniger als von Magie verstand, schwieg die Stimme in ihm, die ihn als törichte Krähe beschimpfte. Talanna hatte ihn gelehrt, seine angeborene Macht zu spüren und zu gebrauchen. Sie würde ihn auch anderes lehren, ihr vertraute er.

Er zog sie an sich und küsste sie erneut, verblüfft über seine Kühnheit. Sie griff nach seiner Hand, verschränkte ihre Finger mit seinen. Wenn auch ihre Berührungen noch immer zögernd waren, er hätte schwören können, dass sie die Feuermagie in sich wiedergefunden hatte, so leckte die Flamme seinen Arm hinauf.

Doch nur einen Moment lang, dann erstarrte Talanna.

»Was hast du?«, fragte er.

Sie schüttelte leicht den Kopf. »Nichts.«

»Ist es … wegen Charral?«

»Sprich nicht von ihm.«

»Es tut mir leid, ich wollte dich nicht erinnern …«

Sie verschloss ihm den Mund mit einem schnellen Kuss. »Das tust du ohnehin ständig.«

Adeen verstand nicht, wovon sie sprach, aber bevor er einen klaren Gedanken fassen konnte, hatte sie beide Arme um seinen Nacken geschlungen und war plötzlich nahe, so nahe, dass er keuchend die Luft einsog.

»Du willst mir also helfen zu vergessen?« Bildete er es sich ein, oder hörte er eine Spur der alten Härte in ihrer Stimme? »Dann tu es. Jetzt.«

»Ich möchte so viel von dir lernen«, brachte er atemlos hervor, »aber ich möchte … dir nicht weh tun.«

In Talannas Augen lag ein Schatten, aber sie lächelte. »Du wirst mir nicht weh tun, das weiß ich.«

Sie hatten einen Platz unter einem Nadelbaum gefunden, der seine Äste weit ausspannte und den Boden darunter vor dem Nieselregen der letzten Tage abgeschirmt hatte. Zum Winter hin warf der Baum seine Nadeln ab, und die hellbraunen Büschel lösten sich schon bei einer leichten Berührung von den Zweigen. Über Jahre hinweg hatten sie unter dem Baum ein Polster gebildet, das weder völlig trocken war noch mit einer Matratze mithalten konnte, aber was bedeutete das schon? Talanna zog ihren Umhang aus und warf ihn über die Nadeln. Es konnte keinen besseren Ort geben.

Jede Sinneswahrnehmung brannte sich unauslöschlich in Adeens Gehirn ein: der bittere Geruch der Erde, das ferne Schnattern der Enten, das Nebelgrau, das leichte Stechen der Nadeln, wenn sie den Stoff durchdrangen.

Talanna schien ihre Hand direkt um sein Herz zu schließen, und es schmerzte. Aber wenn es nach ihm ging, hätte sie ihn dennoch nie wieder losgelassen. Auch fern von Rashija war sie eine Flamme und erfüllte seine geschlossenen Augen mit ihrem weißen und rotorangen Licht.

Wie gut, dass sie allein waren, getrennt von allem durch den sanften Nebelvorhang. Dieser Teil der Welt gehörte ihnen allein, war ihre Zuflucht mitten im Krieg. Sein Haar hing voller weicher Nadeln. Sie klebten auch an seinem Rücken und hatten sich überall in seiner Kleidung festgesetzt. Lachend pflückte er sie heraus, griff eine Handvoll vom Boden und warf sie im Spaß nach Talanna. Sie hatte sich noch nicht wieder angezogen und lag auf dem Bauch, den Kopf aufgestützt. Als die Nadeln sie trafen, wandte sie sich zu ihm um.

Auch wenn ein Lächeln um ihre Mundwinkel zuckte, der Schatten in ihren Augen war noch immer da.

Plötzlich durchflutete Adeen Besorgnis, aber er wusste nicht, was er sagen sollte. Im blassen Licht sah er die vielen Verletzungen, die Talannas hageren Körper übersäten, alte Narben, Blutergüsse, die frisch verheilte Pfeilwunde an ihrer Schulter. Was für einen seltsamen Gegensatz bildete dazu ihre Stärke, die sie ihn eben hatte fühlen lassen.

»Was ist los?«, fragte er.

»Nichts.« Sie griff nach ihrer Tunika, klopfte die Nadeln ab und streifte sie über.

Er hatte ihr nicht etwa doch weh getan, so wie Charral? »Ich liebe dich.« Worte klangen schwach, und Adeen wünschte, er hätte Talanna die Farben sehen lassen können, die er gesehen hatte. Er schmiegte sich an ihre Schulter, und sie ließ es geschehen. »Ich hätte nicht geglaubt ... nach Rasmis Tod hätte ich damals am liebsten aufgegeben. Ohne dich hätte ich nicht den Mut gehabt, die Flucht aus Rashija auch nur zu versuchen, weißt du das überhaupt? Und jetzt bin ich glücklich.«

Noch während er sprach, trat eine schreckliche Leere in Talannas Gesicht, und sie wandte rasch den Kopf ab.

»Talanna?«

»Ich hätte das nicht tun dürfen.«

»Ich verstehe nicht, was du meinst.«

»Mit dir.« Plötzlich klang Talannas Stimme hart und tonlos. »Es war ein Fehler. Es heißt, wir Feuerkinder seien unbeherrscht, wenn wir ... verdammt!« Sie schob ihn von sich, richtete sich auf und kehrte ihm den Rücken zu.

»Talanna?« Adeen wusste nicht, was er sagen oder tun sollte. Es war, als würde sie ihm entgleiten, nachdem sie ihm eben endlich so nahe gewesen war. Was hatte er falsch gemacht? »Ist es, weil ich eine Krähe bin? Ich dachte, das ...« *Das würde für dich keinen Unterschied bedeuten.* Er konnte nicht weitersprechen und biss sich auf die Lippen.

»Nein, das ist es nicht! Ich hätte dir längst die Wahrheit sagen müssen. Aber es war viel einfacher ... es nicht zu tun.« Talannas Worte kamen nur stockend, als müsse sie sich zu jedem Wort zwingen. »Nun überschüttest du mich mit Liebeserklärungen ... du bist so sanft, du machst dir Sorgen um *mich*, ob du mich verletzen könntest ... nein, fass mich nicht an.«

Ihr Tonfall wurde schneidend, und Adeen zog rasch die Hand zurück. Auf einmal hatte er Angst. Seine kleine, goldgraue Nebelwelt, die sie beide einhüllte, war empfindlich. Sie waren beide vom Himmel zur Erde gestürzt, und das hatte ihre Herzen und Seelen verschmelzen lassen, war es nicht so? Wer wollte da die Wahrheit hören, wie Talanna es nannte?

»Es ist doch alles gut, so wie es ist«, sagte er. »Wenn wir zusammenbleiben und uns gegenseitig beschützen, dann werden wir den Krieg überstehen, nicht wahr?«

Mit beiden Händen rieb sich Talanna die Augen und fuhr sich durch die Haarstoppeln. »Ach, sei still! Du hast ja keine Ahnung. Nichts ist gut. Ich schulde dir die Wahrheit, schon lange. Aber … es war nie der richtige Zeitpunkt.« Sie lachte kurz und bitter auf. »Und jetzt ist wohl der schlechteste Zeitpunkt überhaupt. Weißt du, wem dein Freund Rasmi den Tod verdankt?«

Adeen schwieg.

»Nemiz hat damals gesagt, dass ein Verräter in der Gruppe sein muss, erinnerst du dich? Nur ein Verräter hätte die geänderten Pläne so schnell an die Regierung weitergeben können. Er hatte recht. Aber er war immer noch zu blind, um die richtige Person auszumachen. Ich war die Verräterin.«

Adeen fühlte sich wie gelähmt. »Warum lügst du?«, fragte er.

Sie musste lügen. Es gab keine andere Möglichkeit.

Talanna hatte ihm den Rücken zugekehrt und sprach mit unbeteiligter Stimme. »Es gab eine Zeit, da habe ich an die Lehren des Herrschers geglaubt. Wie sollte ich auch nicht? Jeder glaubte daran. Und die Rebellen waren für mich nichts weiter als ein Haufen Unruhestifter. Es war leicht, Nemiz' Vertrauen zu erlangen und ihn auszuspionieren. Er sah gern ein rebellisches Herz in jedem, sogar in mir.«

Adeen schüttelte den Kopf. Er konnte nicht fassen, was er hörte. »Das ist doch nicht wahr!«

»Erinnerst du dich, wie wir vor der Brücke nach Gabta von den Wachen umzingelt wurden? Der Hauptmann hat vor Nemiz und all seinen Leuten gesagt, dass ich euch hintergangen habe.«

»Aber das stimmt nicht! Du hast uns geholfen, bist mit uns geflohen ...«

Talannas Schultern hoben sich und sanken wieder herab, als sie tief Atem holte. »Durch Nemiz ... begann ich allmählich zu zweifeln. Ich dachte immer, vor mir würde ein gutes Leben liegen, aber als ich mit Charral verlobt wurde und mir vorstellen musste, für immer mit ihm zusammen sein zu müssen ... Und dann, beim Überfall auf die Lagerhalle, hatte ich Informationen weitergegeben und sah mit an, wie Charral die Menschen dort auf der Straße niedermachte, wehrlos, wie sie waren, Menschen, die ich kannte. Er tötete sogar den alten Mann, Rasmi. Es war abscheulich. Danach hatte ich genug. Das Leben, das der Herrscher für mich vorgesehen hatte, wollte ich nicht mehr. Seine Lehren konnte ich nicht länger unterstützen. Den Rest kennst du.«

Adeen war zumute, als würde der Boden unter ihm wegbrechen. Er hatte keine Worte. Erinnerungen zogen an ihm vorbei: Talanna, die einen Korb mit Schriftrollen auf eine Kiste stellte, die ihm aufhalf, seine Hand in ihre nahm und ihm das Blut abwischte. Talanna, die ihn küsste, ihm die Tunika über den Kopf zog, ihn auf ein Bett aus weichen Nadeln drückte und, die Augen geschlossen, in einem selbstvergessenen Moment wie eine erlöschende Flamme seufzte.

Und er glaubte, nicht mehr atmen zu können.

Dabei war es deutlich, dass Talanna zumindest jetzt die Wahrheit sagte. Oder nicht? Hatte sie seine Liebe zu ihr für ihre Zwecke benutzt? Arbeitete sie nach wie vor heimlich für Rashija und den Herrscher und gab falsche Informationen weiter, um den Angreifern zu schaden, sobald sich ihr die Gelegenheit bot? Wie sollte er ihr je wieder trauen?

Er suchte seine Kleidung zusammen und erhob sich rasch, ehe ihn seine Beine nicht mehr trugen.

»Ich hätte es dir eher gesagt, Adeen. Ich wollte es, glaub mir. Aber du warst immer freundlich zu mir, hast mir dein Vertrauen geschenkt und nie an mir gezweifelt …«

»Und deshalb war ich dir wohl gut genug für ein bisschen Spaß, ja? Eine dumme, verliebte Krähe, die ohnehin keine Kraft hat?« Plötzlich schossen Adeen die Tränen in die Augen, aber vor ihr wollte er keine Schwäche mehr zeigen.

Zehn Schritte genügten, um ihn in den Nebel hineinzutragen, weg von Talanna. Wie ein Geist wanderte er durch die verhüllte Welt und kehrte irgendwann zum Lager zurück. Vor dem Zelt, das er mit Talanna und Yoluan teilte, lagen noch die Waffen, an denen sie gearbeitet hatte, und dort stand der Eimer mit den Stechbeeren. Ein Vogel hockte darauf und tat sich an den Beeren gütlich; er flatterte auf, als Adeen sich näherte.

Er hatte befürchtet, hier auf Talanna zu treffen, aber sie

war nirgends zu sehen. Er bückte sich unter den Zelteingang, raffte sein Schlafzeug zusammen und warf es sich über die Schulter. Dann griff er nach dem Eimer. Yoluan würde ihn suchen, ihm Fragen stellen. Sollte er! Trotz allem war Adeen entschlossen, kein Wort über das zu verlieren, was er eben erfahren hatte. Wenn Keyla es herausfand, würde sie Talanna wieder einsperren, sie vielleicht davonjagen, schlimmstenfalls töten. Adeen sehnte sich nicht nach Rache. Alles, was er fühlte, war Verzweiflung darüber, dass er dieser Frau sein Herz geschenkt hatte.

Er suchte Schwärmer, der, wie er wusste, sein winziges Zelt in der Nähe von Keylas im Zentrum des Lagers aufgeschlagen hatte. Von allen Zelten, die er kannte, ähnelte dieses am ehesten einer kleinen Heimat, denn die lederne Außenseite war mit Bildern von Bäumen, Gräsern und anderen Pflanzen bemalt.

Vor dem Zelt hockte Schwärmer und band Kräuter an eine Schnur. Er blickte erst auf, als Adeen direkt neben ihm stehen blieb, und das freundliche Lächeln auf seinem Gesicht erstarrte. »Gütige Götter, Junge, wie siehst du denn aus? Hast du ein Gespenst gesehen?«

»Kann ich bei dir unterkommen?«

Schwärmer kniff die Augen zusammen. »He, wenn ich mich nicht irre, schläfst du in einem schönen großen Zelt zusammen mit deinen Freunden.«

»Jetzt nicht mehr.«

»Streit?«

»Ich will nicht darüber sprechen.«

»Hör mal, das hier ist nicht umsonst ein Ein-Mann-Zelt.«

»Ich brauche nicht viel Platz.«

»Was? So ein langes Elend, wie du bist, wirst du die Füße noch zur Tür rausstrecken müssen!«

»Heißt das ja?«

»Hmm. Aber beschwer dich nicht, wenn dir die Nachtschleicher an den Zehen knabbern. Und lass es dir gesagt sein, ich schnarche furchtbar.«

»Danke, Schwärmer. Das vergesse ich dir nicht.«

Adeen kroch in das kleine Zelt, um sein Schlafzeug abzuladen. Als er den Kopf wieder herausstreckte, begegnete er Schwärmers forschendem Blick, doch der alte Mann stellte keine Fragen.

»Ich glaube, Itsi wartet immer noch darauf, dass ich ihr diese Beeren bringe«, sagte Adeen, um nicht ebenfalls zu schweigen. »Ich bin gleich wieder hier.«

Was, wenn Talanna gar nicht zum Lager zurückkehrte? Wenn sie im Wald blieb, bis die Nacht hereinbrach, wenn sie beschlossen hatte, sich allein durchzuschlagen, so schlecht ihre Aussichten auch standen? *Sie verdient es nicht besser,* wisperte eine Stimme in Adeen. Dennoch gefiel ihm der Gedanke überhaupt nicht.

In weitem Bogen ging er an der Stelle vorbei, wo das Zelt stand, das er mit Talanna und Yoluan geteilt hatte. Der Nebel und die anbrechende Dämmerung ließen ihn nicht viel erkennen, doch deutlich drang das Kratzen des Schleifsteins bis zu ihm hinüber. Talanna war zurückgekehrt und hatte ihre alte Arbeit wieder aufgenommen.

Es würde nicht leicht sein, ihr von nun an aus dem Weg zu gehen.

Weit entfernt von dem Zelt suchte er einen Weg, der ans Seeufer führte, hängte seine Tunika an einen Ast und stieg in das frostkalte Wasser, um sich zu waschen.

15

PLÄNE

Sich mit Schwärmer ein winziges Zelt zu teilen, war kein Spaß, aber Adeen konnte sich nicht beschweren, nicht gewarnt worden zu sein: Den alten Mann hatte man nicht nur wegen seines Schnarchens zur »Einzelhaft« verurteilt, sondern vor allem weil er ein Schwätzer war. Bei jeder möglichen und unmöglichen Gelegenheit versuchte er, Adeen in Diskussionen über Themen zu verwickeln, die ihm gerade durch den Kopf gingen, und obwohl er ganz offensichtlich ein Mann tiefgründiger Gedanken war, wünschte Adeen sich manchmal nur noch, er würde endlich aufhören zu reden.

Gelegentlich kam Yoluan zu ihm, um ihm beim Arbeiten zur Hand zu gehen. Er fragte nicht, warum er das gemeinsame Zelt verlassen hatte, und Adeen war dankbar dafür. Dennoch hatte er das Gefühl, Yoluan eine Erklärung zu schulden. Doch er schwieg.

Der Nebel hatte sich verzogen und ständigem Regen Platz gemacht, der sanft auf das Lager hinabrieselte. Feuchtigkeit durchtränkte alles. Adeens Kleidung trocknete überhaupt nicht mehr, und er hatte schon fast vergessen, wie es war, wenn man nicht fror. Das Wetter passte zu seiner Stimmung. Wieder und wieder wälzte er sein letztes Treffen mit Talanna im Kopf herum, rief sich ihre Worte ins Gedächtnis zurück, und jedes Mal tat es weh. Lügen, nichts als Lügen. Und er hatte ihr vertraut. Mehr als das. Zugleich suchte ihn die Erinnerung heim an das, was sie miteinander geteilt hatten, an die wärmsten, verrücktesten, glücklichen Augenblicke seines Lebens. Wie gern wäre er ihr wieder nahe gewesen, trotz allem. Aber das kam nun nicht mehr in Frage.

Mit Gewalt musste er sich zwingen, seine Gedanken auf etwas anderes zu richten, und da blieb nur der Krieg. Auch wenn er im schlammigen Elend des Lagers Papier und Farbe gehabt hätte, er wusste, dass kein Bild zu ihm gekommen wäre, kein Vogel, der ihn über die Regenwolken emportrug. Warum sollte er nicht kämpfen? Warum nicht sterben? Auch wenn ihn das Blutvergießen abschreckte, er konnte sich immerhin einreden, dass es für eine gute Sache geschah. Oder nicht?

Er verbrachte viel Zeit außerhalb des Lagers, die Füße im Morast, und versuchte, die Magie in sich zu finden, so wie Talanna es ihm gezeigt hatte. Wenn er nur nicht an sie hätte denken müssen, während er das tat! Allmählich fiel es ihm leichter, die Macht in sich hineinfließen zu lassen und danach zu greifen, und es gelang ihm sogar, der Erde neue Formen zu geben, Dornen und Stacheln, die nach seinem Willen durch die Luft zischten und sich in die Rinde bedauernswerter Bäume gruben. Während sie sich auflösten, sah Adeen das Harz aus den Löchern rinnen, die seine magischen Geschosse hinterlassen hatten. Seine Kehle schnürte sich zu bei der Vorstellung, es könnten menschliche Körper sein, die bluteten.

Im Lager erzählte man sich, der Nebel habe die Landung Rashijas verzögert und den Angreifern Zeit verschafft. Keylas Späher meldeten, dass sich die Königin von Tama mit ihren Truppen ganz in der Nähe befand.

Erneut wurde das Lager aufgelöst, das Gepäck verteilt, und die Rebellen machten sich auf, um die potenziellen Verbündeten zu treffen. Zusammen mit Schwärmer und einigen ausgewählten Getreuen gelang es Keyla, eine Unterredung mit der Königin zu erwirken. Erst danach rief sie den Rest ihrer Leute dazu.

Sie kletterten über den Hügel, hinter dem die Truppen angehalten hatten. Der Anblick des Heeres machte Adeen sprachlos. So viele Kämpfer auf einem Fleck hatte er noch nie gesehen. Es mussten mehrere tausend sein – unmöglich, sie zu zählen. Wie Insekten wimmelten sie durcheinander, ihre Rüstungen färbten das braune Herbstgras schwarz. Sie trugen Standarten mit bunten Abbildungen fremdartiger Wesen. Die meisten gingen zu Fuß, nur wenige ritten auf Skadas. Aus der Nähe konnte Adeen erkennen, dass ihre Rüstungen größtenteils aus dunklem, gehärtetem Leder bestanden. Viele Kämpfer hatten sich Tierfelle über die Schultern geworfen oder gar die Köpfe der Tiere zu Helmen verarbeitet, wie er es schon bei Keyla gesehen hatte, was ihnen ein wildes und beängstigendes Aussehen verlieh. Adeen erschienen die zottigen, reißzahnbewehrten Wesen, von denen die Felle stammen mussten, ebenso fremdartig wie die auf den Standarten. Ihre Waffen waren einfach, Spieße und kurze Schwerter, dazu längliche Schilde, die ebenfalls mit Fell bespannt waren. Der Weg führte ihn mitten durch das Lager, und er wusste nicht, wohin er zuerst blicken sollte. In den braunen Gesichtern der Soldaten sah er überall dasselbe: Anspannung und einen verwegenen Stolz. Doch er befürchtete, dass Leder und Fell gegen die Magie der Truppen Rashijas nur schlechten Schutz bieten würden. Auch wenn die Draquer und Magier auf dem Boden ihre Kraft nicht direkt verwenden konnten, hatten sie immer noch ihre Stäbe, Artefakte und magischen Schriftrollen, deren Zauber die Rüstungen und Schilde ohne weiteres durchschlagen würden.

Die Kämpfer hießen sie freundlich willkommen. Obwohl Adeen ihre Sprache nicht verstand, war das Händeschütteln und Schulterklopfen unmissverständlich. Sie nahmen ihnen das Gepäck ab, kramten Brotkanten und Käsestücke aus ihren Rucksäcken und gaben ihnen zu essen. Bald saß er zusammen mit Yoluan neben einem bärtigen Mann am Feuer, der mit dröhnender Stimme auf ihn einredete und seine Worte mit großen Gesten untermalte – ein Jammer, dass Adeen keine Ahnung hatte, worum es ging. Seine Verwirrung überspielte er mit einem Grinsen. Wenigstens hatte er hier nichts zu befürchten und fand wieder Gelegenheit, sich aufzuwärmen. Er rückte so dicht an das Feuer, dass es fast seine Ärmel versengte.

Gegen Abend erschien Keyla und befahl Adeen, ihr zu folgen. Sie führte ihn ins Zelt der Königin im Zentrum des Lagers, ein imposantes Gebilde aus rotgefärbtem Leder, das mit Bildern eines springenden Raubtiers mit aufgerissenem Maul und gesträubtem Fell verziert war. Einen »Wolf« nannte Keyla es, und nun wusste Adeen auch, aus der Haut welchen Tiers ihre Kapuze angefertigt war. Zwei Männer in struppigen grauen Fellen, die von einem solchen »Wolf« stammen mochten, rollten ihnen den Vorhang vor dem Zelteingang hoch. Das Innere des Zeltes war angefüllt von Menschen. Adeen sah einige von Keylas Leuten, darunter auch Schwärmer – und ein paar Schritte abseits stand Talanna, in ihren Umhang gehüllt. Adeen erkannte sie sofort, auch wenn sie die Kapuze ins Gesicht gezogen hatte und ihm den Rücken zuwandte.

Er schluckte und versuchte, sich nicht anmerken zu lassen, dass sich seine Knie plötzlich sehr nachgiebig anfühlten.

»Das ist er, Hoheit«, sagte Keyla, und das gedämpfte Gemurmel, das das Zelt bei ihrem Eintreten erfüllt hatte, verstummte plötzlich.

In der Mitte des Zeltes stand ein Schreibtisch. Kerzen warfen ihr flackerndes Licht auf eine ausgerollte Pergamentkarte. Hinter dem Schreibtisch saß eine grauhaarige Frau in einem gelbbraun gefleckten Fellgewand, das Kinn auf die Hand gestützt. Sie maß Adeen mit unbewegter Miene. Ein Netz von Falten überzog ihr Gesicht, und eines ihrer Augen war grau verschleiert. Doch trotz ihres Alters strahlte sie Stärke aus. Ein Goldreif um ihre Stirn wies auf ihre Stellung hin und war zugleich der einzige Schmuck, den sie trug. Hinter ihr standen drei Kämpfer, deren Schärpen aus demselben gefleckten Fell bestanden wie das Gewand ihrer Herrscherin. Von ihren Gürteln hingen wuchtige Schwerter. Ein junger Mann hatte sich über die Karte gebeugt und glitt mit dem Finger über das Pergament, während sich seine Lippen lautlos bewegten.

Adeen hatte noch nie einer Königin gegenübergestanden und bemerkte etwas spät, dass eine Respektsbekundung angebracht war. Ungeschickt sank er auf die Knie. Doch als er mit der Stirn den Boden berühren wollte, wie man es in Rashija dem Herrscher und seinen direkten Vertretern gegenüber zu tun pflegte, lachte die Frau freundlich. »Steh auf, das ist nicht nötig. Keyla hat mir erzählt, dass wir Verbündete sind. Dein Name lautet Adeen?«

Sie sprach mit einem Akzent, der die Wörter verzerrte. Um sie zu verstehen, musste Adeen genau hinhören.

»Ja … Hoheit.« Er übernahm das Wort, das er von Keyla gehört hatte.

»Und du stammst aus Rashija?«

»Ja.«

»Hast magische Schriftrollen für den Herrscher angefertigt? Gut. Dein Wissen wird sehr nützlich für uns sein. Darf ich dich mit Leret bekannt machen? Er ist mein Feldstratege und hat in den letzten Jahren alle Informationen gesammelt, die uns über Rashijas Magie zur Verfügung standen.«

Als sein Name fiel, blickte der junge Mann neben ihr von der Karte auf und blinzelte Adeen einen Moment lang verwirrt an. Offenbar war er aus tiefer Konzentration gerissen worden.

»Erzähl uns alles, was du über die Waffen der fliegenden Stadt weißt, Adeen«, forderte ihn die Königin auf.

Die nächsten Stunden vergingen mit einem zermürbenden Gespräch, das mehr einem Verhör ähnelte. Adeen wurden wieder und wieder dieselben Fragen gestellt. Der Stratege der Königin kritzelte Notizen auf Wachstafeln, die bald einen kleinen Stapel vor ihm bildeten, raufte sich die Haare und erkundigte sich zwischendurch nach Einzelheiten. Doch trotz all der Jahre, die er in der Akademie gearbeitet hatte, wusste Adeen über Schriftmagie noch immer sehr wenig. So war es letzten Endes meist Talanna, die die Fragen beantwortete, mit ruhiger Stimme und unbeteiligter Miene, den Blick fest auf die Königin gerichtet. Immer, wenn sie etwas sagte, breitete sich Stille im Raum aus. Die Kälte und das Misstrauen, die der Draquerin entgegenschlugen, waren spürbar. Nun wusste Adeen auch, dass dieses Misstrauen berechtigt war, es immer gewesen war. Oder doch nicht? Er presste die Lippen zusammen und blickte zu Boden. Er *wollte* glauben, dass Talanna aufrichtig war. Andererseits: Hatte er das Recht zu verschweigen, was er wusste, wenn ihre Täuschungen vielleicht dafür sorgen würden, dass dieses ganze Heer seinem Untergang entgegenzog?

Nein, dieses Recht habe ich nicht. Und trotzdem schwieg er.

Im Laufe der Unterredung zeichnete sich allmählich ein Plan für einen Kampf gegen Rashija ab. Der Schlüssel zur Kampfkraft der fliegenden Stadt war die Schriftmagie. Weil die Draquer und Magier ihre angeborenen Kräfte auf dem Boden nicht einsetzen konnten, waren sie gezwungen, sich auf ihren Vorrat an Schriftrollen zu verlassen. Und genau dieser Vorrat musste verschwinden. Da ein großer Teil davon in der Akademie eingelagert war, stellte das Gebäude zunächst das wichtigste Angriffsziel dar. Eine Einheit sollte bis zur Akademie vorstoßen und die Schriftrollen verbrennen, die sie dort fand. Dieser Einheit wurde Adeen zugeteilt, gemeinsam mit Talanna, Schwärmer, Yoluan und einigen Kämpfern. Waren die Schriftrollen erst einmal in Flammen aufgegangen, standen die Aussichten für die Angreifer besser: Dann mussten sie sich »nur noch« mit der überlegenen Ausrüstung der rashijanischen Truppen auseinandersetzen. Schwärmer, der älteste Teilnehmer der Versammlung, hatte die letzte Landung Rashijas noch miterlebt und wusste Einzelheiten, die sonst niemandem bekannt waren: Wie lange sie dauerte, wie sie ablief, nach welcher Zeitspanne die ersten Soldaten den

Boden betreten hatten. Der junge Stratege erläuterte die Bewegungen der Heere: An dem Ort, wo Rashija voraussichtlich landen würde – ein Bergtal, etwa zwei Tagesmärsche entfernt –, sammelten die Besatzer ihre Streitkräfte, um die Stadt vor Angreifern zu schützen. Zugleich schloss sich jedoch der Kreis der Rebellen um sie: Aus jedem Landstrich der Umgebung, der von den Magierkriegern noch nicht unterworfen worden war, näherten sich Kämpfer, um sich in einem großangelegten Angriff zusammenzuschließen. Nicht alle waren so gut organisiert wie das Heer der Königin von Tama. Viele kamen in kleinen Trupps, ähnlich wie Keylas Leute, und ihre Rüstungen und Waffen würden sie kaum lange überleben lassen. Aber, wie es der Stratege ausdrückte, »der Bär spürt die Stiche der Ameisen und flieht«. Adeen konnte mit diesem Ausdruck zwar nicht viel anfangen, er begriff allerdings, dass beiden Seiten ein Gemetzel bevorstand.

Schließlich – es musste schon lange nach Mitternacht sein – löste sich die Versammlung endlich auf, und alle drängten sich zum Zelteingang. Adeen blickte sich nach den Wachen um. Der Stratege saß immer noch da, inzwischen ganz zerzaust, und gähnte hinter der hohlen Hand. Die Königin sagte freundlich etwas in ihrer eigenen Sprache zu ihm, woraufhin er aufstand, seine Schreibtäfelchen aufeinanderstapelte und, noch immer gähnend, das Zelt verließ.

Nun wäre die Gelegenheit günstig, der Königin alles zu sagen, was ich über Talanna weiß. Adeen zögerte. Die Königin erschien ihm vertrauenswürdig. Langsam trat er auf sie zu.

Mit einer Hand massierte sich die Königin den Nacken.

Sie wirkte übermüdet. »Gibt es noch etwas zu besprechen?«

Adeens Kehle war trocken, sein Herz hämmerte. Er starrte auf die Tischplatte, wo noch immer die aufgerollte Karte lag, Berge, Wälder, Flüsse in Blau. Die fremde Welt, nach der er sich gesehnt hatte, in die Talanna ihm den Weg gewiesen hatte.

»Nein«, antwortete er. »Gute Nacht, Hoheit.«

Anschließend lag er lange in dem Zelt, das man ihm zugewiesen hatte, auf seinem Strohsack und blickte in die schwache Glut der Feuerstelle. Rings um ihn schnarchten die Soldaten, darunter auch Yoluan. Im Gegensatz zu den winzigen Zelten, die er aus Keylas Lager kannte, bot dieses gut zwanzig Personen Platz. Es gab Decken, eine Feuergrube, alles, was nach den Strapazen der letzten Zeit eine komfortable Nacht versprach. Adeen schob einen Arm unter den Kopf, um bequemer zu liegen. Seine Augen brannten, doch er konnte nicht schlafen. Er fragte sich, ob seine Entscheidung, Talanna nicht zu verraten, richtig gewesen war. Hatte er überhaupt entschieden, oder hatten nicht vielmehr seine Gefühle die Entscheidung getroffen? *Sie mag eine Verräterin sein, aber ich bin kein Verräter.* Doch das waren nur Worte. Auf den guten Klang von Worten würde es nicht ankommen, wenn im Kampf die Soldaten starben, die jetzt neben ihm schliefen.

Er musste Talanna im Auge behalten. Das war alles, was er tun konnte.

Während der nächsten Tage beobachteten sie, wie sich Rashija langsam vom Himmel herabsenkte. Das kalte Licht des Frühwinters glänzte auf den Türmen der Akademie und des Herrscherpalasts, so dass es Adeen vorkam, als müsse er nur die Hand ausstrecken, um sie zu berühren. Die fliegende Stadt war den ganzen Tag über in ihrer düsteren Schönheit zu sehen. In Kürze werde sie auf einem erloschenen Vulkan aufsetzen, wo sich die verdrehte Spitze des Felsens an ihrer Unterseite in den Boden graben konnte wie ein Anker. Schwärmer zeigte Adeen den Vulkan. Es war kein Berg wie jeder andere dieser Region, und er war Adeen schon vorher aufgefallen: Breit und bedrohlich nahm er den ganzen nördlichen Horizont ein. Während der untere Teil grün und bewaldet war, zeigten die felsigen, rotgelben Hänge darüber verwitterte Flächen und helle Abbruchkanten. Ganz oben war der Berg geschwärzt. Schwärmer erzählte, früher habe er bisweilen Rauch ausgespien, und es hieß, dass vor langer Zeit sogar flüssiges Feuer die Hänge hinabgeflossen war, um alles zu verbrennen, worauf es traf. Obwohl der Berg tatsächlich etwas Unheilvolles ausstrahlte, fiel es Adeen schwer, eine solche Schauergeschichte zu glauben.

Dort sollte Rashija also landen, dort würde die Schlacht stattfinden. *Endlich hat meine Reise ein Ziel,* dachte Adeen säuerlich.

Ob Talanna bemerkte, dass er sie beobachtete? Wenn ja, ließ sie es sich nicht anmerken. Aber sie tat nichts Verdächtiges, kümmerte sich um die Ausrüstung der Soldaten, erschien zu den Besprechungen, wenn die Königin sie rufen ließ, und ging ansonsten allen aus dem Weg. Mit ihren eingefallenen Wangen wirkte sie übernächtigt und elend. Der Anblick tat Adeen weh, und er ärgerte sich über sich selbst. Zu gerne wäre er in der Lage gewesen, ihr zu verzeihen, zu ihr zu gehen und sie einfach in den Arm zu nehmen – doch das war er nicht. Er konnte ihr nicht mehr vertrauen.

Immer wieder trafen sie auf verbündete Truppen. Das Feldlager wuchs stündlich. Wenn Adeen auf einen Hügel stieg, konnte er ahnen, wie sich der Ring der Angreifer allmählich um den Vulkan schloss. Die Rebellen hatten ihre Fahnen und Banner zusammengerollt und die glänzenden Metallteile ihrer Rüstungen mit Holzkohle und Erde geschwärzt, um nicht so leicht entdeckt zu werden. Skadas zischten, Menschen riefen, und Adeen wünschte sich, weit fort zu sein von all dieser Unruhe. Auch Einheiten des Feindes sah er, die nahe am Vulkankrater Stellung bezogen hatten. Das Rot ihrer Standarten leuchtete in der Sonne, und nachts glommen ihre Feuer in der Ferne.

Es verging kein Tag, ohne dass Boten ins Lager ritten. Manchmal statteten fremde Feldherren oder deren Strategen einen Besuch ab. Zu den Einsatzbesprechungen wurde auch Adeen herangezogen. So erfuhr er, dass die Rebellen planten, Rashija am erneuten Aufstieg zu hindern. Ein Trupp von Experten, unter denen sogar ein abtrünniger rashijanischer Magier war, wollte herausfinden, welche Zauber der Stadt das Fliegen ermöglichten. Es waren so viele Pläne, so viele Einzelheiten, dass Adeen der Kopf davon schwirrte. Umso mehr versuchte er, sich alles genau einzuprägen. Versagten sie auch nur bei einem Detail, gefährdeten sie das ganze Vorhaben.

Das Schmettern einer Trompete riss Adeen aus dem Schlaf. Halbblind tastete er nach seiner Kleidung. »Los jetzt!«, rief ihm einer der Soldaten ins Ohr. Er rieb sich die Augen, richtete sich auf und wollte sich die Tunika überziehen, als plötzlich Keyla im Zelteingang stand.

»Ah, da bist du ja«, sagte sie. Es war noch vollständig dunkel, nur die schwache Glut aus der Feuergrube beleuchtete ihr dunkles Gesicht. »Es ist so weit. Rashija wird in wenigen Stunden landen. Dann müssen wir in Position sein. Nun steh nicht herum, komm mit.«

Sie führte ihn ins Zelt der Königin. Dort warteten Yoluan – seinem Gähnen nach zu urteilen ebenso aus dem Schlaf gerissen wie Adeen –, Schwärmer, Talanna und einige Soldaten. Die Königin bot einen prächtigen Anblick. Platten aus goldenem und schwarzem Metall hüllten ihren Körper ein. Adeen hätte sie beinahe nicht erkannt.

»Ihr kennt eure Aufgabe«, sagte sie. »Wir verlassen uns auf euch. Während wir vor der Stadt kämpfen, müsst ihr schon längst auf dem Weg in die Akademie sein. Ihr dürft auf keinen Fall scheitern.«

Es schien, als wolle Schwärmer den Mund öffnen, um einen seiner üblichen Witze zu machen, doch er schwieg.

»Hoheit, wir werden Euch nicht enttäuschen«, sagte einer der Soldaten, ein Mann, noch größer und massiger als Yoluan, mit schwerfälliger Würde. »Meine Leute und ich werden unser Leben einsetzen, um diese Gruppe sicher zur Akademie zu führen.«

Den Rückweg aus der Akademie erwähnte er nicht. Davon war auch in den Besprechungen niemals die Rede gewesen. Angst kannte Adeen nur zu gut: Die Beine zitterten, das Herz hämmerte, die Welt verschwamm, und man schwitzte. Im Moment fühlte er sich nicht so, aber dafür war ihm zumute, als hätte sich sein Magen in einen Eisklumpen verwandelt. Er sah zu Talanna. Sie saß reglos da, den Blick fast gleichgültig auf die Königin gerichtet, als ginge sie das alles nicht viel an. In der letzten Zeit war ihr rotes Haar so weit gewachsen, dass es zerzaust von ihrem Kopf abstand.

»Ich wünsche euch Glück« sagte die Königin, »auch wenn ich hoffe, dass ihr es nicht brauchen werdet.«

Keyla umarmte Schwärmer halb zum Abschied und klopfte ihm auf die Schulter. »Sei bloß vorsichtig, alte Nervensäge! Wenn du dieses Papier nicht zum Brennen bringst, brauchst du mir ja nicht wieder unter die Augen zu kommen! Dann kannst du dir ein Donnerwetter anhören, von dem du dich dein Leben lang nicht mehr erholst.« Aber das Zittern in ihrer Stimme machte die Drohung nichtig.

»Wie ich dich kenne«, antwortete Schwärmer, »rennst du mit deinem fürchterlichen Kampfschrei gleich in den ersten Feuerball hinein. Sei so nett und zwing mich nicht, mit deinen verkohlten Knochen reden zu müssen.«

Seine Besorgnis rührte Adeen. Wenn man Schwärmers Alter bedachte, standen seine Aussichten, den Kampf zu überleben, viel schlechter als Keylas.

Die Gruppe zur Erstürmung der Akademie verließ das Lager und tauchte in die Nacht ein. Alle hatten sich nun umgekleidet und trugen erbeutete rashijanische Rüstungen, die ihnen ein Mindestmaß an Tarnung bieten würden. Schwärmer hatte sich nur eine dunkelblaue Robe übergeworfen. »Meine alten Knochen können all den Stahl nicht schleppen«, beteuerte er. In der eleganten Robe sah er aus wie ein Mitglied der Oberschicht. Adeen hatte seine Tunika gegen eine Lederrüstung getauscht, die ihm an den Schultern zu weit war. Es war ein einfaches Modell, auf das die Drachenschuppen nur aufgemalt waren. Ein notdürftig geflickter Schlitz am Rücken erzählte die unerfreuliche Geschichte, wie der vorige Besitzer sie verloren hatte. Dazu trug er einen zerfransten Umhang, der ihm helfen sollte, sein Gesicht zu verbergen, wenn sie Rashija erst einmal erreicht hatten. Talanna trug die rotgoldene Lederrüstung eines rashijanischen Kampfmagiers, und sie stand ihr nicht übel. Die Soldaten hatten sich zusätzlich zu ihren schweren Rüstungen Drachenhelme übergestülpt und boten für Adeens Augen einen beunruhigenden Anblick. Bewaffnet waren sie alle: Adeen mit einem Dolch, da seine Arme nicht stark genug waren, um eine große Klinge zu schwingen, Schwärmer mit einem Stab, alle Übrigen mit Schwertern.

Sie hofften, dass ihre Verkleidungen ausreichen würden, um unbehelligt zur Akademie zu gelangen. Talanna, die sich als Einzige gründlich mit den militärischen Rängen Rashijas auskannte, hatte angemerkt, dass sie eine verdächtig bunte Truppe bildeten: einfache Fußsoldaten, eine Kampfmagierin und ein Magiestratege – mit dem Letzten meinte sie Schwärmer. Falls jemand anfangen sollte, Fragen zu stellen, war sie diejenige, die für sie sprechen würde.

Über ihnen wölbte sich der kalte, blauschwarze Winterhimmel. Es war eine klare Nacht, und trotz der Dunkelheit ließ sich erkennen, dass sich Rashija bereits so tief auf den Vulkankrater hinabgesenkt hatte, dass die verdrehte Spitze an ihrer Unterseite die Erde berühren musste. Sobald die Stadt aufgesetzt hatte, würde ihre Spitze vollständig im Krater verschwunden sein, so dass sich die

Platte ohne Schwierigkeiten betreten ließ. Weder die Stadt noch der Berg waren zu erkennen. Doch ihre Umrisse ließen sich dort erahnen, wo sie die Sterne verdunkelten: ein Fleck aus bedrohlicher, massiver Schwärze.

Adeen fröstelte. Trotz des Umhangs hielt ihn die Rüstung nicht so warm wie die Kleidung, die er bisher getragen hatte. Wenigstens war sie leicht und behinderte ihn nicht allzu sehr.

»Glaubst du, wir schaffen es?«, fragte Yoluans Stimme neben ihm.

»Ja.« Bei all den Einsatzbesprechungen hatte sich Adeen wieder und wieder vorgestellt, wie sie über die Straßen von Rashija schlichen, an den Wachen vorbei, in die Akademie eindrangen und die Schriftrollen in Brand setzten. Es fiel ihm nicht schwer, diese Bilder in seinen Kopf zurückzurufen, auch wenn er wusste, dass ihre Aussichten nicht gut standen. Doch woran sollte er sonst glauben? Dass Charral plötzlich vor ihnen stehen würde wie damals, dass er ihn mit einem Blitzzauber niederstrecken würde, wie er es mit Rasmi getan hatte?

Aber hier am Boden bin ich derjenige, der Macht hat, nicht Charral.

Er wandte den Blick von der Schwärze am Himmel ab, die Rashija war. »Wir dürfen nicht stehen bleiben«, murmelte er.

Der Plan bestand darin, direkt nach der Landung auf die Platte von Rashija zu gelangen, während die Truppen der Stadt durch den Angriff der Aufständischen abgelenkt waren. Auf dem Weg nach Gabta hatten sie mit Nemiz den gesamten Weg über die Felder zurückgelegt. Diesmal wollten sie den kürzesten Weg in die Hauptstadt wählen.

Dennoch würde es Stunden dauern, bis sie Rashija erreichten. Vermutlich würde es bereits heller Tag sein, und wie die Schlacht bis dahin verlaufen war, konnte niemand wissen. An einer Seite war der Krater des Vulkans vor langer Zeit eingestürzt. Der Hang lag voller Geröllbrocken, die eine schwer überwindbare Mauer bildeten. Die Späher hatten gemeldet, dass dort nur Wachposten, aber keine feindlichen Einheiten stationiert waren. Auf diesem unwegsamen Gelände wollten sie bis zur Stadt vordringen. Noch erschwerte ihnen die Nacht die Orientierung, doch Adeens Augen begannen sich bereits an die Finsternis zu gewöhnen.

Aus der Ferne ertönten die langgezogenen Rufe von Signalhörnern. Dünn und kaum hörbar drang das Lärmen der erwachenden Truppen zu ihnen herüber, Freunde und Feinde. Zum ersten Mal fragte sich Adeen, wer eigentlich die Kämpfer waren, die Rashija verteidigten. Die Königin von Tama und Keyla hatten gesagt, dass die Besatzer einen großen Teil des Landes auf dem Boden kontrollierten. Doch ihre Soldaten konnten unmöglich alle aus der fliegenden Stadt stammen. Dazu waren es zu viele. *Es sind Einheimische. Eine andere Lösung gibt es nicht.* Und die Magier von Rashija zwangen sie, ihr Leben zu riskieren, um ihren Krieg auszutragen.

Dann riss ein neues Geräusch Adeen aus seinen düsteren Gedanken, ein schreckliches Knirschen und Rumpeln, so laut, dass es die Signalhörner übertönte. Der Boden unter ihren Füßen bebte in kurzen, heftigen Stößen. Adeen musste sich an einem nahen Felsen abstützen, um nicht umgerissen zu werden. Dann gingen die Erschütterungen in ein anhaltendes Vibrieren über.

»Es ist so weit!«, sagte Schwärmer. Die weit geöffneten Augen des alten Mannes leuchteten im Dunkel. »Rashija landet. Jetzt gilt's.«

Wie um ihm zu antworten, füllte sich die Nacht von einem Moment auf den nächsten mit Schreien und den vielfarbigen Explosionen von Kampfzaubern.

Der Krieg hatte begonnen.

16

ZURÜCK ZUR AKADEMIE

Die nächsten Stunden waren ein einziger langer Alptraum. In einer roten Morgendämmerung kroch Adeen durch Gestrüpp, balancierte über Felsblöcke, stürzte, raffte sich auf, ignorierte den Schmerz und humpelte weiter. Einer der Soldaten, ein kleiner, wendiger Bursche, kletterte über die Geröllhalde voran, um einen halbwegs sicheren Weg auszukundschaften. Er streckte ihnen die Hand entgegen, um ihnen den Aufstieg an schwierigen Stellen zu erleichtern, feuerte sie an und erzählte ihnen atemlos von den wild überwucherten Felshängen, in deren Nähe er aufgewachsen war. Währenddessen bebte der Boden noch immer, Rashija senkte sich herab – schwarz, furchteinflößend wie ein Loch im Morgenhimmel –, und das Getöse des Kampfes schwoll in Adeens Ohren an. Manchmal erhaschten sie von einem Felsvorsprung aus einen Blick auf die Schlacht. Jedes Mal fiel es ihm schwer, sich von diesem Anblick wieder loszureißen, so schrecklich er auch sein mochte. Auf dem Grün der Hänge wimmelte es von Truppen in Schwarz und Rot. Zauber rissen mit gleißendem Licht Breschen in ganze Hundertschaften. Während die Soldaten an der einen Stelle noch in geordneten Kolonnen voranstürmten, lagen anderswo kreuz und quer die Körper der Gefallenen verstreut, als hätte sie ein Windstoß erfasst, in die Luft gewirbelt und niedergeworfen.

Manchmal sahen sie Späher, die von den Truppen Rashijas auf der Geröllhalde positioniert worden waren. Um keine Aufmerksamkeit auf sich zu lenken, umgingen sie die Posten weitläufig, was meist noch mehr Gestrüpp und mehr Felsen bedeutete. Bald lief Adeen trotz der Kälte der Schweiß den Nacken hinab, die Rüstung klebte ihm überall am Körper und scheuerte ihm die Haut wund. Schwärmer, dem Ältesten der Gruppe, fiel der anstrengende Weg am schwersten. Am Anfang hatte er noch Witze gerissen, nach einer Weile keuchte er nur noch. Wichtiger war jedoch, dass sie das Glück auf ihrer Seite hatten: Bisher war die kleine Truppe, die sich in der Deckung von Büschen und Felsen durch die Nacht quälte, noch nicht bermerkt worden.

In einem dichten Gesträuch warteten sie aneinandergedrängt, bis Rashija vollständig gelandet war. Das Knirschen und Rumpeln war so laut, dass sich Adeen beide Ohren zuhielt und trotzdem noch fürchtete, sein Kopf würde platzen. Während sich die Staubwolken allmählich niedersenkten, verließen Einheiten von Kampfmagiern die Platte. In ihren Drachenrüstungen sahen sie den Skadas, auf denen sie ritten, erschreckend ähnlich sahen. Es dauerte lange, bis der letzte Truppenteil vorübergezogen war. Erst dann wagte die Gruppe, ihre Deckung zu verlassen und sich auf die Felsplattform hinaufzuschleichen.

Einige Stunden später hatten sie Rashija erreicht.

Es war windstill; auch das Beben hatte jetzt aufgehört. In der kalten weißen Mittagssonne lag die Stadt wie ausgestorben da. Das einzige Geräusch war das ferne Tosen der Schlacht. Adeen blickte sich um. Aus Vorsicht hatten sie sich im Schatten einer Mauer gehalten, doch niemand war da, der sie hätte sehen können. Die Einwohner hielten sich wohl in ihren Häusern versteckt, und die Wachen mussten zum Kampf abgezogen worden sein. Mit Eindringlingen schien niemand zu rechnen, zumindest nicht in diesem Stadtteil.

Da er wusste, dass die Straßen von Rashija gewöhnlich von Menschen wimmelten, fühlte er sich nun umso unbehaglicher. Kein Stimmengewirr, keine Schritte. Nur Abfall am Straßenrand wies darauf hin, dass sich hier vor kurzem noch jemand aufgehalten hatte. Im Winterlicht warfen die Gebäude scharfe schwarze Schatten aufs Pflaster, und doch erschienen sie ihm unwirklich, wie aus einer anderen Welt.

Er wandte sich zu den anderen um, wollte die Beklemmung durch eine Bemerkung verscheuchen, und stutzte.

»Wo ist Talanna?«

»Sie war gerade noch vor mir«, sagte Yoluan. »Talanna? Wo steckst du?«

»Willst du wohl den Mund halten!«, fuhr ihn einer der Soldaten an, als er die Stimme erhob. Yoluan zuckte schuldbewusst zusammen.

Adeen biss sich auf die Lippen. Die Befürchtung, die jetzt an ihm nagte, beunruhigte ihn mehr als die menschenleere Stadt, aber er wagte sie nicht auszusprechen. »Bestimmt ist sie in der Nähe und hält Ausschau nach Feinden.«

»Warten wir einen Augenblick auf sie.« Schwärmer atmete schwer. Mit gerötetem Gesicht hatte er sich an die Mauer gelehnt. Seine wenigen Haare klebten ihm an der Stirn, und sogar sein Bart war strähnig von Schweiß. Er brauchte die Ruhepause dringend, und so drängten sie sich um ihn und warteten ab.

Adeen zählte seine Herzschläge und versuchte zu schätzen, wie viel Zeit vergangen war, seit ihm Talannas Fehlen aufgefallen war.

Doch solange sie auch warteten, sie blieb fort.

»Die Draquerin ist zu ihren Leuten zurück«, sagte einer der Soldaten grimmig. »Wenn wir noch länger warten, führt sie eine Mörderbande direkt zu uns. Wir müssen zusehen, dass wir uns vom Acker machen.«

»Das ist nicht wahr!« Halb glaubte Adeen selbst an das, was er sagte – halb nicht. »Du weißt, dass sie auf unserer Seite steht. Vielleicht ist ihr etwas zugestoßen. Wir müssen sie finden. Einer von uns sollte zurückgehen, nach ihr suchen und …«

»Ich gehe.« Yoluan war offenbar bereit, jedes von Adeens Worten sofort wie einen Befehl auszuführen.

»Nein, ich sollte gehen.« Was auch immer Talanna von der Gruppe weggetrieben hatte, Adeen wollte sich mit eigenen Augen davon überzeugen, und auf keinen Fall wollte er, dass einer der Soldaten diese Aufgabe übernahm. Sie urteilten viel zu rasch und würden Talanna im Zweifelsfall eher töten, als ihre Geschichte anzuhören.

»Adeen, du bleibst hier.« Schwärmers Stimme klang ungewohnt hart. »Wir können nicht beide Experten für magische Schriftrollen verlieren. Yoluan sollte gehen, er kennt sich in der Stadt aus. Wir treffen uns in einer Stunde – Adeen, wo ist ein sicherer Ort in der Nähe der Akademie?«

»An der Grube. Dorthin kommen die Wachen fast nie.«

»In einer Stunde an der Grube.« Yoluan nickte. »Verstanden.« Die Grube war eine Müllhalde unterhalb des Marktplatzes, die von den Reichen genutzt wurde. Wenn sich Rashija auf ihrem Flug durch die Luft befand, sorgte der ständige Wind dafür, dass der Gestank in Richtung der Arbeiterquartiere geweht wurde. Immer sah man hier ausgemergelte Gestalten, schwarz von Schmutz, die über die Abfälle kletterten und nach essbaren Überresten suchten. Am Rand der Grube handelten die Skrupellosesten unter ihnen mit Rauschmitteln und schartigen Waffen, die unter den Schlägerbanden in den Arbeitervierteln besonders beliebt waren. Dennoch kamen nur selten Wachen an diesen Ort, um dem Treiben ein Ende zu setzen.

Schwärmer sah ihn ernst an. »Yoluan, wenn du nicht dort bist, haben wir keine Wahl. Wir müssen die Akademie ohne dich betreten.«

Das schien Yoluan nicht zu beunruhigen. »Ich finde Talanna schon. Und du wirst sehen, sie ist keine Verräterin.«

Die letzten Worte waren an den Soldaten gerichtet. Während Yoluan in die Seitengasse eintauchte, durch die sie gekommen waren, empfand Adeen einen Stich des Bedauerns. So hätte er vor kurzem selbst noch über Talanna gesprochen. Nun war Yoluan wohl der Einzige von ihnen, der ihr noch vollständig vertraute, und das nur, weil Adeen ihm gegenüber nichts über ihren Verrat erwähnt hatte.

Außerdem war Yoluan zusammen mit Schwärmer unter allen Kämpfern wohl als Einziger so etwas wie ein Freund für ihn. *Welche Mächte auch immer über unser Schicksal entscheiden, sie sollen dafür sorgen, dass er unverletzt zurückkehrt.*

Schwärmer stolzierte die Straße entlang, als hätte er in seinem Leben nie etwas anderes getan, und sie folgten ihm. Obwohl ihm die Robe zu groß war und um seine Beine schlackerte, gelang es ihm, dieselbe arrogante Würde in seine Schritte zu legen, wie Adeen sie oft bei den Akademiemagiern gesehen hatte. Kein Zweifel, dass ihn ein flüchtiger Beobachter für ein Mitglied der Oberschicht halten musste. Er bewunderte die Schauspielkunst des alten Mannes. Einer genaueren Überprüfung würde ihre Verkleidung natürlich nicht standhalten. Doch als sie allmählich in die Innenstadt vordrangen, huschten die wenigen Menschen, denen sie begegneten, mit eingezogenem Kopf an ihnen vorbei, und einige wechselten sogar die Straßenseite. Für die einfachen Leute schienen ihre Kostüme überzeugend genug zu sein.

Nachdem Yoluan sie verlassen hatte, blieb Adeen als einziger Ortskundiger übrig, um ihnen den Weg durch Rashija zu weisen. Zum Glück kannte er sich in den Stadtvierteln nahe der Akademie ein wenig aus, und für den Notfall hatten sie eine Karte. Die war allerdings grob und enthielt keine Zeichnungen der vielen winzigen Gassen, die sich zwischen den Häusern der Wohn- und Geschäftsviertel hindurchschlängelten. Adeen dagegen hatte aus seiner Zeit an der Akademie gelernt, wo man sich in den Schatten ducken konnte, um den aufmerksamen Augen der Wachen zu entgehen.

Je näher sie der Akademie kamen, desto häufiger sahen sie die Männer in Drachenrüstungen – allerdings nicht mehr in großen Trupps, so wie Adeen es kannte, sondern meist allein oder zu zweit. Sie zogen ihre Runden, die Hände am Griff ihrer Magierstäbe, und jede ihrer Bewegungen verriet die Anspannung, unter der sie standen.

»Rashija, die Königin der Städte, ist Widerstand nicht gewohnt«, wisperte der kleinere Soldat, während sie hinter einer vorspringenden Treppe Schutz suchten. Die Stufen führten hinauf zu einem Geschäft mit vernagelten Fenstern. »Seht euch diese Männer an – ihre Urgroßeltern haben die Welt erobert, und sie fürchten sich vor dem Laub, das der Wind über die Straße bläst.«

»Vielleicht wären sie lieber bei ihren Familien, die da draußen kämpfen«, wandte Adeen ein. Unter seinem Helm warf ihm der Soldat einen Blick zu, halb nachdenklich, halb vorwurfsvoll, und erwiderte nichts.

Adeen konnte es nicht erwarten, die Grube zu erreichen, den Ort, wo sie sich mit Yoluan verabredet hatten. Der Weg durch die Stadt sollte eigentlich seine gesamte Aufmerksamkeit fordern, aber immer wieder wanderten seine Gedanken zu Talanna. Hoffentlich hatte Yoluan sie gefunden! Natürlich wusste er, dass Talanna auf sich aufpassen konnte, dass sie sich vermutlich geschickter durch die Schatten bewegen würde als sie alle zusammen. Doch mehr als alles andere fürchtete er, dass sich seine schlimmste Sorge bewahrheiten und von ihrem gemeinsamen Nachmittag im Nebel nicht mehr bleiben würde als ein schlechter Nachgeschmack. Was sollte er tun, wenn sie an der Akademie plötzlich vor ihm stand und eines der Schwerter, die sie in Keylas Lager so eifrig geschärft hatte, auf seine Kehle richtete?

Adeen holte tief Atem und schob die Gedanken beiseite. Er konnte sich keine Schwäche erlauben. Die anderen verließen sich auf ihn.

Sie rochen die Grube schon von weitem, lange bevor sich der müllübersäte Abhang vor ihnen auftat. Vier oder fünf Menschen kletterten wie Spinnen über den Abfallberg. Sie rafften an sich, was sie gerade in den Händen hielten, und verschwanden, als Adeen sich mit den anderen näherte. Yoluan war nirgends zu sehen.

»Wo ist dein Freund jetzt?«, fragte der Soldat, der schon zu Anfang an Talannas Loyalität gezweifelt hatte. »Vielleicht haben er und die Drachenfrau eine kleine Verabredung getroffen und warten an der Akademie auf uns?«

Adeen ballte die Fäuste. »Halt endlich den Mund! Die ganze Zeit redest du von nichts anderem. Wenn du nicht an unseren Erfolg glaubst, warum hat dich die Königin dann mit auf diese Mission geschickt?«

Durch die Augenschlitze seines Helms blickte der Mann hochmütig auf Adeen herab. »Weil sie weiß, dass *ich* vertrauenswürdig bin. Und weil ich es mit fünf von euch rashijanischen Jammergestalten auf einmal aufnehme.«

Grünes Feuer begann in Adeen zu lodern. Er fühlte, wie sich der Funke in seiner Brust ausbreitete und warm seine Arme hinabrann. »Versuch es doch – aber vergiss nicht, dass ich ein Magier bin.«

»Das ist der Grund, warum man dir genauso wenig trauen kann wie den anderen.«

Seine Hand zuckte zum Schwert, und Adeen spürte mehr, als dass er es sah, wie seine Fingerspitzen in grünem Licht zu glühen begannen. »Du hast keine Ahnung, wie das Leben in Rashija –«

»Schluss, alle beide!« Schwärmer rammte Adeen seinen knochigen Ellbogen in die Seite, und augenblicklich entglitt ihm die Magie. »Was soll denn die Streiterei? Glaubt ihr, das hilft uns in dieser Situation? Wir warten jetzt noch kurz auf Yoluan – und falls er nicht kommt, geht es weiter. Ghaves, steck sofort das Schwert weg!«

Der Soldat ließ mit sichtlichem Widerwillen die Klinge verschwinden.

»Habt ihr lange gewartet?«

Yoluan trat aus dem Schatten einer Hütte hervor, atemlos, aber unverletzt. Sein Gesichtsausdruck verriet sofort, dass etwas Beunruhigendes passiert war.

Der Streit war vergessen, und alle drängten sich um ihn. »Was hast du herausgefunden?« Adeen wusste nicht, ob er die Antwort wirklich hören wollte. »Wo ist Talanna?«

»Ich konnte ihr durch ein paar Gassen folgen, aber dann ist sie auf eine Hauptstraße eingebogen. Dort ist sie auf eine Wache zugegangen, einen Mann mit einer Skada. Sie hat mit ihm geredet. Er zuckte irgendwie zurück, da hat sie ihm plötzlich ihr Schwert an die Kehle gehalten. Und er hat ihr die Skada gegeben. Dann ist sie losgeritten wie der Wind, und ich hab sie aus den Augen verloren.« Yoluan seufzte, und seine Schultern sanken herab.

»Warum hast du nicht versucht, sie rechtzeitig anzuhalten? Du hättest mit ihr reden können!«

»Ich wollte ja, aber sie war zu schnell für mich. Flink wie ein Frettchen.«

»Hast du einen Hinweis darauf, wohin sie wollte?« Schwärmers Augen waren dunkel vor Sorge.

Yoluan schüttelte den Kopf. Die nächsten Worte kamen widerstrebend aus seinem Mund. »Sie ist in Richtung Akademie geritten. Aber keine Ahnung, ob das wirklich ihr Ziel ist.«

Der Soldat namens Ghaves warf ihm einen halb düsteren, halb triumphierenden Blick zu, doch er hielt dabei den Mund. Offenbar hatte er aus Schwärmers Ermahnung gelernt.

Schwärmer nickte Yoluan zu. »Gute Arbeit, trotzdem. Wir müssen weiter.«

Nach Yoluans Bericht fühlte sich Adeen zittrig vor Sorge, und halb wunderte er sich, wie er trotzdem mit den anderen Schritt halten konnte, als sich die Truppe wieder in Bewegung setzte. Bisher hatte niemand außer Ghaves Talanna eine Verräterin genannt, und auch Schwärmer hatte seine Autorität als Anführer der Gruppe nicht benutzt, um sie zu brandmarken, aber die Beschuldigung hing in der Luft. Adeen redete sich ein, dass es viele Gründe geben mochte, weswegen Talanna beschlossen hatte, allein zur Akademie aufzubrechen, ohne sich dem Herrscher wieder anzuschließen. Er konnte sich nicht vorstellen, dass sie aus freiem Willen zu Charral zurückkehrte. Der Magier hatte sie doch misshandelt. Adeen hatte die Abscheu in ihren Augen gesehen, wenn sie über ihn sprach. Und trotzdem – sie war eine Draquerin, ein Kind des Himmels. Auf der Erde hatte sie ihre Magie verloren, und überall war man ihr mit Misstrauen begegnet. Wenn sie ihre Kraft und ihr Ansehen zurückwollte, wer konnte das nicht verstehen?

Würde sie uns dafür opfern?, fragte sich Adeen. *Würde sie* mich *dafür opfern?*

Plötzlich fühlte er Yoluans warme Hand auf der Schulter. »Lauf nicht gegen die nächste Laterne, Adeen«, sagte er.

Adeen blinzelte und wich dem Pfahl im letzten Moment aus. »Was denkst du?«, fragte er leise.

Yoluan zog die Schultern hoch und ließ sie langsam wieder fallen. »Allmählich hab ich keine Ahnung mehr, was ich denken soll. Tut mir leid. Ich weiß, du mochtest sie.«

Adeen warf ihm einen Seitenblick zu. Yoluan hatte noch mit Talanna in einem Zelt gelebt, nachdem er bei Schwärmer untergekommen war. Ob sie jemals hatte durchblicken lassen, was zwischen ihnen passiert war?

Im Schatten der Gassen bewegten sie sich möglichst unauffällig weiter. Der bedrohliche Bau der Akademie ragte nun hoch vor ihnen auf. Die Türme waren schwarze, stachlige Monumente vor einem fast weißen Himmel. Vereinzelte Vögel kreisten noch über ihnen, doch es war, als hätten sogar die Tiere vor dem Krieg die Flucht ergriffen.

Die Türme wurden immer streng bewacht. Am Eingang hatten Magiersoldaten Stellung bezogen, vier Männer in Drachenrüstungen, bewaffnet mit Stäben und Schwertern. Dennoch waren es sehr wenige, verglichen mit der Bewachung in den Tagen vor der Landung. Rashija hatte augenscheinlich alle Kräfte, die sie aufbringen konnte, auf das Schlachtfeld geschickt. Vor der Treppe, die zum Haupttor hinaufführte, befand sich ein metallenes Gestänge, wo Besucher ihre Skadas anbinden konnten. Ein einziges grünbraunes Tier stand dort, schüttelte unruhig den Kopf und scharrte mit den Krallen über den Steinboden.

»Das ist die Skada, die Talanna genommen hat«, flüsterte Yoluan.

»Bist du sicher?«, fragte Schwärmer.

»Ja. Sie hat einen weißen Fleck am Knie.«

»Und wie ist der Plan?« Ghaves' Hand lag auf seinem Schwertknauf. »Wie kommen wir da rein, ohne dass sie uns braten?«

Der andere Soldat ergriff das Wort: »Wenn ich die Skada nehme und darauf wegreite, verfolgt mich sicher einer von ihnen. Vielleicht auch zwei.«

Adeen schüttelte den Kopf. »Die schießen dir einen Blitz in den Rücken, und du bist tot, ehe du zehn Schritte weit gekommen bist.«

Der Mann wiegte den Kopf. »Sie haben hier unten nur die Magie, die in ihren Schriftrollen, Stäben und Artefakten gespeichert ist. Und die braucht sich schnell auf. Meinst du, sie verschwenden sie auf einen Skada-Dieb? Außerdem – ich bin ein guter Reiter.«

»Ich will nicht noch jemanden verlieren«, sagte Schwärmer. »Und ich denke, wir sollten nicht durch das Vordertor spazieren, sondern einen Hintereingang benutzen. Adeen?«

»Der Eingang zur Bibliothek ist immer versperrt. Der Mann, der damals meine Arbeit beaufsichtigt hat, Kiven, hatte einen Schlüssel. Wenn wir an den herankommen würden …«

»Wir brauchen keinen Schlüssel, Bohnenstange«, sagte Ghaves. »Zeig mir eine Tür, die nicht gerade aus Baumstämmen oder Stahl besteht, und sie wird Bekanntschaft mit meiner Brechstange machen.«

»Sie besteht aus dicken Brettern. Schwarzes Holz, sehr stabil. Aber du kannst sie dir gern ansehen.«

Sie bewegten sich vom Haupttor fort und schlichen über einen Umweg zur Rückseite der Akademie, wo eine kleinere Treppe zur Bibliothek hinaufführte. Überraschenderweise war sie unbewacht. Adeen atmete auf. Er hatte die Bibliothek niemals betreten, weil es einer Krähe wie ihm streng verboten war, den Bücherschatz der Magier von Rashija auch nur zu betrachten. Talanna kannte sich dort aus – umso schlimmer, dass sie nicht mehr bei ihnen war.

Auch wenn der Eingang zur Bibliothek lange nicht so groß war wie die Doppelflügel des Haupttors, wirkte er immer noch furchteinflößend genug. Der geschnitzte Kopf eines Drachen hob sich gespenstisch vom Holz ab. Von den gebleckten Zähnen und der blanken Zunge blätterte gelbe und rote Farbe. Ghaves zog eine Metallstange aus dem Gepäck und versuchte, sie im Türspalt anzusetzen. Einen Moment später fuhr wie aus dem Nichts eine blauweiße Stichflamme aus dem Holz hervor. Sie traf Ghaves nicht direkt, da er seitlich neben der Tür stand, dennoch fuhr er mit schmerzverzerrtem Gesicht zurück und ließ die Stange fallen. Ihr Ende glühte rot, als wäre es eben aus dem Schmiedefeuer geholt worden, und brannte zischend einen schwarzen Fleck auf den Boden.

Die Gruppe wich einen Schritt zurück, und alle murmelten dasselbe Wort: Magie.

»Ein Zauber, der gegen Eindringlinge schützen soll.« Adeen war sich seiner Sache nicht vollkommen sicher, aber nachdem Talanna sie verlassen hatte, lag es wohl an ihm, eine Erklärung zu finden. »Kein Wunder, dass sie keine Wachen brauchen.«

Ghaves umklammerte mit der Linken sein Handgelenk. Die Handfläche der Rechten hatte sich mit roten Verbrennungen und Brandblasen überzogen. »Verflucht! Ich kann mein Schwert nicht mehr benutzen!« Nach all dem selbstherrlichen Getue klang er jetzt so, als sei er den Tränen nahe. Zum Glück hatte er die Brechstange nur mit einer Hand gehalten, sonst wäre er völlig hilflos gewesen.

Behutsam trat Adeen vor und untersuchte die Tür, ohne sie zu berühren. In der weißen Sonne zeichnete sich die Form des geschnitzten Drachenkopfes besonders deutlich ab, jeder winzige Schatten, den eine Schuppe warf. Es war, als enthalte das Bild selbst eine Warnung: Der angreifende Drache würde sein Feuer auf jeden speien, der ihm zu nahe kam.

Warum Holz?, fragte sich Adeen. Holz war auf Rashija selten, und ohne magische Bearbeitung würde es weniger Widerstand bieten als Metall, wenn man, so wie Ghaves, mit einer Brechstange darauf losging. Weshalb also schützten die Magier von Rashija ihre kostbare Bibliothek mit einer Holztür und verwandten auch noch Mühe auf eine abschreckende Schnitzerei? Allein die Fratze eines Drachen konnte keinen Eindringling fernhalten. Adeen schloss die Augen und versuchte, sich an das zu erinnern, worüber er damals mit Talanna gesprochen hatte, kurz bevor sie ihm die Wahrheit über ihren Verrat gestanden hatte. Um Schriftmagie war es gegangen, um die besondere Wechselwirkung, die zwischen dem Papier, der Tinte und dem Schreiber entstand … einander ergänzende Elemente, die die Wirkung des Zaubers erst ermöglichten …

»Jetzt ist wirklich keine Zeit zum Schlafen!« Yoluan zog Adeen von der Tür weg, halb unwillig, halb besorgt. »Wir dürfen hier keine Wurzeln schlagen.«

»Erdmaterial«, murmelte Adeen. Auf einmal verstand er.

»Was?«

»Das Holz. Es ist Erdmaterial. Es ersetzt das Papier. Dieses Schnitzwerk verbirgt einen Schriftzauber. Wenn ich ihn sehen könnte …«

Und plötzlich, als wäre ihm ein Schleier von den Augen genommen, erkannte Adeen die Schriftzeichen, aus denen der Drache bestand. Seine Schuppen, seine Augen, die geblähten Nüstern und die imposante Zackenmähne, alles waren filigrane Symbole, die ein unbekannter Künstler in das Holz gegraben hatte. Sie schmiegten sich so dicht aneinander, dass man sehr genau hinsehen musste, um nicht nur Linien und Kerben zu sehen. Wie jedes Artefakt benötigte auch diese Tür keine gesprochenen Worte, um den Zauber zu aktivieren, der sich in ihr verbarg. Eine Berührung reichte aus.

In der Akademie hatten diejenigen Schreiber besonderen Ärger mit Kiven bekommen, die im Zentrum der Schriftrolle schlampig gearbeitet oder sogar einen Fehler gemacht hatten. Dort war die Machtquelle der meisten Zauber angelegt. Wenn er recht hatte, an welcher Stelle musste er dann das Zentrum dieses Zaubers suchen?

Adeen riss sich den Umhang von den Schultern und warf ihn über den Griff der Brechstange, deren anderes Ende noch immer rot glühte. Zum Schutz wickelte er den Stoff dreimal, viermal herum und hob das Werkzeug hoch. Unter seinen Fingern zerfraß die Hitze den Umhang fast augenblicklich. Er achtete darauf, dass er nicht direkt vor der Tür stand, und stieß die glühende Eisenstange mitten in das aufgerissene Maul des Drachen.

Erneut leckte die helle Flammenzunge durch die Luft, doch sie traf ihn nicht. Das Fauchen, mit dem das Holz verbrannte, schien aus dem Schlund des Tieres selbst zu kommen. Eine Hitzewelle warf Adeen zurück, er musste die Brechstange loslassen. Rücklings fiel er gegen Yoluan, der ihn packte und auffing.

»Alles in Ordnung?« Yoluan schüttelte ihn. »Du verrückter Kerl! Willst du in Flammen aufgehen?«

»Die gesamte Tür ist ein Schriftzauber«, keuchte er. »Ich hoffe, ich habe die zentralen Worte ausgelöscht.« Er öffnete und schloss seine Hände. Sie schmerzten heftig an den Stellen, wo die Glut sie berührt hatte, aber er konnte sie benutzen, wenn er die Zähne zusammenbiss. Er wandte sich wieder der Tür zu: Mitten im Maul des Drachen befand sich nun ein schwarzer Fleck. Qualm stieg von dem verkohlten Holz auf und erfüllte die Luft mit beißendem Gestank.

»Lass mich sehen.« Ehe sie ihn zurückhalten konnten, stand Ghaves bereits an der Tür und stieß mit dem Ellbogen gegen das Holz. Funken stoben empor, sprangen auf dem Boden umher und erloschen mit einem kläglichen Zischen. Ghaves war zusammengezuckt und erneut zurückgewichen, doch als er sah, dass keine Gefahr mehr drohte, atmete er sichtbar auf. Der Zauber war gebrochen.

»Gute Arbeit, Adeen«, sagte Schwärmer anerkennend. »Jetzt aber nichts wie rein, ehe die Wachen uns noch bemerken.«

Das Schloss stellte nun kein Hindernis mehr dar. Nach kurzer Zeit gab es nach, als sich Schwärmer – ein Mann vieler Talente, wie es schien – daran zu schaffen machte. Leise betraten sie die Bibliothek. Kühle Stille umfing sie, und in der Luft lag der Geruch, den Adeen nur allzu gut kannte: Papier, Pergament und die vielfältigen Geruchsnuancen von farbiger Tinte: süß, bitter oder widerwärtig, wo sie mit Tiereingeweiden versetzt war.

Alle hatten nun nach ihren Waffen gegriffen, sogar Ghaves, obwohl seine rechte Hand fast unbrauchbar war. Mit angehaltenem Atem schlichen sie vorwärts. Doch ihre Sorge war unnötig: In den Gängen begegneten sie niemandem. Einmal erhaschten sie durch eine halb geöffnete Tür einen Blick auf einen Saal voller Bücher. Ein Mann in dunkler Robe stand allein vor einem Regal, das bis an die Decke reichte, und blätterte in einem Folianten. Er war so in sein Buch vertieft, dass er sie nicht bemerkte. Sie sahen ihn nur von hinten, sein weißes Haar, die dürren, leicht nach vorn gekrümmten Schultern, doch Adeen wusste, dass es Kiven war. Wie häufig hatte der Aufseher ihn gedemütigt! Und nun stand er so allein dort, so alt, und ein Wink von Schwärmer würde genügen, um ihn zu töten und den einzigen Zeugen für ihren Einbruch zu beseitigen. Er war erleichtert, als sie an der Tür vorüberschlichen, ohne Kiven weiter zu beachten.

Ihr Ziel war nicht das gesammelte magische Wissen der Akademie oder Rache an ihren Bewohnern, sondern das Schriftrollen-Lager, und das befand sich, soweit Adeen wusste, im ersten Stock.

17

DER ASCHEVOGEL

Auch der Innenhof der Akademie lag verlassen da. Noch sah alles aus wie an dem Tag, an dem Adeen zum letzten Mal hier gewesen war: das zertretene Gras, die Dornenhecken, die traurigen Attrappen, geschwärzt von Kampfzaubern. Nur das Gewimmel der Magierschüler fehlte.

Sie müssen dort draußen sein, in der Schlacht. Ob Charral bei ihnen ist? Adeen versuchte, sich vorzustellen, wie Charral an der Seite seiner Schüler das eigene Leben aufs Spiel setzte, wie er seine Blitzzauber auf die Angreifer schleuderte und mit ansehen musste, wie diejenigen, die er ausgebildet hatte, töteten – oder getötet wurden. Empfand er etwas dabei?

Von hier aus führte eine Treppe an der Außenseite des Gebäudes empor in den ersten Stock. Adeen hatte sie oft gesehen, wenn er Zauber zu Charral in den Hof gebracht hatte, sie aber nie selbst betreten. Dieses Stockwerk war Magiern und höherrangigen Mitarbeitern der Akademie vorbehalten.

»Hört ihr das?«, fragte Yoluan plötzlich.

Sie verharrten und lauschten. Durch die Stille drang ein schwaches Geräusch, bei dem sich Adeens Magen zusammenzog: Ein fernes Stöhnen, dann ein einzelner erstickter Schrei.

Schwärmer kniff die Augen zusammen, und die Falten auf seiner Stirn wurden tiefer. »Woher kommt das?«

»Aus dieser Richtung, glaub ich.« Mit ausgestrecktem Arm wies Yoluan auf die andere Seite des Innenhofs, und nun wusste Adeen, welchen Gedanken er sich die ganze Zeit über verboten hatte: den an seine Kollegen, die anderen Schreiber. Denn dort lag der Schreibsaal, wo er so viele Jahre seines Lebens verbracht hatte.

Er besann sich allzu deutlich auf das Gespräch über die Schreiber, das er mit Talanna geführt hatte. Noch immer hoffte er, sie möge sich geirrt haben. Plötzlich saß ihm das Entsetzen wieder in der Kehle.

Schwärmer zögerte, und Adeen konnte ihm ansehen, wie es in ihm arbeitete. »Wir haben keine Zeit, um nachzusehen«, sagte er schließlich und sah um Jahre älter aus, »wir müssen unseren Auftrag erledigen.«

Adeen wusste, dass er recht hatte. Doch er wusste ebenfalls, was hier geschehen war, betraf auch ihn unmittelbar. Er gehörte zu den Schreibern, verfügte über dieselben Kräfte wie sie, und er wollte ihr Schicksal kennen, denn es war ein Teil seines eigenen.

»Nur einen Augenblick«, murmelte er, »ich komme sofort nach.«

Schwärmer öffnete den Mund, wie um zu widersprechen, sah ihn dann aber nur ernst an, wandte sich ab und stieg die Treppe hinauf.

Adeen rannte los.

So oft waren seine Füße über diese Bodenplatten gelaufen, über diese Treppenstufen aus glänzendem rosafarbenem und weißem Stein, aber heute stolperte er vor Eile. Die Tür war nur angelehnt. Für einen Moment zuckte Adeen zurück, als er einen blutigen Handabdruck auf der Klinke entdeckte. Dann stemmte er die Tür auf.

Obwohl er mit dem Schlimmsten gerechnet hatte, konnte er nur fassungslos anstarren, was vor ihm lag. Durch die hohen Fenster fielen lange Streifen von Licht in den Saal und beleuchteten ein Gemetzel wie auf dem Schlachtfeld. Die Schreiber waren niedergemacht worden, wo sie gerade gesessen hatten. Einige hatten offenbar versucht, sich unter ihren Pulten zu verstecken oder zur Tür zu flüchten. Adeen sah Hände, die sich um die Federmesser gekrampft hatten – die einzige klägliche Waffe, die den Schreibern zur Verfügung gestanden hatte –, verkrümmte Gestalten, die noch immer mit beiden Armen ihr Gesicht zu schützen versuchten, obwohl ihr Körper voller Wunden war. Wie lange mochten sie hier schon liegen? Einige Körper hatten versengtes Haar und schwarz verbrannte Hände. Hatte man sie mit Magie attackiert, oder hatten sie in ihren letzten Augenblicken ihre Magie gefunden, um sich gegen ihre Mörder zu wehren? Adeen sah in Gesichter, die er kannte: Selka mit den alterskrummen Händen, die nach der Arbeit am liebsten Witze über Kiven gemacht hatte, Dalaimar, der so langsam geschrieben hatte, dass ihm Kiven manchmal seinen Stab über den Rücken gezogen hatte, die junge Piri, fast noch ein Kind, und so viele andere. All diese Schreiber waren seinesgleichen gewesen, Erdmagier, deren Macht die Magier von Rashija fürchteten. Deshalb hatten sie die Schreiber getötet, ehe sie ihnen gefährlich werden konnten.

Er war der Letzte von ihnen.

Der Boden des Raumes schwamm von Blut, seine Schuhe waren bereits feucht davon. Doch Adeen konnte sich nicht rühren, nicht einmal zurückweichen. Der Anblick lähmte ihn. Wäre er nicht zufällig an Nemiz und seine Leute geraten, läge er nun auch dort, von einer Klinge durchbohrt oder von Feuermagie verbrannt, ohne die Macht, die in ihm lebte, auch nur kennengelernt zu haben.

»Wer ist da? Hilf mir ... bitte!«

Adeen fuhr zusammen, als er die Stimme hörte. Für den Moment hatte ihn das Entsetzen vergessen lassen, dass ihn das Stöhnen eines Verletzten hergerufen hatte. Unter den Toten bewegte sich etwas: Eine junge Frau kroch über den glitschigen Boden auf ihn zu. Ihr Gesicht, ihre Arme, alles an ihr war blutbesudelt, und Adeen konnte unmöglich erkennen, ob es ihr eigenes oder fremdes Blut war.

»Beweg dich nicht!« Er überwand seine Abscheu, stieg über die Leichen hinweg und eilte auf sie zu. Ihr Gesicht kam ihm bekannt vor, auch wenn er sich nicht recht an ihren Namen erinnerte. Liraja? Lisaja? Ihr Arbeitsplatz hatte sich in den hinteren Reihen befunden, weit weg von Kivens mürrischer Laune. Als er sich über sie beugte, sah er, dass sie noch immer aus einer schweren Wunde am Rücken blutete. Wo sie nicht rot verschmiert war, wirkte ihre hellbraune Haut gelblich. Jemand musste ihr helfen, aber Adeen spürte, wie ihn angesichts ihrer Verletzungen Hilflosigkeit überkam. Sie waren nicht gekommen, um das Leben von Verwundeten zu retten. Trotzdem ging er neben ihr in die Knie und trennte mit der Klinge den Saum der Robe eines Toten ab, der neben ihr lag. »Halt still. Ich verbinde dich.«

Sie riss die Augen auf, als sie sein Gesicht erkannte. »Ich hab dich schon ... gesehen, nicht wahr? Du bist ... du hast hier gearbeitet ...«

»Ich bin Adeen.«

»Wie konntest du … ihm entkommen?«

»Ich hatte Glück.«

»Es tut so weh«, flüsterte sie, doch ihre Stimme verriet mehr Angst als Schmerz. »Und mir ist kalt. Ich habe mich totgestellt … gehofft, dass Hilfe kommt … aber … so lange. Sterbe ich?«

Adeens Hände zitterten. »Nein. Ich … werde dir helfen.« Während er die Worte aussprach, wusste er, dass er log, zu feige, ihr und sich selbst die Wahrheit zu sagen. »Wer hat das getan?«

Die Frau zitterte, ihre Lider flatterten. Sie stand vermutlich kurz davor, das Bewusstsein zu verlieren. »Charral«, murmelte sie. »Er und seine Leute. Haben uns alle getötet. Sogar die Kinder. Ich weiß nicht … warum. Weiß nicht … was wir ihm getan haben.« Sie schöpfte einen Moment Atem und sprach dann weiter. »Er sagte, wir wären … eine Gefahr … weiß nicht, was er meinte. Sein Gesicht … ganz ruhig. Als würde es gar nichts bedeuten.«

Adeen presste den abgeschnittenen Stoffstreifen auf die Wunde in ihrem Rücken, wo die Schreiberrobe ihr in Fetzen von den Schultern hing. Sofort sog sich der Stoff voller Blut, und die Frau stöhnte. Adeen fürchtete, sie würde zusammenbrechen, und stützte sie. Ihr Kopf sank gegen seine Schulter, und schaudernd spürte er an seiner Wange die Kälte ihrer Haut und ihr warmes Blut. »Kannst du aufstehen?«, fragte er. »Ich bringe dich zu den anderen. Es ist nicht weit. Wir schaffen dich hier weg.«

Erneut lief ein Zittern durch den Körper der Frau, und sie richtete sich mit sichtbarer Anstrengung halb auf. »Nein. Du musst … verschwinden, bevor er dich auch findet.« Sie rang nach Atem, und Adeen sah, wie sich auch ihre Lippen mit feuchtem Rot überzogen. »Lauf ... so weit du kannst. Lauf.«

Als hätten sie diese Worte ihre letzte Kraft gekostet, sackte sie in sich zusammen. Adeen wusste, dass sie recht hatte, dass er fliehen sollte, doch noch immer konnte er es nicht. Stattdessen legte er der Verwundeten eine Hand auf die Schulter und wartete, bis die Krämpfe, die ihren Körper schüttelten, allmählich nachließen. Überwältigt von seinen Gefühlen, presste er die Kiefer aufeinander und versuchte, nicht auf das Brennen in seinen Augen zu achten. Er konnte schon fast nicht mehr daran glauben, dass Charral tatsächlich in die Schlacht gezogen war – er würde es immer vorziehen, wehrlose Unschuldige niederzumetzeln, ohne selbst Schaden befürchten zu müssen.

Als Adeen sich endlich mit zittrigen Beinen aufrichtete und sich von dem reglosen Körper abwandte, war die Frau tot. Er fühlte sich, als hätte er die graue Welt der Toten betreten und wieder verlassen. Was blieb, war Kälte und darunter ein Hass, der so stark glühte wie das Feuer der Magie in ihm.

Irgendwann würde Charral für das bezahlen, was er getan hatte.

Es fiel Adeen schwer, sich auf das zu konzentrieren, was vor ihm lag, aber er musste die anderen finden. Noch immer war es ihre wichtigste Aufgabe, den Vorrat an Schriftrollen zu vernichten, den die Magier in der Akademie aufbewahrten. Er trat aus der Tür, und erst, als die Winterluft sein Gesicht berührte, spürte er, dass seine Wangen feucht von Tränen waren. Rasch wischte er sie ab, durchquerte den Innenhof und stieg die Treppe hinauf. Aufgebrochene Schlösser kennzeichneten den Weg, den Schwärmer und seine Leute genommen hatten, und an einigen Stellen hatte jemand mit der Klinge Pfeile in Teppiche und Wandbehänge geschnitten, um ihm den Weg zu weisen. Auf einmal fühlte sich Adeen ohne die anderen schrecklich angreifbar. Wie hatte er nur so unvorsichtig sein können, sich von ihnen zu trennen? Hoffentlich hatte er nicht zu viel Zeit verloren und fand sie schnell wieder!

Eine breite Treppe lag vor ihm, verschwenderisch mit Teppichen ausgelegt. Herausgemeißelte Drachen wanden sich um das steinerne Geländer und um die Pfeiler an den Wänden. Fenster gab es an dieser Stelle keine, aber die Leuchtkristalle in den Wandlampen tauchten alles in ein fahlblaues Licht, in dem die geschnitzten Augen der Drachen beinahe lebendig glänzten. Auch hier war eine Markierung in den Teppich geschlitzt worden. Adeens Blick folgte dem Weg, den ihm der Pfeil wies, die Treppe hinauf zu einer Galerie. Sogar von hier unten konnte er erkennen, dass sich dort Regale befanden, alle beladen mit Schriftrollen, und er nahm den typischen, leicht pfeffrigen Geruch des Papiers wahr. Er holte tief Atem: Das musste das Lager sein, das sie gesucht hatten. Hier würde er Schwärmer –

Ein plötzliches Geräusch ließ ihn zusammenzucken. Jemand – oder mehrere? – lief mit schnellen, festen Schritten über den Teppichboden, jemand, der sich keine Mühe gab, leise zu sein. Und zu allem Überfluss bewegten sich die Schritte auf ihn zu. Hektisch blickte sich Adeen um. Ein gutes Versteck war nicht zu sehen, allein die Pfeiler, an denen die Kristalle befestigt waren, boten ein wenig Sichtschutz. Adeen presste sich in einen Schattenfleck,

Auge in Auge mit einem grimmigen Flügelwesen, das ein Künstler in den Stein gegraben hatte, und sein Herz hämmerte laut in seinen Ohren.

»Sie sind noch am Leben, sagst du?«

Adeen biss die Zähne zusammen, und unwillkürlich schlossen sich seine Finger zur Faust. Diese Stimme hätte er immer erkannt: Charral. Also hatte er richtig vermutet: Charral hatte sich den Kämpfen nicht angeschlossen.

»Ja«, erwiderte eine andere Stimme: Kiven, der Aufseher über die Schreiber – oder was auch immer jetzt seine Aufgabe sein mochte. »Und gut bewacht. Ich dachte, dass Ihr sie vielleicht verhören wollt.«

»Das werde ich. Bald. Wie viele sind es?«

»Vier. Ein alter Mann und drei Kämpfer.«

Adeen presste die Hand auf den Mund, um sich nicht durch einen Aufschrei zu verraten.

»Wie konnten sie die Tür öffnen?«

»Ich habe keine Ahnung«, sagte Kiven gehetzt und im Tonfall der Unterwürfigkeit. »Ich glaube nicht, dass es Magier oder Schriftkundige sind. Vielleicht hatten sie Hilfe.«

»Talanna.« Charral lachte kurz auf, und bei dem Geräusch überrollte Adeen eine Welle von Abscheu. »Ja, das ist möglich. Wahrscheinlich weiß diese Frau allmählich selbst nicht mehr, wen sie eigentlich verrät, mich oder ihre Rebellenfreunde.«

Die beiden Männer waren am Fuß der Treppe stehen geblieben. Adeen hielt den Atem an. Sie waren nur wenige Schritte entfernt – mussten sie sein Herz nicht klopfen hören?

»Ihr dürft der Frau nicht trauen, Meister«, sagte Kiven.

»Überlass mir das, alter Mann. Ich weiß schon, wie ich sie zu behandeln habe. Ich werde mich um sie kümmern, ehe sie noch mehr Chaos anrichten kann.«

»Wir sollten sie zu den anderen Gefangenen sperren.«

»Nein, ich behalte sie bei mir in meinem Quartier. Es wird nicht lange dauern. Du siehst so lange nach, ob die Gefangenen sicher untergebracht sind. Wir müssen sie noch verhören.«

Unter seiner Kapuze hervor warf Kiven ihm einen Blick zu, der von Skepsis zeugte, antwortete aber: »Ja, Meister Charral.«

Die zwei trennten sich. Kiven eilte den Gang hinunter, den er gekommen war, während Charral die Treppe hinaufstieg. Adeen konnte kaum fassen, dass sie ihn nicht bemerkt hatten, und ihm blieb nicht viel Zeit zum Überlegen. Wenn Kiven Charrals Befehl nachkam, führte er ihn direkt zu Schwärmer und den anderen, aber selbst wenn es ihm gelang, den alten Mann zu überwältigen, würde er sich gegen mehrere Wachen kaum durchsetzen können. Charral dagegen befand sich auf dem Weg zu Talanna ... und was er gesagt hatte ...

Verrückte Krähe! Daran durfte er jetzt nicht einmal denken. Er hatte eine Aufgabe zu erfüllen, und er war der Einzige, der es jetzt noch tun konnte.

Er wartete, bis Charrals Schritte verklungen waren, dann eilte er die Treppe hinauf. Im Halbdunkel des Schriftrollen-Lagers glommen nur wenige Leuchtkristalle. In ihrem fahlen Licht sah Adeen Regale, die sich bis zur Decke erstreckten, drei Schritt hoch oder mehr, vollgestopft mit Schriftrollen, einige in Kisten, einige lose in ihren halb durchsichtigen Hüllen aus Siltkristall. Mit Bestürzung sah er, was eine der Lichtpfützen ihm außerdem zeigte: Das Regal sah aus, als wäre jemand dagegen geprallt, die Papierrollen lagen kreuz und quer am Boden verstreut, und Blutspritzer zogen sich über die geborstenen Bodenplatten. Hier musste ein Kampf stattgefunden haben. Adeen wurde schlecht bei dem Gedanken, dass es das Blut seiner Freunde sein konnte.

Keine Zeit. Ich muss –

Doch er trug keinen Zunder bei sich, nichts, womit er Feuer hätte legen können. Diesen Teil der Ausrüstung hatte Schwärmer mit sich geführt. Ohnehin musste Adeen die Schriftrollen erst aus ihren Hüllen befreien, ehe er sie verbrennen konnte, es sei denn, es gelang ihm, ein Feuer zu erzeugen, das heftig genug brannte, um das Kristall splittern zu lassen.

Adeen schloss die Augen und versuchte, sich zu konzentrieren. In seinem Inneren kreiste ein schwarzer Sturm aus Wut und Verzweiflung, und er konnte nicht einmal mehr ruhig atmen. Erdmagie stand ihm als größte Macht zur Verfügung, das wusste er, und wenn es ihm gelang, Zugang zu der Glut zu finden, die er in sich spürte –

»Beim endlosen Abgrund!«

Der Schmerz traf Adeen, ehe er auch nur den Kopf wenden konnte, fuhr ihm mit eisiger Gewalt in die Rippen. Er wurde niedergeworfen, rutschte über den Boden und stieß gegen eines der Regale. Den Aufprall spürte er kaum. Vor seinen Augen zuckten Blitze. Er hörte ein fernes Ächzen und begriff vage, dass es seine eigene Stimme war.

Als sein Blick wieder klarer wurde, sah er die Stiefel, die auf ihn zukamen, schief, als wäre die Welt gekippt. Sie blieben direkt vor ihm stehen. Mühsam hob er den Kopf und blickte an den Beinen des Mannes empor: eine Militärrobe, ein kristallbesetzter Stab, weißblondes Haar und der bittere Geruch nach verbrauchter Luft und Blüten. Der Geruch eines Luftmagiers.

Charral.

»Ich fasse es nicht – was um alles in der Welt tust *du* hier, Krähe? Solltest du nicht tot sein?«

Das Ende des Stabes traf Adeen in die Seite und ließ ihn vor Schmerz zusammenzucken. Allmählich verlor der Zauber, mit dem ihn Charral attackiert hatte, seine lähmende Wirkung. Adeen konnte sich wieder rühren, er rollte sich herum, um sich zumindest halb aufzurichten, und zog seinen Dolch aus dem Gürtel. Wenn ihn Charral schon erwischt hatte, wenn er hier sterben musste, dann wollte er dabei wenigstens nicht mit dem Gesicht am Boden liegen. Blut tropfte aus seiner Nase auf seine Hand.

»Sehe ich richtig?«, spottete Charral. »Du hast nichts weiter als ein Messerchen? Schleichst dich in die Akademie, hast aber nichts, um zu kämpfen, wenn du einen Gegner triffst?«

Er stieß Adeen den Stab vor die Brust, und Adeen fühlte das bedrohliche Vibrieren, das von den magisch aufgeladenen Kristallen ausging. »Was willst du hier? Unsere Schriftrollen zerstören, um dem Abschaum da draußen zu helfen? Du weißt doch, dass die Magier von Rashija mächtiger sind als alles, was hier unten im Staub lebt.«

»Du hättest gar keine Macht, Charral«, hörte sich Adeen sagen, »ohne diesen Stab da. Nicht einmal einen kleinen Windstoß könntest du beschwören ohne ihn. Aber wir – wir Schreiber, wir haben Macht, solange Rashija … am Boden ist.«

Charrals Augen verengten sich zu Schlitzen. »Was redest du da?«

»Das weißt du so gut wie ich. Du hast schließlich selbst ... dieses Gemetzel angerichtet.«

»Und ich habe *dich* unter den Toten vermisst!« Charral rammte den Stab gegen Adeens Körper, und erneut zuckte ein Blitz durch seine Brust und warf ihn zu Boden. »Für wen hältst du dich? Ein Mischling, der allein durch seine Existenz die Gesetze des Herrschers untergräbt! Du bist ein Scheusal! Ich werde dir deine verdammte schwarze Haut abziehen!«

Adeen wischte sich das Blut vom Gesicht und stemmte sich auf einen Ellbogen hoch. Der Schmerz, der ihm eben noch den Atem genommen hatte, ließ plötzlich nach. Magie floss ohne sein Zutun in seinen Körper hinein, zog heiße grüne Spuren durch seine Adern, und ihr Glühen vermischte sich mit den roten Schlieren vor seinen Augen. Das Flattern großer Flügel klang in seinen Ohren, fern zunächst, doch es kam näher und erfüllte die Welt ringsum mit einem Dröhnen, das die Regale zittern ließ. Flüchtig fragte sich Adeen, weshalb Charral es nicht zu bemerken schien –

»Du bist das Scheusal, Charral.« Es fiel ihm schwer zu sprechen, als verwandle sich sein Mund in hartes Horn, und als könne seine Kehle nur noch Schreie hervorbringen. Der Raum vor seinen Augen, Charrals Gesicht, alles verbog sich auf sonderbare Weise, färbte sich grün, grau. Verschwommen sah Adeen, wie Charral voller Überraschung die Augen aufriss, dann

entfaltete der schwarze Vogel seine Flügel und schwang sich mit einem gellenden Schrei empor. Über ihm war nicht der freie Himmel, sondern er war eingeschlossen von Wänden, von Holz und Stein, unerträglich. Einer seiner Flügel riss ein Loch in die Decke. Ein Regen von Schutt fiel hinab, traf sein Gefieder und ließ ihn taumeln.

Er war zornig, halb verrückt von der Enge und dem Gefühl, gefangen zu sein. Er musste hier heraus! Heftig schlug er mit den Flügeln, entfachte einen Sturm, der Regale umriss, warf sich gegen die Wände und prallte zurück, lag zuckend am Boden und raffte sich wieder auf, um erneut sinnlos gegen die Begrenzung dieser winzigen Welt anzurennen.

Ruhig, ganz ruhig! Konzentrier dich!

Die Stimme in ihm war nicht seine, war fremd, kein Flügelwesen: eine Stimme der Vernunft. Sie wollte ihn daran hindern, in die Freiheit zu fliehen. Er durfte nicht auf sie hören.

Nein, du musst mir vertrauen. Du musst dich kontrollieren, erkennen, was zu tun ist.

Was zu tun war? Durch das Loch in der Decke fiel weißes Licht hinein. Dorthin musste er durchbrechen, gleichgültig, wie. Und wenn er seinen Körper dabei zerschmetterte –

Nein, nicht!

Zitternd hielt er inne und blickte sich um. Ein Mann stand mit ihm in dem Raum, umgeben von einer Aura aus flirrender Luft. Für ihn bestand sein Gesicht nur aus farbigen Flecken, doch er spürte die Gefühle, die er ausstrahlte, sah, wie sie sich rings um ihn abzeichneten: Abscheu und Verwirrung und Wut.

»Du kennst also diese Macht«, sagte der Mann. »Aber sie wird dir nichts nützen. Du kannst sie nicht beherr-

schen. Das braucht Zeit. Was auch immer du beschwörst, was auch immer du aus dir machst, es wird dich nur verschlingen. Also hör lieber auf damit, solange du noch kannst, und komm her! Du könntest die Magie des Herrschers in dir tragen und wärst noch immer nutzlos!«

Der Vogel verstand nicht, wovon er sprach, doch der Klang dieser Stimme weckte alte Bilder in ihm, die von Furcht und Qualen erzählten und von einer Gefangenschaft, die mit der Enge in diesem Raum in nichts vergleichbar war.

Ein Feind.

Gib den Weg frei!

Mit der Wucht eines Sturms warf der Vogel sich auf ihn, ging mit den Krallen und mit aufgesperrtem Schnabel auf ihn los. Blitze zuckten um ihn und hüllten ihn in einen knisternden Mantel ein, als der Mann seinen Angriff mit dem Stab abzuwehren versuchte. Der Schmerz ließ gleißende Bündel von Licht hinter seinen Augen explodieren und hätte ihn beinahe niedergeworfen. Die scharfe, gebogene Spitze seines Schnabels zerriss Stoff, fuhr in das Fleisch des Mannes, und er schmeckte Blut. Für einen Moment trennten sie sich. Der Mann versuchte, wieder auf die Beine zu kommen, eine Hand gegen die Seite gepresst. Blut sprudelte unter seinen Fingern hervor. Der silberweiße Zorn seiner Aura hatte sich in tiefroten Hass verwandelt, der im Rhythmus seines Herzens pulsierte, und darüber lag fahlgelb der Schimmer von Angst.

Auch der Vogel war verletzt. Einer seiner Flügel hing herab, vergeblich versuchte er, ihn am Körper zusammenzufalten. Er duckte sich und kreischte. Einzelne Federn hatten sich aus seinen Flügeln gelöst und segelten rings um ihn nieder. Seine Wut ließ Flammen aus ihnen emporschlagen, die zunächst schwarze Löcher in Wände und Teppiche brannten, dann loderten sie heller, fanden Kraft und breiteten sich knisternd aus.

Als der Mann das sah, schrie er auf, und seine gesamte Aura erbleichte und färbte sich gelb.

Ohne ihm oder sich selbst einen weiteren Augenblick zu schenken, um wieder zu Atem zu kommen, griff der Vogel erneut an. Er wollte, dass der Gegner starb, wollte sich über seinen zerrissenen Körper hermachen und sein Fleisch in sich hineinschlingen. Nur so würde er das Brennen heilen, das tief in seinem Körper saß.

Nicht! Tu das nicht!

Weiße Blitze. Blut und Feuer und der Gestank von Qualm.

Die Beute am Boden –

Hör auf!

Es war, als hätte jemand Adeen gepackt und kopfüber zu Boden geschleudert. Farben zerflossen vor ihm und ließen schwankendes Grau zurück. Er kniete auf dem versengten Teppich, beide Hände auf Charrals Brust gepresst, als wolle er ihm mit den bloßen Fingern das Herz herausreißen. Der Magier war bewusstlos. Seine Robe hing in Fetzen herab, und Blut floss aus tiefen Wunden. Adeen starrte auf Charrals Gesicht. Wie sehr hatte er diesen Anblick gehasst – jetzt war es völlig reglos, ohne das spöttische Lächeln, das ihn so häufig gequält hatte. Auf den glattrasierten Wangen glänzten winzige schwarze Blutspritzer.

Adeen wandte sich ab und würgte. Sein Körper gehorchte ihm nicht mehr, Krämpfe schüttelten ihn. Der

Raum verbog sich vor seinen Augen. Er konnte sich nicht erinnern, was passiert war, nur an Schreie und Sturm und das schreckliche Gefühl der Enge. Aber er wusste, dass es erneut passiert war: Der schwarze Vogel war zurückgekehrt.

Und diesmal habe ich ihn kontrolliert.

Nein, erkannte er im gleichen Moment, als er sich mühsam auf ein Knie hochstemmte und sich den Mund abwischte, *das habe ich nicht. Er hat mich kontrolliert, und hätte ich ihn nicht vertrieben, würde ich jetzt hier sitzen wie ein Tier, hätte sogar –*

Er blickte auf seine Hand. Seine dunkle Haut war überzogen von Brandwunden, auch Blut glänzte darauf. Ob es seines war, wusste Adeen nicht. Er schauderte und wandte den Blick zur Decke, wo ein großes Loch klaffte. Licht, in dem schimmernde Schuttpartikel tanzten, strömte durch die zerborstenen Balken herab. Erst dann kroch das Geräusch der Flammen in sein Bewusstsein, ihr Prasseln und Fauchen, während sie an den ersten Regalen emporzüngelten und sich über die Schriftrollen hermachten. Mit hellem Klirren splitterte eine Hülle aus Siltkristall in der Hitze, gleich darauf die nächste. Er war es, er hatte dieses Feuer erschaffen aus seiner Wut. Noch fühlte er die Reste dieser Wut in seinem Körper und begann die ganze Macht der Magie zu begreifen, die ihm gegeben war.

Aber um welchen Preis?

Auf einem Blatt Papier hatte es angefangen – ein Flügel, ein Schnabel – Vögel, die über eine feuchte und verwitterte Wand flogen – ihr Anblick hatte ihn damals getröstet, und er erinnerte sich: Es war, als hätten die Federn sanft sein Gesicht berührt und in seinem Herzen einen Hauch der Freiheit hinterlassen, die jedem Vogel zu eigen war. *Ich wollte doch nur die Flügel ausbreiten und die Luft um mich herum spüren. Ein Monstrum wollte ich nie erschaffen – und erst recht keines sein.*

Mit zusammengebissenen Zähnen richtete sich Adeen auf. Sein ganzer Körper brannte. Der Blitzzauber, den Charral mit seinem Kristallstab gegen ihn geschleudert hatte, hatte ihn empfindlich getroffen, und er sollte wohl Erleichterung empfinden, dass er noch lebte. Aber die Abscheu vor sich selbst erstickte jede andere Empfindung. *Bleib weg*, schrie er den Vogel an, *komm nicht zurück!* Aber was auch immer, wo auch immer der Aschevogel war, er hörte ihn nicht: In Adeens Innerem hallte die Stimme im Leeren wider, verklang in Schwärze.

Was würde ich dafür geben, wenn er verschwunden bliebe – wenn er nur als Papiervogel zurückkäme! Aber die Schwärze in ihm blieb und lauerte.

Neben sich sah er seinen Dolch liegen, der ihm aus der Hand geglitten war. Die Klinge war verbogen und halb geschmolzen, nutzlos. Erneut wandte er sich Charral zu. Als Erstes hob er den Stab auf, den der Magier hatte fallen lassen, und schmetterte ihn mit aller Kraft auf den Boden. Krachend zersplitterten die Kristalle, und Funken zuckten nach allen Seiten davon, sengten Löcher in die Wände und erloschen mit leisem Zischen. Jetzt würde Charral niemanden mehr angreifen! In seinem Gürtel steckte seine »Drachenzunge«, der gezackte Magierdolch. So behutsam es seine zitternden Finger erlaubten, löste Adeen die Scheide, zog den Dolch hervor und wog ihn in der Hand. Die Flammen spiegelten sich auf der bläulichen Klinge, und Lichtreflexe zuckten über Charrals bleiches Gesicht.

Los, Krähe, töte ihn, bevor er wieder zu sich kommt! Du weißt, dass er es verdient hat. Und es ist etwas anderes, ob du von einem Monstrum besessen bist, ihm das Herz herausreißt und frisst, oder ob du ihm einen schnellen Tod gibst, von dem er nichts spürt. Wer weiß, wie viele Leben du dadurch rettest.

Der Qualm wurde bereits dichter. Adeen hustete. Er schloss die Finger um den Griff und legte die Klinge an Charrals Kehle. Der Mann reagierte nicht. Unter der Dolchspitze quoll ein Tropfen Blut hervor und rann an Charrals weißem Hals hinab. Es war, als würde das Bild vor Adeens Augen gefrieren, und plötzlich wusste er …

Nur etwas fester …

… dass es dies war, was er immer sehen würde, sobald er die Augen schloss – wenn er jetzt die Klinge härter ansetzte.

Er konnte es nicht. Mit einem Aufschrei schleuderte Adeen den Dolch von sich.

Er packte Charral unter den Armen und schleifte ihn aus der unmittelbaren Reichweite der Flammen. Von der Anstrengung verschwamm ihm die Sicht. Der Körper des Magiers hinterließ eine Spur roter Flecken auf dem Teppich. Sein Kopf war zurückgesackt, träge quoll das Blut aus seinen Wunden und färbte die Robe dunkler. Adeen wusste nicht, ob er hoffen sollte, dass seine Leute Charral finden und in Sicherheit bringen würden, ehe er verblutete – oder nicht.

Etwas glitzerte an seinem Hals: Erst jetzt bemerkte Adeen die silberne Kette, die Charral trug, und den Schlüssel, der daran baumelte.

Ein Gedanke, den die Schreie des Aschevogels schon

beinahe vertrieben hatten, kehrte in seinen Kopf zurück: *Talanna.* Hatte Charral nicht gesagt, er habe sie in sein Quartier gebracht? Wenn dies der richtige Schlüssel war –

– dann bin ich ein unverbesserlicher Dummkopf, sollte ich ihn benutzen und sie retten. Ich kann ihr nicht trauen. Ich darf nicht noch mehr Zeit verlieren, sondern muss nach Schwärmer und den anderen suchen. Gemeinsam können wir vielleicht von hier entkommen.

Doch Adeen wusste, dass er genau das nicht tun würde. Er konnte Talanna nicht eingeschlossen in dem brennenden Gebäude zurücklassen. Und wenn sie zehnmal eine Verräterin war, wenn er nur konnte, würde er sie retten. Um den Truppen der Königin von Tama zu helfen, hatte er mehr getan, als er jemals von sich erwartet hätte: Vor ihm verbrannten die Schriftrollen, gingen in blauem und weißem Funkenregen auf, wenn das Feuer ihre Magie verzehrte. Nun musste er tun, was sein Herz ihm befahl.

Er bückte sich, riss Charral die Kette ab und umklammerte den Schlüssel. Spitz drückte sich der gezackte Bart in seine Handfläche. Adeen presste den Umhang vor sein Gesicht, um sich vor dem Qualm zu schützen, und blickte sich um. Durch das Loch im Dach nährte die frische Luft das Feuer. Die Treppe führte jedoch noch weiter hinauf in die Türme der Akademie.

Unter seinen Schritten knackten die Stufen bedenklich, und erneut rieselten Staub und Schutt von oben herab. Adeen hielt sich am Geländer fest und rang für einen Moment nach Atem, als sich ein Stachel aus Glut und Frost in seine Seite zu bohren schien. Charrals verdammte Blitzzauber! Dort, wo der Schmerz in seinen Körper stach, wies seine Rüstung nur einen versengten Punkt auf, aber er ahnte, dass der Zauber tief in seinen Körper eingedrungen war. Im Stillen dankte er der Königin für die Rüstung – ohne sie wäre er vermutlich nicht mehr am Leben gewesen.

Aber ihm blieb keine Zeit, sich auszuruhen oder sich um seine Verletzungen zu kümmern. Sobald die Nebel vor seinen Augen zurückwichen, hastete er weiter die Treppe hoch.

»Talanna.«

Ihren Namen zu murmeln, gab ihm Kraft, während die Welt um ihn herum schwankte – oder waren es seine Füße, die ihn nicht mehr tragen wollten? Die Stockwerke, durch die er stolperte, nahm er kaum wahr. Vor jeder Tür, auf die er stieß, hielt er inne, lehnte sich dagegen, um aufrecht stehen zu bleiben, und schob mit zitternden Fingern den Schlüssel ins Schloss. Seine Linke hinterließ dunkle Flecken auf dem knochenfarbenen Holz. Endlich glitt der Schlüssel in eines der Schlösser hinein, ohne Funken zu sprühen oder sich in seiner Hand festzubeißen. Lautlos schwang die Tür auf, und fast wäre Adeen ihr hinterhergefallen.

Ein wilder Kampfschrei gellte in seinen Ohren, ein Feuerstrahl zuckte auf ihn los und traf ihn in die Brust. Die Welt fiel in einen Punkt aus Schwärze zusammen.

18

GEFANGENE

Adeen! Hörst du mich? Du Idiot! Wach auf!«

Jemand ohrfeigte ihn. Farbiger Schnee wirbelte vor seinen Augen, rieselte herab und formte sich zu einem Gesicht: violette Haut, gelbliche Augen, weit aufgerissen vor Schreck oder Wut. Er versuchte, den Kopf abzuwenden, um sich nicht noch eine weitere Ohrfeige einzufangen, und verzog das Gesicht, als Glut durch seinen Schädel pulsierte.

»Ta…lanna?«

»Du bist wach! Was bei allen Mächten tust du hier? Ich hätte dich fast geröstet! Ich dachte, du wärst …«

»… Charral?« Adeen stemmte sich hoch, presste die Kiefer aufeinander und versuchte, nicht wieder bewusstlos zu werden. So hatte er sich das Wiedersehen bestimmt nicht vorgestellt. »Er ist … außer Gefecht.«

Dafür erntete er einen misstrauischen Blick von Talanna. »Wie das?«

»Der Vogel.« Es war schwierig, einen klaren Gedanken zu fassen. »Er ist … zu mir zurückgekehrt.«

»Du bist voller Blut und Asche!« Talanna klang vorwurfsvoll, und erst einen Moment später hörte Adeen die Sorge in ihrer Stimme. »Was ist hier los? Ich habe Lärm gehört, als würde die Akademie auseinanderbrechen, und du rennst hier herein und kippst mir vor die Füße …«

»Du hast … nachgeholfen.« Er tastete sich über die

Brust. Dieses Mal hatte der magische Angriff die Rüstung in verschmorte Überreste verwandelt, sie hing nur noch dank der Ledergurte mehr schlecht als recht an seinem Oberkörper. »Wie konntest du überhaupt …«

»Oh, mein Mann hatte einige halb aufgeladene Kristalle hier herumliegen, ein paar Splitter, nichts Besonderes. Aber ich konnte bei der Wahl meiner Waffen nicht wählerisch sein.« Ihr Blick verdüsterte sich. »Das war ein schwacher Angriffszauber. Du verträgst nicht viel.«

Er wollte über ihre Worte lachen, konnte aber nur keuchen und sich krümmen, bis er keine Luft mehr bekam. So elend er sich fühlte, sosehr sie beide in Gefahr sein mochten, es tat gut, ihre Stimme zu hören. Sie klang fast wie früher, und dass sie Charral hatte angreifen wollen, erfüllte ihn mit Erleichterung. »Wir müssen verschwinden! Komm, hilf mir hoch. Meine Beine –«

Wieder fiel dieser Schatten über ihr Gesicht, den er nur allzu gut kannte. »Wenn du gekommen bist, um mich zu retten, tut es mir leid. Ich kann nicht mit dir gehen, bevor ich nicht etwas Bestimmtes erledigt habe.«

Er hatte ihr die Hand hingestreckt, um sich von ihr aufhelfen zu lassen, und zog sie nun langsam wieder zurück. »Was soll das heißen?«

Sie antwortete mit einer Gegenfrage. »Du sagst, Charral sei außer Gefecht. Wo ist er?«

»Weiter unten, bei der Treppe. Ich weiß nicht einmal genau, ob er noch lebt.« Adeen richtete sich aus eigener Kraft auf, froh, dass er sich auf den Beinen halten konnte. »Was hast du vor? Du bist doch nicht zu ihm zurückgekehrt, um dich mit ihm auszusöhnen – du hättest keinen Feuerstrahl auf ihn geschleudert –«

»Ich hätte getan, was nötig war, aber dein Auftauchen macht es nicht gerade einfacher. Ich will nicht darüber reden. Wie bekomme ich dich jetzt heil hier hinaus, ehe dich jemand zu fassen kriegt?«

Sie schien noch immer nicht zu verstehen, dass sie es war, die hier festgesessen hatte, und er sie befreit hatte – oder nicht? Adeen spürte wieder die düstere Glut in sich, die der Aschevogel in seiner Seele hinterlassen hatte. »Jedenfalls nicht ohne dich.«

Talannas Miene wurde nun reglos. »Das ist verrückt. Du weißt doch, dass ich eine Verräterin bin. Die Mörderin deines Ziehvaters. Eine Draquerin, der man nicht trauen kann.«

»Ja«, sagte Adeen, »aber ich liebe dich nun einmal. Wahrscheinlich bin ich wirklich verrückt.«

Sie starrten einander an, und in Talannas Augen sah Adeen dieselbe Wut und Verbitterung, die er empfand – auf sich, auf sie, die Umstände, auf alles. Und doch war es, als reiche eine Geste, eine einzige Berührung, aus, um diese Mauer zusammenfallen zu lassen. Was dann geschehen würde, wusste er nicht, und jetzt war nicht der richtige Zeitpunkt, um es herauszufinden.

»Wo sind Schwärmer, Yoluan und die anderen?«, fragte Talanna.

»Sie wurden gefangen genommen. Talanna, ich bitte dich – was auch immer passiert ist, was auch immer du hier machst, hilf mir, sie da herauszuholen!«

Sie schüttelte den Kopf. »Du denkst wie ein Kind. Es gibt viel Wichtigeres zu tun.«

»Was denn?« Adeen schrie fast. »Wie kann ich dir vertrauen, wenn du es mir nicht sagst?«

»Es ist meine Sache«, erwiderte sie hitzig, »mein Leben. Ich will dich da nicht mit hineinziehen. Geh du und hilf deinen Freunden, oder besser: Versteck dich und warte, bis alles vorbei ist! Ich habe keine Freunde, und ich kann nichts verlieren. Und jetzt geh mir aus dem Weg!«

Sie machte Anstalten, ihn beiseitezustoßen. Adeen trat einen Schritt zurück und versperrte mit seinem Körper die Tür. Endlich verstand er, was die ganze Zeit über in Talanna vorgegangen war. Er war so abgelenkt gewesen von seinen Erinnerungen, seinem Leid …

»Ich bin dein Freund«, sagte er. »Wenn ich dir schon nicht vertrauen darf, bitte vertrau *mir,* und wenn es nur jetzt ist, nur in dieser Stunde. Ich helfe dir.«

»Wie sollst du mir helfen? Sieh dich doch an!« Ihre Stimme war schneidend, aber ein schlecht verborgenes Zittern lag darin. Plötzlich hob sie die Hand, als wolle sie sein Gesicht berühren, ihm das Blut abwischen. Doch ihre Finger streiften seine Haut nicht. »Also gut«, murmelte sie plötzlich mit veränderter Stimme, und ihre Schultern sanken herab. »Also gut. Lass uns zusammenarbeiten, zumindest für den Augenblick.«

Adeen verstand. Es gab noch zu viel zwischen ihnen zu klären. »Dann kommst du mit, um Schwärmer zu befreien?«

Talanna nickte mit sichtbarer Überwindung. »Aber zuerst brauche ich Papier und Tinte.« Sie griff nach beidem – auf Charrals Schreibtisch lag ein großzügiger Vorrat aufgeschichtet – und schob es in den Beutel, den sie bei sich trug.

»Du willst etwas aufschreiben? Warum überlässt du es nicht mir? *Ich* bin der Schreiber von uns beiden.«

Wortlos warf ihm Talanna den Beutel zu.

»Du hast ihn also tatsächlich besiegt. Nicht übel.«

»Ich begreife nicht, was du –«

... von Charral willst, hatte Adeen sagen wollen, aber die Worte blieben ihm in der Kehle stecken, als Talanna den reglosen Körper des Magiers auf den Bauch rollte und ihm mit einem scharfkantigen Kristallsplitter die Robe aufschlitzte. Mit beiden Händen zerriss sie den Stoff. Noch immer rührte sich Charral nicht, er ächzte nur leise, und ab und zu hustete er. Gemeinsam hatten sie ihn bis zum Fuß der Treppe getragen. Über ihren Köpfen prasselte das Feuer, fraß sich knackend durch die Regale und leckte an den Wänden empor. Nur die Steinwände hatten die Akademie bisher davor bewahrt, vollständig in Flammen aufzugehen. An einigen Stellen erschwerte der dicke Qualm das Atmen so sehr, dass sich Adeen den Saum seines Umhangs auf Nase und Mund pressen musste.

»Ich glaube, er hat den Schlüssel.«

»Auf seinem Rücken? Und – was für einen Schlüssel?«

Talanna erwiderte nichts, sondern fuhr mit wild entschlossener Miene fort, Charral zu entkleiden. Der Magier war muskulöser, als seine schlanke Gestalt vermuten ließ. Im nächsten Moment riss Adeen überrascht die Augen auf: Über die helle Haut von Charrals Schultern zogen sich feine Schriftzeichen in Schwarz und Blau, so klein, dass er sie erst erkennen konnte, als er sich direkt darüberbeugte.

»Ein Zauber!«

»Schreib ihn auf, Adeen. Wir werden jedes einzelne Zeichen brauchen.«

Einen Moment lang hätte Adeen am liebsten gelacht und nicht wieder aufgehört. Noch immer war ihm schwindelig und übel, alles schmerzte, und es fühlte sich an, als würde sein Kopf unabhängig von seinem Körper durch die brennende Akademie taumeln. Und nun sollte er sich neben den halbnackten Charral setzen und abschreiben, was ihm irgendjemand auf den Rücken tätowiert hatte, während Talanna danebenstand –

Aber er tat es. Seine zitternden Finger brachten die Zeichen mehr schlecht als recht aufs Papier. Doch er erkannte sehr wohl, dass es sich um einen komplexen Zauber handelte, Magie mit Schriftzeichen-Kombinationen, die seine Schreibfeder bislang noch nie kennengelernt hatte.

»War es das, was du wolltest?«, fragte er und richtete sich steifbeinig wieder auf. Jedes Innehalten machte es schwieriger, wieder in Bewegung zu kommen. »Diesen Zauber? Bist du deswegen zu Charral … zurückgekehrt?«

Talanna wandte das Gesicht ab. »Ja.«

»Was bewirkt er?« Was um alles in der Welt konnte so mächtig sein, dass Talanna bereit war, so viel dafür zu opfern?

»Später.« Ihr Blick war auf Charrals fahles Gesicht gerichtet, wie erstarrt. »Da ist noch etwas.«

Sie schob den Ärmel von Charrals Robe zurück und schnitt ein rotes, geflochtenes Band ab, das er um sein Handgelenk trug. Sofort erkannte Adeen das feurige Rot ihrer Haare.

»Das hat ihm erlaubt, mich zu kontrollieren«, sagte sie, »und ihn gegen meine Magie geschützt. Aber jetzt ist Schluss damit!« Sie warf das Band ins Feuer, wo es sich krümmte, als hätte es ein Eigenleben entwickelt, und einen Moment später zu Asche zerfiel. »Auf Gabta habe ich seine Macht gefühlt, als würde er mir die Luft abschnüren, aber hier ist er genauso hilflos wie ich. Ich habe nicht einmal gespürt, dass er gegen dich gekämpft hat.« Ihr Blick richtete sich auf Adeen. »Beantworte mir eine Frage: Warum hast du ihn nicht getötet?«

»Ich weiß es nicht.« Das war nicht die Wahrheit.

»Dann werde ich es tun.« Zwischen Talannas Fingern glänzte noch das Kristallstück, mit dem sie ihm die Robe zerschnitten hatte.

»Nein!«

»Weshalb nicht?«

»Willst du wirklich einen wehrlosen Mann töten?«

»Wenn er wieder zu sich kommt, wird er nicht mehr wehrlos sein.«

»Das wirst du dir nie verzeihen.«

Im fernen Widerschein der Flammen blitzten Talannas Augen wie die einer Katze. »Oder ich verzeihe es mir nie, wenn ich diese Gelegenheit verpasse.«

»Tu es nicht. Bitte.«

Zögernd ließ Talanna die Hand mit dem Kristallsplitter sinken.

»Hast du den Zauber? Vollständig?«

Adeen atmete auf. »Ja.«

Sie legte den Kopf auf die Seite, lauschte. »Da kommt jemand.«

Auch Adeen hörte jetzt die aufgeregten Stimmen mehrerer Männer und ihre hastigen Schritte, die rasch näher kamen. Talanna schlüpfte lautlos hinter einen Pfeiler, und Adeen tat es ihr gleich. Diesmal ging von den Wachen – Adeen zählte fünf – jedoch keine Gefahr aus: Ihre ganze Aufmerksamkeit galt dem Feuer. Unter den Drachenhelmen waren ihre Augen weit aufgerissen vor Schrecken, und einer von ihnen schrie laut nach Löschwasser. Zwei von ihnen stürmten die Treppe hinauf, vermutlich um einen Teil des Schriftrollen-Vorrats mit bloßen Händen aus den Flammen zu bergen, während drei den Weg zurückrannten, den sie gekommen waren, unter anderem derjenige, der nach Wasser gerufen hatte.

»Da hast du es!«, zischte Talanna in Adeens Ohr. »Sie werden Charral finden und sein verdammtes Leben retten! Erzähl mir später noch mal, wer von uns beiden recht hatte.« Ihre Finger verkrampften sich um den Kristall, den sie noch immer festhielt, und Adeen legte seine Hand auf ihre, sowohl um sie zu beruhigen, als auch, um sie zum Schweigen zu bringen. Sie warteten, bis die Schritte der Wachen nicht mehr zu hören waren, dann wagten sie sich aus ihrem Versteck hinaus.

»Weißt du, wo die Akademie ihre Gefangenen festhält?«, fragte Adeen. Inzwischen machte er sich ernsthafte Sorgen um Schwärmer und Yoluan. Wer konnte wissen, was die Rashijaner ihnen antaten, um Informationen über die Eindringlinge zu gewinnen?

»Vermutlich in den Kellern zu den Ritualräumen. Ich kenne sonst keinen Ort, der dafür geeignet wäre.«

»Ritualräume?« Das Wort hatte einen unheilvollen Klang.

Schatten glitten über Talannas Gesicht, während sie neben Adeen herging, leichtfüßig und mit unbewegter Miene. »Glaub nicht, du wärst der Einzige, der in Kontakt mit übernatürlichen Wesen steht – oder sich zumindest wünscht, er täte es. Ich habe dir von den Sagen erzählt, erinnerst du dich? Von den Elementarwesen, auf die wir Draquer unsere Herkunft zurückleiten.«

»Was ist mit ihnen?«

»Manche von uns versuchen, sie herbeizurufen und Macht über sie zu gewinnen.« Der Seitenblick, den sie Adeen zuwarf, hatte etwas beinahe Scheues, und ihm war, als betrachte sie den Aschevogel, nicht ihn. »Und sie rufen … Wesen. Oft genug solche, die sich jeder Kontrolle entziehen. Einige Gelehrte behaupten, dass es solche Wesen in Wahrheit nicht gibt, dass sie nicht gerufen werden, sondern aus unserem Inneren kommen und die Gestalt annehmen, die unser Verstand – oder was auch immer uns beherrscht – ihnen gibt. Aber davon verstehst du sicher mehr als ich.«

Adeen schwieg.

»Nun, diese Anrufungen gehen nicht ohne Blutopfer ab. Das ist schließlich der Stoff, der jeder Magie ihre Form gibt. Es ist kein Wunder, dass die Tinte für die Schriftrollen-Magie größtenteils daraus besteht, und auch, wenn ich meine Feuerzauber –«

»Was?«, unterbrach Adeen sie entsetzt. »Die Tinte?« Die dickflüssige, vielfarbige Tinte, in die er sein Schreibrohr so oft getaucht hatte, um zuzusehen, wie sie langsam aus der Spitze quoll und auf dem Papier trocknete … schwarz, häufig schwarz. »Es gab Gerüchte, aber – ich dachte nicht, dass sie wahr sind!« Erst einen Atemzug später begriff er die Gefahr, in der seine Freunde sich jetzt befinden mussten. »Du … du willst doch nicht sagen, dass sie Yoluan und den anderen die Adern aufschneiden wollen …«

»Es herrscht Krieg. Der Herrscher muss sich etwas einfallen lassen, wenn er Rashija verteidigen will.«

Ihre Nüchternheit verstärkte Adeens Entsetzen nur noch. »Wusstest du es?«

»Dass sie deine Freunde gefangen haben? Nein. Dass der Herrscher vielleicht plant, etwas … Mächtiges zu beschwören? Adeen, ich kenne diese Stadt und ihre Regeln. Komm, wir müssen hier hinunter.«

Sie wies ihn an, eine Treppe hinabzusteigen, wo der Geruch nach Staub und widerwärtig süßen Gewürzen in der Luft lag und die Leuchtkristalle in düsterem Blauviolett brannten.

»Charral hat die Schreiber umgebracht«, sagte Adeen, »alle. Ich habe ihre Leichen mit eigenen Augen gesehen.«

Talanna nickte. »Das hatte ich befürchtet. Und trotzdem hast du ihn nicht getötet?«

»Du hast es auch nicht getan.«

Diesmal war sie es, die nicht antwortete.

Inzwischen hatten sie sich ein gutes Stück von dem Teil der Akademie entfernt, der prächtig mit Teppichen, Schnitzereien und sonstigem Schmuck ausgestattet war. Hier lagen Schatten in den Gängen, da sich die Intervalle zwischen den Leuchtkristallen mehr und mehr vergrößerten, und Adeen fühlte gesprungene Bodenplatten unter seinen Sohlen. Sie hatten so viele Treppen abwärts hinter sich gebracht, dass sie sich bereits unter der Erde befinden mussten. Hierher würden der Rauch und die Flammen aus der Bibliothek zuletzt dringen, ihnen blieb also noch Zeit. Talanna führte ihn mit sicheren Schritten durch das Halbdunkel. Nur selten hielt sie inne, um sich zu orientieren. Sie bewegte sich beinahe lautlos, was Adeen nicht gelang. Manchmal warfen die Wände ein schwaches Echo seiner Schritte zurück, und er blieb mit hämmerndem Herzen stehen. Hitze umgab seinen Körper, und Wellen von Schmerz durchliefen ihn. Vor seinen Augen verschwamm der Gang und füllte sich mit rötlichen Schlieren. Er fragte sich, wie lange er noch durchhalten konnte, aber die Frage war sinnlos, und so versuchte er, sich abzulenken.

»Dieser Angriffszauber, den du gegen mich verwendet hast«, begann er mit gedämpfter Stimme, »glaubst du, so etwas gelingt dir noch einmal?«

Talanna griff in einen Beutel, den sie am Gürtel trug, und zog eine Handvoll Kristallsplitter hervor, die im schwachen Licht funkelten. »Mit diesem Abfall? Vielleicht ein- oder zweimal. Aber ich hoffe, das wird genügen. Die Wachen werden mich, wenn alles gutgeht, von sich aus hineinlassen, wenn ich dich als Charrals neuen Gefangenen ausgebe.«

Adeen hielt mitten im Schritt inne und starrte sie an. Talanna erwiderte den Blick reglos.

»Wer von uns hat denn angefangen, von Vertrauen zu reden? Nun musst du wohl mir vertrauen.« Ihre Lippen verzogen sich zu einem humorlosen Lächeln. »Immerhin siehst du aus wie jemand, der sich gegen seine Gefangennahme gewehrt hat.«

Adeen versuchte, das Lächeln zu erwidern, aber er konnte nicht. Stattdessen berührte er unsicher Talannas Schulter. Einen Augenblick lang duldete sie es, dann streifte sie seine Hand ab.

Sie durchquerten Gewölbe voller bizarrer Gegenstände. Die meisten, übermenschengroß, standen verborgen unter Decken und Planen, auf denen sich dicke Staubflocken abgesetzt hatten. Was sich unter den Planen befand, konnte Adeen nur erahnen. Manchmal sah es so aus, als würde eine erstarrte Menschengestalt anklagend einen

Arm erheben. Halbblinde Spiegel warfen ihre Bilder als Schatten zurück, und in Gefäßen aus Siltkristall schwammen Gegenstände, die Adeen lieber nicht genauer ansehen wollte; Früchte und Wurzeln, die aussahen wie fließendes Frauenhaar, aber auch Teile menschlicher und tierischer Körper. Und – Adeen traute seinen Augen kaum – Leinwände, Bilder in Schwarzgrau oder in beißenden Farben. Sie zeigten Fantasiewesen, Drachen mit aufgespannten Schwingen, Löwen mit grauenvoll verzerrten Menschengesichtern und blutigen Mündern und ein trauriges weißes Hirschwesen, das in einem engen Gehege angebunden dalag wie ein Kettenhund, umgeben von einem blühenden Garten. Die Bilder strahlten eine Kraft aus, die Adeens Herz berührte, und er erkannte, dass es in Rashija stets mehr Bilder gegeben hatte, als die Ideologie des Herrschers in der Öffentlichkeit erlaubte.

»Ritualgegenstände«, sagte Talanna leise an seiner Schulter. »Sie sagen, ein Abbild dessen, was sich in uns versteckt, hilft dabei, es hervorzurufen.«

Adeens Erinnerungen wanderten zu seinem schwarzen Vogel, dem ersten Erscheinen seines Flügels auf dem Blatt direkt vor seinen Augen. »Ein Abbild, sagst du?« Er zögerte, als ihm ein neuer Gedanke kam. »Was … verbirgt sich in dir?«

»Nichts. Ich bin nur eine Feuermagierin.« Ihre Stimme änderte sich plötzlich. »Wir sind fast da. Gib mir deinen Gürtel.«

Adeen folgte ihrem Blick, doch er sah nichts als einen weiteren Gang vor sich, in dem die Leuchtkristalle seltene Lichttümpel bildeten. Mit steifen Fingern löste er seinen Gürtel und reichte ihn Talanna. Sie fesselte ihm mit dem breiten Leder die Handgelenke so fest, dass er unwillkürlich das Gesicht verzog. Auch die Stöße in seine angeschlagenen Rippen, mit denen sie ihn vorwärtstrieb, fielen alles andere als sanft aus. Kein Zweifel, Talanna beherrschte ihre Rolle. Adeen gestattete sich keine Zweifel daran, dass es eine Rolle war – hätte sie ihn ausliefern wollen, hätte sie dazu gewiss schon vorher eine Möglichkeit gefunden.

Sie erreichten eine Doppeltür aus dunklem, geschnitztem Holz. Sie zeigte dasselbe Motiv wie die Bibliothekstür: einen Drachenkopf mit aufgesperrtem Rachen, jeweils eine Seite auf einem der Türflügel. Wie ein Teil des Schnitzwerks standen Wachen neben der Tür, deren Helme und Rüstungen wie ein Spiegel des Holzdrachen wirkten.

Talanna beschleunigte die Schritte, während sie Adeen hinter sich herzerrte. Wohl oder übel musste er sich ihrem Tempo anpassen. »Ihr sitzt wohl auf Euren Ohren!«, fuhr sie die Wachen an. »Oben in der Akademie brennt es, und Ihr steht hier herum! Habt Ihr denn den Alarm nicht gehört?«

Die Männer wechselten einen Blick, und obwohl Adeen unter den Helmen ihre Augen nicht sehen konnte, gab es keinen Zweifel an ihrer Verwirrung. Einen Moment herrschte Stille, dann sagte der Kleinere der Soldaten misstrauisch: »Seid Ihr nicht die Dame Talanna? Es heißt, Ihr wärt …«

»… zum Feind übergelaufen?«, führte Talanna seinen Satz zu Ende. »Ihr habt offensichtlich wieder auf der Hauptversammlung geschlafen, Nirul. Ich habe die Rebellen ausspioniert, und jetzt bin ich zurück. Wie Ihr seht, mit einem Gefangenen für den Herrscher. Fragt Meister Charral, wenn Ihr mir nicht glaubt – aber ich fürchte, dass er von Eurer Begriffsstutzigkeit nicht begeistert sein wird.«

Der Mann wirkte verunsichert. »Charral hat einen Preis auf Euren Kopf aussetzen lassen ...«

»Ein Teil des Spiels«, sagte Talanna mit aristokratischem Hochmut. »Meine Rolle musste schließlich glaubwürdig wirken, nicht wahr? Nun schlagt keine Wurzeln, helft bei den Löscharbeiten. Ich übernehme hier. Der Herrscher hat Charral mit der Leitung einer großen Beschwörung beauftragt, und wir werden viel Blut benötigen. Ich kümmere mich um die Gefangenen und bereite alles vor.«

»Meister Charral wollte, dass sie zuerst verhört werden«, sagte der Mann namens Nirul misstrauisch.

»Dazu bleibt keine Zeit. Unsere Soldaten da draußen brauchen magische Hilfe. Das Blut dieser Leute nützt uns jetzt mehr als alle Informationen, die sie vielleicht haben. Auch das habt Ihr offenbar nicht mitbekommen – unseren Truppen droht eine Niederlage.«

Das schien die Wachen vollends aus der Fassung zu bringen. »Nicht möglich«, murmelte der andere Mann, der im Gegensatz zu Nirul eher hochgewachsen und dürr war. Hilfesuchend wandte er sich an seinen Kameraden: »Nirul, was sollen wir tun?«

»Du hilfst den anderen«, antwortete Nirul entschlossen, »ich gehe der Dame Talanna zur Hand.«

Die zweite Wache nickte und hastete mit klappernder Rüstung davon. Gleich darauf hatte das Dunkel des Ganges sie verschluckt.

»Macht auf«, sagte Talanna und stellte sich hinter Nirul. Drohung und Anspannung lagen in ihrer Stimme. »Ihr verschwendet Zeit.«

Mit dem Finger beschrieb der Soldat einige Zeichen auf dem geschnitzten Holz der Tür, und knarrend öffneten sich die Flügel. Sie traten hindurch, und es war, als würde das Maul des Drachen sie verschlingen. Der Stoß in die Seite, den ihm Talanna versetzte, ließ Adeen die Zähne zusammenbeißen. Er wünschte sich, sie würde ihre Rolle nicht ganz so ernst nehmen.

Er atmete einen dumpfen, beunruhigenden Geruch ein, sowohl faulig als auch metallisch. Die geisterhaften Lichtflecken der Leuchtkristalle zeigten ihm einen dunkel gekachelten Raum, von dessen Wänden ihre Schritte widerhallten. In den Boden war ein Becken eingelassen, ein quadratischer Flecken Schwärze. Kälte kroch Adeens Beine empor. Alles, was er jemals über Blutopfer gehört hatte, all die düsteren Gerüchte, die man sich in den Arbeiterquartieren zuflüsterte, floss in seinem Kopf zu unerfreulichen Bildern zusammen.

»Die Gefangenen sind hier, Dame Talanna«, sagte die Wache. »Soll ich den Mann für Euch anketten?« Seine Hand wies auf einen Teil des Gewölbes, der mit einem Gitter vom Rest abgetrennt war. Auf den Stäben blinkte der bläuliche Widerschein der Kristalle, dahinter herrschte Dunkelheit. Doch noch während Adeen hinsah, legte sich eine Hand um einen der Stäbe, dann folgte eine andere, und er sah Yoluans wutverzerrtes Gesicht aus der Schwärze auftauchen. Er hatte eine Wunde an der Schläfe, und sein Gesicht war blutverschmiert.

»Talanna?« Seine laute, tiefe Stimme löste ein Echo aus,

das nicht länger nach ihm klang. »Hol uns hier raus, du … du Verräterin, du verdammtes Stück Dreck!« Mit Erleichterung erkannte Adeen, dass sein Freund offenbar trotz der Verletzung in leidlich guter Verfassung war, sonst hätte er nicht so laut brüllen können. Aber was war mit den anderen?

Talanna ignorierte Yoluan. »Nein, gebt mir die Fesseln«, sagte sie zu dem Wächter, »wir müssen ihm Hände und Füße festbinden, bevor er Ärger macht. Habt Ihr nicht gesehen? Er ist eine Krähe.«

Der Soldat beugte sich vor, packte Adeen beim Kinn und musterte ihn mit halb zusammengekniffenen Augen. »Tatsächlich, ein Mischling«, stellte er fest, »dieser Abschaum sollte gar nicht mehr am Leben sein. Wie …«

Noch ehe er den Satz zu Ende führen konnte, prallte ein bleicher Feuerstrahl gegen seinen Helm und versengte ihm das Gesicht. Der Mann schrie auf, wirbelte herum und hielt im gleichen Moment sein Schwert in der Hand. Talanna wich vor ihm zurück, streckte die Hände aus, um einen weiteren Feuerzauber zu wirken, doch zwischen ihren Fingern rieselte nur flirrender Kristallstaub zu Boden.

Adeen nahm seine Kräfte zusammen und warf sich gegen den Rücken des Wächters. Da seine Handgelenke noch gefesselt waren, konnte er nicht zuschlagen, aber das hätte ihm gegen einen ausgebildeten Magierkrieger ohnehin wenig genützt. Der Soldat stolperte, überrascht durch die Attacke von hinten, und Talanna nutzte die Gelegenheit, um ihm den Ellbogen seitlich gegen den Kopf zu rammen. Der Holzhelm dröhnte, die Klinge schnitt durch die Luft, im Dunkel nicht mehr als eine schmale silbrige Linie, und streifte Talannas Bein. Jetzt brach ein Lärm los, in dem der Wutschrei der Wache fast unterging: Angefeuert von Yoluans dröhnender Stimme und dem Geschrei der anderen, richtete sich Talanna trotz ihrer Verletzung auf, und auch Adeen tat sein Bestes, um den bewaffneten Gegner mit Stößen und Tritten aus dem Gleichgewicht zu bringen. Der Soldat fluchte, und während er mit der Rechten noch um sich hieb, zerrte er mit der Linken ein aufgerolltes Papierstück aus dem Köcher an seinem Gürtel. »Vorsicht!«, rief Adeen. Talanna duckte sich, gerade rechtzeitig, als der Mann die Worte des Zaubers murmelte. Ein Geschoss aus flüssigem weißblauem Feuer raste fauchend über sie hinweg und schlug in die gegenüberliegende Wand ein, wo es die Kacheln zersprengte und einen Scherbenregen niedergehen ließ. Beißender Qualm füllte die Luft.

»Adeen, hier!« Das war Yoluans Stimme. Adeen wandte den Kopf und sah, wie sich Yoluans Pranke durch die Gitterstäbe streckte. Etwas glänzte darin – die massive eiserne Gürtelschnalle, die zu seiner Rüstung gehörte. Diese improvisierte Waffe war stabil genug, um einen Gegner damit bewusstlos zu schlagen.

»Ich bin gefesselt!«, rief er. »Gib das Talanna!«

Yoluan zögerte nicht. Der Gürtel rutschte über den Kachelboden dorthin, wo sich Talanna gerade mühsam wieder aufrichtete. Blut tropfte aus der Wunde an ihrem Bein. Ihr war die Bewegung hinter den Gitterstäben nicht entgangen, und so bückte sie sich, so rasch es ihre Verletzung zuließ, und hob den Gürtel auf. Der Soldat näherte sich ihr mit grimmiger Miene, offensichtlich verärgert darüber, dass ihn zwei Widersacher ohne Waffen so lange in Schach gehalten hatten. »Die anderen hatten doch recht«, stieß er hervor, »Ihr seid eine Rebellenhure! Eine Blutbeschmutzerin!«

»Halt den Mund!«, schrie Adeen. Er musste die Aufmerksamkeit des Soldaten unbedingt auf sich ziehen. »Sie ist keine Hure! Sie ist …«

Schneller, als er erwartet hatte, sah er sich auch schon der Klinge gegenüber. »Scheißkrähe!«, zischte der Wächter. Adeen konnte nicht so rasch zurückweichen, wie das Schwert einen Bogen beschrieb, um ihm den Arm abzutrennen – aber mitten im Angriff verlor der Soldat das Gleichgewicht, und aus der eleganten Attacke wurde ein Sturz. Adeen warf sich zur Seite. Die Klinge verfehlte ihn um eine Handbreit und fiel mit einem lauten Klirren zu Boden. Die Wache lag ächzend auf dem Bauch, über ihr stand Talanna, die Gürtelschnalle in der Hand, die sie ihm mit voller Wucht erst von hinten in die Knie und dann gegen den Helm geschmettert hatte. Hastig hob sie das Schwert des Mannes auf, zerschnitt seinen Umhang und fesselte ihn mit den Stoffstreifen, bevor er wieder vollständig zu sich kommen konnte. Erst anschließend befreite sie Adeen von seinen Fesseln. »Das war knapp!«, sagte sie atemlos. »Nirul mag ein Dummkopf sein, aber kämpfen kann er.« Sie wischte die blutige Klinge am Umhang der Wache sauber, löste den Schwertgürtel und band ihn sich um.

Adeen rieb sich die Handgelenke. Prickelnd kehrte das Blut in seine tauben Finger zurück. Jetzt, da die unmittelbare Gefahr überstanden war und er zusah, wie Talanna mit ruhiger Hand den Gürtel schloss, überwältigte ihn ein fast quälendes Gefühl der Bewunderung für ihre unbeugsame Verwegenheit. Er öffnete den Mund, aber alles, was er herausbekam, war ein schlichtes »Danke«, und dann: »Bist du schwer verletzt?«

Talanna schüttelte den Kopf. Sie löste die lederne Panzerung um ihren Oberschenkel, schnitt den Umhang der Wache in Streifen und wickelte den Stoff um die Wunde. »Halb so schlimm. Nun lass deine Freunde heraus.« Sie warf ihm den Schlüsselbund zu, der zusammen mit der Schwertscheide an ihrem frisch erbeuteten Waffengürtel gehangen hatte. Adeen brauchte mehrere Anläufe, bis es ihm gelang, das Schloss des Gitters zu öffnen. Yoluan, Schwärmer und der Jüngere der beiden Soldaten drängten sich um ihn und begrüßten ihn mit erleichtertem Schulterklopfen. »Wir dachten, sie hätten dich auch erwischt!«, sagte Yoluan. »Du bist ein Tausendsassa.«

»Ohne Talanna hätte ich es nie geschafft.« Adeen blickte zu der Draquerin, aber sie stand unbeteiligt da. »Sie hat uns nicht verraten.«

»Reden wir später darüber«, sagte Schwärmer. Auch mit dem alten Mann waren die Wachen alles andere als sanft umgesprungen. Seine rechte Gesichtshälfte war blutig geschlagen und angeschwollen, vor allem die Haut um sein Auge würde bald grün und blau schillern. »Wir müssen immer noch die Schriftrollen verbrennen.«

»Das habe ich schon erledigt.« Seitdem war bereits so viel passiert, dass Adeen es schon fast vergessen hatte.

Schwärmer riss ungläubig die Augen auf. »Wie hast du das gemacht?«

»Mit Magie«, erklärte er kurz. »Die Akademie brennt, und wir sollten verschwinden. Wo ist …« Nur mühsam gelang es ihm, sich auf den Namen des fehlenden Soldaten zu besinnen. »… Ghaves?«

Über Schwärmers sonst so lebendiges Gesicht legte sich eine plötzliche Starre. »Er hat uns tapfer verteidigt, oder besser gesagt, er hat es versucht. Mit der verbrannten Hand konnte er nicht kämpfen. Ich weiß nicht, wohin sie die Leiche gebracht haben.«

Adeen schüttelte den Kopf. *Und vor kurzem haben wir noch gestritten!*

Schwärmer musterte ihn. »Du sagst, die Akademie brennt. Bist du durch das Feuer gelaufen? Oder wälzst du dich neuerdings in glühender Asche?«

Adeen brachte ein mattes Grinsen zustande. Das war Schwärmers Art zu fragen, ob es ihm gutging. »Beides. Und du? Und Yoluan?«

Schwärmer verzog das Gesicht, soweit es die Blutergüsse zuließen. »Rashijas Magierkrieger mochten unsere Verkleidung nicht. Aber du hast recht, wir müssen von hier verschwinden.« Sein Blick wanderte zu Talanna.

»Geht nur«, sagte Talanna, »und bringt euch in Sicherheit. Ich muss noch etwas erledigen.«

»Du hast geholfen, uns zu retten!« Yoluan trat auf sie zu, noch etwas unsicher, dann breitete er die Arme aus und quetschte sie an seine Brust. Ihr schmaler Körper verschwand fast in seiner Umarmung. »Und ich habe geglaubt, du hättest uns verraten – es tut mir so leid!«

Talanna wand sich unter seinem Griff hervor. »Mich kümmert nicht, was du glaubst.« Ihr Tonfall war scharf, als wolle sie ihn absichtlich beleidigen, und das freundliche Grinsen verschwand schlagartig von Yoluans Gesicht. »Du hast jedes Recht, mich für eine Verräterin zu halten. Ich habe euch nur um Adeens willen geholfen.«

Adeen runzelte die Stirn. »Um meinetwillen?«

»Ja. Deine Freunde sind frei. Nun schließ dich ihnen an und flieh aus Rashija, bevor das wahr wird, was wir eben nur gespielt haben: dass der Herrscher ein großes Blutopfer abhält, um seine Feinde auszulöschen, und etwas beschwört, was niemand aufhalten kann.«

Sie starrte ihn an, als wolle sie ihn allein durch die Unerbittlichkeit ihres Blicks in die Flucht schlagen. Auf ihrem Gesicht glänzte Schweiß, ihre Rüstung war voller Blut, sie vermied es, das verletzte Bein zu belasten, und von ihrer Hüfte hing ein wuchtiges Schwert, viel zu groß für sie. Dennoch gab es keinen Zweifel, dass sie entschlossen war, es mit jedem Gegner aufzunehmen – ob mit Erfolg, das bezweifelte Adeen.

»Komm mit uns«, sagte er. »Bitte, Talanna.«

Sie schüttelte den Kopf. »Gib mir den Zauber – du weißt schon.«

Die magische Formel, die Charral auf dem Rücken getragen hat. Seine Finger schlossen sich widerstrebend um das zerknickte Papier. Nichts an diesem Zauber gefiel ihm – die Art, wie sie ihn an sich gebracht hatten, Talannas Geheimniskrämerei. Ob es eine grausame Waffe für den Notfall war, die denjenigen, der sie benutzte, genauso zerstörte wie alles ringsum? Wollte Talanna deswegen nicht sagen, was der Zauber bewirkte und wofür sie ihn brauchte?

»Ich gebe ihn dir erst«, sagte er entschlossen, »wenn ich die Wahrheit kenne und weiß, was du damit tun willst.«

»Adeen, *nein.*« Schwärmers Hand packte seinen Arm, und als der alte Mann zudrückte, wurde Adeen erst bewusst, wie wenig Kraft er noch hatte. Ohne viel Mühe entwand er ihm das Papier und warf es Talanna vor die

Füße. »Ich bin bereit zu glauben, dass sie uns nicht schaden wollte, aber sie …« Er warf ihr einen düsteren Blick zu. »Sie spielt ihr eigenes Spiel. Spiel es nicht mit. Unser Auftrag hier ist erfüllt, und wir ziehen uns zurück.«

Seine Worte wühlten Adeen auf. Sogar Schwärmer wollte oder konnte Talanna nicht vollständig vertrauen, selbst nachdem sie soeben sein Leben gerettet hatte. »Tut das, aber rechnet nicht mit mir«, sagte er. »Ich gehe mit Talanna.«

Talanna hatte sich nach dem Papier gebückt, und nun hielt sie es so fest gepackt, dass die Knöchel ihrer Faust hellblau hervortraten. Dass sie die Schriftrolle noch mehr zerknitterte, schien sie nicht zu bemerken. »Kommt nicht in Frage! Warum, glaubst du, tue ich das alles überhaupt?«

»Ich weiß nicht. Warum tust du es?«

»Deinetwegen, du Idiot.« Talannas Augen wurden zu schmalen gelben Schlitzen. »Wegen deiner verdammten blauen Augen, du Tagträumer. Damit du deine Bilder malen oder ein anderes Mädchen finden und mit ihr glücklich werden kannst.«

Es war eine Liebeserklärung, auch wenn sie klang wie eine Beschimpfung. *Sie liebt mich.* Das Bewusstsein darum erfüllte Adeen mit einem unerwarteten, heftigen Gefühl der Wärme und des Triumphes. Neben sich sah er Yoluan grinsen, aber es kümmerte ihn nicht. Erst einen Augenblick später verstand er, was Talanna mit ihren Worten *auch* gemeint hatte, und die Wärme wich einem Unbehagen, das ihn frösteln ließ. Der Gedanke an den Zauber als zerstörerische Waffe erschien ihm immer einleuchtender. Als sie die Gruppe beim Betreten Rashijas verlassen hatte, hatte Talanna sich aufgegeben. *Kein Wort darüber, kein Abschied ... sie hat niemals geplant, mich noch einmal wiederzusehen.*

»Du glaubst, durch ... was auch immer du vorhast, kannst du Einfluss auf mein Schicksal nehmen?« Seine Stimme wurde von den Wänden zurückgeworfen, dumpf hallte das Echo durch den gefliesten Raum. »Darauf, ob ich male, ob ich glücklich bin? Glaubst du, ich bin glücklich, wenn du dich hier opferst? Ja, es stimmt, ich war wütend auf dich, und ich bin noch immer enttäuscht von dir. Aber du hast Rasmi nicht getötet. Es war Charral oder einer seiner Leute. Und auch wenn du einmal für den Herrscher gearbeitet hast, du hast dich entschlossen, Nemiz und uns zu helfen –«

Weiter kam er nicht, denn er wurde von Yoluans Aufschrei unterbrochen. »Was redest du da? Talanna hat für den Herrscher gearbeitet?«

Talannas Gesicht war tiefviolett angelaufen, ihre Augen blitzten. »Ja, das habe ich – als ich zu Nemiz' Gruppe stieß. Ich habe Charral mit Informationen versorgt über alles, was er und seine Rebellen getan haben. Verstehst du jetzt, warum ich allein gehen muss?«

Im bläulichen Licht wirkte Yoluan noch fahler, als er ohnehin schon war. Hilflos öffnete und schloss er seine großen Hände. »Ich kann es nicht glauben ... du bist doch mit uns geflohen ... sie wollten dich töten ...«

»Sie hat sich auf unsere Seite geschlagen«, erklärte Adeen geduldig. Yoluans Langsamkeit vereinfachte die Situation nicht gerade. Schwärmer und der Soldat schwiegen, aber auch ihre Mienen hatten sich verfinstert. »Weil sie erkannt hat, dass das, was sie getan hat, falsch ist.«

»Verdammt, ich hab wochenlang mit ihr in einem Zelt

geschlafen!«, stieß Yoluan hervor. »Und du, Adeen – du wusstest davon? Warum hast du es mir nicht erzählt? Ich dachte, wir wären Freunde?«

»Wir hätten dir beide davon erzählen sollen«, sagte Adeen, »euch allen.« Er zögerte, blickte zu Talanna, die sich langsam von ihnen zurückzog, einen behutsamen, tastenden Schritt rückwärts, dann den nächsten. Wenn er sie ansah, glühte in ihm noch immer die Wärme, die er bei ihrem Liebesgeständnis empfunden hatte. »Versteht ihr nicht? Sie ist eine Draquerin, ein ... ein Geschöpf des Herrschers.« Die Worte klangen hart, doch er fand keine sanfteren. »Sie ist aufgewachsen in dem Glauben, dass seine Gesetze und seine Lehren Gültigkeit haben.«

Talanna hielt inne, noch halb geduckt wie zum Wegrennen, die Hand auf dem Knauf des Schwertes. »Halt den Mund. Ich will es nicht hören.« Es war nicht die Härte seiner Worte, die sie quälte, spürte Adeen, sondern die Tatsache, dass er sie überhaupt verteidigte. Und er verstand, dass er Talanna vielleicht Vorwürfe gemacht und sie mit Verachtung gestraft haben mochte – aber niemand hatte sie so oft und so erbarmungslos verurteilt wie sie sich selbst.

»Doch, du wirst mir zuhören. Du hast das Beste getan, was du konntest, Talanna. Du hast dich gegen den Herrscher gestellt, als du begriffen hast, dass es das Richtige ist. Du warst mutig, hast uns geholfen – und ich habe einen Fehler gemacht, weil ich dir zum Vorwurf gemacht habe, was du vorher gewesen bist und was du getan hast. Es tut mir leid.«

Seine Worte überschlugen sich beinahe, und als alles gesagt war, fühlte es sich an, als hätte er sich von einer schweren Last befreit. Schweigen erfüllte das Gewölbe. Talanna stand nicht mehr ganz so geduckt da, doch auch sie sagte nichts.

Schwärmer räusperte sich. »Adeen hat recht«, erklärte er schlicht. »Wenn diese Geschichte wahr ist, hat Talanna ihre Fehler erkannt und danach gehandelt.« Er legte Yoluan, der mit geballten Fäusten dastand, die Hand auf den Arm, und langsam, wie gegen seinen Willen, ließ der breitschultrige Mann die Fäuste sinken. Schwärmer trat auf Talanna zu. »Ist das wahr?«

»Ja«, erwiderte Talanna mit spröder Stimme. »Aber ich …«

»Es ist nicht einfach, eine solche Entscheidung zu treffen. Du kannst stolz auf dich sein.«

»Stolz?« Sie schüttelte den Kopf. »Ich war blind. Ich habe den Tod dieses alten Mannes verschuldet, und den weiterer Unschuldiger. Das kann nie wieder gutgemacht werden. Nun wisst ihr wenigstens alles und werdet mich gehen lassen, weil es sein muss. Ihr werdet mich doch gehen lassen, um den Herrscher zu töten? Das ist die einzige Möglichkeit, diesen Krieg für immer zu beenden.«

»Den Herrscher töten?«, wiederholte Schwärmer. »Du glaubst, es ist … möglich?« Adeen war so überrascht, dass er kein Wort herausbrachte. Er kannte Talannas Kühnheit, aber damit hatte er trotz allem nicht gerechnet.

»Es ist möglich«, bestätigte Talanna, »wenn ich zu ihm gelange.«

Das hast du also die gesamte Zeit über geplant. Deshalb hast du dich von uns zurückgezogen. Aber warum? »Wie willst du das schaffen? Er ist sicher gut bewacht –«

Ihr Blick ging durch ihn hindurch. »Nicht so gut, wie

du vielleicht denkst, sobald die Tür geöffnet ist. Er versteckt sich hinter Zaubern, aber seine Berater haben den Schlüssel.«

Adeen sah auf die Schriftrolle in ihrer Hand. »Charral.«

Sie nickte, und Schwärmer warf ihnen beiden einen fragenden Blick zu.

»Er trägt Zeichen auf seiner Haut«, erklärte Talanna, und es war ihr anzumerken, dass jedes Wort widerwillig über ihre Lippen kam. »Das ist der Schlüssel.«

»Wie hast du den Magier besiegt?«, fragte Schwärmer. »Er soll einer der wichtigsten Hauptleute des Herrschers sein.«

»Nicht ich. Adeen.«

Adeen fühlte sich unbehaglich, als sich alle Augen auf ihn richteten. Sein Kampf gegen Charral ging die anderen nichts an. Sie würden nicht verstehen, was er selbst nicht verstand: die erschreckende Macht des Aschevogels, seine Gier danach, alles zu töten, was sich ihm in den Weg stellte, um die Flügel unter freiem Himmel auszustrecken. »Ich hatte nur Glück«, sagte er anstelle einer Erklärung.

»Ist er tot?«, erkundigte sich Schwärmer.

Talanna sagte nicht ohne Missfallen: »Nicht, als wir ihn zuletzt gesehen haben.«

Adeens Gedanken schweiften ab, tasteten sich durch die Nebel in seiner Erinnerung, kehrten zurück zu seiner Jugend im Schreibsaal der Akademie, kehrten weiter zurück zu den Bruchstücken seiner Kindheit und dorthin, wo nichts mehr war bis auf ein stechendes grünes Licht. Er versuchte zu ergründen, was er über den Herrscher wusste, den Mann, der Rashija geschaffen hatte, der ihre

Gesetze gemacht hatte und das Schicksal aller Menschen, Magier und Draquer bestimmte, die er kannte. »Der Herrscher« – das war nicht mehr als ein Wort, ein Schatten, eine Idee. Dass Talanna ihn töten wollte, erschien ihm unerhört, ja unsinnig, so als wolle man sein eigenes Spiegelbild töten. Und doch musste er dort sein, verhüllt hinter der Angst und dem Respekt der Rashijaner, hinter einer Mauer aus Magie, ein lebendiger Mann. So lange, wie er Rashija bereits regierte, musste der Herrscher sehr alt sein. Adeen versuchte, sich sein Gesicht vorzustellen, runzlig, eingefallen und mit einer Haut, die vom Alter geschwärzt und vertrocknet war wie die einer einbalsamierten Leiche, weißes Haar, eine Magierrobe in Schwarz- und Grautönen, denn wer die Malerei verbot, konnte keine Farbe am eigenen Körper tragen. Bosheit hatte seinen dürren Körper gebeugt und Spuren in sein Gesicht gefressen wie Narben.

Der Mann, dem wir unser elendes Schicksal verdanken. Talanna hatte recht, und nun, da dieses verbitterte dunkle Gesicht vor Adeens Augen schwebte, verstand er nicht, weshalb er nicht selbst darauf gekommen war: Nur der Tod des Herrschers konnte den Krieg beenden. Und das war es, was Talanna gewollt hatte: Um wieder gutzumachen, dass sie jemals für ihn gearbeitet hatte, wollte sie ihn töten – oder bei dem Versuch sterben.

Der Aschevogel schrie.

Adeen rieb sich die Stirn, um das Echo des Schreis aus seinem Kopf zu verscheuchen. »Ich komme mit dir, Talanna«, sagte er, »und mich kümmert nicht, ob es dir passt. Du kannst den Herrscher allein nicht bekämpfen. Wenn hier jemandem Schriftrollen- und Artefaktmagie zur Verfügung steht, um sich zu verteidigen, dann ihm. Du brauchst einen Magier, der dir hilft.«

Die Art, wie Talanna ihm den Kopf zuwandte, wie sie ihn musterte und den Unterkiefer vorschob, verriet ihm, dass seine Worte genau das waren, was sie all die Zeit über *nicht* hatte hören wollen. »Geh nach Hause, Krähe.« Ihre Stimme war brüchig. »Du kannst doch nicht einmal dir selbst helfen.«

Sätze wie diesen hatte er oft genug gehört, und sie berührten ihn nicht länger. Er mochte eine verrückte Krähe sein, aber die Krähe war nicht schwach, war es nie gewesen. »Die Wahrheit ist«, sagte er langsam, »dass ich wahrscheinlich der einzige Magier in Rashija bin, der dir überhaupt helfen kann.« Das Bild der niedergestochenen Schreiberin schob sich vor sein inneres Auge, und er holte tief Atem. Er wollte nicht, dass noch mehr Blut vergossen wurde, aber es war richtig, diejenigen aufzuhalten, die für ein solches Gemetzel verantwortlich waren – oder? »Der einzige Magier, der seine Kräfte noch hat.«

»Ja«, sagte Talanna. »Das bist du.« Sie schwieg einen Moment, dann fragte sie: »Und was bin ich für dich?«

»Wie meinst du das?«

Das blaue Licht fiel nur auf eine Seite ihres Gesichts, die andere lag im Schatten. »Während des Kampfes … kurz bevor ich Nirul niedergeschlagen habe … du wolltest etwas rufen. Aber du hast nicht zu Ende gesprochen.«

»Oh, ja.« Bei all der Aufregung hatte Adeen es schon beinahe vergessen, und in diesem Moment wäre es ihm lieber gewesen, die anderen hätten nicht mitgehört. Als er nicht gewusst hatte, ob er einen Moment später noch am Leben sein würde, war es einfacher gewesen, die Worte herauszulassen. Er verzog einen Mundwinkel zu einem scheuen Lächeln. »Du bist … nun, diejenige, die ich liebe, was sonst?«

»Unverbesserlich«, sagte Talanna leise, »Träumer.« Dieses Mal klang sie beinahe zärtlich. »Niemand von uns wird dem anderen auch nur einen Schritt Boden überlassen in diesem Kampf, oder?«

Das ist es also für sie – ein Kampf? »Wenn du damit meinst, ob ich dich allein gehen lasse, nein.«

In Talannas Augen lag ein warmer und lebendiger Glanz. »Wir haben schon zu viel Zeit verloren, Magier«, sagte sie, »gehen wir.«

Qualm füllte die Räume und Korridore der Akademie und ließ sie husten. Die Wachen, die mit Eimern voller Löschwasser durch die Gänge hasteten, waren so verunsichert und von ihrer Aufgabe in Anspruch genommen, dass sie problemlos an ihnen vorbeischleichen konnten. Bereits in den Gängen schlug ihnen Lärm von draußen entgegen. Als Adeen gemeinsam mit den anderen den Hintereingang erreicht hatte, gellten Schreie so laut in seinen Ohren, dass sein Kopf davon dröhnte.

Auf dem Platz vor dem Gebäude, der vorhin noch wie ausgestorben dagelegen hatte, hatte sich eine Menschenmenge angesammelt: Zerlumpte Gestalten, Männer und Frauen in den bunten und kostbar gefertigten Gewändern der Ober- und Mittelschicht, sogar einige Soldaten in Drachenrüstungen. Sie brüllten im Chor, skandierten Worte, die Adeen nicht verstand, und – ja, sie tauchten Fackeln, Holzscheite und Papierrollen in Feuer, die offenbar nicht vom Brand der Akademie stammten, sondern auf dem Platz entzündet worden waren – und schleuderten die Flammen gegen Wände und Dach des Bauwerks.

»Ich fasse es nicht!«, murmelte Schwärmer verblüfft.

»Was rufen die?«, fragte Yoluan.

Adeen lauschte angestrengt, aber noch immer verstand er nichts. Es war Talanna, die antwortete: »Freiheit. Tod dem Herrscher. Tod seinen Dienern.« Ein schwaches, halb bitteres Lächeln zuckte um ihre Lippen. »Offenbar ist meine Idee nicht so einzigartig, wie ich dachte.« Im Tageslicht wirkte sie bleich und erschöpft, doch sie schien zumindest ihren Sinn für Humor wiedergefunden zu haben. Dass sie, die Draquerin, sich jetzt umso mehr in Gefahr befand, schreckte sie offenbar nicht.

»Eine Revolte!« Adeen konnte kaum glauben, was er hörte und sah. Zu der Zeit, als er in Rashija gelebt hatte, wäre so etwas undenkbar gewesen. Doch nun hatte der Herrscher seine Truppen aufs Schlachtfeld geschickt, und die wenigen Magiersoldaten, die zurückgeblieben waren, führten einen verzweifelten Kampf gegen die Flammen, die noch an der Akademie fraßen. Die Leute riefen nach Freiheit, und nicht nur Einzelne, sondern Massen. Es war eine fremde Welt.

Talanna blickte mit zusammengekniffenen Augen in die Flammen. »Sie werden die Akademie zerstören. Wie auch immer dieser Krieg ausgeht – der Herrscher wird viel verlieren.«

Der Anblick der wütenden Menge löste zwiespältige Gefühle in Adeen aus. Diese Rufe nach Freiheit – er hätte mit einstimmen können. Aber was, wenn die siegreichen Truppen des Herrschers nach der Schlacht zurückkehrten und die gesamte Stadt voller Rebellen vorfanden? Sie würden sie zusammentreiben wie einen Schwarm junger Skadas und sie alle abschlachten. »Wir sollten uns besser beeilen«, murmelte er.

»Ich kehre zu Keyla und der Königin zurück«, sagte Schwärmer fast bedauernd. »Es ist meine Pflicht, ihnen Bericht zu erstatten, dass unser Vorhaben erfolgreich war. Dabei würde ich gern sehen, wie sich dieses Volk befreit und unsere Sache siegt – hoffentlich. Ich werde aus der Ferne zusehen.« Er klopfte erst Adeen auf die Schulter, dann, nach einem kurzen Zögern, auch Talanna. »Bei eurem Kampf wären meine alten Knochen ohnehin keine Hilfe.«

»Pass auf dich auf«, sagte Adeen. Er war erleichtert, dass Schwärmer klug genug war, sich der Gefahr nicht auszusetzen. Der Soldat, der überlebt hatte, schloss sich Schwärmer an, nur Yoluan zögerte noch.

»Ihr seid meine Freunde«, sagte er, »und ich war nicht nett zu dir, Talanna. Seit der Flucht haben wir alles zusammen gemacht, na ja, fast alles. Ich kann euch nicht einfach so gehen lassen.«

Yoluan war in seiner Rüstung eine imposante Erscheinung und erweckte den Eindruck, eine ganze Schar Gegner in die Flucht schlagen zu können. Aber gegen den Herrscher und seine überlegene Magie würde ihm all seine körperliche Stärke nichts nützen.

»Geh mit Schwärmer, Yoluan«, sagte Adeen. »Gegen den Herrscher kannst du nichts ausrichten. Es hilftt uns allen nichts, wenn du dein Leben für uns aufs Spiel setzt.«

»Er hat recht«, bestätigte Talanna, »geh.«

Yoluan sah Adeen ernst in die Augen. »Du sagst, dass

du ein Magier bist, Adeen – aber ich habe nur gesehen, wie du Blätter aus einem Stock hast wachsen lassen. Ich hoffe, du weißt, was du tust. Vergiss nicht, ich werde dafür sorgen, dass du irgendwann deine Bilder malen kannst. Das habe ich dir versprochen. Also komm gefälligst nicht auf die Idee, in dieser verfluchten Stadt zu sterben.«

Adeen musste lächeln. »Ich werde mein Bestes geben.«

»Das reicht nicht. Versprich es.«

Er würde ihn nicht gehen lassen, ehe er dieser Aufforderung nicht nachkam. »Also gut, ich verspreche es.«

»Du wirst auf ihn aufpassen, verstanden?« Yoluan richtete seinen Blick auf Talanna. Für einen Moment wünschte Adeen, sie könnten sich ihm und Schwärmer anschließen und ebenfalls ins Lager zurückkehren. Wer waren sie denn, sich anzumaßen, diesen Krieg zu entscheiden? Dann sah er zu Talanna, in ihr wild entschlossenes Gesicht, und wusste, dass ihn kein Weg in den Schatten der rotgoldenen Wälder zurückführen würde, solange sie es nicht zumindest versucht hatten.

Eine Mauer verschluckte seine Freunde. Einen Augenblick später flog ein Klumpen Pech und brennendes Papier über die Stelle hinweg, wo Yoluan eben noch gestanden hatte, und schlug mitten durch ein Fenster der Akademie.

19

DER HERRSCHER

Im Gegensatz zu der gespenstischen Leere noch vor einigen Stunden hatte sich die Stadt nun mit hitzigem, zornigem Leben gefüllt. Die Rashijaner hatten sich an zahlreichen Plätzen versammelt, die Akademie war nur einer davon. An vielen Stellen fauchten Flammen, und schwarzer Rauch stob in den blauen Winterhimmel hinauf, *formte Flügel, voller Funken …*

Erschöpft rieb sich Adeen die Augen. Seine Sinne täuschten ihn. Was würde geschehen, wenn er vor Müdigkeit die Kontrolle verlor und der Aschevogel im falschen Moment zurückkehrte? Doch er schob die Befürchtungen beiseite und beeilte sich, nicht hinter Talanna zurückzufallen, die trotz ihres verletzten Beins rasch voranschritt. Wie genau er das Versprechen erfüllen sollte, das er Yoluan gegeben hatte, wusste er nicht, und er fühlte sich erst recht nicht wie der Held, dessen Rolle er eben noch gespielt hatte.

Den Regierungssitz – oder den Herrscherpalast, wie man ihn auch nannte – hatte Adeen häufig aus der Ferne gesehen, ein Gebäude, das für ihn ebenso gut in einer anderen Welt hätte stehen können, so wenig hatte er bisher auch nur erwogen, sich ihm zu nähern. Er war auf der Spitze eines steilen Felsens errichtet, dem höchsten Berg Rashijas. Dort oben thronte er, ein Klotz aus schwarzem Stein und blauschimmerndem Siltkristall, gespickt mit stachligen Türmen, massig, wehrhaft, ohne die Eleganz der Akademie. Nur ein schmaler, gewundener Pfad führte hinauf. In diesen Räumen traf sich der Rat und fällte Entscheidungen über die Zukunft Rashijas, und dort wohnte auch der Herrscher. Menschen hatten sich am Fuß des Berges versammelt, standen auf dem Pfad oder bildeten kleine Gruppen vor der Tür des Gebäudes, von hier aus so klein, dass sie kaum zu erkennen waren. Der abschüssige Fels ließ ihnen nicht genug Platz, ihren Kreis rings um den Herrscherpalast zu ziehen. Auch hier sah Adeen Fackeln brennen, aber die Leute wirkten zurückhaltender als bei der Akademie, ängstlicher. Auch sie skandierten Sätze, aber leiser, und niemand wagte es, Feuer gegen die schwarzen Wände zu schleudern. Die Menschen hielten zwar Waffen in den Händen, doch es waren meist nur Stöcke, Brotmesser oder andere zweckentfremdete Alltagsgegenstände.

Er folgte Talanna, die sich durch die Masse hindurchschlängelte, und kämpfte sich hinter ihr atemlos den Hang hinauf. Oben fiel der schwere Schatten des Herrscherpalasts auf sie. Hier war der gefrorene Boden noch immer weiß von Reif, obwohl Mittag längst vorüber war. Die Menschen, die sich hier versammelt hatten, begrüßten die Neuankömmlinge, als gehörten sie zu ihnen. Eine junge Frau – zu Adeens Erstaunen trug sie die Drachenrüstung der Magierwachen – war auf einen Felsen gestiegen und verlangte mit lauter Stimme von dem schweigenden Gebäude, der Herrscher solle heraustreten und zu seinem Volk sprechen. Er solle erklären, weshalb er diejenigen im Krieg sterben lasse, an deren Wohlergehen ihm doch angeblich so viel liege, weshalb sie, die Herren der Welt, von

Barbaren mit Spießen und Stöcken abgeschlachtet würden, sobald sie ihren Vorrat an magischen Schriftrollen verbraucht hätten. Pfiffe und Applaus aus der Menge begleiteten ihren Vortrag. Andere Stimmen riefen nach einfacheren Dingen – Mehl, Decken, Wasser –, und auf diese Rufe hin liefen erst recht Wellen leidenschaftlicher Zustimmung durch die Versammlung. Auch hier entdeckte Adeen weitere Drachenrüstungen und rote Umhänge inmitten der protestierenden Menschen.

Talannas Gesicht leuchtete kurz auf, als sie die Frau sah. »Kuama!«

»Eine Bekannte von dir?«, fragte Adeen.

»Ja, aus der Zeit, als ich beim Militär war. Ich hätte nie geglaubt …«

Als die Frau Talanna in der Menge bemerkte, sprang sie geschmeidig von dem Felsen herab und kam auf sie zu. Respektvoll machten die Menschen ihr Platz. Aus der Nähe konnte Adeen erkennen, dass sie nicht so jung war, wie er im ersten Moment gedacht hatte, denn Falten lagen um ihre Mundwinkel. Er hatte ihr Haar für blond, ihre Haut für hell gehalten wie Charrals, aber sie war eine Draquerin wie Talanna, ganz und gar fahlblau gefärbt wie der Himmel kurz vor Sonnenaufgang. Das Haar hatte sie zu Zöpfen geflochten und um den Kopf gewickelt, wie Adeen es schon häufiger bei weiblichen Mitgliedern des Militärs gesehen hatte, auch bei den Truppen der Königin von Tama.

Kuama blieb vor Talanna stehen. »Du lebst«, stellte sie fest. Ihre Stimme klang kühl.

»Und du forderst den Herrscher heraus. Als wir uns das letze Mal unterhalten haben, wärst du noch für ihn gestorben.«

Einen Lidschlag lang wich die Frau Talannas Blick aus. »Die Dinge ändern sich.«

»Warum bist du nicht in der Schlacht?«, fragte Talanna. »Das ist es doch, was du immer wolltest – für Rashija kämpfen.«

Kuama schwieg. Adeen spürte die Vertrautheit zwischen den beiden Frauen, Talannas sonderbare, beinahe zärtliche Besorgnis, die sich hinter den scharfen Worten verbarg, und fragte sich, ob sie einander wirklich nur vom Militär her kannten.

»Ich war dort.«

»Was ist passiert?«

»Krieg, das ist passiert«, erwiderte Kuama rauh. »Meine Leute waren darauf vorbereitet, den Feind mit ihren Schriftrollen-Zaubern vernichtend zu treffen. Aber bevor sie nur dazu kamen, die Zauber zu rezitieren, ging ein Pfeilhagel auf sie nieder. Die meisten starben, ohne das Geringste ausrichten zu können, und ich konnte ihnen nicht helfen – meine Skada ist durchgegangen, und meine Magie … die Schriftrollen waren verbraucht, und ich hätte genauso gut nach Sand und Wasser greifen können.« Kuamas Gesicht wurde starr, sie schien durch Talanna hindurch auf das ferne Schlachtfeld zu blicken. »Ich weiß nicht, wessen Fehler es war, ob der Herrscher die Kraft der Erdkriecher unterschätzt hat oder ob meine Leute einfach wertlos für ihn waren.« Ihre Stimme sank zu einem Flüstern herab. »Der Älteste von ihnen war siebzehn. Ich habe sie alle persönlich im Stockkampf ausgebildet.«

»Es ist nicht deine Schuld«, sagte Talanna leise. Kurz schien es, als wolle sie die Frau umarmen, aber sie tat es nicht.

»Du warst immer mutiger als ich, Lanna. Ich hatte Zweifel wie du ... aber ich habe nicht gewagt, ihnen auf den Grund zu gehen. Es ist ja auch schmeichelhaft, dass man etwas Besonderes sein soll, etwas Besseres. Ich war jung und habe geglaubt, dass ich Verantwortung dafür trage, dass alles so weiterläuft wie bisher. Ich habe weggesehen, als ich angefangen habe zu zweifeln. Wie konnte alles, was ich von Kindheit an gelernt hatte, woran auch jeder andere glaubte, eine Lüge sein? Wenn es eine Lüge gewesen wäre, hätte diese Erkenntnis nicht unsere Welt zerstört? Zum Schluss war ich gleichgültig, hatte mich an das, was ich jeden Tag sah, gewöhnt. Aber vor allem hatte ich Angst: Ich wusste, ich würde alles verlieren, wenn sich etwas ändert. Jetzt hat sich alles geändert, aber es ist besser so.« Kuama hob den Kopf und blickte auf die massige schwarze Silhouette des Herrscherpalasts. »Mein Zögern war ein Fehler, wie ich jetzt weiß. Nun bin ich dankbar, dass zumindest einige meiner Leute noch zu mir halten.«

»Das ist Adeen«, sagte Talanna und schob ihn einen Schritt nach vorn. Mit einer Sachlichkeit, die Adeen trotz der ernsten Lage fast zum Lachen brachte, fügte sie hinzu: »Er und ich, wir werden den Herrscher töten.«

»Eine Krähe?« Auf Kuamas bleichem Gesicht zeichnete sich eine Mischung aus Ekel und Überraschung ab, während sie Adeen musterte, und er spürte, wie eine einzelne wütende Flamme in ihm hochzüngelte. Dass ihn jemand so ansah, hatte er nicht mehr nötig. »Wie willst du mit seiner Hilfe ... Du bist verrückt, Schwester, noch viel verrückter, als ich jemals geglaubt habe!«

Das ist es also: Sie sind Schwestern. Deswegen wirken sie so vertraut.

»Wir Draquer mögen auf der Erde unsere Magie verloren haben«, sagte Talanna, »aber Adeen hat an diesem Ort Macht. Du solltest ihn besser höflich behandeln.«

»Wenn es ihm gelingt, den Herrscher zu stürzen, *dann* behandle ich ihn höflich.«

Talanna zeigte sich unbeeindruckt, und Adeen fand, dass es nicht der richtige Zeitpunkt war, eine Diskussion anzufangen. »Wir können sicher jede Hilfe gebrauchen … Kuama«, sagte er versuchsweise.

Die Frau lachte ein beinahe erschreckendes Lachen. »Oh nein, ich bleibe hier. Ich habe noch immer die Befehlsgewalt über einen Teil der Wache. Siehst du diese Menschen? Meine Leute werden sie in Ruhe lassen, solange ich hier bin. Ohnehin schwindet der Rückhalt für den Herrscher auch bei den Magiern und den Wachen mehr und mehr. Ich werde dafür sorgen, dass es nicht noch mehr Opfer gibt – wenn ich kann.«

»Wir müssen in den Palast«, sagte Talanna.

»Niemand wird euch daran hindern.«

»Gut.«

Kuama streckte die Hand aus und berührte Talannas Schulter. »Lanna – ich weiß, was das Richtige wäre, aber ich habe all diese falschen Lehren so lange geglaubt. Ich kann mich nicht einfach dem Mann entgegenstellen, der … Pass auf dich auf.«

»Halte die Leute vom Palast fern, wenn wir die Tür öffnen«, sagte Talanna, »da drin wären sie verloren. Was auch immer der Herrscher an magischen Hilfsmitteln angesammelt hat, sie können nichts dagegen ausrichten. Und … pass auch auf dich auf.«

Die Soldatin nickte. »Sollte der Herrscher herauskommen und sich diesen Menschen zeigen, kann ich allerdings für nichts garantieren. Sie werden sich auf ihn stürzen wie eine Meute Hunde auf ihre Beute.« Sie kehrte zu der Menge zurück und gab einige kurze Befehle. Ihre Leute verteilten sich, und Adeen erkannte, dass sie günstige Positionen suchten, um die Menge daran zu hindern, das Gebäude zu stürmen.

»Ich hatte beinahe vergessen, dass du eine Schwester hast«, sagte er zu Talanna.

»Ich wusste nicht, dass ich *wieder* eine habe«, erwiderte sie. »Aber ich bin sehr froh darüber. Kuama wird hier draußen tun, was sie kann, um unsere Arbeit nicht zu behindern.« Trotz all ihrer Sachlichkeit erkannte Adeen, dass sie froh war, Kuama wiedergesehen und sich nicht im Streit von ihr getrennt zu haben.

Sie standen vor dem Tor des Palastes, das vier oder fünf Schritt hoch sein musste. Eingelassen in eine schwarze Wand aus mächtigen behauenen Steinblöcken, bestand es aus Siltkristall. Es wirkte nicht wie ein Eingang, sondern mehr wie die glänzende Wasseroberfläche in einem Brunnenschacht, durch die man einen Blick in dessen Tiefe erhaschen konnte. Durch das Kristall sah Adeen einen Teil der Halle, die sich hinter dem Tor befand. Sie war dunkel und mit schwarzrot geäderten Bodenplatten ausgekleidet, die sich nach wenigen Schritten in völliger Finsternis verloren. Säulen und bizarre Gebilde, vielleicht Statuen, warteten darin, starr und nur halb sichtbar wie eine verblasste Erinnerung aus einem Traum. Er blickte in eine fremdartige, schweigende und bedrohliche Welt, und der Gegensatz zu dem Tumult vor dem Eingang hätte nicht größer sein können.

»Wie kommen wir hinein? Dieser Schlüssel –«

Talannas Aufmerksamkeit galt mehr dem Tor selbst. Schriftzeichen waren in das Kristall geschnitten, keines größer als eine Fingerkuppe. Sie bedeckten jedes Stück der Tür, übersäten sie mit winzigen stilisierten Bildern. Talanna zog den Zauber hervor, den Adeen von Charrals Rücken kopiert hatte, und rollte das ramponierte Papier auseinander.

»Ich weiß nicht genau.«

Adeen blickte ihr über die Schulter und überflog den Text. Im Laufe der Jahre, die er an der Akademie gearbeitet hatte, hatte er sich angewöhnt, Kombinationen von Zeichen rasch zu erfassen und sich einzuprägen. Suchend tastete er mit den Blicken die Tür ab. »Hier ist es. Das sind dieselben Zeichen.«

Talanna trat einen Schritt auf die Tür zu, um die eingravierten Symbole näher in Augenschein zu nehmen. In diesem Moment gab der Kristall einen durchdringenden, singenden Ton von sich, und mitten in der Tür wurde ein Spalt sichtbar, der sich langsam verbreiterte. Welcher Mechanismus auch immer dafür verantwortlich sein mochte, er blieb unsichtbar. Adeen und Talanna wechselten einen Blick, dann fassten sie einander kurzentschlossen bei den Händen und traten durch die Öffnung.

So wird also der Rat in den Herrscherpalast eingelassen.

Hinter ihnen schloss sich der Kristall wieder. Bei dem Gedanken, dass der Weg hinaus vielleicht nicht so einfach sein würde wie der hinein, wurden Adeens Handflächen feucht. Er ließ Talanna los, versuchte, ruhig zu atmen und das Gefühl zu verscheuchen, dass sie in einer Falle saßen.

Als sich der Spalt wieder vollständig geschlossen hatte,

umfing sie Stille. Adeen blickte zurück und sah, wie die Menschen draußen auf die Tür losstürmten, kaum von den Wachen zurückgehalten. Ihre Fäuste hämmerten gegen den Kristall, und ihre wutverzerrten Gesichter schrien, aber kein Geräusch war zu hören. Die halb durchscheinende Wand schnitt sie vollkommen von allem ab, was draußen vor sich ging.

»Denen fehlt der Schlüssel.« Talanna dehnte die Schultern. »Gute Arbeit, Adeen. Es ist doch nicht verkehrt, einen Schreiber dabeizuhaben.« Ihr Lächeln blitzte auf, und er erwiderte es. Er hoffte nur, dass dies nicht das Ende war.

Sie standen in einer Halle, die so hoch war, dass sich die steinernen Streben im Dunkel über ihren Köpfen verloren. Die Statuen, deren Formen Adeen von außen erahnt hatte, ragten über ihnen empor: Drachen, Männer und Frauen in Magierroben, manche saßen auf Skadas. Ihre Gesichter lächelten mit unheilvoller Gelassenheit, und ihre befehlenden Gesten strahlten eine stumme Drohung aus, als könnten sie jeden Moment Magie wirken oder durch einen Wink Truppen den Befehl zum Angriff geben.

Talanna war seinem Blick gefolgt. »Generäle. Und die Drachen ... Urväter der Draquer, wie es heißt.« Ihre Worte wurden von den Wänden als Gemurmel zurückgeworfen, und sie senkte die Stimme. »Gehen wir.«

»Gibt es keine Wachen?«

Talanna blickte sich unbehaglich um. »Das hatte ich auch erwartet. Aber alles ist still wie in einer Gruft.«

Als sie die Halle durchquerten, glommen Leuchtkristalle an den Wänden auf. Sie verbreiteten ein düsteres, violettes Licht und ließen ihre Umgebung noch unwirklicher erscheinen. Zu Adeens Verwunderung flackerten einige oder waren gar erloschen. Sollte man in einem Palast nicht erwarten, dass sich die Einrichtung in einem tadellosen Zustand befand? Er bemerkte auch, dass der Boden mit einer Staubschicht bedeckt war, die höher wurde, je weiter sie gingen. Dennoch waren sie nicht die Einzigen, die diesen Ort in letzter Zeit betreten hatten, denn deutlich zeichneten sich weitere Spuren im Staub ab: Stiefel mit Absätzen. Es mussten mehrere Personen gewesen sein, und dass sich noch keine weitere Staubschicht in den Spuren angesammelt hatte, verriet, dass sie erst vor kurzem hier gewesen waren. Der Rat von Rashija, der im Regierungssitz getagt hatte, ehe die Stadt gelandet war, musste sie hinterlassen haben. Aber welchen Grund konnte es dafür geben, dass sich die mächtigsten Männer Rashijas an einem Ort trafen, der offenbar im Verfall begriffen war? Auch die Wandteppiche, die von den Leuchtkristallen erhellt wurden, waren so verstaubt, dass die Bilder darauf kaum noch zu erkennen waren.

»Das gefällt mir nicht«, murmelte Talanna. »Ich glaube nicht, dass wir richtig sind. Wahrscheinlich hält sich der Herrscher längst woanders versteckt und amüsiert sich über alle, die dumm genug sind, hier nach ihm zu suchen.« Ihre Hand hatte sich um den Schwertknauf gekrampft, und ihre Miene verriet zunehmende Frustration.

»Aber wozu trug Charral dann diesen Schlüssel auf der Haut?«, gab Adeen zu bedenken.

»Woher soll ich das wissen – vielleicht ist auch das nur ein Trick des Herrschers.«

Plötzlich erstarrte sie und schob Adeen rückwärts, hinter den Sockel einer Statue. Aus der Dunkelheit vor ihnen näherte sich ein Geräusch, ein dumpfes Stampfen, zu gleichmäßig, als dass es von einem Tier stammen konnte.

Mit angehaltenem Atem drückten sie sich gegen den Stein, Seite an Seite. Im violetten Licht wurde eine monströse Gestalt sichtbar. Das Wesen sah aus wie einer der Magierkrieger in seiner Drachenrüstung, nur dass es viermal so groß war wie ein Mensch und ganz und gar metallisch schimmerte. Mit steifen Schritten bewegte es sich vorwärts, ein Schwert in der Hand, das doppelt so lang war wie ein erwachsener Mann. Über die gesamte Rüstung und sogar über die Schwertklinge liefen eingeprägte Schriftzeichen. Hinter den Schlitzen des Helms glitzerten keine Augen.

Sein Leben lang hatte Adeen gelernt, diejenigen zu fürchten, die Drachenrüstungen trugen. Doch unter dieser Hülle verbarg sich kein lebendes Wesen, und diese Erkenntnis erfüllte ihn erst recht mit Schrecken. Und obwohl sie beide keinen Laut von sich gaben und der Schatten der Statue sie vor Blicken schützen musste, bewegte sich das ... Ding mit schwerfälligen, hallenden Schritten direkt auf sie zu. Adeen konnte sehen, dass es seine Waffe nicht in der Hand trug, sondern die breite Klinge mit seinem Arm verwachsen zu sein schien. Dicht vor ihnen blieb es stehen, und sie starrten in die Schwärze hinter den Augenschlitzen. Ein zischendes Flüstern, fast unhörbar, schien das Wesen zu umgeben, aktivierte Magie. Dann hob es langsam den Arm mit der Waffe, die doppelt so lang war wie Adeen – wen auch immer es damit traf, es würde ihn in Stücke hauen.

»Den Zauber!« Adeen folgte einer plötzlichen Eingebung und stieß Talanna an, die mit aufgerissenen Augen nach ihrem Schwert tastete, eine tapfere, aber sinnlose Geste. Er spürte, wie sich ihr Körper anspannte. »Zeig ihm den Zauber!«

Im ersten Moment verstand Talanna offenbar nicht, was er meinte, dann riss sie anstelle der Klinge die Schriftrolle hervor, öffnete sie und streckte sie dem Angreifer entgegen.

Der hielt mitten in der Bewegung inne. Ein Schauer rotblauer Funken lief über den Schriftzauber und über den Metallkörper des Wesens und erlosch wieder. Einen schrecklichen Augenblick lang verharrte die Klinge über ihren Köpfen, dann senkte der Gegner seine Waffe, wandte sich ab und schritt weiter mit seinen vollkommen gleichmäßigen Bewegungen den Gang entlang, als wäre nichts geschehen.

Erst jetzt wurde Adeen bewusst, dass er seine Finger so hart in Talannas Schulter gegraben hatte, dass es ihr weh tun musste. Leicht beschämt löste er sich von ihr. Doch sie schien es nicht einmal bemerkt zu haben. Sie wischte sich über die Stirn und holte tief Atem.

»Was um alles in der Welt war das?« Adeen konnte den Blick noch immer nicht von der Gestalt lösen, die jetzt wieder ins Dunkel eintauchte und nicht mehr als ein schwaches Glänzen und das Echo ihrer Schritte zurückließ.

»Einer der Wächter, die wir vermisst haben, denke ich.«

»Aber es war … nicht lebendig, oder?«

Talannas fahle Lippen verrieten, wie heftig auch sie sich erschrocken hatte, obwohl sie offenbar bemüht war, es zu überspielen. »Nein. Hast du die Schriftzeichen auf seinem

Körper gesehen? Ich habe davon gehört ... Worte der Magie, die sogar toter Materie etwas Ähnliches wie Leben einhauchen.«

Adeen dachte an die unzähligen Schriftzeichen, die er selbst während seiner Zeit in der Akademie aufs Papier gemalt hatte, an Feuerbälle, Eiskristalle und den Schwebezauber, und fühlte sich niedergedrückt von der Last der Macht, die unter seinen Händen entstanden war.

»Gibt es eigentlich etwas, was diese Magie nicht kann?«, flüsterte er.

»Wirkliches Leben erschaffen kann sie jedenfalls nicht. Komm, Adeen. Dieser Wächter hat uns dank des Schriftzaubers für Charral gehalten, wie es aussieht. Deine Idee war unsere Rettung, aber ich möchte lieber keinem anderen von diesen Metallriesen mehr begegnen.«

Sie gingen weiter, folgten den Spuren im Staub, die in ein System von Gängen hineinführten. Die Wände waren mit Marmorplatten getäfelt, schwarz, grau und rosafarben geädert, aber der Stein glänzte nicht mehr, und an mehreren Stellen wucherten schwarze Flechten darüber wie Schimmel. Es war so kalt, dass ihr Atem weiße Spuren in der Luft zurückließ. Noch einige Male hörten sie das Stampfen der Wächter in fernen Gängen widerhallen und verharrten, bis es verklungen war.

»Sollten wir nicht besser einen Weg hinaus suchen?« Adeens Augen brannten von dem flackernden Licht. »In dieser Ruine werden wir den Herrscher wohl nie finden.«

»Alles ist anders als erwartet, das gebe ich zu«, sagte Talanna, »aber jetzt glaube ich nicht mehr, dass dies der falsche Ort ist. Diese Wächter laufen nicht zum Spaß hier herum. Selbst wenn wir den Herrscher hier nicht finden, jemand versteckt etwas Wichtiges in diesem Gebäude. Vielleicht eine Quelle magischer Macht, einen bedeutenden Zauber – wir werden es herausfinden.«

»Wenn wir kämpfen müssen«, sagte Adeen unbehaglich, »wie lautet dein Plan?«

»Ich lenke den Gegner mit der Klinge ab, du gibst ihm den Rest. Du erinnerst dich doch daran, was ich dir beigebracht habe?«

Er nickte nur. Ihr Plan klang so sehr nach verzweifeltem Mut, wie er befürchtet hatte. Trotz allem war er entschlossen, nicht zuzulassen, dass Talanna ihr Leben wegwarf, wenn es nur in seiner Macht lag. Was sie auch erwartete, sie mussten diesen Tag gemeinsam durchstehen oder sterben.

Im Staub bildeten die Fußspuren Muster und liefen mit anderen zusammen, die aus entfernteren Teilen des Herrscherpalasts stammten. Sie näherten sich ihrem Ziel. In der Stille des leeren Gebäudes hörte Adeen nur ihre gedämpften Schritte und seinen Herzschlag, der ihm in den Ohren dröhnte.

Die Spuren führten auf eine schwere Doppeltür zu. Das flackernde Licht eines altersschwachen Kristalls beleuchtete die Szene, die mit Metall und Edelsteinen in ihre Oberfläche eingelegt war. Adeen hätte sich am liebsten abgewendet, denn es war eine Schlacht. Das Bild wies dieselbe altertümliche, sachliche Brutalität auf, die er auch von den öffentlichen Reliefs kannte: Reiter auf Skadas in Umhängen aus Rubin durchbohrten Fußkämpfer mit ihren Klingen, Magier hüllten ihre Feinde in Mäntel aus Flammen oder Blitzen. In feinen, dekorativen Fontänen spritzte das Blut. Ein Feldherr befehligte seine Krieger mit erhobener Hand und aufgerissenem Mund, der Rest seines Gesichts blieb unter dem Helm verborgen. Reihen von Menschen – dunkelhäutigen Menschen, die alle gleich aussahen – knieten auf der Erde, um von einem verhüllten Mann enthauptet zu werden. Einige Köpfe lagen bereits am Boden, während der Rest der Unglücklichen noch auf den Vollzug der Hinrichtung wartete. Über alldem schwebten Drachen mit gebogenem Hals und ausgebreiteten Schwingen, das Symbol des Draquer-Erbes und der Überlegenheit Rashijas. Das Schimmern der kostbaren Materialien ließ das Blut flüssig wirken und verlieh den bunten Schuppen der Skadas und Drachen Glanz. Adeen fröstelte. Es war, als hätte jemand das, was in diesem Moment draußen auf dem Schlachtfeld geschah, vor langer Zeit vorhergesehen und in diesem abscheulichen Kunstwerk festgehalten. Aber dieses Bild zeigte Geschehnisse der Vergangenheit, verdichtet zu einer einzigen grausigen Szene. Dennoch fühlte Adeen sich gelähmt, hilflos angesichts einer Wirklichkeit, die ihm lebendiger vorkam als seine eigene.

»Der Herrscher«, sagte Talanna gedämpft und wies auf die Abbildung des Feldherrn. »Es heißt, dass er früher selbst an den Schlachten teilnahm. Seiner rechten Hand fehlen drei Finger, hier.«

Sie schien nicht unter den Bann des Kunstwerks geraten zu sein, was Adeen half, sich zu fangen. »Das muss die Ratshalle sein.«

Talanna stemmte sich gegen die Tür. Sie war nicht verschlossen, sondern gab unter ihrem Gewicht mit leisem Knarren nach und ließ sich nach innen aufschieben, schwergängig durch den Schmutz am Boden. Nachdem Talanna ihm einen Blick über die Schulter zugeworfen hatte, setzte sie ohne ein weiteres Wort den Fuß über die Schwelle und schlüpfte in die Schwärze, die alles hinter dem Türrahmen einhüllte. Adeen folgte ihr.

Die Kristalle an den Wänden begannen zu glühen und erhellten einen langen, schmalen Saal. Hier wurde die Schlachtszene der Tür fortgesetzt – wenn auch nur noch mit Farben, nicht mit Edelsteinen – und überzog die Wände mit Geschichten von brutaler Macht und Vernichtung. Ein wuchtiger Tisch füllte den Raum fast völlig aus. Er war leer, die Stühle an beiden Seiten des Tisches standen verlassen da. Ihre Füße traten auf weichen, nachgiebigen Teppichboden, ehemals bunt, jetzt grauweiß von Staub. Alles wies darauf hin, dass hier einst bedeutende Entscheidungen gefällt worden waren, aber was hatte zu dieser Vernachlässigung geführt?

Adeen zitterte. Seine Verletzungen, Aufregung, Erschöpfung und Kälte forderten ihren Tribut und machten es schwierig, sich zu konzentrieren. Wenn sie kämpfen mussten … Aber alles lag still.

Talanna huschte tiefer in den Raum hinein, und weitere Kristalle entzündeten sich. Einer glühte nicht blauviolett wie die übrigen, sondern weiß wie das Tageslicht des Winters. Er warf ein Schlaglicht auf das Kopfende des Tisches – und dort saß jemand. Adeens Hand krallte sich in seinen Umhang, als er die zusammengesunkene Gestalt entdeckte, und er wich zurück, während sich Talannas Schwert mit leisem Schaben aus der Scheide löste. Sie standen beide starr, bereit, anzugreifen, bis sie merkten, wie sinnlos das war. Der Mann, der dort saß, würde ihnen nichts antun.

Die Gestalt trug einen kostbaren Mantel in Rot-, Blau-

und Violetttönen. Die goldenen Schriftzeichen, die darauf gestickt waren, erzählten von lang vergessenen Zaubern. Weißes Haar stand in feinen Strähnen um den Kopf ab und umrahmte ein Gesicht, das nur noch aus schwarzer, verschrumpelter Haut bestand. Darunter zeichneten sich die Knochen des Schädels deutlich ab. Widerstrebend trat Adeen näher heran. Er konnte nicht einmal erkennen, ob es sich um einen Mann oder um eine Frau handelte. Die vertrocknete Leiche wirkte so zerbrechlich wie der Körper eines Kindes. Über dem Kopf des Toten spannte sich ein Paar goldener, halb ausgebreiteter Drachenflügel. Nur die Armstützen und die hohe Rückenlehne des Stuhls hatten verhindert, dass der Leichnam in sich zusammensackte. Die Hände, ebenso schwarz und vertrocknet wie der Rest des Körpers, stachen dürr aus den üppig verzierten Ärmeln hervor und umklammerten noch die Drachentatzen, in denen die Armlehnen ausliefen.

Der rechten Hand fehlten drei Finger.

Talannas Hände sanken herab, sie wirkte ebenso fassungslos, wie Adeen sich fühlte. Was hatten sie erwartet – ein Gefecht gegen einen mächtigen Magier? Eine Quelle unfassbarer Macht, auf die der Herrscher sein Regime stützte? Was sie nun sahen, war nicht mehr als das, was aus jedem anderen Körper an diesem Ort geworden wäre. Auf dem Gesicht, dessen Züge Kälte und Trockenheit des Palasts bewahrt hatten, lag ein Ausdruck bekümmerter Mattigkeit, und der halb geöffnete, schiefe Mund sah aus, als litte der Tote Schmerzen. Ob er hier gestorben war, auf diesem Thron, während einer Ratssitzung?

Talanna fand als Erste ihre Stimme wieder. »Ich ... ich begreife das nicht! Warum haben sie ihn denn nicht weggeschafft? Warum ihn hier sitzen lassen? Das alles ist doch … das ist unglaublich, ein schlechter Witz! Wir haben doch nicht all die Jahre lang den Launen eines Toten gehorcht!«

»Doch, das haben wir.« Adeen hatte den Herrscher gehasst, weil er für ihn der Grund für alles gewesen war, was ihn so lange gequält hatte: das Verbot der Kunst, die Erniedrigung wegen seiner Herkunft, die ganze Ungerechtigkeit, die Rashija gefangen hielt. Er war entschlossen gewesen, gegen ihn zu kämpfen, ihn zu töten, wenn er konnte. Diesen Toten mit seinem müden Gesicht konnte er nicht hassen. Mit seinem weißen Haar sah er Rasmi erschreckend ähnlich. In all der Zeit, während der tote Herrscher hier gesessen hatte, mussten andere die Geschicke der Menschen in Rashija gelenkt haben. Dumpf begriff Adeen, dass es nicht möglich war, einer Person allein die Schuld für all das Elend aufzuladen, das er selbst und andere erfahren hatten.

Talannas Gesicht verzerrte sich. »Ich reiße ihn in Stücke!«

»Nein!« Adeen fiel ihr in den Arm. »Wir werden die Leiche brauchen, als Beweis für seinen Tod.«

Talanna drängte sich an ihn. Sie zitterte heftig. »Der Scheißkerl hat mich betrogen! Ich wollte ihn umbringen. Du kannst dir nicht vorstellen, wie sehr ich es wollte.« Sie drückte den Kopf an seine Schulter, überwältigt von ihren Gefühlen, und Adeen strich ihr ungeschickt über das kurze, struppige Haar. Er wusste nicht, was er sonst für sie tun sollte. Eben war sie noch entschlossen gewesen zu töten; jetzt, da sie es nicht konnte, sank sie in sich zusammen wie ein erlöschendes Feuer. Und obwohl ihre Wut und ihr Hass ihn ängstigten, war auch ihm zumute, als würde der Boden unter seinen Füßen wegbrechen.

In welcher Welt lebte er? Er hatte sie nicht gekannt, und nun erschien sie ihm fremder denn je.

»Sie haben nicht geglaubt, dass wir es herausfinden«, murmelte er in Talannas Haar, »dass wir den Weg hier hinein finden. Sie haben sich für unbesiegbar gehalten. Alle, die ihren Lügen auch nur im Geringsten gefährlich werden konnten, haben sie umgebracht, so wie die Schreiber. Sie haben nicht mit dir und mir gerechnet – einer Verräterin und einer Krähe.«

Talanna löste sich von ihm. Ihr Zittern hatte nachgelassen. Sie weinte nicht, aber ihr Gesicht war tiefviolett angelaufen, die Augen funkelten. »Wer sind ›sie‹? Wer hat uns so betrogen?«

»Ich weiß es nicht, Talanna. Einer von ihnen ist Charral, aber die anderen …«

»Der Rat.« Talannas Hände öffneten und schlossen sich, tasteten über ihren Schwertgriff und schienen sinnlos Feuerzauber formen zu wollen. »Der Rat von Rashija – zu dem auch mein Vater gehört. Sie behaupten, dass sie die Gesetze des Herrschers verwalten und ihre Einhaltung überwachen, und das tun sie auch – ohne den Herrscher, und wahrscheinlich auch ohne seine Gesetze! Warum haben sie uns das angetan?«

In Adeen formte sich allmählich Erkenntnis wie die zögernden ersten Pinselstriche eines Bildes auf dunklem Untergrund. »Sie müssen Angst gehabt haben, dass sein Tod ihnen die Macht nimmt, an die sie sich gewöhnt hatten. Vielleicht haben sie deswegen weitergemacht, als wäre nichts geschehen.« Erneut betrachtete er die Leiche.

Das hohle, ledrige Gesicht verriet nicht, ob der Tote erst zehn oder bereits fünfzig Jahre hier saß. »Wer weiß, wie lange schon.« Er fragte sich, was die eigentliche Ideologie des Herrschers gewesen war, welche Ziele er tatsächlich gehabt hatte, und was von allem, was er jemals gelernt hatte, nur dem Machterhalt der Elite gedient hatte.

»Alle müssen es erfahren«, sagte Talanna. »Ich weiß auch schon, wem wir es als Erstes erzählen. Kuama wird dafür sorgen, dass sich die Nachricht schnell verbreitet. Bis vor kurzem ist sie immer eine treue Soldatin des Rats gewesen. Pah, wenn ich nur daran denke, wofür sie ihr Leben verschwendet hat! Aber ihre Leute vertrauen ihr, das hast du gesehen. Und ich hoffe, dass sie einen noch stärkeren Aufruhr verhindern kann.«

»Das hoffe ich auch.« Nachdem Adeen die zornigen Gesichter und die Brandfackeln auf der Straße gesehen hatte, war er keineswegs sicher, dass irgendetwas oder irgendjemand die Menschen beruhigen konnte, sobald sie erst einmal die Wahrheit kannten. Er fürchtete, sie würden sich auf der Stelle nehmen wollen, was ihnen die Lügen lange Zeit verwehrt hatten, sei es nun Besitz, Freiheit oder einfach die Möglichkeit, ihrer Wut freien Lauf zu lassen. Und diejenigen Ratsmitglieder, die noch übrig waren, würden mit all ihrer verbliebenen Macht versuchen, sie daran zu hindern. Es würde Tote geben, vielleicht sehr viele. Er konnte nur hoffen, dass es Talannas Schwester gelang, das Schlimmste zu verhindern. Aber auch er sah keinen anderen Weg. Die Rashijaner waren lange genug belogen worden. Wenn sie die Wahrheit erfuhren, musste er es ihnen selbst überlassen, was sie daraus machte.

»Was?« Kuama wurde kalkweiß. »Sag das noch einmal.«

»Der Herrscher ist tot«, wiederholte Talanna. Sie wies auf die Menge, die sich vor dem Palast versammelt hatte. Inzwischen war sie noch angewachsen. »Diese Leute verlangen, dass er herauskommt und sich ihnen stellt. Das wird nie mehr passieren. Du musst es ihnen beibringen, denn dir werden sie glauben.«

Ganz offensichtlich war Kuama eine erfahrene Soldatin und hatte gelernt, auch mit plötzlichen Überraschungen umzugehen, denn im Gegensatz zu Talanna verlor sie nicht die Beherrschung. Ihr Gesicht verschloss sich. »Zeig mir einen Beweis.«

»Ich fürchte, du wirst vor Ort gebraucht. Schick einen deiner Leute, dem du vertraust, in den Palast, dann wirst du sehen, dass ich die Wahrheit sage. Er muss diesen Zauber bei sich tragen und ihn entrollen, sobald er Schwierigkeiten bekommt.« Talanna drückte ihrer Schwester die zerknitterte Schriftrolle in die Hand, die Adeen und sie vor den künstlich belebten Wachen gerettet hatte.

Kuama wandte den Kopf und blickte sich über die Schulter nach einem hageren Soldaten um, der das Gespräch im Abstand weniger Schritte verfolgt hatte. »Delan, du hast sie gehört. Geh und überprüfe, was Talanna gesagt hat.« Der Soldat, dessen Drachenrüstung stumpf war von Staub und bräunlichen Blutsprenkeln, neigte den Kopf vor seiner Kommandantin, nahm den Zauber entgegen und entfernte sich.

»Ich glaube dir«, sagte Kuama zu Talanna. »Der Blitz soll mich treffen, aber ich glaube dir. Der Herrscher … ich weiß, du wirst mir nicht zustimmen, aber er war ein Mann mit großem Weitblick. Meine Leute und ich wurden dagegen von Narren in diesen Krieg geschickt. Sie haben den Feind unterschätzt, unsere Stärke dagegen überschätzt. Ja, irgendwie habe ich es gewusst, aber ich wollte es wohl nicht wahrhaben.« Sie berührte Talannas Hand, unschlüssig. »Danke, Lanna. Ich weiß nicht, was nun passieren wird, aber ich vermute, diese Stadt ist dir und deinem Freund zu Dank verpflichtet.« Sie blickte auch Adeen aus ihren farblosen Augen an, und er sah das traurige Lächeln um ihre Mundwinkel. Mit Unbehagen erkannte er: Kuama wusste ebenfalls, dass es noch vor dem Abend viele Tote geben würde. Er wollte etwas Ermutigendes sagen, irgendetwas Kluges, aber ihm fehlten die Worte.

»Was wollt ihr jetzt tun?«, fragte Kuama. »Diese Stadt wird bald nicht wiederzuerkennen sein.«

»Du weißt es«, sagte Talanna tonlos. Adeen warf ihr einen überraschten Blick zu, doch seine Verwirrung verwandelte sich in düstere Erkenntnis, als sie weitersprach. »Wir sind mit den Rebellen gekommen, um Rashija zu erobern. Wenn die Menschen hier die Stadt ins Chaos stürzen, muss der Rat seine Truppen vom Schlachtfeld abziehen, oder sie haben keinen Ort mehr, an den sie zurückkehren können. Dann schlagen wir zu.«

»Meine Leute und ich werden auf deiner Seite kämpfen, Schwester«, sagte Kuama. »Vielleicht erlebe ich den nächsten Morgen nicht mehr. Aber ich bin glücklich, die Wahrheit zu kennen und zu wissen, dass ich richtig entschieden habe.«

20

STRASSENKAMPF

Ehe noch die Winternacht ganz hereingebrochen war, färbten Flammen den Himmel. Rashija brannte, und die Brände breiteten sich aus. Kuama hatte die Wahrheit gesagt: Die rashijanischen Truppen verloren den Krieg. Jetzt, in der Nacht, waren sie bis in die Stadt zurückgewichen, wo Rauch und Chaos sie erwartete.

Das Heer der Rebellen hatte sein Nachtlager auf der Felsplattform aufgeschlagen, wo Rashija gelandet war, nur einen kurzen Fußmarsch von der Stadt entfernt. In der allgemeinen Unruhe waren Adeen und Talanna aus Rashija geflohen, solange das letzte Abendlicht den Himmel färbte, und rascher als erwartet auf ihre alten Verbündeten gestoßen. Die Wachen ließen sie ins Lager ein, und nun saßen sie wieder im Zelt der Königin von Tama, zusammen mit einer großen Gruppe erschöpfter Kämpfer und Kommandanten. Viele hatten nicht einmal die Zeit gehabt, ihre Rüstungen abzulegen. Sie hockten so staubbedeckt da, wie sie aus der Schlacht gekommen waren, einige Panzer zeigten im Feuerschein auch ein unheilvolles Muster dunkler Blutspritzer. Nachdem Schwärmer und Talanna der Königin Bericht erstattet hatten, saßen sie nun still vor dem Feuer in der Mitte des Zeltes. Adeen gesellte sich zu ihnen, aber er konnte nicht anders, als ab und zu zum Eingang des Zeltes zu laufen und einen Blick auf die Silhouette von Rashija zu werfen, die in hellem

Rot flackerte. Ihm war zumute, als würde er den Tod eines Monstrums miterleben, das er immer für unbesiegbar gehalten hatte.

Ihre Wunden hatte man inzwischen versorgt, so gut es ging. Adeen war nicht allzu schwer verletzt. Gegen all die Blutergüsse und Verbrennungen, die Charrals Zauber hinterlassen hatte, konnten die Heiler wenig tun. Nachdem er sich aus der Rüstung geschält und den Schmutz von der Haut gewaschen hatte, fühlte er sich etwas besser. Doch vor allem die Erschöpfung machte ihm zu schaffen, zumal zum Ausruhen keine Zeit blieb. Er sah, dass es Talanna ähnlich ging wie ihm. Sie humpelte stärker, und ihr Gesicht war vor Müdigkeit eingefallen wie das einer viel älteren Frau. Er kauerte sich neben sie und versuchte, Ordnung in die wüste Gedankenflut zu bringen, die auf ihn einstürmte. Noch vor kurzem hätte er nicht geglaubt, jemals lebend an diesen Ort zurückzukehren. Und vermutlich war es auch nur eine kurze Atempause, ehe der Kampf weiterging. Talanna sah ihn nur kurz an. Sie versuchte, ein Lächeln zustande zu bringen, aber es gelang ihr nicht. Vermutlich ging ihr dasselbe durch den Kopf wie Adeen: Was geschah mit den Einwohnern von Rashija, während sie hier herumsaßen?

Eine sonderbare Atmosphäre lag über der Ratsversammlung. Einerseits waren alle sichtlich am Ende ihrer Kräfte und betäubt vor Erschöpfung. Andererseits schienen sie voller fiebriger Energie, unfähig, sich auszuruhen. Vor allem die Nachricht vom Tod des Herrschers hatte alle erschüttert, als wäre ein Blitz mitten im Heerlager in den Boden gefahren. Nicht nur in diesem Zelt war diese Stimmung spürbar, eine quälende Mischung aus Gereiztheit und kaum unterdrücktem Triumph. Auch von draußen, aus dem hastig aufgerichteten Lager hörte Adeen die Stimmen der Soldaten. Sie unterhielten sich, diskutierten oder versuchten halbherzig zu feiern, noch ohne den Sieg endgültig in der Hand zu haben. Manchmal trug ein Windstoß die Fetzen eines Liedes in fremder Sprache herein. Viele ihrer Gefährten mussten gestorben sein, Adeen hatte gesehen, wie sie die Leichen draußen auf dem Feld hastig zusammengetragen und verbrannt hatten, ohne die üblichen Rituale abzuhalten. Die Trauer musste warten, bis die Menschen Zeit für sie fanden.

Die Königin von Tama ging ruhelos auf und ab, während sie sprach. Ihr Stratege, wie immer an ihrer Seite, hatte sich in eine Decke gehüllt und zitterte. Adeen bemerkte einen blutigen Verband über seiner Schulter.

»Das Wichtigste ist, dass wir nicht unnötig Zeit verlieren«, sagte sie. »Wir müssen Rashija noch vor dem Morgengrauen angreifen. Die Magierkrieger haben sich hinter die Stadtmauern zurückgezogen, aber dort erwartet sie die Wut ihrer Leute. Sie müssen entscheiden, wie sie den Aufstand niederschlagen, ohne dabei ihr Volk auszulöschen. Aber wie auch immer sie vorgehen, ich bin mir sicher, dass viele ihrer Soldaten in dieser Nacht sterben werden.«

»Und noch mehr der normalen Einwohner«, sagte Talanna in eine kurze Stille hinein.

Ein Moment des Schweigens folgte, dann fuhr die Königin fort, als wäre nichts gewesen: »Noch bevor es dämmert, greifen wir die Stadt von allen Seiten an. Jetzt, da den Magierkriegern dank eurer Hilfe keine Schriftzauber mehr zur Verfügung stehen, werden wir leichtes Spiel haben. Wir werden Rashija innerhalb weniger Stunden unter unsere Kontrolle bringen. Talanna … wir brauchen Eure Unterstützung. Euer Vater ist Mitglied des Rates, sagtet Ihr?«

»Er war es, als ich Rashija verlassen habe«, erwiderte Talanna mit einem Hauch von Zynismus, »sollte er bis jetzt überlebt haben, ist er es wohl noch.«

»Dann seid Ihr mit den Ratsmitgliedern vertraut? Würdet Ihr sie jederzeit wiedererkennen?«

»Ich kenne den Rat, ja. Aber ich muss Euch warnen: Ich denke nicht, dass er zu Verhandlungen bereit wäre. Ihrer Ideologie zufolge seid Ihr Erdkriecher.«

Adeen kannte Talanna inzwischen gut genug, um zu erkennen, dass ihre Gelassenheit nur gespielt war. Allein ihre Hände, die sie im Schoß ineinander verkrampft hatte, verrieten es. Sie sah sich erneut einer Probe ihrer Vertrauenswürdigkeit ausgeliefert, vielleicht ihrer letzten, und er hatte erlebt, wozu sie die Verzweiflung getrieben hatte. Er hoffte, das Wissen darum, dass er bei ihr war, würde ihr Kraft geben. »Der Rat besteht aus Draquern, und jeder Einzelne von ihnen fühlt sich noch immer überlegen. Dass der Herrscher tot ist, bedeutet nicht, dass auch seine Lehren tot sind. Schickt einen Boten zum Rat, und Ihr werdet nur seinen Kopf zurückbekommen, höchstens ein paar Beschimpfungen dazu.«

Unbehagliches Gemurmel breitete sich im Zelt aus.

»Was sollen wir Eurer Meinung nach tun?«, fragte die Königin. »Gibt es eine Möglichkeit, den Rat zu Verhandlungen zu zwingen?«

»Ich weiß es nicht.« Talanna holte hörbar Atem. »Einige dieser Männer und Frauen leben schon zu lange in Rashija, oder sie sind einfach zu sehr … sie selbst, um irgendwelchen Argumenten zugänglich zu sein.« *Sie meint Charral,* dachte Adeen. »Aber zumindest mein Vater ist nicht dumm, und auch andere nicht. Wenn Ihr sie dazu bringen wollt, Euch zuzuhören, müsst Ihr sie mit dem Gesicht in den Staub werfen, ihnen zeigen, dass ihre Herkunft als Draquer sie nicht zu den Herren der Welt macht.«

Jemand lachte. Es war ein boshaftes, fast erschreckendes Geräusch. Adeen wandte den Kopf und sah Keyla. Ihre dunkle Haut war mit hellbraunem Staub überzogen. »Das übernehme ich gern. Die Haare dieser ehrwürdigen Ratsherren werden sich prächtig an meinem Gürtel machen.«

Talanna erbleichte, aber beim Rest der Anwesenden sorgten Keylas Worte für weniger Empörung, als Adeen erwartet hatte.

»Wir werden sehen, wie weit wir gehen müssen«, sagte die Königin. »Ich bin nicht bereit, das Leben meiner Leute für sinnlose Verhandlungsversuche zu opfern. Es hat schon zu viele Tote gegeben, und wenn jemand die Rolle des Bittenden übernehmen muss, dann sind es die Rashijaner. Lasst uns nun den Angriff planen. Ich will, dass wir die Leben der Bürger schonen, so gut es uns möglich ist.«

»Der Bürger?«, wiederholte Keyla. »Ihr meint, das Leben derer, die das ganze Elend überhaupt erst zugelassen haben? Die haben dem Herrscher und seinen Ideen doch freiwillig gedient. Die verdienen keine Rücksicht. Genauso wenig wie der Rat.«

»Sie haben es *nicht* freiwillig getan«, sagte Adeen leise,

dennoch war seine Stimme deutlich zu hören. Aber noch während er sprach, war er sich der Wahrheit seiner Worte nicht mehr vollkommen sicher. Er hatte dem Herrscher nicht freiwillig gedient, auch Rasmi nicht, aber was wusste er schon –

Ein Sturm von protestierenden und zustimmenden Rufen wirbelte über die Versammlung hinweg. Die Königin hatte alle Mühe, sich wieder Gehör zu verschaffen. »Es bleibt dabei«, sagte sie, »ich will, dass wir das Leben der Bürger schonen. Wir dürfen sie nicht dafür büßen lassen, dass sie am falschen Ort geboren worden sind. Wären sie hier auf dem Boden aufgewachsen, würden sie jetzt vielleicht an unserer Seite kämpfen. Was alles Übrige betrifft – wir werden sehen.«

Erst spät in der Nacht verließen sie das Zelt. Während viele der Befehlshaber noch bei der Königin und ihrem fieberkranken Strategen zurückblieben, wurden Adeen und Talanna fortgeschickt, um ein oder zwei Stunden zu schlafen, bevor der Angriff auf Rashija begann. Wenn der Stratege recht behielt, würde es der letzte Angriff sein.

Die Nacht ließ sie vor Kälte und Erschöpfung zittern. Wolkenlos wölbte sich der Himmel über ihren Köpfen, sternenübersät und sonderbar nah und fern zugleich. In Nächten wie diesen glaubte Adeen, die feinen Spuren von Farben zu erkennen, die sich in der Schwärze zwischen den Sternen verbargen. Ihm war, als könne er die Flügel ausbreiten und mitten in den Himmel hineinfliegen, fort von all dem Blutvergießen, das hier am Boden auf ihn wartete.

In dem Zelt, das die Soldaten ihnen zuwiesen, rollte er

sich auf der nächstbesten Pritsche zusammen und zog die Decke über sich, während sich Talanna einen Schlafplatz in der Nähe suchte. Seine Ruhestatt war mit abgenutzten Fellen kleiner Tiere gepolstert, die notdürftig vor der Kälte schützten, und hatte vielleicht einmal einem Offizier gehört. War der Mann im Kampf gefallen? Nicht nur diese, sondern auch viele andere Pritschen im Zelt waren leer. Aber bevor er zu viele Gedanken daran verschwenden konnte, schlief Adeen bereits. In seinen Träumen flog er als Vogel über eine brennende Stadt, sah die Flammen zwischen den Gebäuden aufzüngeln, betrachtete die schwarze Verwüstung, die das Feuer bereits angerichtet hatte, und roch den beißenden Rauch. Die kummervollen Augen eines toten Mannes verfolgten ihn.

Jemand rüttelte an seiner Schulter. Adeen schälte sich aus der Decke: Es war Yoluan, der eine Lampe in der Hand hielt. Um seinen Kopf war ein Verband gewickelt. Er hatte die lederne Klappe vor dem Eingang des Zelts hochgerollt, und trübes Mondlicht fiel herein. Abgesehen von ihnen beiden befand sich niemand im Zelt, auch Talanna nicht. Die Soldaten waren ebenfalls fort. Ein Geruch nach Rauch und Zerstörung hing in der Luft, ganz wie in seinem Traum.

»Du musst aufstehen«, sagte Yoluan, »die Königin will, dass du sie zu den Verhandlungen begleitest. Wie fühlst du dich?« Er grinste Adeen an. »Sie sagen, dass du verletzt bist. Tut es noch weh? Du bist ein Held, weißt du das? Im ganzen Lager reden sie über dich. Sie haben sogar Wachen vor dem Zelt aufgestellt, damit dich niemand stört. Aber mich haben sie zu dir geschickt, weil wir ja Freunde sind. Liebe Güte, ich bin so stolz auf dich! Es ist, als ob du den

Herrscher selbst umgebracht hättest, du und auch Talanna natürlich. Hättest du das geglaubt, als wir von Gabta runtergesprungen sind? Bernon behauptet, die Königin hat gesagt …«

Er redete weiter, begrub Adeen unter einem Schwall von Worten, die ihm nichts bedeuteten. Adeen runzelte die Stirn. Alles, Yoluans Gesicht und sogar der Mond schienen unter einem matten Grauschleier verborgen. Es dauerte einen Moment, bis er begriff, dass es nicht seine Benommenheit war, die ihm etwas vorgaukelte. Rauch hüllte die Welt ein, tränkte sie mit ihrem Gestank und raubte ihr Farben und Formen.

»Danke, Yoluan. Mir geht's gut.« Adeen zwang sich, von der Pritsche aufzustehen. Alles tat ihm weh, vor allem Schultern und Rücken, und er konnte seine Beine nur mit Mühe überreden, sich zu bewegen. Dass er so steif war, hatte er in der Nacht noch nicht bemerkt. »Was ist mit dir? Dein Kopf …«

»Keine Sorge. Das wird schon wieder.«

»Wo ist Talanna?«

»Die Königin wollte, dass sie einen besonderen Auftrag für sie ausführt. Tut mir leid, mehr weiß ich nicht.«

Es gefiel Adeen nicht sonderlich, das zu hören. Nun waren er und Talanna wieder getrennt, und wer wusste, welcher Gefahr sie sich aussetzte, während er geschlafen hatte! Yoluan schien seine Besorgnis zu bemerken. »Mach dir keine Sorgen, Adeen. Bisher ist sie doch immer zurückgekommen, oder? Bernon sagt –«

»Wer ist denn eigentlich Bernon?«

»Er ist Mitglied der königlichen Wache«, erklärte Yoluan bereitwillig. »Stimmt, du kennst ihn ja noch gar nicht. Er ist nett und spricht ein bisschen unsere Sprache. Komm mit.«

Lange konnte Adeen nicht geschlafen haben, das verrieten ihm das Pochen in seinem Kopf und seine brennenden Augen. Kurz blieb er stehen, um in die Ferne zu spähen. Trotz der Dunkelheit zeichnete sich Rashija auf dem Berg deutlich ab, denn die Stadt war von dem roten Glühen der Flammen eingeschlossen. Schwach drang Kampflärm herüber, ein Rauschen, in dem einzelne Stimmen oder die Geräusche der Waffen nicht herauszuhören waren.

Die Königin hatte recht gehabt. Jetzt, da die Bewohner von Rashija die Wahrheit über den Herrscher und sein Regime wussten, versank die Stadt im Chaos. Er fragte sich, wie es Kuama ergangen war.

»Adeen?«

Yoluans Stimme riss ihn aus seinen Gedanken. Er wandte sich zu seinem Freund um. »Ja?«

»Du hattest doch Gelegenheit, dir den Herrscher genauer anzuschauen – wie hat er ausgesehen? Weißt du, ich hab in Rashija gelebt, seit ich klein war, und hab immer nur Geschichten über ihn gehört.«

»Wie ein Toter, Yoluan, sonst nichts. Ein Toter in einer prachtvollen Robe, ganz schwarz und vertrocknet. Wir haben ihn nur erkannt, weil ihm drei Finger fehlten, wie auf den Bildern.«

»Es ist ein Jammer, dass er hinüber ist. Ich hätt ihn mit Vergnügen selbst totgeschlagen. All das ist ja seine Schuld – wie's den armen Leuten in Rashija schlechtging, was sie dir angetan haben, und dann natürlich noch Nemiz' Tod. Und wir können es ihm nicht mal heimzahlen.«

Yoluans sonst so gutmütiges Gesicht hatte sich im

Mondlicht zu einem Ausdruck verzerrt, den Adeen noch nie an ihm wahrgenommen hatte. In seinen Augen glänzte das Weiße, er wirkte fast so bösartig wie Keyla oder Nemiz, wenn sie sich in Rage geredet hatten. »Das Verrückte ist«, sagte Adeen nachdenklich, »dass eben nicht alles seine Schuld ist. Seine Lügen haben nur so lange überlebt, weil andere daran geglaubt und sie aufrechterhalten haben. So wie der Rat von Rashija.«

»Ich versteh nicht, was du meinst«, sagte Yoluan. »Der Herrscher hat mit allem angefangen. Wer seine Geschichten geglaubt hat, ist einfach nur dumm. Du und Talanna, ihr hättet seine Leiche da rausziehen und in Stücke reißen sollen.«

Adeen zog die Schultern hoch. Er mochte es nicht, wenn Yoluan so redete. »Jetzt, wo wir die Wahrheit kennen, hört sich natürlich alles einfach an. Aber als ich an der Akademie war, als Kind … ich habe oft genug selbst geglaubt, was mir die Magier gesagt haben: dass ich nichts wert bin. Und Talanna hat mir erzählt, dass auch sie das meiste, was man sie gelehrt hat, nicht in Frage gestellt hat, bevor sie Nemiz traf. Sie hielt sich als Draquerin für ein überlegenes Wesen.«

»Ich wollte nicht sagen, dass *du* dumm bist, Adeen«, lenkte Yoluan ein, »und Talanna natürlich auch nicht.«

Sie redeten aneinander vorbei. Aber er kam nicht mehr dazu, das Missverständnis zu beseitigen, denn sie hatten das Zelt der Königin erreicht.

Adeen hätte die Straßen von Rashija kaum wiedererkannt. Viele öffentliche Bauwerke brannten noch immer, und die Flammen griffen auf die Häuser und Hütten der Arbeiter und einfachen Leute über. An einigen Stellen schafften die Menschen Wasser herbei und bemühten sich, die Brände zu löschen, während sie anderswo frische Holzscheite, Papier, ja sogar Haushaltsgegenstände, alles, was brannte, in die Flammen warfen, um das Feuer noch anzufachen. Es war absurd. Überall auf den Straßen lagen verkrümmte Körper, blutig und mit aschegeschwärzter Kleidung. Manche trugen die kostbaren Gewänder der Oberschicht mit ihren intensiven Farben, andere einfache Kleidung oder nur Lumpen. Es war, als sei ein Kampf ausgebrochen, bei dem sich jeder gegen jeden wandte. Adeen, der mitten unter den Truppen der Königin durch die Stadt geleitet wurde, hatte eine Hand auf den Mund gepresst. Ihm war übel vom Gestank nach Rauch und verbranntem Fleisch und von dem, was er sah. Die Königin und ihre Verbündeten hatten verfügt, dass die Feuer gelöscht werden sollten, damit nicht noch mehr Rashijaner erstickten oder von den Flammen erfasst wurden. Aber sosehr sich die Soldaten abmühten und Wasser aus den wenigen Brunnen und Wasserspeichern herbeischleppten, Adeen bemerkte noch keinen Erfolg. Der Qualm erschwerte das Atmen. Waffenklirren, Befehle und Stimmengewirr verschmolzen mit dem Prasseln der Flammen zu einem beständigen Brausen.

Die Königin hatte Adeen angewiesen, an den Friedensverhandlungen teilzunehmen. Als einer derjenigen, die die Leiche des Herrschers gesehen hatten, diente er als Bürge für die Ereignisse. Auch sein Kampf gegen Charral und die Tatsache, dass er der letzte überlebende Schreiber von Rashija war, hatten ihm eine Stimme verliehen.

Einer der Soldaten, ein Mann mit verbeultem Helm

und rußbeflecktem Gesicht, trieb lachend mit seinem Spieß einen hellhäutigen Jungen vor sich her. Der Junge trug verschmorte Überreste einer Stoffrüstung, darunter eine einfache Robe, schmutzig und in Kniehöhe zerrissen. Offenbar war er schon mehrfach gefallen. Mit angstverzerrtem Gesicht stolperte er vor dem Soldaten her, und die Wintersonne ließ sein hellblondes Haar aufleuchten.

Adeen beobachtete das Geschehen zunächst gleichgültig. Bilder von Tod und Ungerechtigkeit hatten ihn abstumpfen lassen. Erst auf den zweiten Blick spürte er Empörung in sich aufsteigen.

»Lasst das Kind in Ruhe!« Er hörte seine eigene Stimme kaum. Mit den Ellbogen bahnte er sich einen Weg durch die Menge. Die Soldaten versuchten, ihn zurückzuhalten, und er erinnerte sich vage an ihren Befehl, ihn unverletzt zum Verhandlungsort zu bringen. »Hört auf damit!« Erst als Adeen bis auf wenige Schritte heran war, wandte der Soldat den Kopf, und das Grinsen gefror ihm auf dem Gesicht.

»Wer bist du denn?«, fragte er unwillig. »Warum gibst du mir Befehle? Du bist doch nicht mein Kommandant!«

Was meine Berühmtheit betrifft, hat Yoluan offensichtlich stark übertrieben. »Was hat Euch das Kind getan?«, frage Adeen.

»Dieses Kind?« Der Junge stand neben ihm, starr vor Angst und nicht in der Lage, fortzulaufen, auch jetzt nicht, da der Soldat seinen Spieß gesenkt hatte. »Siehst du nicht, dass er ein Magierkrieger ist? Hat vielleicht in der Schlacht Freunde von mir getötet.«

Die zerfetzte Rüstung, die Robe – ja, das war ein Magierkrieger. Adeen erinnerte sich an die Kinder, die Charral in der Akademie ausgebildet hatte. Auch dieser Junge konnte kaum älter sein als zwölf Jahre. »Aber er ist noch ein Kind. Quält ihn nicht und lasst ihn gehen. Seine Eltern warten irgendwo in dieser Stadt auf ihn.«

»Wenn die Götter auf unserer Seite stehen, sind seine Eltern längst hinüber«, erwiderte der Soldat. »Jetzt geh mir aus dem Weg. Der Bursche ist mein Gefangener. Du hast kein Recht –«

»Was ist hier los?« Ein hagerer Mann trat zwischen sie. Sein pelzbesetzter Helm und sein Umhang aus weißem Wolfsfell – ebenfalls beschmutzt von Kampf und Feuer – wiesen ihn als einen der Befehlshaber der königlichen Truppen aus.

»Der Kerl hier will, dass ich meinen Gefangenen laufenlasse!«, beschwerte sich der Soldat.

Der Befehlshaber musterte kurz ihn, Adeen und das Kind. Dann trat er drohend einen Schritt auf Adeen zu, doch seine dunklen Augen wirkten bekümmert, daher wich Adeen nicht zurück.

»Ihr solltet Euch nicht einmischen«, sagte der Mann. »Ich weiß, wer Ihr seid, aber das gibt Euch nicht das Recht, militärische Operationen zu behindern.«

Während er sprach, trieb der Soldat seinen kleinen Gefangenen bereits weiter.

»Militärische Operationen, so nennt Ihr das?« Adeens Empörung verwandelte sich in Wut. »Es ist nur ein Kind –«

»Und ein Feind«, sagte der Befehlshaber. »Ihr müsst es der Königin überlassen, zu entscheiden, was mit unseren Feinden zu geschehen hat. Die Soldaten sind wütend, aber wer könnte es ihnen übelnehmen. Diese Stadt hat uns unterdrückt, solange wir uns erinnern können. Haltet uns nicht mit solchen Dingen auf. Die einfachen Leute sind es, die vor Übergriffen geschützt werden müssen.«

Adeen wich zurück. »Aber … es ist nicht richtig, den Jungen …« Er verstummte. Für einen Moment hatte er etwas Entscheidendes vergessen: All diese Kämpfer, alle, die jetzt in die Stadt einzogen, waren von der Rashija beherrscht worden. Sie hatten für ihre Freiheit gekämpft. Und sie hatten nicht wie Adeen hier gelebt. Sie waren nicht bereit, jemanden zu schonen, nur weil er jung war. Und sosehr es ihm zuwiderlief, es gab nichts, was er im Augenblick für den Jungen tun konnte.

Der Befehlshaber wandte sich ohne ein weiteres Wort ab und tauchte in das Gewimmel seiner Truppen ein. Adeen holte tief Atem. Er hasste diesen Tag bereits jetzt. Das Wort Freiheit hatte einen schönen Klang, und ihm schien, als hätten viele Menschen, die er kannte – Nemiz, Keyla, sogar er selbst –, mehr auf den schönen Klang gehört, als wirklich über die Konsequenzen nachzudenken.

Noch mehrmals sah er, wie Soldaten auf beliebige Menschen losgingen, die ihnen auf den Straßen entgegenkamen. Wurden sie nicht rechtzeitig davon abgehalten, schlugen sie die Einwohner, die nur mit Hacken und Besen bewaffnet waren, zusammen und versuchten sogar, sie zu töten. Selbst dem Befehlshaber fiel es schwer, seine Leute unter Kontrolle zu halten, so groß war der Hass der Rebellen auf Rashija und alle, die zu der Stadt gehörten.

Adeen zog sich die Kapuze über den Kopf und wünschte sich, nichts mehr zu sehen oder zu hören.

21

FARBEN

Die Waffen der Soldaten bildeten einen Ring um den Marktplatz. Kaltes Winterlicht blitzte auf den Klingen. In den letzten Stunden waren die Eroberer vor allem bemüht gewesen, das Chaos in den Griff zu bekommen und die gefährlichsten Brandherde einzudämmen. Von Ruhe oder Entspannung konnte aber noch keine Rede sein. Die Luft dröhnte von zornerfüllten Rufen, denn rings um den Platz hatten sich Menschen gedrängt, so dicht, dass Adeen überzeugt war, sie würden sich gegenseitig erdrücken, sobald Panik unter ihnen ausbrach. Ständig mussten die Soldaten für Ruhe sorgen, aber der Lärm ließ immer nur für wenige Augenblicke nach. Im Zentrum des lebendigen Rings aus Truppen und Schaulustigen hatte die Königin von Tama alle Ratsmitglieder zusammengetrieben, derer ihre Soldaten habhaft geworden waren. Zwanzig Männer und Frauen hatten einst die Regierung von Rashija gebildet, gefangen waren sieben. Sie standen aneinandergedrängt, mit Gesichtern voller Angst und Wut. Ihre bunten Gewänder hingen in schmutzigen Fetzen an ihnen hinab. Viele hielten ihre edelsteinverzierten Dolche oder Kristallstäbe in den Händen, wie um sich zu verteidigen, doch es war offensichtlich, dass sie damit niemanden angreifen würden. Die Dolche waren mehr Statussymbole als etwas anderes, und die Kristalle der Stäbe wiesen tiefe Sprünge auf und bestanden zum Teil nur noch aus Splittern. Sie hatten ihre Magie längst verbraucht.

Adeen erkannte keines der Ratsmitglieder wieder; Charral befand sich nicht unter den Gefangenen. Welcher von ihnen allerdings Talannas Vater war, darüber konnte kein Zweifel bestehen. Ein sehniger, hochgewachsener Mann mit ebenso violetter Haut und wilden gelben Augen wie Talanna umklammerte seinen Dolch mit verzweifelter Entschlossenheit. Obwohl man ihm sein Gewand halb vom Körper gerissen hatte, vermittelte er noch immer den Eindruck eines Mannes, der sich seiner Position und Würde bewusst war und den kein Gegner beeindrucken konnte. Sein Haar war weiß, aber ein paar rote Strähnen glänzten noch darin: Ein Feuer-Draquer wie seine Tochter. Trotz allem empfand Adeen einen widerwilligen Respekt vor dem Mann, den weder seine persönliche Niederlage noch die Vernichtung seiner Heimat gebrochen hatte.

An einer Stelle war das Pflaster des Platzes aufgesprengt, dort hatte jemand einen behelfsmäßigen Galgen aus hastig zusammengezimmerten Balken errichtet. Das Gebilde hatte bereits bei ihrem Eintreffen dort gestanden. Ein Leichnam in Magierrobe hing von dem Querbalken herab und schwankte leicht im schwachen Wind. Im ersten Moment hatte Adeen voller Entsetzen geglaubt, es sei Charral. Alles passte, das helle Haar und die ebenso helle Haut, die rot-blaue Robe. Doch nun, da er gezwungen war, im Zentrum des Platzes neben der Königin zu stehen, ganz in der Nähe des Galgens, konnte er erkennen, dass es jemand anderes sein musste. Das blau angelaufene Gesicht war zwar bis zur Unkenntlichkeit verzerrt, doch

Charral war schlanker und größer gewesen. Voller Unbehagen fragte sich Adeen, wer den Mann getötet hatte – die Truppen der Eroberer oder die Einwohner Rashijas, die Rache an denjenigen üben wollten, die sie all die Zeit unterdrückt und belogen hatten.

Eine einzelne mutige Krähe hatte den Galgen gefunden und flatterte über dem Kopf des Toten. Sie ließ sich nicht abschrecken, weder von der Menschenmenge noch von der verqualmten und stinkenden Luft. Ihr Krächzen mischte sich in den allgegenwärtigen Lärm.

Adeen presste seinen Umhang gegen Mund und Nase und atmete durch den Stoff. Ihm war nach wie vor übel. Er versuchte, Talanna zu entdecken, sah sie aber nirgends. Seit dem letzten Abend hatte er nichts mehr von ihr gehört. Wo mochte sie sein? Wenn ihr nur nichts zugestoßen war! Oder kam sie nicht, weil sie den Anblick ihres gefangenen Vaters nicht ertrug?

»Ehe unsere Gespräche beginnen«, sagte die Königin laut, und der Lärm sank auf ein erträgliches Maß herab, sobald sie zu sprechen begann, »sollen alle, die sich hier versammelt haben, die Wahrheit über diese Stadt und ihren sogenannten Herrscher erfahren. Adeen, einer von euch, den ihr hier neben mir seht, kennt sie, denn er hat sie mit eigenen Augen gesehen. Bitte, Adeen, erzähl uns allen, was dir im Herrscherpalast widerfahren ist.«

Der Schreck fuhr Adeen in die Glieder. Davon, dass er vor so vielen Menschen sprechen sollte, war nie die Rede gewesen! Die Augen der Menschen richteten sich auf ihn, und sein Mund wurde trocken. Aber er nahm seinen Mut zusammen und schluckte das Gefühl der Panik hinunter, so gut es ging. Nachdem er schon so viel Schlimmeres überstanden hatte, würde er auch das hier irgendwie hinter sich bringen.

Nur stockend gelang es ihm, zu erzählen, wie er und Talanna in den Palast des Herrschers eingedrungen waren und was sie dort erlebt hatten. Er konnte die Ungeduld der Menge fast körperlich spüren, während er nach Worten suchte, aber schließlich flossen sie rascher. In seinen Kopf hatten sich die Geschehnisse eingebrannt. Wenn er nur das eingefallene, bekümmerte Gesicht des toten Herrschers zeichnen könnte, so wie er sich daran erinnerte, er würde sie alle überzeugen – so konnte er nur sein Bestes tun, um es mit Worten nachzuzeichnen.

Ein Raunen lief durch die Menge. Empörung, Erstaunen, Ekel, alle Gefühle spülten über den Platz hinweg wie Wellen. Adeen war froh, als er alles erzählt hatte und sich wieder hinter die Königin zurückziehen konnte. Trotz seiner Unbeholfenheit hatte der Bericht seine Wirkung nicht verfehlt. Die Anspannung war gewachsen, und überall ballten sich Fäuste, schlossen sich Hände fester um die improvisierten Waffen.

Die Königin wartete, bis sich die größte Aufregung gelegt hatte. Dann sagte sie ruhig: »Die Menschen dieser Stadt wurden durch eine Lüge regiert. Wir haben sie davon befreit. Wer diese Lüge verbreitet hat, ist allen bekannt: Es waren diese Männer und Frauen, der Rat von Rashija.«

Sie wies auf die Gefangenen, und erneut musste sie innehalten, weil der Lärm ihre Stimme übertönte. Mit Gewalt stießen die Soldaten die Umstehenden zurück, damit sie nicht auf den Platz drängten und sich auf die Ratsmitglieder stürzten. »Ich stehe nicht hier, um abzurechnen«, fuhr die Königin schließlich fort, »sondern um zu verhandeln. Die Truppen des Rats sind noch immer dort draußen auf den Straßen und stiften Unheil. Sie machen die einfache Bevölkerung nieder, nachdem sie sich von ihnen nicht mehr länger täuschen lassen will. Wir müssen diese Menschen schützen. Aber ich werde auch keine Übergriffe meiner eigenen Soldaten dulden. Wer etwas Derartiges tut, wird sich vor mir verantworten müssen. Diese Kämpfe müssen aufhören, jetzt.«

Einige Atemzüge lang herrschte Schweigen, dann breitete sich zögernder Beifall in der Menge aus. Doch Adeen blickte auch in zahlreiche verwirrte und zornige Gesichter. Viele Menschen sehnten sich offenbar mehr danach, die Ratsmitglieder bluten zu sehen, als mit ihnen Gespräche zu führen.

»Wir verhandeln nicht mit Erdkriechern«, erwiderte schließlich ein hochgewachsener Mann aus dem Rat. Seine klare, geschulte Stimme hallte über den Platz. Sein Haar hatte die Farbe von altem Blut und war zu einem Zopf geflochten, der ihm zerzaust über eine Schulter nach vorn hing, und sein Gesicht verschwand hinter einer Maske aus Schmutz. So ramponiert er auch wirkte, seine Stimme bebte eindeutig vor Zorn, nicht vor Angst. »Es wird Euch nicht gelingen, uns zu demütigen. Wir sind bereit, in Würde zu sterben, so wie es uns der Herrscher gelehrt hat.« Er blickte sich zu den übrigen Ratsmitgliedern um, wie um sich ihrer Unterstützung zu versichern. Mehrere von ihnen nickten entschlossen, aber auf dem Gesicht von Talannas Vater lag ein düsterer, in sich gekehrter Ausdruck.

Seine Stimme klang rauh und heiser, als er sagte: »Wir

wissen, dass Ihr unsere Geheimnisse nie ohne Hilfe ergründet hättet. Wo ist meine Tochter?«

»Was tut das zur Sache?«, fragte die Königin.

Anstelle von Talannas Vater antwortete der Mann, der zuerst gesprochen hatte. »Sie ist eine Verräterin. Liefert sie uns aus, damit wir sie bestrafen können, wie es das Gesetz verlangt.«

Die Lippen von Talannas Vater wurden schmal, aber er widersprach nicht.

»Ihr seid nicht in der Position, Forderungen zu stellen, Naramai«, sagte die Königin beinahe sanft, und der Soldat, der neben dem Ratsherrn stand, drückte ihm die Schwertspitze gegen die Seite, so dass sie sein zerrissenes Gewand noch zusätzlich aufschlitzte. Es floss kein Blut, aber der Mann erstarrte und senkte kaum merklich den Kopf.

»Ihr sprecht davon, dass Ihr sterben wollt, und das kann jeden Augenblick geschehen«, fuhr die Königin fort. Obwohl sie sich dem Mann mit dem roten Zopf zugewandt hatte, war klar, dass ihre Worte an alle Ratsmitglieder gerichtet waren. »Aber wofür? Für die Lehren eines Toten? Und glaubt nicht, dass Eure Truppen Euch befreien werden. Viele Eurer Soldaten haben sich uns angeschlossen, weil sie Eure Lügen ebenso leid sind wie das Volk. Euch bleiben nur noch wenige Verteidiger. Wenn Ihr sie nicht zur Vernunft ruft, sind unsere Leute gezwungen, sie zu töten. Die Stadt befindet sich bereits in unserer Hand. Es ist nur eine Frage der Zeit.«

»Ihr werdet das niemals verstehen, Erdkriecherin.« Mit dem Druck der Schwertklinge gegen seine Seite wirkte der Ratsherr weniger selbstsicher, aber noch immer funkelten seine Augen. »Ob unser Herrscher tot ist oder nicht, das macht keinen Unterschied. Wir, der Rat von Rashija, wir haben seine Überzeugungen an das Volk weitergetragen. Und deshalb haben wir die Menschen dieser Stadt niemals belogen.«

Ein wütendes Aufstöhnen lief durch die Menge. Bevor die Königin antworten konnte, öffnete sich der Kreis der Umstehenden plötzlich, und die Leute machten einer Gruppe Soldaten Platz, die die Drachenrüstungen von Rashija trugen. Eine Frau führte sie an. Unter ihrem Helm stahlen sich hellblaue Haarsträhnen hervor, und Adeen erkannte Kuama, Talannas Schwester. Sie wirkte hohlwangig, vollkommen erschöpft, und fiel mehr vor der Königin aufs Pflaster, als sich niederzuknien. Ihre Rüstung war blind von Staub und blutverschmiert.

»Herrin«, murmelte sie, »wir bringen, worum Ihr gebeten habt.«

Talannas Vater presste eine Hand auf den Mund und wich zurück, soweit es die Soldaten zuließen. Vermutlich hatte er nichts davon geahnt, dass auch seine zweite Tochter für den Feind arbeitete.

Magierkrieger schleppten eine Trage heran, auf der ein verhüllter Körper lag. Für einen Augenblick zog sich alles in Adeen vor Schreck zusammen, denn er fürchtete, dass es Talanna sein könnte. Dann aber schlug die Königin die Decke zurück, und zum Vorschein kam der Leichnam des Herrschers in seinem bestickten Mantel. Er hatte es offensichtlich nicht allzu gut überstanden, von seinem Thron gerissen und auf den Marktplatz verschleppt zu werden, denn sein Körper schien in der Mitte durchgebrochen zu sein, was der Mantel nur notdürftig verbarg.

Die Soldaten hoben bereits ihre Waffen, um die Menge notfalls mit Gewalt zurückzuhalten. Aber die Wirkung, die der Anblick des Toten auf die Menschen ausübte, glich der eines lähmenden Zaubers. Wie betäubt starrten alle, ungläubig und benommen, überwältigt von einer Wahrheit, die sie nun zwar kannten, aber trotz allem nicht begreifen konnten. Sogar die Ratsmitglieder schien es zu treffen. Sie drängten sich dichter aneinander, steckten die Köpfe zusammen und murmelten, bis die Soldaten sie trennten. Adeen verstand nur wenige Worte. »Ich tue es nicht«, wisperte Talannas Vater, und der Mann namens Naramai, der so entschlossen war, lieber zu sterben, als zu verhandeln, verzog das Gesicht und starrte auf seine Stiefel. Kurz fragte Adeen sich, *was* sie nicht tun wollten, aber ehe er genauer darüber nachdenken konnte, weckte eine neue Bewegung seine Aufmerksamkeit.

Die Magierkrieger unter Kuamas Kommando bezogen Aufstellung rings um die Trage. Als Letzte trat Talanna auf den Platz. Adeens Herz machte einen kleinen Sprung, als er sie sah. Deshalb kam sie also so spät. Sie hatte ihrer Schwester geholfen, den Leichnam des Herrschers zu bergen und hierherzubringen. Zweifellos war das die Aktion, die die Königin hatte geheim halten wollen. Talanna warf einen kurzen Blick auf ihren Vater und wandte sich sofort wieder ab.

Adeen trat zu ihr und berührte ihre Hand. Sie sah ihn an, kurz überrascht, dann lächelte sie schwach.

»Bald ist es vorbei«, sagte sie leise. »Auf die eine oder andere Art.« Und kaum hörbar fügte sie hinzu: »Ich bin so müde, Adeen.«

Adeen schloss kurz die Augen und spürte die schwache

Wärme der Wintersonne auf seinen geschlossenen Lidern. Der Gedanke, dass all der Schrecken bald vorbei sein würde, gab ihm Hoffnung. Auch er war erschöpft genug, um tagelang durchzuschlafen.

Schweigend nahm Talanna ihren Platz in der Nähe der Königin ein. Plötzlich entstand erneut Unruhe in der Menge. Ein einzelner Mann bahnte sich seinen Weg auf den Platz, und die Menschen schienen nicht zu wissen, ob sie vor ihm zurückweichen oder auf ihn losgehen wollten. Der Mann war schwer verletzt, taumelte und wäre gestürzt, hätte er sich nicht auf einen Magierstab gestützt. Die meisten Wunden hatte er notdürftig verbunden, aber die Flecken auf seiner zerschlitzten Robe verrieten, wie stark er geblutet haben musste. Sein Stab konnte ihm nur noch als Krücke dienen, denn wie bei den Ratsmitgliedern waren sämtliche Kristalle daran zerbrochen. Adeen erkannte ihn nicht sofort: Schwarze Blutklumpen verkrusteten sein helles Haar. Doch dann riss er erschrocken den Mund auf.

»Charral –«

Ein Teil von ihm war erleichtert, den Mann lebend zu sehen. Was mochte mit ihm geschehen sein, wie war er hierhergelangt? Sicher hatten ihn seine Untergebenen gerettet. Wie auch immer, wenn Charral auftauchte, konnte das nichts Gutes bedeuten, das wusste Adeen aus Erfahrung.

Die Ratsmitglieder starrten Charral an, ebenso fassungslos wie Adeen.

»Er lebt!«, murmelte Talannas Vater. »Hieß es nicht …«

»Verehrte Hoheit, Königin der Erdkriecher!« Charral humpelte auf die Königin zu und machte eine spöttische halbe Verbeugung vor ihr, wobei er sich mit beiden Händen an seinen Stab klammerte. »Ihr wollt die Verhandlungen doch nicht ohne mich beginnen? Ich gehöre ebenfalls zum Rat und verlange, dass man mich nicht übergeht!«

Er war außer Atem, aber in seinen Augen glänzte Entschlossenheit. Adeen wurde flau, ohne dass er recht wusste, warum. Er trat auf die Königin zu. »Herrin, Ihr müsst Euch vor diesem Mann hüten, er … Ihr könnt ihm nicht trauen.«

»Ich muss Adeen zustimmen«, sagte Talanna. »Wir sollten ihn nicht anhören.«

Charral hörte die Worte nur zu gut, das erkannte Adeen an der Art, wie er zornig die Kiefer aufeinanderpresste, doch er ignorierte sie beide. Und auch die Aufmerksamkeit der Königin war ganz auf ihn gerichtet. »Wer seid Ihr, dass Ihr diese Unterredung stört?«, fragte sie.

»Charral. Nur ein Diener unseres geliebten Herrschers, wie die anderen Mitglieder des Rates. Ihr glaubt also, Ihr könnt das Volk täuschen, indem Ihr ihnen eine Leiche zeigt? Das hat überhaupt nichts zu bedeuten. Körper sind sterblich, aber Wahrheiten sterben nicht.« Auf Charrals fahlen Wangen bildeten sich rote Flecken, als er weitersprach. »Die Lehren unseres Herrschers haben Rashija zur Herrin der Welt gemacht. Das ist es, was zählt. Ihr glaubt, Ihr hättet uns vom Himmel geholt, nicht wahr? Uns unsere Magie gestohlen? Damit wir so schwach werden, wie Ihr es seid, und Ihr uns unterwerfen könnt, wenn wir aufeinandertreffen?«

»Ich bin nicht hier, um mir albernes Gerede anzuhören«, antwortete die Königin. »Geht zu den anderen Ratsmitgliedern und wartet, bis Ihr nach Eurer Meinung gefragt werdet!«

Zwei Soldaten ergriffen Charral unter den Armen und zerrten ihn mit sich. Er wehrte sich, bekam einen Tritt gegen das Knie, verlor den Halt und wurde zwischen ihnen über das Pflaster geschleift. »Nicht!«, stöhnte er, plötzlich nicht mehr der arrogante Mann, der er noch vor einem Augenblick gewesen war. »Hört auf! Ihr tut mir weh!«

Mit einer Handbewegung befahl die Königin ihren Leuten, Charral loszulassen. Er raffte sich mit Hilfe seines Stabs mühsam auf und hinkte einige Schritte auf die anderen Ratsmitglieder zu, als wolle er sich nach ihrem Befehl richten. Dann blieb er neben der Trage stehen, auf der die Leiche des Herrschers lag.

»Gestattet mir, meinem Herrscher die letzte Ehre zu erweisen«, bat er. Seine Stimme bebte, aber Adeen konnte nicht sagen, ob es Erbitterung, Wut oder etwas anderes war, was darin schwang. Er warf einen Blick auf die Königin, dann auf Talanna, und seine Augen streiften auch Adeen. Um seine Mundwinkel lag ein winziges, unheilvolles Lächeln.

Bevor ihn jemand daran hindern konnte, hatte er die Hand auf die Brust des Toten gepresst und senkte seinen Kopf, als wolle er die Leiche küssen. Die gestickten Schriftzeichen auf der prächtigen Robe glitzerten. Und in diesem Moment begriff Adeen, was Charral vorhatte. Er hätte es die ganze Zeit ahnen müssen, aber er war blind dafür gewesen.

Diese Schriftzeichen waren vernichtende Worte der Macht, dazu gemacht, das letzte Geheimnis des Herrschers zu schützen – warum hatte er nicht erkannt –

Charral begann Worte zu murmeln, und die Stickereien glommen in einem trägen weißgoldenen Licht auf.

Adeen schrie auf und warf sich auf den Magier, um ihn daran zu hindern, den Zauber zu vollenden, aber Talanna war schneller. Sie musste noch rascher verstanden haben, was Charral plante. Unter den überraschten Ausrufen der Soldaten packte sie ihn bei den Schultern und riss ihn zurück. Er hatte sich mit beiden Händen in der Robe des Herrschers festgekrallt, und der altersspröde Stoff gab nach. Im selben Moment griff das Leuchten um sich, verfärbte sich von Gold in ein gleißendes Blauweiß. Helligkeit fraß alles, und vor Adeens Augen verschwand die Welt. Eine heftige Druckwelle warf ihn zurück. Er spürte kaum, wie er auf dem Boden aufschlug. Die Magieentladung drang durch jeden Teil seines Körpers, erfüllte ihn mit Hitze und Kälte zugleich, presste ihm den Atem aus der Lunge, verwandelte seine Augen in Flüssigkeit und sein Blut in Staub. Der Vogel schrie, entfaltete explosionsartig seine Schwingen und hüllte ihn ein in einen Schutzmantel aus schwarzen Federn. Aus der Ferne hörte er Schreie, ohne zu wissen, ob es seine eigenen waren. Dann blieb nur Stille zurück.

Adeens Lungen schienen sich zu weigern, die Luft zu atmen, die fremdartig nach Stahl, versengtem Fleisch und süßlichem Blütenduft schmeckte. Es fühlte sich an, als wäre sie flüssig, und er glaubte ersticken zu müssen. Unter Husten und Keuchen gelang es ihm schließlich, Atem zu schöpfen. Zunächst begriff er nicht, was geschehen war. War er nicht eben noch mit Talanna an einem Seeufer entlanggewandert, auf der Suche nach einem trockenen Platz? Ein Schleier aus weißem Nebel hatte über der Welt gelegen, ihre Grenzen verwischt …

Nein, nein, das war lange her, er hatte gekämpft, hatte den Vogel zu sich gerufen –

Adeen öffnete die Augen, wischte sich über das Gesicht, denn er sah nichts außer gleißenden Farbflecken. Nur langsam nahm seine Umgebung Konturen an. Er lag auf dem Pflaster des Marktplatzes von Rashija, über ihm ein blauvioletter, wolkenloser Himmel.

Um ihn herum stöhnten Verletzte.

Plötzlich erinnerte er sich an alles: Charral hatte den Schriftzauber aktiviert, mit dem der Herrscher all die Jahre in seinem Palast gesessen hatte. Die letzte Schutzvorkehrung, die den Leichnam davor bewahren sollte, in die Hände der Feinde zu geraten – oder war sie dazu gedacht, die Feinde des Herrschers auszulöschen, wenn genau das geschehen sollte?

»Oh, ihr Mächte.«Taumelnd kam Adeen auf die Füße. Wie ein Echo in seinem Geist fühlte er noch immer die schwarzen Flügel, die ihn eingehüllt hatten, als der Zauber die Welt zerrissen hatte. Dem Aschevogel, diesem Teil von ihm, verdankte er es, dass er noch lebte. Schneller als Adeens Verstand war er bei ihm gewesen, um ihn zu schützen. Das Bild, das sich ihm bot, ließ ihn schaudern: Wo die Leiche des Herrschers gelegen hatte, befand sich nur noch ein weißer Fleck geschmolzener Masse. Es war wie Ruß, nur hatte die Magie den Ort nicht geschwärzt, sondern ausgebleicht und allem seine Farbe genommen – ein Zauber, der die Substanz der Welt selbst angriff und dem nichts standhalten konnte. Von Charral war nichts mehr zu sehen. Rings um den fahlen Fleck waren die Menschen niedergeworfen worden wie unter einem Sturm. Diejenigen, die sich in der Nähe des Herrschers befunden hatten, rührten sich nicht mehr. Andere rappelten sich auf, genauso mühsam wie Adeen, und begannen umherzustolpern.

Adeen fehlte die Kraft, um zu verstehen, was er sah. Er hatte nur einen Gedanken: Talanna. Sie hatte Charral gepackt, als der Schriftzauber aktiviert worden war. Es durfte nicht sein – hastig stemmte er sich hoch und blickte sich nach ihr um.

»Talanna.«

Adeen fiel neben ihrem verkrümmten Körper auf die Knie. Talanna lag mit dem Gesicht auf dem Boden, ihr rotes Haar und die violette Haut waren dort, wo die Magie sie getroffen hatte, voller weißer Streifen und Flecken. An den Armen wirkte ihre Haut wie geschmolzen. Adeen presste sein Gesicht in ihren Nacken und klammerte sich an sie, während ihn Krämpfe schüttelten und er trotzdem nicht weinen konnte.

Bildete er es sich ein, oder hatte er ihre Stimme gehört?

Er fiel. Aber es war, als würde nicht sein Körper fallen, sondern sein Geist – in den Abgrund einer zerstörten Welt, deren Farben bösartige Magie ausgebrannt hatte. Kälte schlug über Adeen zusammen, als wäre er durch eine Eisschicht eingebrochen. Er stürzte Hals über Kopf, drehte sich in der Leere, und das Echo der schwarzen Schwingen in seinem Verstand wuchs erneut zu einem Flügelpaar an, dem einzigen dunklen Fleck innerhalb der Farblosigkeit. Es trug ihn, ließ ihn sanft hinabgleiten. Die Hitze des Vogelkörpers sandte Wärme in sein Bewusstsein, das Kälte und Entsetzen starr werden ließen.

Was geschieht mit mir? Und wo bin ich?

Er stand in einer ausgeblichenen Landschaft, auf rissigen Erdschollen, alles vollkommen farblos. Sein Schatten zeichnete sich scharf auf dem Boden ab, eine Gestalt in einer Robe, geflügelt, im einen Augenblick mehr Mensch, im anderen mehr Vogel. Und auch seine Umgebung veränderte sich. Er glaubte Bäume zu sehen, einen Horizont oder einen nebligen See in der Ferne, aber nichts war von Dauer, die Schemen einer Landschaft veränderten sich rascher als Wolken im Wind. Er wusste: Nichts von dem, was er sah, war real. In Wahrheit kniete er noch immer auf dem Marktplatz von Rashija und presste Talanna an sich. Er spürte, wie sich ihr stacheliges Haar gegen seine Wange drückte. Doch zugleich fauchte ihm ein heiserer Wind ins Gesicht. Pulverige weiße Erde hinterließ Flecken an seinen Stiefeln wie Staub.

»Talanna?«

Er hatte das Gefühl, dass sie bei ihm war. Und dabei wusste er, dass sie tot war. Charral hatte sie getötet, als er Rache genommen hatte für die Vernichtung seiner Welt. Adeen konnte es nicht begreifen, und er weigerte sich, es zu akzeptieren. Es durfte nicht wahr sein nach allem, was sie zusammen durchgemacht hatten. Alles war doch schon so gut wie vorbei gewesen.

Seine Augen brannten im Wind, der ihm Sandkörner entgegenschleuderte, scharfkantiges Gras stach durch den Stoff seiner Hose, als wolle alles in dieser Welt sich ihm entgegenstellen – oder war es etwas anderes? *Ich will nicht gehen,* flüsterte der Wind, der gar nicht der Wind war. *Lass es nicht zu.*

Und Talanna war da, kauerte vor ihm. Dem Tod nahe und ohne ihre Magie war sie eine fahle Gestalt ohne Gesicht. Ihre Umrisse formten sich aus der Luft, aus dem verdorrten Boden und dem Gras. Sie warf keinen Schatten, und ihre Finger gruben sich hilflos in den Sand. Sie hatte nicht einmal die Kraft, sich aufzurichten.

Adeen ahnte, wo er sich befand. Hatte er nicht geglaubt, ihre Stimme zu hören, als er sie umarmt hatte? Vielleicht gab es doch noch einen Funken Magie in ihr, und sie hatte ihn gerufen? Oder war es seine Magie, die ihm den Weg gewiesen hatte, in Talannas Kopf oder in ihr Herz, dorthin, wo sie sich vor dem Tod versteckte? Sie hatte immer gekämpft, und auch jetzt tat sie es. Sie hatte ihn geholt, damit er ihr half.

Und wie er es dort auf dem Platz mit ihrem Körper tat, umfasste er sie mit seinem Geist und presste sie an sich. Seine Flügel hüllten sie in Schatten. Er wusste nicht, was er tun konnte, um sie am Leben zu halten, und das machte ihn wütend und verzweifelt. Er konnte spüren, wie sie mehr und mehr an Substanz verlor und eins wurde mit dem farblosen Land, das sie umgab. Wenn sie wenigstens noch ein Gesicht gehabt hätte, an das er sich erinnern konnte, wenn sie ging! Sie hatte die prachtvollsten Farben getragen, wie Flammen und Abendhimmel. Das war ihm als Erstes an ihr aufgefallen, als sie sich begegnet waren. Wie gern hätte er sie seit diesem Tag gemalt, aber er hatte niemals Gelegenheit dazu gehabt und nie die Werkzeuge, die er gebraucht hätte: Leinwand, Pinsel und Farbe. Hatte er geglaubt, er würde es später nachholen können? Was für ein Dummkopf er gewesen war! Hätte er sich nur mehr bemüht, dann würde wenigstens etwas von ihr bleiben!

Ohne dass er recht wusste, was er tat, schob er sie sanft von sich, blickte in die weiße Fläche, die ihr Gesicht war. Es war feucht, als würde sie weinen, doch auch Tränen sah er nicht. Er berührte sanft die Stelle, wo ihre Wange hätte sein sollen, und wünschte mit aller Kraft, er könnte ihre Farben zurückrufen.

Tief in ihm legte der schwarze Vogel den Kopf zurück und schrie seinen Schmerz in einen papierfarbenen Himmel hinaus.

In einem Strudel aus Federn und grün fließender Magie riss es Adeen fort. Es war wie in den Momenten, in denen der Vogel seinen Ruf gehört hatte und zu ihm gekommen war. Er versuchte, sich dagegenzustemmen, denn der Vogel richtete nur Zerstörung an und ließ ihn jedes Mal hilflos zurück, weniger Mensch als vorher. Aber diesmal war es anders. Der Wirbel trug ihn in den Himmel hinauf, und der Himmel war wie ein Blatt Papier, und der Wind wisperte zu ihm mit Talannas Stimme.

Adeens Herz spannte seine Flügel aus, denn in einem verrückten, überwältigenden Moment spürte er, was die Magie vermochte, die in ihm lebte. Er hatte sie benutzt, um anderen Schaden zuzufügen – oder hatte sie ihn benutzt? Der Vogel hatte auf seine Stimme von Wut, Verzweiflung und Hass gehört. Adeen hatte ihn als den schwarzen Teil im Inneren seines Herzens gefürchtet, dennoch wusste er auf einmal, dass das Wesen nicht böse war. Seine wahre Natur bestand nicht darin, zu verletzen. Und obwohl seine Flügel den weißen Himmel mit Schlieren von Blut und Asche färbten, trug er die Farben in sich, um diese erstarrte Welt zu wecken.

Adeen zeichnete, wie er es mit einem Pinsel nie gekonnt hätte. Die Farben flossen aus seinem Kopf direkt in seine Hand, seine Krallen, seine Flügel. Er zeichnete für Talanna. Malte sie so, wie er sie sah und sich an sie erinnerte. Sie war ein wildes Wesen und ihm noch immer fremd, manchmal mehr ein Drache als ein Mensch, so verletzlich, und auch auf der Erde brannte ihre Flamme kraftvoll genug, um ihn zu versengen. Und so kleidete er Talanna in einen Mantel aus Feuer. Er fühlte, wie die gezeichneten Flammen an seinen Fingern leckten und ihn wärmten. Sie schmolzen den Himmel auf. Wie eine Eisfläche zersprang er, und durch die Risse drängte intensives Himmelblau, Gelb und Violett und alle Farben, die der nahende Tod ausgelöscht hatte.

Der Wind brüllte in Adeens Kopf, und der Vogel schwang sich auf in den warmen Sturm, der durch sein Gefieder brauste.

Ohne Übergang fand sich Adeen auf dem Pflaster des Marktplatzes von Rashija wieder. Talannas Körper in seinen Armen bewegte sich schwach. Sie hustete und murmelte kaum hörbar: »... mich los, du erstickst mich!«

Die weißen Spuren der Magie auf ihrem Körper waren fort, an ihrer Stelle befanden sich schwach glänzende Narben. Nur ihr Haar und ihre Kleidung waren nach wie vor rot-weiß gesprenkelt. Ungläubig starrte Adeen sie an. Hatte er das getan – oder war es der Vogel gewesen? Er hatte doch nicht wirklich einen Menschen von der Schwelle des Todes zurück ins Leben gemalt?

Aber Talanna war da, ganz lebendig, sie blinzelte aus trüben Augen und streckte eine Hand aus, um sein Gesicht zu berühren.

Er erstickte sie gleich noch ein wenig mehr und küsste sie.

22

AM FEUER

Das Chaos hatte Rashija erneut im Griff. Die Soldaten, die den Anschlag überlebt hatten, taten ihr Bestes, um Aufruhr zu verhindern, doch ihre Aussichten standen schlecht. Auch die Königin von Tama, die bisher sowohl die meisten militärischen Aktionen koordiniert als auch die Verhandlungen geleitet hatte, war bei Charals Attentat schwer verletzt worden. Ihre Leute hatten sie in eine Decke gewickelt und in eine Sänfte verfrachtet. Gewiss wäre sie und auch alle anderen im weiten Umkreis zu farblosem Staub versengt worden, hätte Talanna Charal nicht zurückgerissen, ehe er den Zauber vollenden konnte. Wenn es Adeen auch mit Erleichterung erfüllte, dass die Königin noch lebte, begriff er doch, dass die Verhandlungen gescheitert waren. Die meisten Mitglieder des Rates waren tot. Die Überlebenden, darunter Talannas Vater, wurden von den Soldaten weggeschafft, um sie vor der Wut der Menge zu schützen. Menschen drängten herbei, um den Leichnam des Herrschers zu sehen, und gerieten außer sich, überwältigt von ihrer hilflosen Wut, als sie erkannten, dass dieser Leichnam für immer fort war. Adeen tat sein Bestes, um den Verletzten zu helfen und sie in Sicherheit zu bringen, aber er konnte nur wenig ausrichten. Es gelang ihm nicht einmal, sich auf das zu konzentrieren, was er tat. Er stolperte auf zitternden Beinen umher wie unter der Sonne einer fremden Welt und vergewisserte sich wieder und wieder, dass Talanna noch – oder wieder? – am Leben war. Für seine Empfindungen hatte er keine Worte. Ihm war, als sei ein Teil von ihm in der farblosen Welt zurückgeblieben, und als gehöre er nicht vollständig hierher, an diesen Ort, der beängstigend wirklich war. Er war noch erfüllt von den Farben, die er gesehen hatte, glaubte, den kratzigen warmen Wind im Gesicht zu spüren.

Seine Magie hatte Talanna gerettet, und er dankte allen Mächten dafür. Das Wissen darum und die Erinnerung an die Farbe, die in eine farblose Welt eingebrochen war, erfüllten ihn mit einem schwindelerregenden Gefühl von Stärke und Begeisterung. Aber zugleich ängstigte es ihn, auf eine andere Art, als es die zerstörerische Wut des Aschevogels jemals getan hatte. Er kannte den Grund für diese Wut, aber weshalb er eine solche Macht besitzen sollte, das wusste er nicht. Und er fand keine Antwort auf die Frage.

Der Himmel verfärbte sich von Blau zu Grauviolett. Erneut stiegen Rauchwolken und Funken aus der Stadt auf. Jetzt, wo die Königin fort und die Verhandlungen unterbrochen waren, gab es nichts mehr, was die Bewohner daran hinderte, Chaos zu verbreiten. Oder waren es gar nicht die Rashijaner, die ihre Heimat zerstörten? Adeen dachte an das, was er auf dem Weg zum Verhandlungsplatz erlebt hatte, an den kleinen Jungen, den Kriegsgefangenen. Nicht nur die Menschen aus Rashija wollten Rache für das, was ihnen über so lange Zeit hinweg angetan worden war. Die Angreifer hatten ebenso lange unter der Besatzung von Rashija gelitten.

Als sich die Luft mehr und mehr voll Rauch sog, zogen

sich die Soldaten zurück. Adeen, Talanna und die anderen Überlebenden schlossen sich ihnen an und hielten sich während des Weges im Schutz der Gruppe. Nur langsam, ständig behindert von den Kämpfen in den Straßen, erreichten sie schließlich den Rand der Stadt und das behelfsmäßige Rebellenlager.

Die Winternacht war bösartig kalt, und Flammen zeichneten Drachen an den Himmel. Adeen wickelte sich in eine Decke und setzte sich einen Moment in der Nähe eines Feuers hin, um sich aufzuwärmen. Nach einer Weile gesellte Talanna sich schweigend zu ihm.

»Hast du etwas von deinem Vater gehört?«, fragte er sie.

»Ich war bei ihm. Er ist schwer verletzt, aber der Heiler sagt, er wird überleben.« Sie zögerte. »Kuama und ich wollten mit ihm sprechen, aber er hat den Kopf weggedreht und nichts geantwortet. Er ist so ein verdammter Sturkopf! Ich schäme mich für ihn, und wenn er nicht mein Vater wäre, ich würde …« Sie verstummte und schüttelte schwach den Kopf. »Es wird schwierig, jetzt noch jemanden zu finden, der mit der Königin über die Zukunft von Rashija verhandeln könnte. Vom Rat ist fast niemand mehr übrig.«

»Ich habe gehört, dass die Königin wahrscheinlich ihren rechten Arm nie wieder benutzen kann«, sagte Adeen, »trotzdem soll sie sich schon wieder mit ihrem Strategen beraten.«

»Ich habe dir gesagt, du sollst Charral töten. In der Akademie, erinnerst du dich? Du hättest es tun sollen, als du die Gelegenheit hattest.«

Adeen zog die Schultern hoch. Er weigerte sich, darüber nachzudenken, ob sie recht hatte. »Ich hätte es nicht gekonnt.«

»Es ist nicht deine Schuld, sondern meine. Ich hätte darauf kommen müssen, dass die Robe des Herrschers einen Zauber enthält.«

»Hättest du nicht. Ich bin der Schreiber von uns beiden, schon vergessen?«

»Wir hätten das verdammte Ding gleich vernichten müssen.«

Inzwischen hatten sich mehr und mehr frierende Menschen um das Feuer gesetzt. Manche von ihnen waren gezeichnet von den weißen Spuren, die der zerstörerische Zauber hinterlassen hatte. Talanna hob den Kopf und betrachtete sie, dann strich sie nachdenklich über die zerschrammte lederne Schiene an ihrem Unterarm. Auch hier war das Braun von fahlweißen Sprenkeln durchsetzt. »Eine solche Magie habe ich noch nie gesehen«, sagte sie. »Der Zauber muss vor sehr langer Zeit gewebt worden sein. Ich verstehe nicht, dass wir noch leben.«

»Wir verdanken es deiner schnellen Reaktion. Du hast Charral gerade noch rechtzeitig weggerissen. Aber auch so war die Wirkung schon schlimm genug.« Adeen sah sie an. Das Feuer tanzte in ihren hellen Augen. Seit er sie gerettet hatte, hatte sie nicht über das, was geschehen war, gesprochen oder sich gar bei ihm bedankt. »Erinnerst du dich an irgendetwas?«, fragte er vorsichtig.

Sie runzelte die Stirn. »Ich habe deine Stimme gehört. Du hast mich gerufen. Mich aufgeweckt, als ich bewusstlos war.« Sie hielt die Augen niedergeschlagen, und Adeen spürte, dass es ihrer wehrhaften Natur schwerfiel, über einen Augenblick zu sprechen, in dem sie schwach gewesen war. »Du hast ein paar Brandwunden, aber der Zauber hat dich nicht erwischt. Du bist noch genauso schwarz wie vorher. Deine Magie hat dich vor Schlimmerem bewahrt, nicht wahr? Und auch mich ...« In dem Moment, als sie den Blick hob und Adeen den ungewohnt weichen Ausdruck auf ihrem Gesicht sah, unterbrachen sie Stimmen.

»Talanna, Adeen!« Eine vertraute Gestalt schob sich in den Feuerschein. Schwärmer trug ein prächtiges Gewand mit weiten Ärmeln, das ihm allerdings etwas zu lang war. »Ich habe gehört, dass ihr hier seid. Ihr wart direkt in der Nähe, als der Anschlag stattgefunden hat, nicht wahr? Ihr müsst mir davon erzählen.« Nur wenige Augenblicke nach Schwärmer erschien auch Yoluan. Adeen freute sich, die beiden zu sehen. Sie rückten zusammen und machten ihnen Platz, damit sie sich zu ihnen setzen konnten.

»Was hast du denn da an?«, fragte Adeen.

Schwärmer hob einen Ärmel und betrachtete ihn, als sähe er ihn zum ersten Mal. »Albern, nicht wahr? Dieser Stratege, Leret, hat darauf bestanden, dass ich es trage. Ich bin zum Berater der Königin befördert worden. Wie's aussieht, kann sie jede Hilfe brauchen.«

»Herzlichen Glückwunsch«, sagte Adeen.

»Gratulier mir nicht. Welcher arme Schlucker auch immer vorher dieses Gewand tragen musste, er ist tot. Aber jetzt redet – was ist da in Rashija passiert?«

Talanna und Adeen erzählten die Ereignisse aus ihrer Erinnerung, so gut sie konnten, immer wieder von Schwärmer und Yoluan durch Fragen unterbrochen. Adeen empfand eine seltsame Scheu davor, die ganze Wahrheit zu berichten, und ging daher nur ausweichend auf die Fragen ein, die Talannas Rettung betrafen.

Aber Schwärmer ließ sich nicht täuschen. »Wie hast du das gemacht, Adeen?«, wollte er wissen und sah ihn aus seinen durchdringenden Augen an. »Sie war doch so gut wie tot, nicht wahr?«

Talanna neben ihm bewegte sich unbehaglich, und Adeen antwortete: »Das weiß ich nicht.«

»Sag es mir«, murmelte Talanna. »Sag mir alles.«

Adeen erzählte widerwillig und ließ noch immer einiges aus. Vieles von dem, was er erlebt hatte, ging nur Talanna und ihn etwas an.

»Ich erinnere mich nicht an Farben«, sagte Talanna schließlich, »nur an deine Stimme. Aber ich ... ich muss dir danken. Du hast mein Leben gerettet. Was hast du da eigentlich getan?«

Sie blickte ihn ganz offen an, neugierig und, wie es aussah, nicht ganz ohne Ärger darüber, dass sie sich nicht aus eigener Kraft hatte helfen können. »Ich weiß nicht, ob ich überhaupt etwas tue, wenn die Magie mich packt«, sagte Adeen nachdenklich, »es kommt mir eher so vor, als wäre dieser Vogel auf einmal da und würde an meiner Stelle tun, was nötig ist. Aber bisher hat er nur anderen Schaden zugefügt. Es ist das erste Mal, dass er ... es nicht getan hat«, schloss er ein wenig hilflos.

Die anderen schwiegen einen Moment, dann sagte Talanna: »Ich erinnere mich daran, wie wir uns in dieser Museumsruine unterhalten haben, damals in Rashija. Du hast einen Vogel gezeichnet, wie ich ihn noch nie gesehen hatte. So wie du ihn mit geschlossenen Augen vor dir gesehen hast, nicht wahr? Damals hatte ich Angst, du könntest mit diesem Bild Unheil anrichten. Ich hätte dir mehr vertrauen sollen. Weißt du, ich verstehe nichts von solchen Dingen. Aber du hast diese Gabe. Du kannst etwas erschaffen. Mit Farbe oder nur in Gedanken. Vielleicht tust du es einfach, ob du willst oder nicht. Ich glaube, der Vogel und deine Bilder, beides gehört zusammen.«

Adeen erwiderte ihren Blick. Ihre einfachen Worte klangen richtig, halfen ihm, seine wirbelnden Gedanken zur Ruhe zu bringen. In diesem Augenblick hatte er den Eindruck, dass sie ihn sehr gut kannte, so unterschiedlich sie auch sein mochten. Trotzdem schien sie ihm Unvereinbares zu vermischen. »Ich kann Vögel zeichnen, mag sein«, sagte er, »aber ich kann doch niemanden vom Tod zurückholen.«

Diesmal war es Schwärmer, der sprach. »Wo Magie die Welt aufspaltet«, sagte er gedämpft, »ist der Unterschied nicht groß. Schriftmagie lässt die Realität zerfließen und formt sie neu. Unsere Gedanken haben Flügel, und unsere Erinnerungen haben Farben. Du, Adeen, lässt sie lebendig werden. Der Herrscher hat Kunst in seinem Reich verboten, weil er ihre Macht fürchtete, und er wusste sicher, warum. Was er den Menschen genommen hat, kannst du heilen. So hast du Talanna geheilt. Schau doch nicht so erschrocken – du kannst glücklich sein, dass dich die Mächte so gesegnet haben.«

»Das bin ich.« Adeen fühlte sich überwältigt und benommen. »Aber ich … du siehst zu viel in mir. Ich bin ein Erdmagier, es war vielleicht nur …«

»Du bist ein Mischling«, sagte Talanna, »du hast die Erdmagie deines Vaters und die Himmelsmagie deiner Mutter. Und diese besondere Gabe. Ich fürchte, neben dir sehe ich etwas armselig aus.« Sie drückte seine Schulter. »Wenn es stimmt, was Schwärmer sagt, kannst du noch vielen Menschen helfen, nicht nur mir.«

»Aber ich weiß nicht, was ich tun soll.« Was Talanna und Schwärmer gesagt hatten, wühlte ihn auf. »Ich ... entschuldigt mich. Ich bin gleich zurück.«

»Lass ihn«, sagte Schwärmer zu Talanna, die Adeen zurückhalten wollte.

Er verließ den warmen Feuerkreis und stolperte in die Nacht hinaus. Wirklich allein konnte er nur außerhalb des Lagers sein, denn überall begegnete er Soldaten. Die frostige Winterluft schmeckte nach Metall und Rauch. Adeens Gedanken flatterten wie Vögel. Er dachte an die Zeit, als er noch in der Akademie gearbeitet hatte, an Charrals Feindschaft, an Rasmi. Schon sein Ziehvater hatte ihm immer gesagt, dass er etwas Besonderes war. Doch es fiel ihm schwer, daran zu glauben, dass ausgerechnet er so viel Macht besitzen sollte. Es fühlte sich nicht richtig an, und er wollte die Verantwortung nicht, die damit einherging. Er wollte nur frei sein, um die Bilder zu malen, die in seinem Kopf umherschwirrten, und mit Talanna zusammen sein, nichts weiter.

Aber ich wäre ein egoistischer Kindskopf, wenn ich diese Macht habe und versuchen würde, mich der Verantwortung zu entziehen, dachte er bekümmert. *Wenn ich anderen helfen kann, muss ich tun, was nötig ist, auch wenn das heißt, dass ich nicht so leben kann, wie ich es immer wollte.*

Am liebsten wäre er am Rand des Lagers stehen geblieben, wo er die letzten trockenen Winterblätter an den Bäumen rauschen hörte und sich an die Farben des Waldes erinnern konnte, bis es hell wurde. Wenigstens diese kleine Freiheit und Atempause hätte er gern noch erlebt. Aber die Kälte zwang ihn zur Rückkehr ans Feuer. Dort setzte er sich schweigend neben die anderen. Talanna legte ihm den Arm um die Schultern, und er rückte dicht an sie heran.

Das Gesprächsthema hatte sich inzwischen verändert. »Eines ist wohl unvermeidlich«, sagte Schwärmer gerade, »Rashija muss wieder in den Himmel aufsteigen, zumindest vorerst.«

»Was?«, fragte Talanna. »Wie kommst du darauf?«

»Diese Idioten von Ratsherren haben ihre letzte Möglichkeit verspielt, die Sache friedlich zu lösen. Ich fürchte, auch die Königin wird jetzt nicht mehr bereit sein, noch einmal mit ihnen zu verhandeln. Sie wird vielleicht entscheiden, Rashija zu besetzen, oder es zu zerstören. Und ich kann es ihr nicht einmal verdenken, wenn sie den Glauben in die Vernunft ihrer Gegner verloren hat. Es ist nicht leicht, objektiv zu sein, wenn einem der Arm vom Ellbogen an fehlt. Aber die Stadt ist jetzt schon in Aufruhr und eingekreist von den Truppen derjenigen, die sie all die Jahrzehnte unterdrückt hat. Die Menschen wollen sich rächen, und am liebsten würden sie damit jetzt schon anfangen.«

»Das haben diese verdammten Draquer doch verdient«, brummte Yoluan, »sie sollen ruhig sehen, was sie von alldem haben – entschuldige, Talanna. Dich meine ich natürlich nicht. Du bist eine von uns.«

»Was für ein Unsinn!«, sagte Talanna heftig, aber nicht zu Yoluan, sondern zu Schwärmer. »Wie soll Rashija kontrolliert werden, wenn sie wieder in der Luft schwebt? Wenn wir das zulassen, geht doch alles wieder von vorn los, die ganze Tyrannei und die Ungerechtigkeit!«

»Vielleicht.« Schwärmer zuckte die Achseln. »Aber was erwartet die Stadt hier auf dem Boden?«

Adeen dachte an die Umrisse Rashijas am Himmel, den drohenden dunklen Felsen, der sich langsam auf die Welt hinabsenkte und seinen Schatten auf sie warf. Dieser Anblick war gewiss für alle Bodenbewohner mit Angst und Hass verbunden. Auch er selbst hatte keine guten Erinnerungen an Rashija, dennoch war es seine Heimat. »Was können wir denn tun, um zu helfen?«

Schwärmer seufzte. »Vor den Rashijanern liegt eine schwierige Zeit. Ich könnte behaupten, jetzt, da die Menschen die Wahrheit über den Herrscher und seine Lehren kennen, werde sich die Stadt rasch erholen. Aber dafür haben zu viele Rashijaner über Jahrzehnte hinweg Vorteile durch das Regime genossen. Sicher, viele wurden unterdrückt. Doch gerade diejenigen, die sich zu Handlangern des Herrschers gemacht haben, waren einflussreich und sind es womöglich noch immer. Und auch die Übrigen – wir verlangen von ihnen, alles aufzugeben, woran sie all die Zeit geglaubt haben. Wir brauchen gute Argumente und viel Zeit.« Er seufzte. »Diese Stadt benötigt mutige Geister, die sich um sie kümmern, kluge Köpfe und große Heiler. Am besten aus Rashija selbst und gleichzeitig vom Boden.«

»Ich werde nach Rashija zurückkehren«, sagte Talanna. »Mein Vater hat dazu beigetragen, dieses Unheil anzurichten. Ich werde tun, was ich kann, um es wiedergutzumachen.«

Adeen fragte sich, was *er* tun konnte. Er wusste es nicht, wusste nur, dass er mit seinen neu entdeckten Heilkräften überall gebraucht wurde. Wenn er erst gelernt hatte, diese Magie zu kontrollieren … doch diese Aufgabe erschien ihm schwer, unlösbar in der Kälte des Abends.

In der plötzlichen Stille zischte das Feuer, als würde es atmen.

»Ich bin müde«, sagte Adeen, »ich suche mir einen Platz zum Schlafen.«

Aber bei aller Erschöpfung fand Adeen keine Ruhe. Er lag wach unter den Decken und Fellen, starrte ins Dunkel und spürte, wie die Flügel des Aschevogels rastlos seinen Verstand streiften. Die Sehnsucht nach dem Himmel trieb ihn schließlich zurück ins Freie. Am Waldrand, fern von den anderen, wickelte er sich in seine Decken. Auch wenn ihn das Feuer des Aschevogels von innen zu wärmen schien, waren seine Finger und Zehen taub vor Kälte. Trotzdem fühlte er sich hier besser, fern von den anderen. Nur Talannas Nähe hätte er sich gewünscht.

Er blickte auf die Silhouette von Rashija. Noch immer flackerte hier und dort rötlicher Feuerschein, zeichnete die Umrisse der Gebäude nach, doch ihre Formen waren nicht mehr vertraut. Türme waren eingestürzt, Bauwerke ragten nur noch als gezackte Ruinen auf. Aber allmählich erloschen die Brände. Adeen seufzte und hauchte in die hohlen Hände, um sie zu wärmen.

Plötzlich erklangen aus der Ferne Schreie. Nicht die Schreckens- und Schmerzensschreie, von denen er heute so viele gehört hatte – in diesen Schreien lagen wilde Wut und eine solche Entschlossenheit zu kämpfen, dass sie Adeen zusammenzucken ließen. Augenblicklich sprang er auf, warf die Decken von sich und blickte sich um. Die Winternacht war trotz des sternenübersäten Himmels schwarz, und der Wald behinderte seine Blicke zusätzlich. Plötzlich folgten das Klirren von Waffen und ein Krachen, das den Boden erzittern ließ. Wieder Schreie. Adeen atmete tief durch, versuchte, sein hämmerndes Herz zu beruhigen. Wenn er sehen wollte, was hier vor sich ging, dann –

Er ging in die Hocke, schlang die Arme um den Körper und konzentrierte sich, die Augen zusammengepresst. Stumm rief er den Aschevogel. Und als hätte er die Berührung seines Geistes gespürt, war der Vogel da, hüllte ihn in sein Federkleid, das nach Zerstörung und feuchter Erde roch und riss ihn mit sich in den Himmel empor.

Wieder hallte der Schrei des Vogels in seinem Kopf, aber diesmal gelang es Adeen, die Kontrolle zu bewahren. Mit den Augen des Vogels blickte er sich um, während er über dem Wald schwebte. Der Blick des Aschevogels war schärfer als der eines Menschen, auch bei Dunkelheit. Dort unten zog eine Spur von Fackeln zwischen den Bäumen hindurch, gelbe Tupfen in Schwarz, die sich auf Rashija zubewegten. Und dann – noch während er hinschaute – flammte ein größeres Feuer auf. Mit bösartigem Zischen schwirrten brennende Pfeile heran und gruben sich in das Holz eines Wachturms, der zwischen Rashija und dem Lager errichtet worden war.

Adeen konnte zunächst nicht glauben, was er sah, aber dann begriff er: Wer auch immer dort unten war – es mussten viele Personen sein, sicher dreißig oder mehr –, attackierte die Soldaten der Königin, die dafür abgestellt worden waren, die Ordnung auf beiden Seiten aufrechtzuerhalten!

Es müssen Rashijaner sein. Die letzten Mitglieder des Rats, die entkommen sind, und ihre Handlanger. Sie wollen in ihre Stadt zurückkehren. Der Vogel glitt tiefer, so dass seine Schwingen beinahe das Dach des Wachturms streiften. Schon breiteten sich Flammen an den Holzbalken und Planen aus. Die Soldaten gingen mit Schwertern auf die Angreifer los, und ihre Schreie vermischten sich mit dem Waffenlärm und dem Fauchen der Flammen zu einem furchteinflößenden Tumult. Der Turm bebte, und plötzlich klaffte ein Loch in seiner Seite. Erst jetzt erkannte Adeen die Umrisse des Katapults, das die Angreifer bei sich hatten. Eben beluden sie es erneut mit einem Felsbrocken, so groß wie der Kopf eines Kindes.

»Tötet sie!« Eine Stimme übertönte den Lärm. Sie kam Adeen bekannt vor. »Ich weiß, sie waren unsere Verbündeten, aber das ist vorbei. Jetzt wollen sie unsere Feinde schützen, also keine Gnade!«

Nun konnte Adeen auch die Gestalt ausmachen, zu der die Stimme gehörte: der struppige Wolfshelm, sogar die Trophäen an ihrem Gürtel. Er war fassungslos. Das waren keine Rashijaner. Was um alles in der Welt tat Keyla da und warum?

»Wenn Rashija endgültig fallen soll, müssen wir an diesen Soldaten vorbei!«, rief Keyla.

Er musste sie aufhalten. So viele Tote – und jetzt bekämpften sie sich auch noch gegenseitig. In einem rasenden Luftwirbel stürzte sich der Vogel hinab, mitten zwischen die Soldaten. Der Sturmwind fegte in die Menge hinein, trieb sie auseinander. Viele wurden von den Füßen gerissen, rollten über den Boden und verloren ihre Waffen. Andere stolperten und duckten sich, versuchten, ihre Gesichter vor dem eisigen Wind zu schützen. Adeen spürte das gefrorene Gras wieder unter den Sohlen: Der Vogel war fort. Er musste darum kämpfen, auf den Beinen zu bleiben. Wie jedes Mal, wenn er Magie angewendet hatte, drohte ihn seine Kraft zu verlassen. Halbblind, mit brennender Lunge stolperte er zwischen den Soldaten umher, die sich verwirrt wieder aufrichteten.

Der Boden vibrierte.

»Der Turm!« Der Schreck vertrieb Adeens Benommenheit. »Er stürzt ein, weg hier!«

Und auf einmal begannen alle, die sich eben noch gegenseitig totgeschlagen hatten, zu rennen und versuchten, sich hastig in Sicherheit zu bringen. Keinen Moment zu früh, denn mit ohrenbetäubendem Krachen brach das Holzgebäude in sich zusammen und ließ die Nacht dröhnen. Ein Balken, lang wie zwei Männer, zersplitterte nur wenige Schritte neben Adeen.

Neben sich im Dunkel sah er zwei Augen glänzen: Keyla.

»Du!« Sie fuhr auf ihn los, packte ihn, und ehe er wusste, wie ihm geschah, drückte sich eine eisige Linie aus Metall gegen seine Kehle. »Warum hältst du uns auf? Du weißt, dass die Himmelsgeborenen für ihre Verbrechen sterben müssen, alle zusammen!«

Adeen schnappte nach Luft. »Keyla, du …«

»Wir töten jeden, der sich uns in den Weg stellt!«

Der Druck an seinem Hals wurde stärker, und er fühlte einen scharfen Schmerz. Adeen ballte die Fäuste, sammelte seine Magie und stieß Keyla mit den Händen seines Geistes heftig von sich. Sie schrie überrascht auf und taumelte einige Schritte von ihm fort. »Verfluchter Magier, ich werde dich – aah!«

Sie wand sich plötzlich am Boden, brüllte vor Schmerzen. Mit zitternden Knien trat Adeen auf sie zu: Ein Pfeil steckte in ihrem Rücken. Die weißen Federn am Schaft schimmerten schwach in der Nacht. Einen Augenblick später war sie von Soldaten eingekreist. Sie grub ihre Hände ins Gras, hob mit sichtlicher Anstrengung den Kopf und zog die Lippen von den Zähnen zurück. Mehr einem verletzten Raubtier als einem Menschen glich sie jetzt.

»Ihr könnt mich töten«, würgte sie hervor, »aber da sind andere ... viele andere ... sie werden meine Arbeit weiterführen ... werden die Himmelsgeborenen ausrotten – werden Rashija geben ... was es verdient.«

»Halt den Mund, Frau!«, schrie einer der Soldaten. Sein roter Umhang verriet, dass es der Anführer des Trupps sein musste. »Niemand will ...«

Er verstummte, da Keylas Kopf herabsank, zögerte und bückte sich zu ihr hinab, drehte sie vorsichtig um. Einer der anderen Soldaten leuchtete ihm mit einer Fackel, und das Licht glänzte in ihren gebrochenen Augen.

23

ADEENS ENTSCHEIDUNG

»Ich kann es kaum glauben. Ich schäme mich, dass ich jemals mit dieser Frau zusammengearbeitet habe.« Im Morgenlicht wirkte Schwärmers Gesicht grau, übernächtigt. Sie saßen zusammen in dem Zelt, das der alte Mann dank seiner Ehrenstellung seit neustem bewohnte, tranken heißen Tee und aßen das Brot, das ihnen die Lagerverwaltung zum Frühstück zugeteilt hatte. Alle bis auf Yoluan brachten kaum etwas hinunter. »Wenn ich es nur geahnt hätte – ich hätte versucht, sie aufzuhalten! Warum war ich nicht auch dort zur Stelle?«

»Ein Glück, dass du nicht dabei warst.« Adeen tastete über seinen Hals. Der Schnitt war nicht lang und nicht tief, aber er schmerzte. »Sie war zu allem entschlossen. Fast hätte sie mir die Kehle durchgeschnitten, weil ich sie aufgehalten habe!«

»Wenn du nicht gewesen wärst, wäre sie vielleicht bis nach Rashija durchgebrochen.« Talannas Miene war düster. Sie drehte den Teebecher in den Händen, ohne daraus zu trinken. »Wo sind ihre Leute jetzt?«

»Soviel ich gehört habe, haben die Soldaten einen Teil von ihnen gefangen genommen, aber viele sind entkommen.«

»Wahrscheinlich verstecken sie sich wieder im Wald«, sagte Schwärmer, »und suchen neue Verbündete für ihren Kampf gegen Rashija. Es wird ihnen nicht schwerfallen.

Diese ganze Region wurde seit Jahrzehnten unterdrückt. Es mag mehr Menschen da draußen geben, die Rashija in Flammen sehen wollen, als Friedensstifter. Ich fürchte, Keyla hat die Wahrheit gesagt: Auch wenn sie tot ist, wird sich jemand finden, der ihre Arbeit fortsetzt.«

Trauer und Enttäuschung überschwemmten Adeen. Keyla hatte Talanna, Yoluan und ihm das Leben gerettet. Es war schlimm, dass sie auf diese Weise gestorben war.

»Du hattest recht, Schwärmer«, sagte Talanna, und ihr Gesicht verfinsterte sich noch mehr, »Rashija ist auf dem Boden nicht sicher.«

»Ich habe bereits mit der Königin gesprochen.« Schwärmer kratzte sein stoppliges Kinn. »Der Heiler wäre fast auf mich losgegangen, als ich mich nicht verjagen ließ – ich dachte, er würde mich mit seiner Schere aufspießen! Nun, jedenfalls war die Königin meinen Argumenten gegenüber jetzt zugänglicher.«

»Was soll das heißen?«, fragte Talanna.

»Rashija wird wieder fliegen. Aber nur als vorübergehende Sicherheitsmaßnahme, damit nicht andere wie Keyla ihr Glück versuchen.«

Schweigen breitete sich aus.

»Das könnte die Stadt zwar vor Angriffen von außen schützen«, sagte Talanna, »aber was ist mit den Unruhen auf den Straßen? Die Menschen wollen Rache an den Draquern. An meinem Volk. Vielleicht werden sie sie alle abschlachten.«

»Die Königin wird Schutztruppen entsenden. Es ist eine Übergangslösung – nur dauerhafter Friede wird die Menschen davon abhalten, sich gegenseitig umzubringen.«

»Es gefällt mir trotzdem nicht.« Der Tee schwappte aus Talannas Tasse, als sie sie zu heftig schwenkte, und sie stellte sie ärgerlich ab. »Ich bin nicht sicher, ob es eine gute Idee ist. Wir haben alle erlebt, wie gefährlich Rashija sein kann, wenn sie isoliert ist.«

»Hast du eine bessere Idee?«

»Nein.«

»Dann stellt sich auch noch die Frage, wie wir diesen riesigen Felsklotz wieder in die Luft bringen. Wir werden ihn wohl kaum auf unseren Armen zum Himmel tragen können, nicht wahr?« Schwärmer sah sie durchdringend an.

»Du glaubst, dass ich es weiß? Ich habe keine Ahnung!« Talanna seufzte. »Ich werde mit meinem Vater sprechen. Nicht dass mir *das* gefallen würde, aber er war ein wichtiger Mann. Ich bin sicher, er hat die Informationen, die wir brauchen.«

»Ich komme mit dir«, sagte Adeen. Auch er selbst hatte noch einige Fragen an den Ratsherrn.

»Ich würde dich hassen, wenn ich könnte«, sagte Talannas Vater. »Ich würde dich töten, wenn es einen Sinn hätte. Ich würde *mich* töten, wenn sie mich nur lassen würden. Geh weg und quäl mich nicht länger. Ich will dich nie wiedersehen.«

Dem ehemaligen Ratsherrn von Rashija war ein Zelt am Rand des Lagers zugewiesen worden. Dort lag er auf einer Pritsche unter einer einfachen Felddecke. Soldaten formten einen Zaun aus Klingen, den er nicht einmal in gesundem Zustand hätte durchbrechen können. Aber mit seinen schweren Verletzungen konnte er sich ohnehin kaum rühren. Nahezu sein gesamter Körper war mit Verbänden bedeckt, auch sein Gesicht war mit Schnitt- und Brandverletzungen übersät und hatte eine bläuliche Farbe angenommen. Das lange, ergraute Haar, das sich hinter ihm auf dem Kissen ausbreitete, war ungewaschen und noch von einem stumpfen Ascheschleier bedeckt.

Adeen betrachtete Talanna besorgt. Sie ließ sich nicht anmerken, ob die Worte ihres Vaters sie verletzten – aber wie sollte es anders sein? Sicher hatte er sie durch eine harte Schule geführt, so hart, wie seine eigene gewesen war.

»Vater, wir wollen nichts anderes, als die Stadt zu retten«, sagte sie. »Wir möchten sie zurück an ihren Platz in den Himmel bringen. Bitte erzähl uns, was wir dafür wissen müssen.«

Talannas Vater schloss die Augen und lag lange reglos da. Adeen fürchtete bereits, er sei eingeschlafen, da erwiderte er kaum hörbar: »Es ist vorbei. Ich hätte nicht geglaubt, dass es geschehen könnte. Die Erdgeborenen schienen immer so schwach, und wir fühlten uns, als müssten wir sie so wenig beachten wie den Kies am Boden. Das war unser Fehler. Wir verdienen es nicht besser. Aber zu erleben, wie meine eigenen Töchter ... das ertrage ich nicht.«

Er strahlte noch immer Würde aus, vielleicht umso mehr in seinem Elend. Adeen fühlte sich unbehaglich und hätte das Zelt am liebsten verlassen, wollte aber Talanna helfen, diese schwierige Unterredung durchzustehen. Und das gab ihm die Gelegenheit, selbst Fragen zu stellen.

»Warum habt Ihr das getan? Die Lehren des Herrschers waren menschenverachtend und grausam. Aber Ihr habt dafür gesorgt, dass alles so blieb, wie es war, auch nachdem er gestorben war … warum?« *Ich sehe doch, dass Ihr nicht dumm seid, und ich kenne Eure Tochter,* hätte er am liebsten hinzugefügt. Aber er beließ es dabei.

Der alte Mann öffnete die Augen wieder und maß Adeen mit seinem trüben Blick. Seine Mundwinkel verzogen sich leicht, wie aus Abscheu über den Anblick seiner schwarzen Haut. »Weil ich es für richtig hielt, Krähe«, antwortete er, »für logisch, für notwendig. Jetzt sehe ich, dass die Erdkriecher uns besiegt haben.«

Er klang gequält, und Adeen bemerkte, wie Talanna die Lippen zusammenpresste.

»Hilf uns, Vater«, bat sie erneut, diesmal sanfter. »Du weißt doch auch, dass es das Richtige ist.«

»Rashija zu retten? Damit die Erdkriecher darin herrschen?«

»Eure Heimat«, sagte Adeen, »und die Heimat Eurer Tochter.«

»Wenn du es nicht tust, wird Rashija nicht mehr lange Bestand haben«, fügte Talanna hinzu. »Erst gestern wurde eine Frau abgefangen, die fest entschlossen war, die Stadt zu vernichten. Und es werden weitere folgen.«

Der Ratsherr schwieg lange. »Ich kenne die Funktion der magischen Maschinerie, die Rashija lenkt«, sagte er schließlich, »die Kombinationen der Schriftzeichen, die den Fels mit Magie tränken. Nur der Rat und diejenigen, die sie bedienen, wissen darüber Bescheid. Ich bin bereit, eurer … Königin … mein Wissen zur Verfügung zu stellen, um die Stadt zu retten. Es kommt nicht mehr darauf an. Mein Leben ist so oder so zerstört. Denk nicht, dass ich es dir zu Gefallen tue … *Tochter.*«

Trotz seiner Bitterkeit atmete Talanna vor Erleichterung hörbar auf. »Es ist eine gute Entscheidung. Du wirst sehen.«

»Eine magische Maschinerie?«, wiederholte Adeen. »Das ist alles? Wir haben etwas Ähnliches auf der Insel Gabta gesehen ... leuchtende Stelen, in denen die Kraft der Elemente gefangen war.« Er zögerte. »Ich dachte, es würde Blut brauchen, um die Stadt fliegen zu lassen ... die Kraft der Erdmagier ...«

Talannas Vater warf ihm einen scharfen Blick zu, halb unwillig, halb erschrocken. »Für eine Krähe weißt du viel.« Er versuchte, sich halb aufzurichten, und fiel mit einem Ächzen zurück. »Aber Blut? Wie hast du dir das zusammengereimt? Nein, Blut ist zu vergänglich. Wir haben es für Schriftrollen-Magie benutzt, für Beschwörungen und andere Dinge dieser Art. Niemals für Flugzauber. Solche Zauber benötigen dauerhafte, verlässliche Magie, die nur in Kristall gebannt werden kann. Das sind die Stelen, die du auf Gabta gesehen hast.«

»Nur woher kommt diese Magie, wenn nicht von den Erdmagiern?«

»Von den Elementen selbst. Aus den Kristallherzen der Drachen, der Elementarwesen, die einst diese Welt bevölkert haben. Du glaubst nicht an diese Geschichten, Krähe?« Talannas Vater verzog die Lippen zu einem müden und traurigen Lächeln. »Wer von uns weiß schon noch, woran er glauben kann. Doch die Magie ist da.«

»Aber die Schriftrollen ...«

»Waffen.« Der Ratsherr hob schwach die Hand zu einer kurzen, verächtlichen Geste. »Billige Massenware, aber notwendig, um unsere militärische Überlegenheit am

Boden zu sichern. Ja, Krähe, wir brauchten die Schreiber, um sie herzustellen. Wir brauchten ihre Erdverbundenheit, aber zugleich mussten wir darauf achten, dass sie in Unkenntnis bleiben über ihre Macht. Deshalb haben wir Kinder vom Boden gestohlen. Sie wurden auf die Insel Gabta gebracht und dort auf ihre Fähigkeiten geprüft. Und wir haben Mischlinge aus unserem Volk für diese Aufgabe verwendet, sofern sie über die entsprechende Begabung verfügten.«

»So wie mich«, murmelte Adeen. »Das also ist damals auf Gabta passiert – ich wurde getestet, ob ich diese Erdmagie in mir trage. Und da es so war … bin ich nicht getötet, sondern in die Akademie gesteckt worden.«

»So wird es gewesen sein«, bestätigte Talannas Vater. »Aufgrund der Gesetze gab es immer nur wenige Mischlinge, und normalerweise wurden sie rasch beseitigt. Aber die Gabe der Erdmagie war zu selten, dass wir es uns hätten leisten können, darauf zu verzichten. Ohne die Schreiber hätten unseren Bodentruppen irgendwann nicht mehr genug Kampfzauber zur Verfügung gestanden.«

In Adeen stieg Wut auf, feurig wie die Glut im Inneren des Aschevogels. Er wusste, dass ihn die Regierung für ihre Zwecke benutzt hatte, solange er in der Akademie gearbeitet hatte, aber erst auf dem Boden war ihm klargeworden, wie viel Macht er und die anderen Schreiber gehabt hatten, ohne es jemals zu wissen. Er lebte als Einziger von ihnen noch; alle anderen hatten für diese Macht mit dem Leben bezahlt, obwohl sie sie nie gegen diejenigen eingesetzt hatten, die sie unterdrückten. Und wie sie ihm sein Leben gestohlen hatten – all die düsteren und verschwommenen Erinnerungen, die er an Gabta hatte, an gezackte, brutale, beißend grüne Magie, die seinen Körper wie ein Fieber durchflutete – nur ein Test wie unzählige andere.

»Und trotz dieser Waffen seid Ihr nun hier«, sagte Adeen, »und die Schreiber sind tot. Ihr behauptet, Euer Leben sei zerstört, aber Ihr habt so viele andere Leben …« Mitten im Satz brach er ab. Er wusste nicht, welche Worte geeignet waren, um einen solchen Vorwurf zu formulieren, war nicht sicher, welchen Sinn sie in diesem Augenblick haben würden. Denn der Blick des Ratsherrn ging durch ihn hindurch, als sehe auch er die Bilder, die vor Adeen aufstiegen, Bilder vom Schreibersaal und seinem blutgetränkten Boden.

Als sie das Zelt verließen, nahm sich Adeen vor, sich alles genau einzuprägen: Talannas warme Hand auf seiner Schulter, den bitteren Geruch nach Heilkräutern und den sonderbaren Ausdruck auf dem Gesicht des besiegten Ratsherrn, eine Mischung aus Verzweiflung und Erleichterung.

Leret, der königliche Stratege, war ihnen eine große Hilfe. Er machte zwar keinen Hehl daraus, dass es ihm widerstrebte, Rashija nicht niederzubrennen, sondern der Stadt Gelegenheit zu geben, sich von den Folgen der langen Gewaltherrschaft zu erholen. Doch er führte die Befehle seiner Herrin trotz seiner Verletzungen pflichtbewusst aus und kümmerte sich um alle nötigen Anweisungen für die Soldaten, die als Schutztruppen in Rashija zurückbleiben sollten, um die Ordnung aufrechtzuerhalten. Kuama, Talannas Schwester, arbeitete Seite an Seite mit Leret. Sie stellten Pläne auf, wie und wo sie Soldaten in Rashija positionieren wollten, verwarfen sie wieder, und im Lampenlicht sah Adeen noch tief in der Nacht ihre Schatten hinter der Zeltwand streiten. Auch mit Talannas Vater sprach er. Obwohl beide zu verfeindeten Völkern gehörten und sich ihr Alter stark voneinander unterschied, schien der Ratsherr eine Art widerwilligen Respekt für den jungen Strategen zu empfinden, der dazu beigetragen hatte, sein Volk zu besiegen. Und Leret wiederum interessierte sich für die militärischen Kenntnisse der Draquer. Ihre Unterredungen begannen mit wüsten Beschimpfungen und endeten mit erstaunlich gut durchdachten Plänen.

Schließlich erbrachte die Diskussion das Ergebnis, dass während der Besatzung in Rashija eine Übergangsregierung etabliert werden sollte. Talanna, Kuama und einige Männer und Frauen aus dem einfachen Volk Rashijas würden vorläufig einen neuen Rat bilden, bis eine dauerhafte Lösung gefunden werden konnte. Auch Erdgeborene würden dem Rat angehören, Leret selbst und einige Soldaten, die er aufgrund ihres kühlen Kopfes und ihrer Urteilskraft ausgewählt hatte. Schwärmer weigerte sich, diese Ehre anzunehmen. »Ich habe mein Leben lang mit dem Kopf in den Wolken gesteckt«, sagte er, »da will ich wenigstens auf meine alten Tage noch mit beiden Füßen auf der Erde bleiben!«

Adeen half währenddessen den Verwundeten im Lager, so gut er konnte. Er wusste nun, dass ihm seine Herkunft als Erdmagier Heilungskräfte verlieh, die Fähigkeit, Wunden zu schließen und den Geschwächten neue Kraft zu geben, aber es fiel ihm schwer, auf diese Macht zuzugreifen. Zwar befanden sich einige Erdmagier unter den Truppen der Königin, aber niemand von ihnen hatte jemals über so viel Magie verfügt, und sie betrachteten Adeen, den Mischling von Himmel und Erde, nicht ohne Misstrauen. Eine große Hilfe waren ihre halbherzigen Ratschläge deshalb nicht. Wenn Adeen in den Lazarettzelten saß, die nach Essig, verfaulendem Fleisch und Tod rochen, und versuchte, den Aschevogel zu sich zu rufen, kam er häufig nicht. Auf den Gesichtern der Verletzten, die gehofft hatten, durch seine Magie geheilt zu werden, zeichnete sich dann tiefe Enttäuschung ab. Manche brachen in Tränen aus oder beschimpften ihn sogar. Doch auch wenn es Adeen gelang zu helfen – jedes Mal, wenn er das Zelt verließ und den tiefblauen Winterhimmel über sich sah, fühlte er sich erleichtert. Wenn er abends die Augen schloss, sah er Wunden und Blut vor sich, und sein Schlaf war schwarz, ohne Träume vom Fliegen. Er hatte sich schon lange nicht mehr so allein gefühlt.

Aber er musste durchhalten. Jetzt, da er sich über das Ausmaß seiner Fähigkeiten im Klaren war, musste er sie nutzen. Es war seine Pflicht, anderen zu helfen, er durfte auf seine eigenen Vorlieben keine Rücksicht nehmen.

Und noch etwas bedrückte ihn: Nur auf dem Boden würde er diese Erdmagie anwenden können. Wenn er sich also seiner Verantwortung stellte, bedeutete das, dass er und Talanna sich trennen würden. Sobald Rashija wieder in den Himmel aufstieg, würde er auf den Erdmagie-Teil seiner Kraft nicht mehr zugreifen können.

»Du siehst müde aus«, sagte Talanna.

»Ich habe nicht viel Zeit. Saraval wartet schon wieder auf mich.«

»Einer von den Ärzten, nicht wahr? Du hast den Namen schon einmal erwähnt.«

Adeen nickte. Sein Kopf fühlte sich an, als wäre er in ein Tuch gehüllt, und seine Schläfen pochten, weil er wieder nur drei oder vier Stunden Schlaf gefunden hatte. Aber es tat gut, mit Talanna durch den Wald zu wandern, auch wenn es nur für eine halbe Stunde war. Frost hatte die kahlen Zweige der Bäume und Büsche in eine weißglitzernde, empfindliche Märchenwelt verwandelt, fast unwirklich bei dem Elend, das Adeen die letzten Tage gesehen hatte. Er hielt Talannas Hand fest. Vielleicht war es das letzte Mal, dass er es tun konnte. Am nächsten Morgen sollte Rashija wieder in den Himmel zurückkehren.

»Du brauchst dir keine Sorgen über meine Sicherheit zu machen«, sagte Talanna, »ich kann auf mich aufpassen. Außerdem hat Leret jedem Mitglied des Übergangsrats Leibwächter zugeteilt. Das System, das er für ihren Schichtwechsel ausgearbeitet hat, ist genial. Alle drei Stunden …«

Sie sprach über Wachwechsel und Militärstrategie, über Politik und Magie, aber Adeen konnte sich nicht auf ihre Worte konzentrieren. Er betrachtete nur ihr Gesicht, entschlossen, es sich einzuprägen, um es jederzeit zeichnen zu können, wenn er sie zu sehr vermisste.

Zeichnen! Wann er wohl wieder Zeit dazu finden würde? Er fühlte sich so erschöpft, als seien seine Gedanken so schwarz wie sein Schlaf.

Schließlich verstummte Talanna. »Du hörst mir gar nicht zu, oder? Ach, Adeen. Es ist ja nur eine vorübergehende Trennung. Wir sehen uns wieder, wenn Rashija landet. Und dann wird die Stadt für immer auf dem Boden bleiben.«

»Du weißt nicht, wie lange es dauern wird.«

»Niemand weiß das.«

»Es könnten Jahre sein.«

»Wir müssen mit Fehlschlägen rechnen. Wenn sich Rashija erholen soll, dann wird es nicht von heute auf morgen gehen, und natürlich können wir jederzeit scheitern. Aber daran dürfen wir nicht denken.«

»Du klingst wie Leret.«

Talanna schwieg.

»Ich wollte, ich könnte dich begleiten.«

»Ich verstehe, dass du es nicht tust. Deine Macht wird hier gebraucht.«

»Und du ... freust du dich darauf, deine Feuermagie zurückzuerhalten?«

Talanna hielt die Rechte vor sich und blickte nachdenklich auf ihre Finger. Das kalte Licht, das durch die Zweige fiel, zeigte deutlich das Netz alter Brandnarben in ihrer Handfläche. »Ja. Sie ist schließlich ein Teil von mir. Auch wenn ich einen anderen Teil von mir hier zurücklassen muss.«

Sie sagte es ebenso sachlich, wie sie über die Wachwechsel gesprochen hatte. Vor ihnen öffnete sich der Wald, und ein felsiger Abhang gab den Blick auf ein Tal frei. Noch waren die schwarzen Spuren der Feuer, die Soldaten hinterlassen hatten, als sie dort gelagert hatten, deutlich zu sehen. Auch sie waren überzogen mit einer dünnen, schimmernden Frostschicht.

Adeen legte den Arm um Talannas Schulter, und sie lehnte den Kopf an ihn.

In dieser Nacht waren seine Träume nicht dunkel. Der Frost umklammerte das Lager, kroch in die Zelte hinein, und nicht einmal die Feuer schienen noch Wärme zu spenden. Talanna tauchte unter seine Decke und teilte ihr eigenes Feuer mit ihm. Sie sprachen wenig, verabschiedeten sich ohne Worte voneinander, verabschiedeten sich in einem Wirbel von Farben hinter Adeens Augen.

An dem Morgen, als Rashija wieder in den Himmel aufsteigen sollte, wartete Adeen mit Schwärmer und Yoluan auf einem Hügel in der Nähe des Lagers, um das Schauspiel anzusehen. Die frühe Dämmerung zeichnete rosagraue Spuren an den Himmel, der seine Dunkelheit ablegte und die Welt allmählich in ein feierliches, frostiges Silberlicht tauchte. Reif knirschte unter Adeens Stiefeln, und ringsum reckten die Bäume ihre kahlen Äste in den Himmel. Es war ein sonderbarer, vollkommener Moment zwischen Tag und Nacht, aber Adeen konnte ihn nicht genießen. Er setzte sich auf einen umgestürzten Baum und stützte schweigend den Kopf in die Hände. Schwärmer und Yoluan nahmen links und rechts von ihm Platz.

»Bevor Rashija aufsteigt, will Leret ein Signalfeuer im höchsten Turm der Akademie entzünden«, sagte Schwärmer, »dort hinten.« Er wies mit der Hand darauf. Noch war kein Feuer zu sehen.

»Wie lange dauert's noch, was meint ihr?«, fragte Yoluan. »Mir ist jetzt schon kalt. Eigentlich weiß ich gar nicht, wann mir zum letzten Mal nicht kalt war.« Er hauchte sich in die Hände und rieb sie aneinander. »Wo Talanna jetzt wohl steckt?«

Adeen spürte, dass die Frage an ihn gerichtet war, aber hatte keine Lust zu antworten.

»Sei nicht traurig.« Yoluan klopfte ihm auf den Rücken. »Sie kommt wieder.«

Ja, in einigen Jahren. Hoffentlich. Adeen zwang sich zu einem matten Lächeln. Seine Freunde meinten es gut, aber er wäre lieber allein gewesen.

»Es ist unglaublich, was wir geschafft haben«, sagte Schwärmer. »Als ich mich Keylas Leuten angeschlossen habe, hätte ich es nicht für möglich gehalten! All die Länder, auf die der Schatten der fliegenden Stadt gefallen ist … sie können wieder selbst über ihre Zukunft entscheiden.«

»Was hast du nun vor?«, fragte Adeen.

»Oh, ich werde tun, worauf ich Jahrzehnte meines Lebens gewartet habe.« Große Befriedigung lag in Schwärmers Stimme. »Als die Besatzer kamen, war ich noch jung. Erinnerst du dich, wie ich dir erzählt habe, dass ich ein Schüler der Mysterien war? Es gibt nicht mehr viele von denen, die damals eingeweiht wurden. Aber das alte Wissen darf nicht in Vergessenheit geraten.«

»Du solltest dir eigene Schüler suchen.« Die Vorstellung, wie Schwärmer in einem Kreis junger Leute hockte und sie alle mit seinen witzigen Geschichten und klugen Worten unterhielt, amüsierte Adeen. »Sie werden sich glücklich schätzen, einen Lehrer wie dich zu haben.«

»Da kriege ich ja von dem bloßen Gedanken Bauchschmerzen! Wer bin ich denn, mir anzumaßen, ich könnte irgendwem was beibringen, wo ich doch selbst die Wahrheit nicht kenne? Nein, das muss ich anders anpacken. Viel besser ist es, wir fangen wieder an zu diskutieren.

Auf der Straße und in den Kneipen, so wie damals! Ja, das ist gut. Das Fragen nach der Wahrheit beginnt von neuem.«

»Musst du noch so viel nach der Wahrheit suchen?«, fragte Adeen. »Haben wir nicht genug Lügen aufgedeckt?«

»Ach, es ist sehr viel mehr nötig, um die Wahrheit zu finden, als bloß Lügen zu durchschauen, mein törichter junger Freund«, sagte Schwärmer freundlich. »Das gilt auch für die Helden unter uns. Dir wird nie langweilig werden, wenn du nach der Wahrheit fragst, das verspreche ich dir.«

»Ich bin kein Held«, sagte Adeen leise, mehr zu sich selbst als zu Schwärmer. Wenigstens, das spürte er, würde er nie wieder Adeen, die Krähe, sein. Durch die gedämpften Farben des Wintermorgens sprach seine Magie zu ihm. Ihm war, als könne er jeden Moment die Flügel ausbreiten und zusammen mit Rashija in den Himmel aufsteigen. Jetzt, da der Kampf vorüber war und er sich fern von den Lazarettzelten befand, streiften die Federn des Aschevogels sanft über seine Seele. Er würde diese Macht nicht mehr fürchten, nicht mehr zulassen, dass ihr zerstörerischer Teil seinen Verstand verschlang. Sie waren Gefährten, untrennbar. Talanna hatte gesagt, der Vogel und seine Fähigkeit, Bilder zu erschaffen, seien verbunden. Vielleicht waren diese Worte seine kostbarste Erinnerung an sie.

»Adeen, das hier, das ist für dich. Ich habe immer auf die richtige Gelegenheit gewartet, es dir zu geben. Vielleicht heitert es dich ein bisschen auf.«

Adeen blickte auf. Yoluan reichte ihm ein Paket von

undefinierbarer Form, das er die ganze Zeit mit sich herumgetragen hatte. Es war in ein braunes Tuch gehüllt, und Adeen hatte geglaubt, es enthalte sein Frühstück.

»Ein Geschenk?«

»Ich habe es dir versprochen.«

Überrascht kniete sich Adeen auf den kalten Boden und schlug das Tuch auseinander. Hölzerne Dosen purzelten ihm entgegen, mit Kork und Wachs versiegelt, und er erkannte sofort den Geruch der Farben – wie damals, in Rasmis Quartier. Daneben lagen krumme, struppige Pinsel in unterschiedlichen Längen, zusammengebunden wie Stangengemüse.

Adeen brauchte einige Augenblicke, ehe er die Sprache wiederfand. »Wo in aller Welt … hast du das aufgetrieben?«

»Ich hab ein paar Soldaten gefragt, wie man Farbe herstellt. Die Pinsel hab ich selbst gemacht. Gefällt es dir?«

Adeen konnte nicht antworten. Tiefrote und blaue Töne fluteten sein Herz, und er umarmte Yoluan.

»Natürlich. Danke, Yoluan.«

»Dort ist das Signalfeuer!«, sagte Yoluan plötzlich.

Ein bläuliches Licht glomm im höchsten Turm der Akademie auf, hell genug, um in der Dämmerung über weite Entfernung gesehen zu werden. Adeen stand auf. Der Vogel schrie, und Adeen fragte sich, ob Talanna in diesem Moment auch an ihn dachte.

Falsch, es ist falsch hierzubleiben. In diesem Moment sah er es deutlich; vielleicht hatte Yoluans Geschenk ihm geholfen, es zu begreifen. Sicher, es war gut, den Menschen mit seiner Magie zu helfen, hier auf dem Erdboden, wo er über diese Macht verfügte. Aber das war es nicht, was er wirklich wollte. Er wollte in den Himmel zurückkehren, zusammen mit Talanna. Zurück in die Stadt, die er gehasst hatte, die aber auch seine Heimat war. Hier auf der Erde gab es andere Heiler, Menschen, die nicht früher oder später an ihrer Arbeit zerbrechen würden.

Er sah auf seine Hände. Er hatte Menschen getötet. Es war Krieg gewesen, sicher, aber er wünschte trotzdem, er hätte es nicht getan, und er würde es nie vergessen. Vielleicht würde es lange dauern, bis die Bilder zu ihm zurückkehrten, und es würden nicht wieder dieselben sein wie vorher. Aber sie würden zurückkehren, daran zweifelte er nicht. Sie waren immer bei ihm gewesen. Auf sie konnte er vertrauen. Und noch etwas anderes verstand er: Im Himmel würde ihn die Kraft der Erdmagie verlassen, aber nicht die der Luftmagie, das Erbe seiner Mutter. Nachdem er gelernt hatte, wie man flog, würde er es immer wissen.

Wenn er den Menschen helfen konnte, dann mit seinen Bildern. In Rashija hatten die Menschen längst verlernt, Kunst zu erschaffen, sie brauchten jemanden, der diese Fähigkeit in ihnen wieder weckte. Auch wenn er dort nicht über seine Heilungsmagie verfügte, würde er auf andere Weise nützlich sein, nützlicher vielleicht als auf der Erde. Seine wahre Aufgabe war die Kunst, vielleicht die mächtigste Art von Heilungsmagie.

In den Taschen seiner Robe ballte er die Fäuste. Warum verstand er das alles erst jetzt, da es zu spät war?

»Adeen? Ist alles in Ordnung?« Yoluan streckte die Hand aus, um ihm den Arm um die Schultern zu legen, aber Adeen trat beiseite, betäubt von Verzweiflung und Wut auf sich selbst.

»Ich brauche eine Skada!«, sagte er entschlossen. »Sofort!« Vielleicht hatte er sich geirrt, und es war doch noch nicht zu spät.

»Was hast du vor?«, fragte Yoluan.

»Kannst du mir eine besorgen? Du hast doch einige der Soldaten aus Tama kennengelernt.«

»Du willst doch nicht versuchen, nach Rashija zu kommen? Die Stadt wird bald abheben! Das schaffst du nie, auch nicht mit einer Skada!«

»Da müsstest du schon fliegen können«, sagte Schwärmer und schmunzelte.

Adeen schlug sich vor den Kopf. »Natürlich – weshalb bin ich nicht darauf gekommen!«

Sein Blick war unverwandt auf den schwarzen Umriss von Rashija gerichtet, auf das Licht, das die Akademie ausstrahlte. Unter seinen Sohlen fühlte er die leichten Vibrationen, die ankündigten, dass sich die Stadt in Kürze vom Boden lösen würde. Sie wurden stärker und stärker. Sobald Rashija ihre normale Flughöhe erreicht hatte, würde er trotz seiner Magie den Abstand zwischen der Stadt und dem Boden nicht mehr überwinden können, doch solange sie noch aufstieg –

»Danke für alles, Yoluan. Und dir auch, Schwärmer.«

Yoluan nickte und trat zurück. Schwärmer lächelte. »Flieg, Vogel, aber vergiss uns nicht.«

Adeen drückte die Malutensilien fest an sich. Ein tiefes Rumpeln ließ den Boden zittern. Die schwarze Silhouette von Rashija löste sich vom Boden, schon schwebte die Platte, auf der die Stadt gebaut war, deutlich sichtbar über dem Vulkankrater und gewann mehr und mehr an Höhe.

Adeen holte tief Luft und konzentrierte sich. Vor seinen Augen verschmolzen die leuchtenden Farben des Morgenhimmels und die spitzen, dunklen Formen der Stadt und rasten in einem Wirbel in ihn hinein.

Der Aschevogel hatte sich immer danach gesehnt, seine Flügel unter dem Himmel auszuspannen. Er schwang sich auf, dorthin, wo sich die Wolken unter den ersten Strahlen der Sonne orange und golden färbten. Die Luft griff unter seine Flügel, und er spürte, wie sie ihn höher und höher emportrug.

Er war frei, sein Herz war der Himmel.

Tief unter ihm glitt der Schatten des Aschevogels über Felsen, Gras und kältestarre Flüsse.

Danksagung

Neben dem Autor sind immer noch andere Personen an einem Buch beteiligt, und sei es nur, um die Versorgung mit Kaffee und Schokolade während des Tippens zu gewährleisten. Bei »Flügel aus Asche« habe ich allerdings Unterstützung erhalten, die weit darüber hinausging. Viele Menschen haben dazu beigetragen, dass das Schreiben nicht zu der einsamen Angelegenheit wurde, als die es allgemein gilt (und sie tun es immer noch):

Meine Familie hatte immer schon ein offenes Ohr für meine Geschichten. Sie hat meine Schreiberei all die Jahre nicht nur akzeptiert, sondern großzügig unterstützt – sei es durch endloses Probelesen, durch Brainstorming auf der Autobahn und im Wald oder durch »Schreiburlaub« im lieblichen Kessler Tal, äh, im Schwarzwald. Ich danke euch!

Meine Agentin Natalja Schmidt hat von Anfang an dieses Projekt geglaubt, es betreut und sich für seine Vermittlung eingesetzt – ihr verdanke ich es, dass die »Flügel« eine Heimat beim Verlag gefunden haben.

Zwei Lektoren waren maßgeblich an der Entwicklung von »Flügel aus Asche« beteiligt: Martina Wielenberg und Timothy Sonderhüsken. Sie haben mit vielen Ideen dazu beigetragen, das Beste aus der Geschichte herauszuholen, und es war ein großer Spaß, mit ihnen zusammenzuarbeiten.

Schreiben kann manchmal zu einer nervenaufreibenden Sache werden. Ein besonderer Dank geht deswegen auch an meine Betaleser, die nicht nur ausgezeichnete

Vorschläge zur Überarbeitung gemacht haben, sondern auch eine moralische Unterstützung waren: Mark, Lena, Birthe, Steffi und Judith. Unerschütterliche Unterstützung kam auch von Patrick, von Mel und Stefan und von den Bewohnern des Helikon, den »Helikantentanten«. Danke, Leute, ihr seid super!

Zuletzt danke ich natürlich meinen Lesern fürs Lesen und hoffe, ihr hattet eine spannende Zeit mit Adeen und Talanna. Vielleicht lesen wir uns ja mal wieder? Ich würde mich freuen.

STEFANIE SIMON

FEUER DER GÖTTER

ROMAN

Als der jungen Naave eines Tages ein waschechter Feuerdämon gegenübersteht, gefriert ihr buchstäblich das Blut in den Adern. Denn Feuerdämonen sind die gefährlichsten Geschöpfe der Welt, das weiß Naave aus schmerzlicher Erfahrung – schließlich tötete eines dieser Wesen ihre Mutter. Allerdings scheint dieser spezielle Feuerdämon verletzt zu sein, denn er bricht vor ihren Augen bewusstlos zusammen. Äußerst widerwillig hilft sie dem Fremden, nicht ahnend, dass sie damit Ereignisse auslösen wird, die ihre Welt von Grund auf verändern werden.

KNAUR TASCHENBUCH VERLAG

ANDREA BOTTLINGER

AETERNUM

ROMAN

Berlin, Alexanderplatz: Ohne jegliche Vorwarnung stürzt der große Platz eines Tages ein – zurück bleibt ein riesiger Krater, der bis in die tiefsten Katakomben der Hauptstadt reicht. Nicht nur die Stadtoberen stehen vor einem Rätsel – auch die seit langem verfeindeten Parteien der Dämonen und Engel können sich nicht erklären, wer für den Einsturz verantwortlich sein könnte. Um das herauszufinden, werden die junge Magierin Amanda, die im Dienst eines Dämons steht, und der gefallene Engel Jul in die Katakomben geschickt. Dabei kommen die beiden sich nicht nur näher, sie entdecken auch ein Geheimnis, das die Existenz unserer Welt bedroht …

KNAUR TASCHENBUCH VERLAG